EMILIJANA

MAGIE DER ELFEN

Die Chronik der Elfenprinzessin

Band 1

von

NINA C. CHARLESTON

Deutsche Erstausgabe Juli 2017

Korrektorat: Petra Schmidt, www.lektorat-ps.com
Covergestaltung: Nina C. Charleston
Titelbild: © Sergey Nivens/Shutterstock.com
Herstellung & Verlag: Amazon Media EU S.à r.l.,
5 Rue Plaetis, L-2338 Luxemburg

Impressum:
Nina C. Charleston, c/o AutorenServices.de,
König-Konrad-Str. 22, 36039 Fulda
nina@nina-c-charleston.de
www.nina-c-charleston.de
www.facebook.com/Nina.C.Charleston
www.instagram.com/nina_c.charleston

ISBN: 978-1-52145-900-3

PROLOG

Die Angst schnürte ihr die Kehle zu. So schnell sie konnte, rannte sie durch den finsteren Wald. Etwas verfolgte sie, aber sie wusste nicht, was es war. Obwohl sie niemanden sehen konnte, spürte sie die Gefahr ganz deutlich. Kalte Schauer liefen ihr über den Rücken. Die Geräusche hinter ihr wurden lauter. Sie kamen näher. Nun konnte sie deutlich ausmachen, von welcher Seite die Gefahr auf sie zukam. Panik ergriff Emilia, als plötzlich ein schwarzer Schatten durch die toten Äste der Bäume sichtbar wurde. Sie versuchte, schneller zu rennen, bekam jedoch keine Luft mehr. Ihre Beine begannen zu wanken. Die dunkle Bedrohung kam immer näher, sie konnte es spüren. Ihr Herz zog sich zusammen. Etwas Kaltes griff nach ihr, kalt und dunkel wie der Tod. In diesem Moment stolperte sie über die Wurzel eines Baumes. Schwer landete sie auf dem harten Waldboden. Ihr Verfolger stürzte sich auf sie. Es war zu spät. Sie hatte verloren.

KAPITEL 1

Emilia saß schweißgebadet in ihrem Bett. Verstört und nach Atem ringend sah sie sich um. Alles war still. Sie hörte den ruhigen, gleichmäßigen Atem ihres Hundes Fox, der neben ihrem Bett schlief. Alles musste in Ordnung sein, ansonsten würde Fox nicht schlafen. Emilia jedoch war hellwach, ihr Herz schlug ihr bis zum Hals. Sie sah auf die Uhr. Der Wecker zeigte allerdings erst 0:16 Uhr an. Sie schlug, immer noch heftig atmend, die Decke beiseite und stieg aus dem Bett. Fox hob den Kopf und sah sein Frauchen fragend an. Sie strich ihm über den Schopf und sagte:

„Alles in Ordnung, mein Kleiner, ich hatte nur einen Albtraum, schlaf weiter." Als hätte er alles verstanden, murrte er zufrieden vor sich hin und ließ den Kopf wieder auf sein Kissen sinken.

Emilia tapste schlaftrunken und barfuß in die Küche. Sie hatte entsetzlichen Durst. Als sie sich an die Theke in der neuen Küche gesetzt hatte, sah sie sich vorsorglich um. Es war niemand hier. Irgendwie hatte sie noch immer ein komisches Gefühl. Als würde sie jemand beobachten. Aber das konnte ja gar nicht sein. Hier war niemand. Sie schüttelte den Kopf über ihre Paranoia und holte sich ein Glas aus dem Schrank. Dann füllte sie es an der Spüle mit kaltem Wasser und trank es in einem Zug leer.

In diesem Moment hörte sie einen Schlüssel in der Haustür. Ihre Schwester kam nach Hause. Sie war mit Freunden auf einer Party gewesen.

Leise schlich Emilia wieder zurück in ihr Zimmer. Sie hatte keine Lust, ihrer großen Schwester zu erklären, warum sie um die Uhrzeit noch wach war. Sicherlich würde die sich köstlich darüber amüsieren, dass ein Albtraum sie dermaßen aus dem Konzept brachte.

Wieder in ihrem Zimmer angekommen setzte sich Emilia an ihren Schreibtisch und vertraute den Traum ihrem Tagebuch an. Inzwischen musste sie darüber schmunzeln. Der Traum war eigentlich total unrealistisch gewesen. Bei ihnen in der Gegend gab es GAR KEINE Wälder und der alte Wald bei Granny war ganz anders. Lebendiger, heller, schöner und weiter. Während sie an diesen wunderschönen Ort dachte, entspannte sie sich sichtlich. Nur noch diese eine Nacht, dann wäre sie endlich wieder dort. Emilia beschloss, es gut sein zu lassen und ins Bett zu gehen. Fox schlief schon wieder tief und fest und von ihrer Schwester Teresa war auch nichts mehr zu hören. So kuschelte sie sich unter ihre Decke und war ruck-zuck eingeschlafen.

Um acht Uhr klopfte es an Emilias Tür.

„Emilia, Frühstück ist fertig. Nun mach schon, du musst noch mit Fox raus und um neun müssen wir losfahren, dass wir rechtzeitig zu Oma kommen!“, rief ihre Mutter. Emilia hörte, wie sich ihre Schritte in Richtung Küche entfernten. Also schleppte sie sich aus dem Bett und ging ins Bad. Nach einer Katzenwäsche band sie sich die langen braunen Haare zusammen und schlüpfte in eine helle zerrissene Jeans und ein enges schwarzes Shirt. Dann rannte sie in die Küche, um zu frühstücken.

„Emi, kannst du dich nicht etwas schicker anziehen, wenn wir zu Granny fahren? Was soll Sophia denn von dir denken. Sie muss ja annehmen, dass sie eine Halbwilde bei sich aufnimmt“, begrüßte sie ihre Mutter und stellte Emilia einen Teller vor die Nase. Emilia biss gierig in eine Scheibe Toast und trank einen Schluck Kaffee, um alles halbwegs herunterzuspülen, bevor sie antwortete. Leider gelang ihr das nicht sofort, daher erwiderte sie etwas undeutlich, mit noch halbvollem Mund:

„Granny weiß, dass ich keine Prinzessin bin, so wie Teresa. Vielleicht ist das ja auch der Grund, warum sie nur mich zu sich eingeladen hat und nicht SIE. Wo ist die Diva denn überhaupt schon wieder? Muss sie sich noch eine Tonne Schminke ins Gesicht hauen, damit man nicht sieht, dass sie die halbe Nacht unterwegs war?“, fragte Emilia zickig. Dann stand sie auf, ohne die Antwort ihrer Mutter abzuwarten und verschwand im Flur. Fox hinterher. Emilias Mutter seufzte tief. Es war nicht leicht, alleine mit zwei pubertären Gören in einem Haus zu leben, vor allem wenn die beiden absolut unterschiedlich waren. In dem Moment knallte die Haustür laut ins Schloss.

„Immer muss sie mir sagen, was ich zu tun habe, dabei sollte sie sich lieber mal Sorgen um Teresa machen. Die schlägt sich doch die halbe Nacht mit fremden Jungs um die Ohren. Wer weiß, was die alles treiben“, maulte Emilia vor sich hin. „Oh Fox, ich bin froh, dass ich dich habe. Wir zwei machen uns schöne Ferien bei Granny. Dort können wir viel besser laufen als hier in der Großstadt. Da kannst du rennen und toben. Es wird dir gefallen“, redete Emilia auf ihren Hund ein, während sie sich auf den Weg in den nahe gelegenen Park machten. Als hätte er verstanden, wedelte Fox mit seinem süßen Schwänzchen, das er immer stolz auf seinem Rücken zu einem Halbkreis ringelte.

Im Park angekommen joggte Emilia los. Ihr war, als könnte sie dem ganzen Frust der letzten Tage und Monate davonrennen. Die Anstrengung tat ihr gut und die Wut auf ihre Mutter verrauchte langsam.

Wieder zu Hause, holte sie ihren gepackten Rucksack sowie ihre kleine Reisetasche. Das war alles, was sie für die Reise zu ihrer Großmutter benötigte. Sie warf die Sachen in den Kofferraum, packte Fox in seine Reisebox im Kofferraum und ließ sich anschließend, lautstark, auf den Rücksitz plumpsen.

„Konntest du es endlich richten?“, fragte Teresa und rümpfte die Nase. „Und wie du wieder aussiehst ... So wirst du nie einen Typen finden, EmiliJANA.“ Den zweiten Teil des Namens betonte sie extra, da sie wusste, dass es Emilia zur Weißglut trieb, wenn man sie mit ihrem vollen Namen, Emilijana, ansprach.

„Besser keinen *Typen* als jede Nacht einen anderen, oder Schwesterlein?!“, entgegnete Emilia gereizt.

„Hört sofort auf zu streiten, ihr benehmt euch unmöglich“, mischte sich ihre Mutter ein und startete den Wagen. „Ich möchte euch bitten, euch einmal so zu benehmen, dass ich mich nicht schämen muss vor Granny. Bitte, streitet euch einen Tag in eurem Leben nicht wegen jeder Kleinigkeit! Teresa, du bist die Ältere und möchtest wie eine Erwachsene behandelt werden, dann verhalte dich auch so. Emilia, auch du bist inzwischen alt genug, dass ich dies erwarten könnte. Außerdem müsst ihr euch nach der Fahrt heute für ein paar Wochen nicht sehen, also bitte, haltet die Klappen!!!“

Das war deutlich gewesen. Solch eine Ansprache hatten die beiden schon lange nicht mehr zu hören bekommen. Die Mädels schluckten die bösen Worte, die sie sich sonst noch an den Kopf geworfen hätten, herunter und schwiegen vor sich hin. Emilia kramte ihren E-Reader heraus, den sie immer bei sich hatte, stopfte sich die Kopfhörer ihres MP3-Players in die Ohren und verschwand in ihrer eigenen Welt, wie sie selbst zu sagen pflegte. Sie konnte stundenlang in die Welten hinter den Büchern flüchten und manchmal, das sagte sie aber niemandem, hatte sie sogar Schwierigkeiten, in die *wirkliche Welt* zurückzufinden. In dieser kam sie sich oft deplatziert vor, als ob sie hier nicht hingehören würde.

KAPITEL 2

Nach einer recht ruhigen Autofahrt erreichten sie die Ranch der Großmutter. Es war eine große alte Farm, die mitten im Nirgendwo stand. Weit und breit kein Nachbar, nur Natur, so weit das Auge reichte. Das alte Windrad der Ranch quietschte bedenklich, als die drei Frauen aus dem Auto stiegen. Teresa rümpfte die Nase, als die ersten Hühner, aufgeschreckt von ihrer Ankunft, davon gackerten. Sie schauten sich erst einmal um und streckten die Glieder, die von der mehrstündigen Autofahrt etwas steif waren. Die Ranch bestand aus einem Wohnhaus, einer großen Scheune und einem noch größeren Stall. Alles war gleichermaßen verwittert und überall klapperte und quietschte es.

Emilia liebte es. Sie war in jeden Ferien bei Granny. Nur hier fühlte sie sich nicht ganz so deplatziert. Hier war sie zu Hause. Während Emilia freudig Fox aus dem Auto holte, öffnete sich die alte Stalltür und eine alte, kleine, leicht pummelige Frau kam zum Vorschein. Sie trug eine altmodische Kittelschürze, an der sie gerade ihre schmutzigen Hände abwischte, bevor sie ihre Gäste in Empfang nahm. Josephine Scott war weit über siebzig Jahre alt, allerdings schien sie, seit Emilia denken konnte, nicht älter zu werden. Sophia, wie sie alle nannten, kam nun forschen Schrittes auf die drei Stadtdamen zu und umarmte als erstes Emilia, anschließend schob sie sie auf Armeslänge weg und betrachtete sie von oben bis unten. Dann nickte sie anerkennend.

„Du bist groß geworden, mein Mädel. Ich freu mich, dass du da bist. Ich kann jede helfende Hand gebrauchen und außerdem habe ich eine kleine Überraschung für dich geplant“, sagte sie zu ihr und bei diesen Worten blitzte ihr der Schalk aus den Augen.

Anschließend begrüßten sich nun auch Mum und Granny, zuletzt kam Teresa an die Reihe. Diese Begrüßung fiel eher kühl aus. Teresa und Granny hatten es nie geschafft, etwas füreinander übrig zu haben. Fox hatte sich derweil davongestohlen, um Kim zu suchen, seine Freundin und Spielgefährtin.

Als Emilia sich suchend nach ihrem Liebling umsah, entdeckte sie die beiden Hunde hinter der Scheune. Wild und fröhlich tobend. Emilia musste schmunzeln und wusste, dass sie eine schöne Zeit haben würden. Auf die Überraschung war sie allerdings sehr gespannt.

Granny holte sie aus ihren Gedanken, als sie sie am Arm nahm und hinter das Haus auf die Veranda geleitete. Hier stand schon das Essen bereit. Während der Mahlzeit wurde der übliche, belanglose Smalltalk geführt. Das gehörte sich nun mal so.

Danach hatte Mum es eilig, wieder zurück in die Stadt zu kommen, und Teresa sowieso. Ihr war das ganze Landleben zuwider. Und Mum hatte nicht das Bedürfnis, bei ihrer Schwiegermutter lange zu verweilen. Sie standen also nach dem Essen auf, halfen, den Tisch abzuräumen und verabschiedeten sich. Etwas zu hastig für Emilias

Geschmack, was ihr jedoch egal war. Insgeheim war sie froh, als das Auto vom Hof rollte und in einer Staubwolke auf der Straße verschwand. Emilia freute sich über die Freiheit, die sie bei Granny immer hatte. Außerdem hatte sie das Gefühl, dass etwas ganz Großes passieren würde. Was vielleicht auch ein bisschen ihrem Abenteuerhunger geschuldet war. Emilia sah der Staubwolke noch einige Zeit hinterher und ging dann zurück zum Haus.

In dem Moment kamen Fox und Kim angerannt und forderten sie zum gemeinsamen Spiel mit einer alten, zerbissenen Frisbee auf. Emilia nahm das angesabberte Teil mit spitzen Fingern und warf es weit weg ins Grasland. Die Hunde jagten freudig bellend hinterher. Als sie sich umdrehte, merkte sie, dass Granny sie beobachtete und dabei stolz und zufrieden lächelte.

„So, Gran, was haben wir denn nun vor in diesem Urlaub? Du hast mich neugierig gemacht“, brach Emilia das Schweigen.

„Warte es ab, mein Kind, du wirst es noch früh genug erfahren, aber zuerst, würde ich sagen, packst du mal deine Sachen aus und beziehst dein Zimmer. Das Bettzeug habe ich dir hingelegt, überziehen musst du es selbst. Schließlich bin ich inzwischen eine alte Dame und kann mir solche Arbeiten sparen“, erklärte sie und wieder blitzte der Schalk aus ihren Augen. Emilia lachte, hakte sich bei ihrer Großmutter unter und gemeinsam gingen sie ins Haus.

„Alte Frau, dass ich nicht lache!“, entgegnete Emilia. Granny lachte und puffte ihre Enkelin in die Seite. Die beiden hatten ein prima Verhältnis. Bei ihr fühlte sich Emilia immer verstanden und irgendwie mehr zu Hause als irgendwo anders. Granny war keine *normale* Grandma, also nicht wie andere, die alt und verschroben waren, sie war irgendwie so wie Emilia. Es war schwer zu erklären. Aber es war so.

„Hast du etwas von Dad gehört?“, fragte Emilia vorsichtig, bevor sie die Treppe zu ihrem Zimmer emporstieg. Granny hielt einen Augenblick inne und schien zu überlegen. Dann schüttelte sie langsam den Kopf.

„Nein, mein Kind, ich habe nichts von deinem Vater gehört“, sagte sie leise, wandte sich ab und griff zu einem Besen, der in der Ecke stand.

„Aber irgendwas weißt du doch. Das sehe ich dir an“, bohrte Emilia weiter. Granny ignorierte den Einwand und machte sich in der Küche daran, den Boden zu fegen.

„Wenn ich was wüsste, das du wissen musst, würde ich es dir sagen“, erwiderte sie, jedoch ohne Emilia anzuschauen. „Nun geh schon nach oben und pack deine Sachen aus“, fügte sie ein bisschen zu barsch hinzu. Damit war das Gespräch für Granny beendet.

Emilia wusste, dass es keinen Sinn machte, Granny zu drängen. Sie hatte ihren eigenen Kopf und man musste lernen, geduldig zu sein, wenn man etwas erfahren wollte. Also sprang Emilia die Treppe hinauf, immer zwei Stufen auf einmal nehmend, begann auszupacken und sich in ihrem Zimmer wieder häuslich einzurichten.

Es war ein schönes Zimmer, sehr groß und hell. Es hatte eine breite Fensterfront, von der aus sie den Wald wunderbar sehen konnte. Man konnte schauen, so weit das Auge reichte. Auf der langen, gepolsterten Fensterbank konnte Emilia bei schlechtem Wetter den ganzen Tag sitzen und lesen.

Sie bezog das Bett und packte ihre Sachen in den Schrank. Anschließend öffnete sie die großen Fenster und setzte sich auf die gemütliche Fensterbank. Unten tollten Kim und Fox noch immer mit der alten Frisbee durch die Gegend. Als sie Emilia hörten, rannten sie schwanzwedelnd ins Haus und preschten wie die Wahnsinnigen hoch in ihr Zimmer. Freudig streckten sie ihr die Frisbee entgegen. Emilia brach in schallendes Gelächter aus und sagte:

„Also gut, ihr beiden, wir machen wohl am besten einen großen Spaziergang, sonst gebt ihr ja doch keine Ruhe." Gemeinsam polterten sie die Treppe hinunter.

„Granny, ich bin mit den Hunden laufen, die ziehen mir sonst noch die Haut ab vor lauter Übermut!", rief Emilia in die Stube.

Es war einfach toll, die Haustür öffnen zu können und keine Leine zu benötigen. In der Stadt war das unmöglich, da hatte Emilia immer Angst, Fox könnte unter ein Auto kommen. Hier war dies absolut unbeschwert, da weit und breit niemand war.

Emilia machte sich mit den beiden tollkühnen Hunden auf den altbekannten Spazierweg. Sie genoss die frische warme Luft in vollen Zügen. Nichts hatte sich verändert seit ihrem letzten Besuch.

Die Hunde tobten um sie herum. Man sollte meinen, dass sie irgendwann müde werden würden bei der Tollerei, aber dem war nicht so. Immer wieder brachte einer der beiden die alte Frisbee und wartete gespannt darauf, dass Emilia die

Scheibe so weit wie möglich wegwerfen würde. Emilia freute sich über die Ausgelassenheit der Tiere. Es war ein sehr schöner Anblick, wie die beiden Hütehunde völlig unbeschwert und sorgenfrei durch die Wiesen rannten. Fox, der ein bisschen kleiner war als Kim, war in den hohen Wiesen kaum noch zu erkennen. Man sah nur, dass sich das Gras bewegte, wo er gerade lief. Um Emilia nicht aus den Augen zu verlieren, sprang er regelmäßig hoch. Dann sah man kurz seinen Kopf im hohen Gras aufblitzen. Aber auch von Kim konnte man nur noch den schwarzen Schwanz mit der weißen Spitze sehen. Sie war jedoch eleganter in ihren Bewegungen als Emilias tollpatschiger Fox.

Die Sonne brannte vom Himmel und die Hitze flimmerte über der Ebene. Daher entschied sich Emilia für den Weg durch den Wald.

Der Wald war uralt und roch regelrecht nach Abenteuer. Zumindest würde Emilia ihn so beschreiben, wenn man sie danach fragen würde. Was vermutlich ihrer blühenden Fantasie entsprang und der Tatsache, dass sie ihre Fantasy-Geschichten teilweise ein bisschen zu ernst nahm. Emilia war eine Leseratte und konnte Stunden damit verbringen, mit ihrem E-Reader in einer ruhigen Ecke zu sitzen und zu lesen. Die meisten Fantasy-Bücher, die sie auf ihrem Reader gespeichert hatte, konnte sie bald auswendig herunterbeten. Dennoch wurde sie dieser Geschichten nie überdrüssig. Außerdem glaubte sie insgeheim wirklich daran, dass es noch eine andere Welt gab, eine Welt, die die Menschen einfach vergessen hatten. Sie glaubte an Elfen, Feen, Trolle, Zwerge, Zauberer, Satyrn, Nymphen und was es sonst noch für Wesen gab. Ja, Emilia hatte auf jeden Fall eine blühende Fantasie. Diese hatte ihr in so manchem Aufsatz in der Schule sicherlich geholfen, gute Noten zu bekommen, manchmal jedoch auch diverse schräge Blicke verursacht. Das machte Emilia aber nichts aus. Ihr Vater hatte ihr bereits als Kleinkind Geschichten über Elfen, Feen und Hexen vorgelesen. Sie war mit dem Glauben an eine magische Welt groß geworden, und nachdem ihr Vater verschwunden war, hatten ihr ihre *magischen Freunde* geholfen, den Verlust zu überwinden.

Im Wald angekommen setzte sich Emilia erst einmal auf einen vermoderten, mit Moos bewachsenen Baumstumpf und sah sich um. Alles war grün und wunderschön. Den Boden bedeckten überwiegend Farne und Moose. Die alten Bäume ragten mit ihren schönen grünen Laubkronen hoch über ihr empor und spendeten wunderbaren Schatten. Die Vögel zwitscherten. In der Ferne hörte sie sogar einen Specht klopfen. Emilia atmete tief durch und genoss die freie Natur in vollen Zügen.

Plötzlich raschelte es neben ihr im Gebüsch. Emilia sprang hastig auf und sah sich um. Ein Eichhörnchen! Sie musste über sich selbst lachen und schüttelte den Kopf.

„Und du willst ein Abenteuer erleben, Emilia“, sagte sie zu sich selbst und lachte nochmals herzlich. Das Eichhörnchen hatte sich mindestens genauso erschreckt wie Emilia und rannte flink den nächsten Baum hinauf. Leider hatten die beiden Hunde nun ebenfalls das arme Tier entdeckt und standen nun wild bellend unter dem Eichhörnchen-Baum. Während Emilia sich noch darüber amüsierte und halbherzig versuchte, die Tiere zu beruhigen, die sichtlich frustriert waren, da sie das kleine Tierchen nicht erreichen konnten, raschelte es erneut hinter ihnen. Dieses Mal lauter. Emilia drehte sich um und das Lachen blieb ihr wortwörtlich im Halse stecken.

Vor ihr stand ein junger Mann. Er war wunderschön. Seine halblangen, pechschwarzen Haare hingen ihm verstrubbelt ins Gesicht und brachten dadurch seine silbergrauen Augen noch mehr zur Geltung. Leider sahen sie diese Augen im Moment alles andere als freundlich an. Erschrocken über den grimmigen Blick, den der junge Mann ihr und den Hunden zuwarf, trat sie einen Schritt zurück. Leider hatte sie nicht bemerkt, dass hinter ihr ein vermoderter Ast lag. Sie stolperte, und hätte der junge Mann sie nicht aufgefangen, wäre sie mitten in den Brennnesseln gelandet. Der Fremde sah ihr intensiv und regelrecht forschend in die Augen. Für Emilias Geschmack hielt er sie jedoch einen Augenblick zu lange fest. Kaum dass sie wieder festen Fußes stehen konnte, löste sie sich aus seinem Griff und machte einen schnellen Schritt von ihm weg. Dieses Mal versicherte sie sich jedoch vorher, ob ihr etwas im Weg lag oder nicht. Die Hunde hatten inzwischen aufgehört zu bellen und standen aufmerksam neben Emilia. Sie war froh, die beiden an ihrer Seite zu haben. Emilia räusperte sich verlegen.

„Dankeschön!“, murmelte sie und verspürte das dringende Bedürfnis, sich für das Verhalten der beiden Hunde zu entschuldigen. Leider fiel es ihr schwer, einen klaren Satz zu formulieren, da er sie noch immer von oben bis unten musterte. Sie kratzte sich verlegen im Nacken und sagte dann:

„Ich bin übrigens Emilia." Sie streckte ihm die Hand hin. Er nickte arrogant, dann drehte er sich um und lief in die Richtung, aus der er gekommen war. „Und wer bist du?", rief Emilia ihm hinterher. Sie war selbst verblüfft darüber, dass sie den Mut zu dieser Frage gefunden hatte. Aber sie wusste, dass sie es einfach fragen musste.

„Merkur", antwortete der Fremde, sah sie nochmals kurz abschätzend an, drehte sich dann aber wieder kommentarlos um und verschwand so schnell, wie er aufgetaucht war.

Perplex stand sie noch eine Weile da und starrte zu den Bäumen, hinter denen er verschwunden war. MERKUR. Was war denn das für ein Name? Und überhaupt. Wo war der Typ nur so schnell hergekommen? Emilia schlug das Herz bis zum Hals. Sie fühlte noch immer die Berührungen seiner Hände auf ihrem Körper. Die Stellen brannten wie Feuer. Es dauerte einige Minuten, bis sie wieder in der Lage war, geradeaus zu laufen.

Mit wackligen Beinen machte sie sich schlussendlich auf den Weg zum See. Dort angekommen platschte es neben Emilia und beide Hunde paddelten durch das kühle Nass.

„Aber nicht zu weit reinschwimmen, ihr beiden, hört ihr!", rief Emilia. Natürlich ignorierten sie beide Hunde und paddelten fröhlich in die Mitte des Sees. „Ich komm aber nicht und hol euch", ergänzte sie.

Noch immer total durcheinander, suchte sie sich ein schönes Plätzchen im Schatten und gab sich Mühe, die seltsame Begegnung zu verdrängen. Sie beobachtete die Hunde, wie sie ihren Spaß im Wasser hatten. Der See war wundervoll klar. Hellblau mit einem Stich Grün darin. Beinahe magisch, fand Emilia. In den letzten Ferien hatte sie hier Stunde um Stunde verbracht und versucht, mit ihren Zeichensachen die magische Atmosphäre auf Papier zu bannen. Leider war ihr das nie perfekt gelungen. Aber sie hatte ja diese Ferien wieder genug Zeit, sich hier zu entspannen und zu malen.

Während sie ihren Blick über die unberührte Natur gleiten ließ, spürte sie ein seltsames Kribbeln im Rücken. Sie wandte sich automatisch um und sah in die kühlen grauen Augen von Merkur. Erschrocken sprang Emilia auf und stieß mit dem Rücken gegen einen Baum. Die Hunde waren schnell herbeigerannt und stellten sich schützend neben sie.

„Was machst du hier? Verfolgst du mich jetzt?“, stieß Emilia keuchend aus. Merkur starrte sie nur an und gab keine Antwort. Lässig lehnte er an einem Baum. Er schob sich cool einen Grashalm zwischen die Zähne und biss darauf herum. Er betrachtete Emilia von oben bis unten. Man könnte meinen, dass er Röntgenaugen hatte. Sie fühlte sich seltsam nackt und verschränkte wütend die Arme vor der Brust. Merkur grinste hochnäsig.

„Hallo??? Hat es dir die Sprache verschlagen?“, fragte Emilia. Langsam wurde sie wütend. Warum musste der Typ ausgerechnet überall da auftauchen, wo sie war? Bisher war das immer IHR Wald gewesen. Hier war sie in IHRER Welt gewesen. Hier wollte sie niemand anderen haben. Während sie das dachte, wurde sie immer wütender. Merkur antwortete noch immer nicht, nur sein Grinsen wurde breiter.

„Bist du nur unfreundlich oder verstehst du unsere Sprache nicht?“, rief sie ihm erbost zu.

Merkur trat einen Schritt näher, funkelte Emilia böse an und sagte zu ihr:

„Wir sehen uns wieder.“ Dann machte er auf dem Absatz kehrt und verschwand in den Bäumen. Weg war er.

„Soll das eine Drohung sein?“, rief ihm Emilia hinterher. Ihre Stimme klang ein kleines bisschen zu hoch. Eigentlich wollte sie es sich nicht anmerken lassen, aber der Typ war ihr definitiv nicht geheuer. Sie stellte sich auf die Zehenspitzen, um noch einen Blick auf ihn zu erhaschen. Aber er war weg. Wie vom Erdboden verschluckt. Verwirrt schüttelte sie den Kopf und versuchte, sich wieder zu beruhigen, aber insgeheim war sie in Gedanken immer bei diesem seltsamen Merkur.

Irgendwie fühlte sie sich nun nicht mehr so sicher, ganz alleine hier im Wald. Wer konnte schon wissen, was der Typ mit ihr vorhatte. Vielleicht war er sogar ein Sexualstraftäter! Bei dem Gedanken wurde es Emilia heiß und kalt zugleich. Eilig rief sie die Hunde herbei und hetzte über den bemoosten Weg durch den Wald nach Hause. Nur schnell raus hier, dachte sie bei sich. Zum Glück ging sie regelmäßig joggen und hatte somit keine Probleme, bis zur Ranch zu rennen. Die Hunde verstanden den Ernst der Lage nicht und hatten ihren Spaß daran, Emilia hinterher zu jagen. Je näher sie der Ranch kamen, desto lächerlicher kam sie sich vor. Wieder kam ihr der Gedanke an ein Abenteuer in den Sinn, das sie gern erleben würde, aber sie würde sicher davonlaufen, bevor es überhaupt begonnen hätte. Sie stieß ein bitteres, schrilles Lachen aus und schüttelte den Kopf über sich selbst. Ja, sie war nicht mutig, das wusste sie, obwohl sie sich gern vorstellte, so mutig zu sein wie die Heldinnen und Helden ihrer Bücher. Nun ja, man konnte nun mal nicht aus seiner Haut heraus. Sie war und blieb nun mal ein Bücherwurm und nichts weiter. Aber dafür hatte sie ein Händchen für Hunde und kleine Kinder. Wenigstens etwas, dachte sie und streichelte die beiden Hunde, die nun total zufrieden und ausgepowert zu ihr emporschauten. Sie wedelten kräftig mit den Schwänzen und hechelten Emilia glücklich an.

„Geht ihr erst mal was trinken!", befahl sie den beiden, als sie wieder auf dem Hof waren. Sofort trabten sie los und verschwanden im Haus.

„Granny?", rief Emilia beim Betreten des Hauses. „Ich bin wieder da!", sagte sie zur Begrüßung und plapperte gleich weiter: „Wir waren im Wald und am See und haben einen ganz seltsamen Typen getroffen, einen großen jungen Mann, schwarze Haare, graue Augen. Der war so unfreundlich und unmöglich und … Granny?" Ihre Großmutter stand zitternd und kreidebleich an der Küchenspüle und starrte vor sich hin. Langsam drehte sie sich zu Emilia um, bemüht, ihre Fassung wiederzugewinnen. Leider gelang ihr das nicht schnell genug. „Granny!" Emilia rannte zu ihr und führte sie zu ihrem Lehnstuhl. „Was ist los mit dir?", fragte sie besorgt. „Du zitterst ja und bist ganz blass!"

„Alles in Ordnung, mein Kind, ich muss wohl einen kleinen Schwächeanfall gehabt haben. Die Hitze und das Alter. Ich bin nun mal nicht mehr die Jüngste“, erklärte sie und lächelte Emilia unsicher an. Dann stand sie wieder auf und ging zurück zur Spüle. Sie drehte Emilia den Rücken zu und tauchte die Hände wieder in das Spülwasser. „Also, wen hast du getroffen im Wald?“, fragte sie mit etwas zittriger Stimme.

„Ach, nicht so wichtig“, entgegnete Emilia „Ist wirklich alles wieder okay bei dir, Granny? Willst du dich nicht setzen und die Füße hochlegen? Du siehst schrecklich aus. Sorry, dass ich das so direkt sagen muss“, äußerte Emilia verlegen.

Daraufhin musste Granny doch tatsächlich lachen und ließ sich ohne Widerstand von ihrer Enkelin zurück in ihren bequemen Lehnstuhl verfrachten. Emilia schob ihr einen Schemel unter die Füße und drückte ihr ein Glas mit frischem, kaltem Wasser in die Hand.

„So, nun ruhst du dich erst einmal aus und ICH mache den Abwasch“, befahl Emilia und zwinkerte ihrer Großmutter zu. Danach widmete sie sich dem schmutzigen Geschirr.

KAPITEL 3

Beim Abendessen ging es Granny wieder blendend, sie schwatzten und scherzten und ließen sich das gute Essen schmecken. Granny machte alles noch selbst. Sie hatte ihre eigene Milch, machte ihre eigene Butter und ihren eigenen Käse. Ihre Hühner schenkten ihr die besten Eier, die man sich vorstellen konnte, und einmal im Jahr brachte sie ein Schwein in die nächste Stadt und ließ es dort schlachten. Das Fleisch wanderte in die Truhe, die Wurst in Dosen und so war sie ein Jahr versorgt. Unter dem Jahr wurde dann ab und zu ein Hase oder ein Truthahn geschlachtet. Das machte Granny selbst, schließlich war sie auf dieser Ranch geboren worden und wusste sehr gut, sich selbst zu versorgen. Der Garten um die Ranch bescherte ihr Salat, Gemüse, Obst und Kartoffeln und im Winter hatte sie genug im Gewächshaus, sodass sie einigermaßen über die Runden kam. Nur Mehl kaufte sie säckeweise ein, wenn sie in die Stadt fuhr, um das Schwein schlachten zu lassen. Granny war eigentlich eine richtige Einsiedlerin, wenn man es so betrachtete.

„Nun erzähl mal, Granny, was ist die Überraschung, die du heute Morgen angekündigt hast? Spanne mich bitte nicht länger auf die Folter, ja?“, bettelte Emilia, nachdem sie satt waren.

„Okay“, antwortete Granny, grinste Emilia verschmitzt an und machte absichtlich eine kleine Pause, um die Spannung zu steigern. „Wir fahren in die Stadt. Und zwar nicht nur einen Tag wie sonst, sondern mit Übernachtung! Was sagst du dazu?“ Sie wartete erst einmal Emilias Reaktion ab und genoss sichtlich den überraschten, aber begeisterten Ausdruck in ihrem Gesicht.

„Wie jetzt? Und wer kümmert sich um den Hof und die Tiere? Ich dachte, du kannst nicht über Nacht wegbleiben?“, fragte Emilia entgeistert nach.

„Sag nur, du möchtest nicht in dem kleinen romantischen Western-Hotel übernachten, das du die letzten dreizehn Jahre immer wieder mit verzücktem Blick angeschmachtet hast?“, entgegnete Granny mit entsetzter Miene, aber der Schalk blitzte ihr wieder aus den Augen.

„Doch, doch“, antwortete Emilia schnell. „Auf jeden Fall. Und dann hätten wir auch genug Zeit, im Saloon zu essen und ich könnte noch in die anderen Geschäfte und nach Western-Kleidung schauen, ich wollte schon immer mal so ein schickes Kleid. Und können wir dann auch in den Laden der Indianerin? Da wollte ich schon immer mal rein, aber es hat nie gereicht. Aber noch mal, wer kümmert sich um die Ranch?“, löcherte Emilia ihre Großmutter mit tausend Fragen.

„Da mach dir mal keine Sorgen. Joe kommt vorbei und kümmert sich um alles. Und JA, wir können all das machen, was du vorhast. Werden zwei Tage dafür ausreichen? Oder soll ich gleich eine Woche reservieren?“, fragte Granny lachend.

„Na, wenn du so fragst …“, erwiderte Emilia und machte ein grübelndes Gesicht. Als ihr Granny eine Serviette an den Kopf zu werfen drohte, brach sie in schallendes Gelächter aus. „Nein, zwei Tage sind spitze, vielen Dank, Granny!“ Emilia sprang auf, gab Granny einen Kuss auf die Wange und begann, den Tisch abzuräumen. „Wann fahren wir?“, fragte sie.

„Morgen, wenn das für dich okay ist?“

„Klar! Dann pack ich mal schnell wieder ein paar Sachen für eine Nacht ein. Oh, ich freu mich so, Granny, das ist eine tolle Überraschung!“, rief sie und gab ihrer Großmutter einen Kuss auf die Wange. Dann wirbelte sie total aufgeregt davon und verschwand in ihrem Zimmer. „Auf geht's nach Oak Valley!“, rief sie noch freudig, als sie voller Elan die Tür zuknallte.

Am nächsten Morgen ging es schon in aller Frühe los. Eigentlich hasste es Emilia, früh aufzustehen, aber heute machte es ihr überhaupt nichts aus. Sie machte eine Katzenwäsche, rannte mit ihrem Rucksack hinunter zum Frühstück, schob sich ein Butterbrot mit Marmelade zwischen die Zähne und holte sich eine große Tasse frisch gebrühten Kaffee mit Milch und Zucker. Granny war schon fertig mit dem Frühstück und erledigte bereits den Abwasch.

„Na, hast du gut geschlafen, Liebling?“, fragte diese.

„Klar, Granny, bei dir schlafe ich immer besonders gut. Und sogar ohne Albträume. Wenn ich mir das so überlege, ist das seltsam. Zu Hause hatte ich seit Wochen immer Albträume ...“

Granny wurde hellhörig und fragte besorgt:

„Was für Träume sind das denn, Liebes?“

„Ach, ich kann es dir nicht so genau sagen, ich kann mich in der Regel nicht daran erinnern. Bis auf gestern Morgen, da weiß ich noch, dass ich in einem tiefen dunklen Wald verfolgt und angegriffen wurde. Vielleicht kam mir der Typ im Wald deshalb so komisch vor", überlegte Emilia laut. „Ich hatte kurz Panik, dass er ein Sexualstraftäter sein könnte."

Granny lachte auf und antwortete:

„Das ist er sicher nicht."

„Du kennst den Typ?", fragte Emilia entgeistert.

„Nein, nein!", entgegnete Granny erschrocken. „Ich meinte das so, dass es hier bei uns sicher keine Sexualstraftäter gibt. Die suchen sich ihre Opfer wohl eher in großen Städten, mit Auswahl an Opfern. Hier draußen findet man ja normalerweise nur den alten Joe und mich und dann meilenweit keine Menschenseele mehr. Und ich glaube nicht, dass jemand unsere Telefonate abgehört hat und wusste, dass gerade gestern ein hübsches junges Mädchen angekommen ist, oder?!", sagte Granny, zwinkerte Emilia zu und diese musste lachen.

„Da hast du wohl recht", antwortete sie.

Nachdem Emilia ein paar Schluck ihres Kaffees getrunken hatte, rannte sie, mit ihrem angebissenen Brot in der Hand, nach draußen, um noch schnell Hühner, Hasen und Enten zu füttern. Das Kleinvieh war schon immer ihre Angelegenheit gewesen. Das war bereits früher so gewesen, als sie noch mit ihren Eltern und ihrer Schwester hier gelebt hatten. Bevor sie in die Großstadt umgezogen waren.

Als sie damit fertig war, fuhr Granny bereits den Wagen vor. Einen standesgemäßen, alten Transporter mit Ladepritsche. Alles an dem Auto war staubig und klapprig, aber Emilia liebte dieses Gefährt. Sie konnte nicht einmal sagen, was für eine Farbe die Kiste einmal gehabt hatte. Heute war der Transporter einheitlich hellbraun, mit Staub und Dreck überzogen. Emilia stieg ein, ihr Rucksack lag bereits auf dem Rücksitz. Kim und Fox hatten es sich auf der Pritsche auf ein paar Decken bequem gemacht. Auf ging es in die Stadt.

Die Autofahrt war leider weniger spannend. Die unendlichen Weiten zogen an ihnen vorbei und man sah immer dasselbe. Gras, Gras und nochmals Gras. Ab und an tauchte ein Wald in der Ferne auf. Die Berge ragten malerisch empor, aber man hatte das Gefühl, ihnen kein bisschen näher zu kommen, obwohl sie seit einer Ewigkeit darauf zu fuhren.

Granny wohnte tatsächlich sehr einsam. Seit sie mit ihrer Familie vor zehn Jahren in die Großstadt umgezogen war, hatte sie sich oft Sorgen darum gemacht, was passieren würde, wenn Granny einmal etwas zustoßen würde. Ein Krankenwagen würde es hier heraus wohl kaum rechtzeitig schaffen. Sie hatte sie angefleht, mit ihnen zu kommen, aber Granny wollte davon nichts hören. Sie sagte immer wieder:

„Ich bin hier draußen geboren und ich werde hier draußen sterben. Ich bin alt, Schätzchen, ich habe mein Leben gelebt und geliebt, aber alles hat ein Ende und der Tod ist nur das Ende einer Geschichte, die auf der anderen Seite weitergeht." Ja, vielleicht hatte Granny recht damit, aber dennoch war sie, Emilia, noch nicht bereit, sich mit dem Gedanken anzufreunden, dass Granny im Ernstfall hier draußen in der Wildnis niemand helfen konnte.

Tief in Gedanken, bemerkte Emilia nicht, dass sie immer wieder von Granny, breit grinsend, beobachtet wurde. Als sie irgendwann aufblickte, brach ihre Großmutter in schallendes Gelächter aus.

„Ein Penny für deine Gedanken“, lachte sie laut. „Denkst du etwa an einen jungen Mann?“

Emilia lief puterrot an und rief:

„Granny! Wo denkst du denn hin? Nein, ich mache mir manchmal Sorgen um dich, das weißt du doch. Mir wurde eben wieder bewusst, wie einsam du lebst“, erklärte Emilia.

„Emilia, DAS Thema hatten wir ja zur Genüge. Ich bin hier draußen geboren und ich sterbe hier draußen. Basta. Und jetzt schau wieder etwas freundlicher drein, wir sind da“, antwortete Sophia und parkte vor dem Hotel.

Emilia sah zur Windschutzscheibe hinaus auf die Stadt. Na ja, *Stadt* war tatsächlich übertrieben. Man konnte es sich vorstellen wie in einem dieser alten Wildwest-Filme. Es gab ein Hotel, einen Saloon mit Schwingtür und etliche kleine Geschäfte. Darunter der Metzger, ein Bäcker, ein kleiner Laden mit Haushaltswaren und sonstigem, was man so benötigte. Eine Schneiderei, ein Arzt, ein Friseur und das Geschäft, das Emilias Blick magisch anzog. Das Geschäft am Ende der Straße. Der Laden der Indianerin.

Bisher waren alle Aufenthalte in der Stadt immer so abgelaufen, dass Granny zum Schneider und zum Friseur ging und Emilia das Schwein beim Metzger ausladen helfen und danach mit einer riesigen Einkaufsliste durch die Stadt ziehen musste. Und egal, wie schnell sie war, Granny wartete immer schon am Auto auf sie. Die Tiere auf dem Hof warteten ja schließlich darauf, versorgt zu werden. Daher wollte Granny immer so schnell wie möglich zurückfahren, dass sie noch vor Sonnenuntergang wieder auf der Ranch waren. Somit konnte Emilia sich nie so umschauen, wie sie es eigentlich gern gemacht hätte. So gern hätte sie mal den Saloon von innen gesehen. Angeblich war dieser noch immer so eingerichtet wie damals, als die Stadt gebaut worden war. Emilia hatte es nur von Granny gehört, sie selbst war noch nie drin gewesen. Außerdem wollte sie unbedingt in dem Laden der Indianerfrau herumstöbern. Emilia war fasziniert von allen Völkern, die an Übersinnliches und Naturmagie glaubten. Sie freute sich unbändig darauf, sich mit der Indianerin zu unterhalten und in den Kleidern und dem Schmuck zu stöbern, den sie selbst herstellte. Sie hatte sich auch vorgenommen, ein paar Kräuter mitzunehmen, um für Granny eine kleine indianische Hausapotheke anzulegen.

„Emilia! Steigst du nun aus oder willst du bis morgen hier drin sitzen und verzückt auf den kleinen Laden starren?“, fragte Granny und schüttelte den Kopf. Sie ließ die Hunde von der Pritsche herunterspringen und machte sich mit ihrem Gepäck auf in Richtung Hotel. Emilia schüttelte den Kopf, um wieder in der Gegenwart anzukommen, und stieg ebenfalls aus. Sie schnappte ihren Rucksack vom Rücksitz und rannte hinterher.

„Warte, Granny!“, rief sie, während sie die staubige Straße hinter ihrer Großmutter her zum Eingang des Hotels rannte.

Das Hotel war ein uriges altes Gebäude mit einem dunklen Tresen im Empfangsbereich, hinter dem eine ältere

Dame stand und sie freundlich begrüßte. Hinter der Frau hingen in vier dunklen Holzkästen jeweils zwei Schlüssel mit großen, schweren Anhängern. Die Frau nahm je einen Schlüssel aus dem ersten und dem zweiten Kästchen vom Haken und reichte diese Grandma.

„Bitte folgen Sie mir, die Zimmer sind direkt im ersten Stock, einfach hier diese Treppe nach oben. Mein Name ist übrigens Sara“, erklärte die ältere Dame ihnen.

Die Treppe und auch der Flur waren mit dunklen, schweren, roten Teppichen belegt, die jedes Geräusch sofort verschluckten. Die Zimmer lagen nebeneinander. Emilia hatte das Zimmer Nummer Eins und Granny die Zwei, direkt daneben.

„Sind noch weitere Gäste hier?“, fragte Granny

„Ja, ein junger Mann, ist heute Vormittag angekommen und hat ebenfalls für eine Nacht gebucht“, entgegnete Sara. Sie schloss die erste Tür auf und übergab Emilia den Schlüssel. Dann ging sie zusammen mit Granny zur nächsten Tür und schloss ebenfalls auf. Emilia betrat das Zimmer und war sofort hin und weg von dem kleinen gemütlichen Raum. Ein wunderschönes Himmelbett mit rot-weiß karierter Überdecke nahm die Wand links von der Tür ein, geradeaus zierten rot-weiße Vorhänge drei kleine Fenster. Darunter stand ein uralter, dunkelgrüner Samtsessel und rechts daneben ein alter dunkelbrauner Tisch. Emilia war sofort mit einem Satz aufs Bett gesprungen und Fox natürlich direkt hinterher.

„Fox, raus aus dem Bett, du schläfst auf dem Boden! Zum Glück ist Sara mit Granny weitergegangen, sonst hätten wir sicher schon Ärger bekommen“, maulte sie und Fox trollte sich. Er sprang aus dem Bett und zur Tür hinaus, hinter Granny und Kim her. Emilia stellte ihre Tasche auf den Boden und machte sich ebenfalls auf den Weg ins Nebenzimmer, was identisch mit ihrem war. Granny war ebenfalls begeistert und hatte sich auch zuerst auf das gemütliche Bett gesetzt. Nur hatte ihre Hündin mehr Manieren als Fox. Diese hatte sich brav am Fuß des Bettes auf dem Boden zusammengerollt. Da Granny müde war von der langen Fahrt, bat sie Emilia darum, mit den Hunden eine Runde durch die Stadt zu drehen.

„Es wird dir ja sicher nicht langweilig werden“, sagte Granny und zwinkerte ihr zu, bevor sie sie liebevoll, aber entschlossen zur Tür hinausschob. Als sich die Tür hinter ihrem Rücken geschlossen hatte, überlegte Emilia, wohin sie als erstes gehen sollte und beschloss, sich erst einmal in Ruhe ALLES anzuschauen. Die beiden Hunde trotteten brav hinterher. So verließen sie das Hotel. Die Hunde hatten sich gestern zum Glück gut genug ausgetobt, sodass sie heute recht zivilisiert spazieren gingen.

Auf der Straße schaute Emilia sich um. Es gab neben der Hauptstraße noch zwei Nebenstraßen, in denen sie noch nie gewesen war. Vielleicht sollte sie hier mit ihrer Erkundung beginnen. Sie hatte ja schließlich genug Zeit. Also schlenderte sie gemütlich die kleine Straße entlang. Es war reizend hier. Die Häuser waren alt, aus Stein und Holz gebaut. Schöne alte Bäume säumten die Straße und schmückten die Gärten um die Wohnhäuser. Sie stellte sich vor, wie gleich eine Horde Cowboys auf Pferden um die Ecke gebogen kam. Und dann bog tatsächlich jemand um die Ecke, aber es war kein Cowboy. NEIN! Es war dieser Merkur! Was machte DER Typ denn hier? Verfolgte er sie etwa wirklich? Entsetzt blieb sie stehen und sah sich um. Er schien sie noch nicht bemerkt zu haben. Schnell rannte Emilia um eine Hausecke und versteckte sich hinter einer dicken alten Eiche. Ihr Herz raste, als sie Schritte hörte, die schnell näherkamen.

„Mist“, schimpfte sie leise. Hatte er sie etwa doch gesehen? Emilia schielte um den Baum herum, der ihr als Versteck diente. Da sah sie ihn auch schon. Er steuerte zielstrebig ihre Richtung an. Emilia machte sich ganz schmal und drückte sich mit dem Rücken gegen den Baum. Die Hunde standen neben ihr und sahen sie verdutzt an. Leider hatte er wohl die Hunde gesehen. Er lachte laut auf, als er den Baum passierte, ging jedoch weiter, ohne ein Wort zu sagen. Emilia lugte vorsichtig hinter ihrem Baum hervor und sah ihm nach. In diesem Moment drehte er sich nochmals um und tippte mit der Hand grüßend gegen seinen Kopf. Dann ging er lachend weiter. Emilia kam sich nun recht blöd vor. Was sollte er denn nun von ihr denken. Die Schamesröte kroch ihr ins Gesicht. Ihr Herz klopfte noch immer viel zu schnell.

Nach dieser Begegnung war ihr nicht mehr danach, noch weiterzulaufen. So pfiff sie den Hunden, drehte um und bewegte sich wieder auf die Hauptstraße von Oak Valley zu. Sie nahm den kleinen Indianer-Laden ins Visier und überlegte sich, ob sie die Hunde wohl mit hineinnehmen durfte. Sie würde einfach fragen, beschloss sie. Sie nahm die zwei Stufen, die von der staubigen Straße auf die hölzerne Veranda führten, mit einem Satz, befahl den Hunden, sich hinzulegen, und öffnete die Ladentür. Es klingelte über ihr, jedoch war niemand zu sehen.

„Hallo?“, rief Emilia. „Ist jemand da? Ich wollte fragen, ob ich die Hunde mit reinbringen darf, um mich umzusehen?!“

Eine hübsche dunkelhaarige Frau mit markanten Wangenknochen steckte ihren Kopf durch einen Perlenvorhang, auf der hinteren Seite des Geschäfts, lächelte sie an und antwortete:

„Aber natürlich, jedes Wesen ist mir gleichermaßen willkommen. Hol die beiden ruhig herein. Ich komme sofort. Falls du Hilfe brauchst, ruf einfach, dann unterbreche ich meine Arbeit hinten.“ Mit diesen Worten war der Kopf wieder hinter dem Vorhang verschwunden und Emilia hörte nur ein geschäftiges Rascheln und Klappern.

Nachdem die Hunde im Laden eine schöne ruhige Ecke zum Abliegen gefunden hatten, sah sich Emilia um. Links stand ein kleiner Tisch mit einer alten Registrierkasse darauf, daneben war ein großer Ständer mit bunten großen Tüchern aufgestellt worden. Dahinter befand sich eine Wand mit Traumfängern in allen Größen. Rechts waren mehrere Reihen mit Kleidung. Indianische und „normale“ Kleidung. In der Mitte stand ein großer Tisch mit allerlei Schmuck. Ketten, Ohrringe, Armreifen und Fingerringe. Zum Schluss entdeckte Emilia in einer Ecke, hinter den Klamotten, noch eine Vielzahl an Kräutern und Heilsteinen. Der Laden war noch schöner, als sie es sich vorgestellt hatte. Sie überschlug bereits im Kopf, wie weit sie mit ihrem Taschengeld hier drin kommen würde. Als sie noch einen Ständer mit wunderschönen Taschen sah, wusste sie, dass das Geld nicht reichen konnte. In dem Moment tauchte die junge Frau wieder auf.

„So, jetzt bin ich fertig, ich hatte noch eine Maßanfertigung zu machen. Kann ich dir irgendwie helfen?“, fragte sie. Wie sie Emilia ansah, weiteten sich ihre Augen, als hätte die junge Frau einen Geist gesehen.

„Ist alles in Ordnung, Miss?“, fragte Emilia, der dieser Blick nicht entgangen war.

„Ja“, antwortete sie schnell „Du bist Emilijana, stimmt‘s?“, fragte diese. Verblüfft sah Emilia sie an.

„Emilia bitte. Aber ... woher wissen Sie das?“, fragte sie perplex.

„Ich kannte deinen Vater und du siehst aus, wie er aussah“, entgegnete sie etwas unsicher. „Ich bin Joy!“, sagte sie und streckte Emilia die Hand entgegen. Noch immer etwas unsicher ergriff diese sie und schüttelte sie. Überrascht fiel Emilia auf, dass Joys Blick zu ihren Ohren wanderte und dort ein paar Sekunden zu lang hängen blieb. Emilia griff unsicher danach. Sie mochte ihre Ohren nicht, da sie, für ihren Geschmack, ein kleines bisschen zu spitz waren. Joy zuckte zusammen und räusperte sich verlegen. „Wie ich sehe, hast du Ohrlöcher, aber trägst keinen Ohrschmuck darin. Soll ich dir ein paar schöne Exemplare zeigen?“

„Klar, gern. Und am besten noch eine passende Kette dazu. Aber nichts zu Pompöses bitte“, antwortete sie lächelnd und folgte Joy in die Tiefen ihres Geschäftes.

Joy war eine erstklassige Einkaufsberaterin. Im Nu hatte sie Emilia komplett ausgestattet. Ohrringe, eine Kette, ein Armband und sogar einen passenden Fingerring. Dazu noch ein wunderschönes indianisches Tuch, das sie sowohl als Schal als auch als Stola verwenden konnte.

„Kann ich dir sonst noch was zeigen?", fragte Joy freundlich.

„Ja, ich möchte auf jeden Fall eine Hausapotheke für meine Großmutter zusammenstellen lassen. Sie lebt zwei Autostunden entfernt von hier, mitten im Nirgendwo, und mir wäre wohler, wenn sie zumindest ein bisschen Vorrat an heilenden Kräutern da hätte. Von der Schulmedizin hält sie nämlich nicht arg viel", erklärte Emilia und Joy nickte wissend.

Eine Stunde später kam Emilia, voll beladen, wieder aus dem kleinen Geschäft heraus. Sie hatte einen ganzen Sack voll verschiedener Kräuter und Steine mit den dazugehörigen Angaben, wie diese verwendet werden mussten. Außerdem trug sie bereits den Schmuck, den sie sich zugelegt hatte. Eine neue Tasche und ein wunderschönes großes Halstuch waren ebenfalls unter ihren Errungenschaften. Alles in allem war ihr Taschengeld nun aufgebraucht. Sie musste also ihrer Großmutter schöne Augen machen, dass diese das Taschengeld etwas aufstocken würde. Aber so wie sie ihre Oma kannte, würde sie das sicher tun.

Tief in Gedanken bemerkte sie nicht, dass gerade ein Mann um die Ecke bog. Sie lief direkt in diesen hinein, verlor das Gleichgewicht und landete mitten auf der staubigen

Straße. Na wundervoll, die neue Tasche und das Tuch lagen ebenfalls im Staub. So was konnte ja auch nur wieder ihr passieren. Sie rappelte sich auf und gerade, als sie sich bei ihrem Gegenüber entschuldigen wollte, blieben ihr die Worte im Halse stecken. Wie ein paralysiertes Häschen die Schlange ansah, so blickte sie geradewegs in die tiefen grauen Augen von Merkur. Dieser lächelte spöttisch. Da wurde Emilia so wütend, dass sie ihn anfuhr:

„Was in aller Herrgottsnamen soll das? Warum läufst du mir ständig über den Weg? Verfolgst du mich etwa? Und warum grinst du eigentlich immer so dämlich, du unverschämter arroganter ...“ Weiter kam sie nicht, da sie merkte, dass alle Leute auf der Straße stehen geblieben waren und sie anstarrten. Sie lief feuerrot an, klopfte sich den Staub vom Po und sammelte ihre Sachen auf. Merkur lehnte an dem kleinen Geschäft, aus dem sie gerade gekommen war, und grinste noch immer. Ja, er grinste. Emilia kochte vor Wut.

„Ein Gentleman hätte wenigstens geholfen, die Sachen aufzuheben“, knurrte sie vor sich hin. Sie war so zornig, dass sie die Tränen heiß in sich aufsteigen spürte. Wild entschlossen, vor Merkur keine Schwäche zu zeigen, schluckte sie kräftig und atmete tief durch. Dann erhob sie sich und sammelte ihren letzten Rest Würde zusammen, zumindest das, was davon noch übrig war, und funkelte ihn nochmals böse an. Da stieß sich Merkur lässig von der Mauer ab, trat dicht an Emilia heran und flüsterte ihr ins Ohr:

„Ich bin aber kein Gentleman, sondern nur ein unverschämter, arroganter, ähm, was wolltest du danach noch sagen?“ Er strich ihr eine lose Haarsträhne hinter das Ohr. Ein warmer Schauer breitete sich von der Stelle aus, an der er sie berührt hatte. Heiß lief es ihr über den Rücken. Sie spürte, wie sie am ganzen Körper von einer Gänsehaut überzogen wurde. Merkur lachte nochmals auf und verschwand hinter der nächsten Hausecke.

Emilia stand da wie gelähmt. WAS WAR DAS? Was bildete sich der Typ eigentlich ein? Er konnte sie doch nicht einfach anfassen und ihr eine Haarsträhne hinter das Ohr streichen. Als Emilia bewusst wurde, wie nah er ihr gerade gekommen war, lief sie wieder puterrot an. Sie wollte ihm noch etwas hinterher rufen, aber er war weg. Schnell lief sie um das Haus herum, aber von ihm war nichts mehr zu sehen. Er war wie vom Erdboden verschluckt. Emilia stand noch eine Weile perplex auf der Straße und blickte in die Richtung, in die Merkur verschwunden war. Sie war so bemüht, wieder Klarheit in ihrem Kopf zu schaffen, dass sie erst sehr spät realisierte, dass ihre Grandma die Straße herunterkam und ihren Namen rief.

„Kind, wo bist du mit deinen Gedanken?“, rief Granny lachend. „Du siehst ja drein, als hättest du einen Geist gesehen. Und wie siehst du überhaupt aus? Hast du auf der Straße gelegen?“, fragte sie ihre Enkelin und betrachtete sie argwöhnisch. Endlich erwachte Emilia aus ihrer Trance. Das ganze Thema war ihr jetzt etwas peinlich, zum einen die Tatsache, dass sie Merkur so angeschnauzt hatte, und zum anderen brachte sie die Reaktion ihres Körpers auf Merkurs Berührung ganz durcheinander. Granny würde sich köstlich darüber amüsieren, wenn sie davon Wind bekommen würde. Daher entschied sich Emilia, erst einmal nichts davon zu erzählen. Merkur machte auf sie inzwischen nicht mehr den Eindruck, dass er ihr gefährlich werden würde. Er war einfach nur arrogant und sicher war es purer Zufall, dass er auch hier in der Stadt war. Irgendwo musste er ja schließlich auch wohnen oder einkaufen.

„Hast du Lust, mit mir essen zu gehen? Ich habe einen Bärenhunger“, riss Granny sie aus ihren Gedanken.

„Ja, gern! Ich möchte nur noch schnell meine Einkäufe ins Zimmer bringen und beim Essen müssen wir mal über finanzielle Dinge reden“, antwortete Emilia und zwinkerte Granny frech zu. Dann rannte sie hinüber zum Hotel. Granny wartete mit den Hunden auf der Straße auf sie.

Emilia zog sich auf ihrem Zimmer schnell etwas Sauberes über. Anschließend schnappte sie sich eine Strickweste, da es am Abend frisch werden konnte, und rannte die Treppe hinunter. Immer zwei Stufen auf einmal nehmend. Draußen auf der Straße hakte sie sich bei Granny unter und machte sich mit ihr auf den Weg zum Saloon.

Sie betraten das Gebäude durch die alte Western-Schwingtür und sahen sich in dem etwas düsteren Raum um. Alles war wirklich antik. Dunkles, abgegriffenes Holz, eine lange Theke und tatsächlich ein paar Männer, die ihr Feierabend-Bier tranken und Poker spielten. Auch das Rauchverbot interessierte hier drinnen niemanden. Daher steuerte Granny sofort die Hintertür an, die auf eine romantische kleine Terrasse mit netten kleinen Tischen führte. Es saßen bereits ein paar Gäste draußen und ließen sich ihr Mahl schmecken. Die Bedienung kam sofort und brachte eine überschaubare Karte. Es gab nur drei Gerichte darauf und so hatten sich die beiden schnell entschieden.

Während sie, ihr kaltes Getränk genießend, auf ihre Bestellung warteten, betrat ein weiterer Gast die Terrasse und setzte sich alleine an einen Tisch in ihrer Nähe. Merkur. Emilia stöhnte.

„Das darf echt nicht wahr sein“, murmelte sie und wurde ein Stück kleiner in ihrem Stuhl. „Langsam glaube ich ECHT, der verfolgt mich“, setzte sie an Granny gerichtet hinzu und deutete mit dem Kopf hinüber zu dem neuen Gast. Granny, die bis zu diesem Zeitpunkt mit Kim beschäftigt war, hob den Kopf und erstarrte bei Merkurs Anblick. „DAS ist der Typ aus dem Wald“, erklärte Emilia im Flüsterton. „Er ist mir heute schon zweimal begegnet“, redete sie leise weiter. Granny war blass geworden.

„Hat er etwas zu dir gesagt, mein Kind?“, fragte sie mit leicht bebender Stimme.

„Nicht viel“, antwortete Emilia, lief aber leicht rot an, als sie sich an seine Berührung erinnerte. „Ich finde ihn arrogant und unverschämt“, ergänzte sie im Brustton der Überzeugung. Granny nickte erleichtert.

„Am besten hältst du dich von ihm fern“, sagte sie.

Emilia nickte, erwiderte aber nichts mehr, da in diesem Moment das Essen kam. Das leckere Mahl konnte Emilias Gedanken an Merkur nicht vertreiben. Sie glaubte die ganze Zeit, seinen Blick auf sich ruhen zu spüren. Ein seltsamer Schauer lief ihr den Rücken hinunter. Das Essen verlief eher schweigsam. Als sie fertig waren, bat Emilia ihre Großmutter, gleich zu zahlen, da sie zurück ins Hotel wollte.

Merkurs Anwesenheit war ihr äußerst unangenehm. Granny hatte nichts dagegen, auch ihr schien die gute Stimmung verloren gegangen zu sein.

Nachdem sie bezahlt hatten, gingen sie nicht mehr durch den Saloon, sondern nahmen den Hinterausgang der Terrasse. So mussten sie auch nicht mehr an diesem seltsamen Merkur vorbei. Emilia steuerte direkt auf das Hotel zu und verschwand, oben angekommen, auch sofort mit einem „Gute Nacht, Granny" in ihrem Zimmer. Erst hier gelang es ihr, sich etwas zu entspannen. Sie bemerkte erst jetzt, dass sie einen viel zu schnellen Puls hatte. Was war nur mit ihr los? Vielleicht wurde sie krank? Da es im Zimmer sehr stickig war, öffnete sie nach einer Weile das Fenster, das zur Straße hinunter zeigte. Sie stellte sich davor, um tief die kühle, klare Nachtluft einzuatmen.

Plötzlich hörte sie unter sich jemanden flüstern. Emilia erkannte die Stimme auf Anhieb. Obwohl sich die Person bemühte, sehr leise zu sprechen, wusste Emilia sofort, dass es Granny war.

„Was macht die denn da unten? Und mit wem redet sie da?", murmelte Emilia vor sich hin. Dann erstarrte sie, als eine zweite Stimme, nicht darauf bedacht, leise zu sprechen, ihr antwortete:

„Es ist alles deine Schuld, wenn es zu spät ist. Sag es ihr oder ich tue es. Ich gebe dir noch einen Tag, dann regle ich es auf meine Art." Das war niemand anderes als Merkur. Er hatte zwar bisher nicht viel mit ihr gesprochen, aber diese Stimme erkannte sie eindeutig. Emilia wurde es heiß und kalt. Was in aller Welt ging da unten vor sich? Was hatte ihre

Großmutter mit diesem Sonderling zu tun? Und wer war SIE, von der gesprochen wurde? Ging es etwa um sie selbst? Um wen hätte es sonst gehen können? Emilia schwirrte der Kopf. Sollte sie Granny abpassen und zur Rede stellen? Nein, das hatte keinen Sinn. Granny war ein Sturkopf. Wenn sie etwas nicht sagen wollte, dann tat sie es auch nicht. Also blieb nur eine Möglichkeit zu erfahren, um was es hier ging: Augen und Ohren offen halten und gegebenenfalls Merkur ausquetschen. Emilia fühlte sich auf einmal wie in einem ihrer spannenden Romane. Und SIE war die Hauptfigur. Gespannt horchte sie noch eine Weile in die Dunkelheit, aber scheinbar standen die beiden nicht mehr unter ihrem Fenster. Entweder hatten sie gemerkt, dass ihr Gespräch nicht mehr vertraulich war, oder es war bereits alles gesagt gewesen. Es war schon spät und sie sollte eigentlich schlafen gehen, aber es dauerte lang, bis sie zur Ruhe kam. Ihre Gedanken drehten sich im Kreis. Was ging hier vor und um wen ging es wirklich ...?

Irgendwann war Emilia dann doch eingeschlafen.

Am frühen Morgen wurde sie jedoch durch ein lautes Klopfen an der Tür geweckt.

„Emilia! Aufstehen, wir müssen früher zurückfahren. Ich warte unten beim Frühstück. Pack bitte gleich ein, sodass wir danach direkt losfahren können.“ Ohne eine Erwiderung abzuwarten, hörte Emilia, wie ihre Granny eiligen Schrittes die Treppe hinunterging.

„Wie jetzt? Abfahren? Ich dachte, wir bleiben bis heute Mittag? Da stimmt ECHT was nicht, Fox. Aber wir finden heraus, was los ist“, murrte Emilia. Fox hob nur kurz seinen

Kopf und vergrub ihn gleich wieder unter seiner Pfote. Nein, er war auch kein Frühaufsteher. Emilia rappelte sich auf, duschte sich kalt ab und zog sich schnell neue Sachen über. Die nassen Haare flocht sie zu einem Zopf. Dann huschte sie einmal durch das Zimmer und warf all ihre Sachen in ihren Rucksack. Anschließend ging sie, zusammen mit Fox, hinunter zum Frühstück.

Granny war schon fertig und brachte das Gepäck gerade hinaus zum Auto. Sie müsse noch eine Besorgung machen, erklärte sie Emilia und war weg, bevor diese auch nur „Piep“ sagen konnte. Emilia stand total verdattert da. Okay, mit Ausfragen war da wohl nicht viel drin. Ob Granny wohl gemerkt hatte, dass sie gestern Abend gelauscht hatte? Vielleicht hatte sie sie ja am Fenster stehen sehen, überlegte sich Emilia. Na ja, bei der Autofahrt hätte Emilia genug Zeit zu fragen, was los war.

Mit diesem Entschluss setzte sie sich an den reich gedeckten Frühstückstisch und genoss in aller Ruhe Rühreier mit Speck, einen Bagel mit Frischkäse und etwas Obstsalat. Als Granny zurückkam, war sie gerade bei ihrem zweiten Milchkaffee angekommen und hatte keine Lust, sich dabei hetzen zu lassen. Aber da hatte sie ihre Granny wohl falsch eingeschätzt.

„Auf, auf, Mädchen, wir haben nicht den ganzen Tag Zeit. Wir müssen los!“, drängte diese.

„Warum haben wir es denn auf einmal so eilig? Ich dachte, wir hätten heute auch noch den ganzen Tag und fahren erst gegen Abend zurück?“, maulte Emilia.

„Joe ist krank geworden, er hat heute Morgen ganz früh im Hotel angerufen und mich wecken lassen. Also LOS! Die Kühe müssen gemolken werden, hopp hopp!“, trieb Granny zur Eile. Emilia leerte ihren Kaffee in einen Pappbecher um und stand schweren Herzens auf.

Gerade als sie das Hotel verlassen wollten, hörte Emilia jemanden die Treppe herunterhasten. Da sie neugierig war, wer der dritte Gast im Hotel war, blieb sie noch eine Sekunde stehen. Es war, wie sie vermutet hatte: Merkur. Okay, jetzt bestand für Emilia kein Zweifel mehr. Er hatte sie verfolgt und er würde es wieder tun. Spätestens jetzt wusste er, dass sie abreisten und Emilia hätte wetten können, dass es keinen Tag dauern würde, bis sie ihn wiedersah. Ein freudiger Schauer durchlief ihren Körper bei der Aussicht darauf. Emilia schüttelte entsetzt den Kopf. Obwohl er arrogant und unfreundlich war, musste sie immer wieder an die Berührung mit der Haarsträhne denken und dabei lief es ihr immer wieder wohlig den Rücken hinunter. Was war nur mit ihr los? Warum faszinierte sie dieser Typ so dermaßen? Sie konnte es nicht mehr leugnen, irgendetwas an Merkur zog sie magisch an, obwohl sie tief in ihrem Inneren wusste, dass dieser Kerl nicht gut für sie sein konnte.

KAPITEL 4

Auf der Rückfahrt war Granny absolut nicht zu Konversation bereit. Sie stierte stur geradeaus, als müsse sie sich konzentrieren, um nicht falsch zu fahren. Was nicht möglich war, da es weit und breit nur eine Straße gab und die führte immer geradeaus. Die Berge hatten sie nun im Rücken, sodass sie auf die wundervollen Ebenen schauen konnten, die sich links, rechts und vor ihnen erstreckten. Emilia betrachtete die fernen Wälder und musste unweigerlich an ihren Traum denken. Ob einer dieser Wälder eine Rolle in ihrem Traum spielte? Wer wusste das schon? Emilia glaubte fest daran, dass Träume einem teilweise die Zukunft zeigten. Sie hatte oft das Gefühl, ein Déjà-vu zu haben, und das in Situationen, die ihr eigentlich ganz neu waren. Diese Albträume ließen sie daher einfach nicht los. Sie schauderte, als das Gefühl der Verzweiflung erneut in ihr aufstieg. Schnell schüttelte sie sich, um wieder Herr ihrer Sinne zu werden. Vermutlich sollte sie abends nicht mehr so viel lesen, dachte sie und beendete die negativen Gedanken ganz schnell.

Vor ihnen tauchte nun langsam, aber sicher IHR Wald auf. Ganz in dessen Nähe konnte Emilia das alte Windrad der Ranch erkennen. Es drehte sich leicht im Wind.

„Endspurt“, sagte sie zu Granny. „Soll ich direkt zum Stall, die Kühe melken?“

„Ja bitte, mein Kind, das wäre nett, ich brauch erst eine kleine Pause von der langen Fahrt“, erwiderte Granny matt.

Auf der Ranch angekommen sprang Emilia aus dem Auto und rannte zum Kuhstall. Granny verschwand im Haus. Emilia öffnete schwungvoll das Tor und rief:

„Guten Morgen, meine Damen, auf geht’s zum Melken.“ Als sie beherzt den Melkschemel schnappen wollte und die erste Kuh anpeilte, stoppte sie abrupt. Die Kühe waren total entspannt, die leeren Kannen nicht an ihrem Platz, der Kuhstall war sauber und die Tiere fraßen gemütlich. DIE waren bereits versorgt worden. Seltsam ... Ob Joe wohl doch schon da gewesen war? Emilia rannte hinüber zu den Hasen und den Hühnern. Hier bot sich ihr ein ähnliches Bild. Die Eier waren eingesammelt, die Tiere gemistet und gefüttert. Die Enten rannten fröhlich draußen herum, also hatte die auch jemand rausgelassen. Die Schweine waren ebenfalls friedlich am Mampfen. Emilia rannte ins Haus und rief:

„Granny? Bist du sicher, dass Joe nicht da war? Es ist alles erledigt. Alle Tiere sind versorgt, alle Ställe sind sauber.“

„Vielleicht hat er seinen Enkel geschickt, der besucht ihn auch manchmal in den Ferien“, antwortete Granny, ihren Kopf aus ihrer Schlafzimmertür streckend. „Kind, sei so gut und geh‘ mit den Hunden spazieren. Nach der langen Autofahrt könnt ihr ein bisschen Bewegung vertragen und ich ein bisschen Ruhe. Ich muss mich erst eine Weile hinlegen. Mir geht es nicht besonders gut.“

„Soll ich dir einen Kräutertee machen? Oder schauen, ob in der indianischen Hausapotheke etwas Gutes für dich dabei ist?“, fragte Emilia besorgt.

„Nein, mein Kind, das ist lieb von dir, aber ich benötige nur etwas Schlaf. Meine Nacht im Hotel war nicht so gut und du weißt ja, das Autofahren strengt mich auch immer mehr an. Viel Spaß euch“, sagte Granny und schlug die Tür direkt vor Emilias Nase zu.

Somit brach Emilia zu ihrer Lieblingstour mit den Hunden in Richtung Wald auf. Dieses Mal jedoch in der leisen Hoffnung, dass ihr dieser seltsame Merkur über den Weg laufen würde. Denn eins war klar, irgendetwas stimmte hier überhaupt nicht. Sie war sich inzwischen auch sicher, dass Joe ganz und gar nicht krank war, sondern dass Granny, nach dem geheimen Plausch gestern Abend, einfach nur so schnell wie möglich weit weg von Merkur wollte. Sie grübelte und grübelte, aber alles, was sie sich zusammengesponnen hatte, schien keinen Sinn zu ergeben. Was könnten die beiden für Geheimnisse haben, die SIE betreffen könnten?

In Gedanken versunken den Hunden folgend, bemerkte sie erst zu spät, dass sie eine andere Abzweigung im Wald genommen hatte als die, die sie sonst an den See führte. Nun kam sie eine schmale Steigung hinauf und befand sich plötzlich oberhalb des Sees. Die Aussicht war wundervoll! Sie stand auf einem bewaldeten Felsplateau und konnte auf den See hinunterschauen. Direkt neben ihr sprudelte die Quelle, die den See speiste, und stürzte in einem wunderschönen Wasserfall hinunter in das grün-blaue Wasser. Natürlich kannte sie den Wasserfall, aber eben nur von unten. Hier oben war sie noch nie gewesen. Allerdings war es der ideale Ort für ihr Vorhaben. Hier konnte sie alles überblicken. Nun könnte sie Merkur erst einmal beobachten, wenn er unten am See auftauchen würde, ohne selbst gesehen zu werden.

Sie ließ sich im Schatten eines großen Laubbaumes nieder, lehnte sich an dessen Stamm und holte ihr Smartphone aus der Tasche. Sie hatte hier zwar keinen Empfang, was auch nicht weiter schlimm war, nein, sie wollte ihr Buch weiterlesen. So sehr sie gebundene Bücher auch liebte, den Geruch und das Gefühl des gebundenen Papiers in der Hand, so fand sie es doch praktischer für unterwegs, die Bücher in elektronischer Form zu lesen. Das Smartphone war immer mit dabei. Einen großen dicken Wälzer musste sie immer in einer extra Tasche mitschleppen. Selbst ihren E-Reader musste sie immer in einer extra Tasche tragen, und da Emilia nicht der mädchenhafte, immer der Handtasche-dabei-habende-Girly-Typ war, war diese Variante eben praktischer. Sie vertiefte sich in ihre Lektüre und entließ die Hunde zum Spielen. Die beiden fanden einen schmalen Pfad, der direkt hinunter zum See führte. Nach fünf Minuten hörte sie es zweimal platschen und die Hunde vergnügten sich im kühlen Nass. Emilia war so gefesselt von der Geschichte, dass sie erst wieder aufschaute, als es schon merklich dunkler geworden war und sich zwei nasse Fellknäuel an ihre Jeans schmiegten.

„Ihhhhh, weg mit euch nassen Ratten!“, rief sie und sprang schnell auf. An jedem Oberschenkel prangte nun ein riesengroßer nasser Fleck. Sie musste herzlich lachen und scheuchte die Hunde, die ihr Bad wohl beendet hatten, zurück nach Hause.

Es war schon beinahe dunkel, als sie den Hof erreicht hatten. Im Zwielicht hatte sie das Gefühl, eine Bewegung bei den Ställen gesehen zu haben. Als sie jedoch nochmals genauer hinschaute, war nichts mehr zu erkennen. Sie schüttelte den Kopf. Inzwischen sah sie wohl schon weiße Mäuse. Im Haus angekommen rannte sie die Treppe nach oben, um eine andere Hose anzuziehen und Handtücher für die beiden Wasserratten zu holen. Danach kam sie zu Granny in die Küche und gab ihr einen Kuss auf die Wange.

„Geht es dir wieder besser?“, fragte sie.

„Ja, etwas. War der Spaziergang schön? Ich hatte schon Sorge, dass etwas passiert sei, da du so lange weg warst. War etwas ungewöhnlich heute?“, fragte Granny beiläufig.

„Nein, alles ganz ruhig. Ich saß auf dem Plateau über dem Wasserfall und die Hunde haben gebadet. Hab wohl die Zeit vergessen über meinem Buch“, erklärte Emilia leichthin.

„Kann ich verstehen“, lachte Granny. „Als ich jung war, bin ich genauso wie du gewesen. Aber das habe ich dir ja schon oft erzählt.“ Das stimmte, Granny war wie sie. Sie kannte sich in der Literatur aus wie kein anderer. Außerdem kannte sie wundervolle Mythen und Legenden. Granny glaubte ebenfalls daran, dass es mehr gab, als man mit dem bloßen Auge sehen konnte. Sie glaubte an Feen, Elfen und andere Fabelwesen. Früher hatte sie ihr immer Geschichten erzählt. Ihre Augen hatten dann geleuchtet wie die eines kleinen Kindes. Man hatte sehen können, dass sie daran glaubte, dass es wirklich irgendwann einmal all diese Wesen gegeben hatte oder vielleicht noch irgendwo gab. All das hatte jedoch abrupt aufgehört, als Emilias Vater spurlos verschwunden war. Ab diesem Tag hatte Granny nichts mehr von diesen Geschichten hören oder erzählen wollen. Es war, als wäre ein Teil ihrer selbst mit ihm verschwunden. Und vermutlich war es auch so, wenn das eigene Kind plötzlich weg war. Emilia verspürte einen schmerzhaften Stich ins Herz. Sie vermisste ihren Vater natürlich sehr. Nach all den Jahren hatte sie allerdings keine Hoffnung mehr, dass er noch am Leben sein könnte. Er war bei einer Wanderung mit Freunden in Island spurlos verschwunden. Man hatte damals vermutet, dass er sich nachts verlaufen hatte und in eine Felsspalte oder Ähnliches gestürzt war. Es wurde nie auch nur der kleinste Hinweis über seinen Verbleib gefunden.

Granny riss ihre Enkelin aus ihren trüben Gedanken, als sie das Abendessen auf den Tisch stellte und Emilia bat, die Teller und das Besteck zu holen. Das Essen verlief ganz gemütlich. Granny wollte nun endlich wissen, wie es Emilia in Oak Valley gefallen hatte und diese zeigte ihr all ihre Schätze, die sie bei Joy gekauft hatte.

„Sie kannte meinen Dad, hat sie mir erzählt“, plapperte Emilia drauf los. Granny nickte. „Kennst du sie auch?“, fragte Emilia weiter.

„Ja, in der Tat tue ich das, und zwar seit ihrer Geburt“, erklärte Granny und blickte verträumt in die Ferne. Dann fuhr sie fort: „Ihr Großvater war ein Freund deines Großvaters. Unsere Familien waren früher sehr eng befreundet. Leider starb dein Großvater kurz nach der

Geburt von Joy und ein paar Jahre später starben auch ihre Großeltern. Danach kam der Kontakt zu Joy zum Erliegen. Viele Jahre später hat sie dann den Laden ihrer Mutter übernommen, erst da habe ich sie wieder zu Gesicht bekommen. Sie hat die Gabe ihres Großvaters geerbt", erzählte Granny in Gedanken. Das Letzte hatte sie wohl nicht erzählen wollen, da sie sich umgehend auf die Lippen biss und dann abrupt schwieg. Emilia war jedoch bereits hellhörig geworden.

„Welche Gabe ist das?", fragte sie gespannt. Granny überlegte einen kleinen Augenblick und antwortete dann:

„Ich will es dir mal so erklären: Joy sieht mehr als andere Menschen. Sie ist offen für andere Welten. So, aber nun genug davon. Wir sollten den Tisch abräumen, spülen und dann zu Bett gehen. Morgen früh ist die Nacht vorbei und der Stall ruft."

„Gerade, wenn's spannend wird", murrte Emilia, machte sich aber dennoch daran, den Tisch abzuräumen.

KAPITEL 5

Gerade als Emilia sich in ihr Zimmer zurückgezogen hatte, hörte sie ein Klopfen an der Haustür. Leise öffnete sie ihre Tür einen kleinen Spalt und steckte den Kopf heraus, sodass sie hören konnte, was unten geschah. Granny erhob sich gerade aus ihrem Lehnstuhl und schlurfte in ihren Pantoffeln zur Haustür.

„Wer ist da?“, fragte sie mit zitternder Stimme.

„ICH! Wer sonst? Lass mich rein!“, rief eine Männerstimme. Granny öffnete die Tür nur einen Spalt breit und verfiel in ein gezischtes Flüstern:

„Ich habe dir bereits gesagt, dass ich nichts mit dir oder sonst jemandem deinesgleichen zu tun haben möchte, und für Emilia gilt dasselbe, Also schau zu, dass du deine Beine in die Hand nimmst und von hier verschwindest.“ Gerade als sie die Tür schließen wollte, schob Merkur einen Fuß in den Spalt, sodass es Granny nicht mehr möglich war, diese zu schließen. Mühelos schob er die Tür auf und trat ein.

„Dass du es wagst? Verschwinde von hier, habe ich gesagt. Sie wird nicht mit dir kommen. Ich werde es verhindern, und wenn es das Letzte ist, was ich tue. Ich werde diesem Spuk ein für alle Mal ein Ende setzen!“, fuhr Granny auf.

„Das entscheidest nicht du, Sophia. Sie hat eine Bestimmung und du weißt das. Wir brauchen sie, ohne ihre Hilfe kann ich es nicht schaffen. Es muss doch auch in deinem Sinne sein, deinen Sohn wiederzubekommen?!", redete er auf sie ein.

Bei diesen Worten war jegliche Farbe aus Emilias Gesicht gewichen. Ihr Herz schlug ihr plötzlich bis zum Hals. Ihr Vater. IHR VATER. Lebte er etwa doch noch? Sie musste einschreiten. Sie musste wissen, von was hier gesprochen wurde.

„Ich werde nicht noch ein Familienmitglied für eure Sache opfern. Sie ist noch ein Kind", brauste Sophia auf.

„Sie wird bald 17. Damit ist sie in der magischen Welt volljährig", erklärte Merkur ungerührt.

Okay, jetzt wurde die ganze Sache schräg. Hatte Emilia sich verhört? Magische Welt? Sie zwickte sich in den Arm, um sicherzugehen, dass sie nicht gerade im Bett lag und süß träumte.

„Au!", entwischte es ihr leise. Das war wohl etwas zu fest gewesen. Aber nein, sie schlief nicht. Sie musste etwas tun. Jetzt oder nie. Es ging um sie, um ihren Vater und um eine magische Welt. Sie trat beherzt auf den Flur und rannte die Treppe hinunter ins Wohnzimmer, wo Granny und Merkur sich noch immer zankten. Augenblicklich verstummten sie und starrten Emilia an.

„Okay, was in aller Herrgotts Namen ist HIER los?", fragte sie aufgebracht in die Runde. Granny richtete sich zu ihrer vollen Größe auf, atmete tief durch und antwortete:

„Nichts, Kind. Dieser Rüpel ist hier eingedrungen und hat mich um ein paar Almosen angebettelt. Er wollte jedoch gerade gehen, als du runterkamst. Ist es nicht so?" Sie wandte sich Merkur zu und funkelte diesen wütend an. Er lächelte zufrieden und antwortete:

„So schnell wirst du mich nicht los, Sophia. Ich gehe jetzt, aber ich komme wieder." Er hatte bereits die Tür geöffnet, als er sich nochmals umdrehte, Emilia direkt ansah und sagte: „Falls du die Wahrheit wissen willst, findest du mich am See." Damit trat er aus der Tür und verschwand in der Dunkelheit.

Granny atmete erleichtert aus. Sie wollte sich soeben erheben, um ins Bett zu gehen, als sie von Emilia aufgehalten wurde.

„Granny, um was geht es da? Was ist mit mir und meinem Vater?", fragte Emilia in einem Tonfall, der keine Ausreden zuließ.

„Nichts ist los. Glaub diesem Kerl bloß nichts!", erwiderte Granny in sanftem Tonfall.

„Granny, verkauf mich nicht für dumm!", rief Emilia nun ziemlich erregt. „Ich weiß doch, was ich gehört habe!"

„Junge Dame, ich verbitte mir diesen Tonfall in meinem Haus!", fuhr Granny auf. „Es gibt nichts, das du wissen musst. Ich gehe jetzt ins Bett und das solltest du auch machen. Gute Nacht!" Granny drehte sich auf dem Absatz um und verschwand in ihrer Kammer. Nach wenigen Sekunden flog die Tür lautstark ins Schloss. Das sollte wohl das Zeichen dafür sein, dass dieses Thema für Granny vom Tisch war. Aber so leicht würde sie ihr nicht davonkommen. Nein. Sie hatte sich nichts eingebildet und sie hatte sich auch nicht verhört. Sie musste herausfinden, was hier los war. Aus Granny war heute Abend auf jeden Fall nichts mehr herauszubekommen, das war Emilia klar. Daher lief sie nun wütend die Treppe hoch in ihr Zimmer und ließ die Tür, ebenfalls lautstark, ins Schloss fallen. Fox, der schon geschlafen hatte, schreckte hoch und sprang verstört zu seinem Frauchen, die sich gerade stöhnend aufs Bett hatte fallen lassen. Emilia grübelte fieberhaft darüber nach, was sie von all dem halten sollte. Granny war außerordentlich stur, von ihr würde sie wahrscheinlich nie etwas erfahren. Was hatte sie gesagt? *Ich werde es verhindern, und wenn es das Letzte ist, was ich tue.* Nein, auf Granny konnte sie sich da nicht verlassen. Sie musste wohl oder übel mit Merkur sprechen. Alles in ihr sträubte sich zwar dagegen, aber was sollte sie sonst tun? Ob sie jetzt noch gehen sollte? NEIN! Auf keinen Fall. Nicht nachts, nicht zu dem Typ, beantwortete sie ihre eigene Frage. Außerdem lag Granny sicher auf der Lauer und wartete, was sie tun würde. Sie brauchte einen Plan. Da sie heute jedoch nichts mehr tun konnte und auch wirklich müde war, beschloss sie, zu schlafen. Ihre Gedanken kreisten noch lange um diese mysteriöse Sache, aber irgendwann fiel sie dann doch in einen unruhigen Schlaf.

Am nächsten Morgen erwachte sie am Klingeln ihres Weckers. Sie fühlte sich, als hätte sie unter einem fahrenden Zug geschlafen. Nachdem sie sich im Bett aufgerichtet hatte, fielen ihr die Vorkommnisse des letzten Tages wieder ein. Ein mulmiges Gefühl machte sich in ihrer Magengrube breit. Emilia konnte es nicht leiden, wenn sie über Dinge, die sie betrafen, im Unklaren gelassen wurde. Sie kroch langsam aus dem Bett und schleppte sich schwerfällig unter die Dusche.

„Aufstehen, du Faultier“, sagte sie anschließend zu Fox, der sie auch nur missmutig anschaute und seine Schnauze tief unter seiner Pfote vergrub. Draußen ging gerade erst die Sonne auf. Der Himmel war blau. Es würde wieder ein schöner Tag werden. Dafür hatte Emilia heute jedoch gar keinen Sinn. In ihr tobte an diesem Morgen ein heftiger Sturm der Gefühle. Der Streit mit Granny gestern Abend kam wieder hoch und sie hatte nun doch ein bisschen Bammel davor, hinunterzugehen. Sie war zwar im Recht, aber Granny war nun mal Granny und sie liebte sie. Sie wollte sich nicht mit ihr streiten. Andererseits ging es um ihr Leben und da hatte sie ja wohl ein Recht zu erfahren, um was es hier wirklich ging. Emilia spürte die Wut erneut in sich hochkochen. Sie atmete einmal tief durch und versuchte sie wieder hinunterzuschlucken. Dann erst trat sie aus ihrem Zimmer. Leise schlich sie hinunter in die Küche, in der Hoffnung, dass Granny noch nicht wach war. Sie hatte sich nach dem Aufstehen überlegt, dass es am besten wäre, wenn sie sich noch vor dem Frühstück davonschleichen würde, um diesen ominösen Merkur aufzusuchen. Bis jetzt hatte Granny ihr noch nicht verboten, sich mit ihm zu treffen. Emilia war sich jedoch sicher, dass Granny dies tun würde, sobald diese sie das nächste Mal zu Gesicht bekommen würde.

Leider wurde nichts aus ihrem Plan. Granny fing sie bereits in der Küche ab, begrüßte sie mit einem liebevollen

Kuss auf die Stirn und drückte ihr einen Milchkaffee in die Hand.

„Guten Morgen, Liebling! Gut geschlafen? Es wird ein schöner Tag heute“, plapperte sie munter drauf los. Emilia verstand die Welt nicht mehr. WAS war das jetzt bitte? Sie hatte mit allem gerechnet. Mit einer beleidigten Granny, einer wütenden Granny, einer traurigen Granny. Aber das? Nein, damit nicht.

„Nein, nicht so gut“, antwortete Emilia etwas zu spät. „Also, ich meine, ich habe nicht so gut geschlafen“, erklärte sie.

„Hast du wieder schlecht geträumt?“, fragte Granny besorgt nach.

„Ähm, ja, das war es wahrscheinlich ... Ich geh jetzt mal raus zu den Tieren“, stammelte Emilia und war schon bei der Tür, als sie sich umdrehte und sagte: „Es tut mir leid wegen gestern Abend, ich habe mich da wohl im Ton vergriffen. Aber ich ...“ Weiter kam sie nicht, da Granny sie ganz entgeistert anschaute.

„Was meinst du, mein Kind? Wann hast du dich schon jemals mir gegenüber im Ton vergriffen? DAS musst du wohl geträumt haben“, erwiderte Granny und lachte heiter. „Kein Wunder, dass du schlecht geschlafen hast. Willst du dich nicht lieber erst setzen und in Ruhe dein Frühstück essen? Ob die Hasen um sechs oder um sieben Uhr rauskommen, ist ja herzlich egal und die Kühe habe ich bereits gemolken.“ Sie nahm Emilia bei den Schultern und schob sie, mit sanfter Gewalt, wieder zurück auf ihren Stuhl. Dann nahm sie ihr den Kaffee aus der Hand, stellte ihn auf den Tisch und legte ihr eine Scheibe Brot auf den Teller. „So, nun greif zu und erzähl mir mal, was du geträumt hast. Was war das denn für ein Streit, den wir hatten?“, fragte sie amüsiert.

Emilia verstand die Welt nicht mehr. Das konnte doch nicht sein. Hatte sie wirklich nur geträumt? Ging ihre Fantasie langsam wirklich mit ihr durch? Aber da betrachtete sie ihren Arm. Darauf hatte sich inzwischen ein kleiner blauer Fleck gebildet. Nein, sie hatte es nicht geträumt. Granny wollte nur, dass sie das glaubte. Na warte, dachte sie und biss herzhaft in ihr Brot, nahm einen Schluck Kaffee und antwortete mit vollem Mund:

„Ach, nicht so wichtig.“ Sie würde sich hier doch nicht zum Affen machen.

Nach dem Frühstück versorgte Emilia die Tiere. Als sie fertig war und gerade mit den Hunden zu einem Spaziergang aufbrechen wollte, bat Granny sie, noch einige Kleinigkeiten für sie zu erledigen. Sie wies ihr an diesem Tag eine Aufgabe nach der anderen zu. Unkraut zupfen, das Beet hacken, die Gewächshäuser gießen, Obst ernten und und und. Als Emilia in der Dämmerung mit schmerzendem Rücken die Wohnküche betrat und sich auf den Stuhl fallen ließ, war der Tag gelaufen. Verdreckt und müde aß sie ein paar Bissen und wollte anschließend nur noch duschen und ins Bett. Gerade als sie die oberste Treppenstufe erreicht hatte, rief ihr Granny mit sanfter Stimme hinterher:

„Liebling? Morgen müsstest du mir helfen, aus dem Obst, das du heute geerntet hast, Marmelade zu kochen. Die Beeren müssen morgen auch noch vom Strauch. Daraus machen wir dann noch Saft.“ Leise stöhnend begab sich

Emilia in ihr Zimmer. Das hatte ihr gerade noch gefehlt. SO hatte Granny sie sonst noch nie eingespannt. Sie hatte ihr bisher immer gern geholfen, aber Granny hatte auch immer darauf bestanden, dass Emilia dennoch genug Freizeit hatte, um jeden Tag ausgiebig spazieren zu gehen, mit den Hunden zu spielen und ihrer Lieblingsbeschäftigung nachzugehen, dem Lesen. Nun war es Emilia sonnenklar. Granny versuchte sie mit allen Mitteln, vom See und somit von Merkur und der Wahrheit fernzuhalten.

„Na warte! Nicht mit mir!", knurrte sie, als sie die Zimmertür hinter sich geschlossen hatte. „Fox, wir machen heute Nacht einen kleinen Ausflug", sagte sie zu ihrem Hund, der sie nur treudoof ansah und mit dem Schwanz wedelte. Somit war der Plan besiegelt. Emilia duschte und machte sich, scheinbar, fertig fürs Bett. Anschließend zog sie sich frische Kleidung an und überlegte, was sie für ihren Ausflug berücksichtigen musste. Eigentlich war alles, was sie benötigte, eine Taschenlampe. Diese würde sie sicherlich in der Küche finden. Natürlich musste sie warten, bis Granny endlich im Bett war, sonst würde sie nicht ungesehen zur Tür hinausschleichen können.

Also hieß es erst mal warten. Da Granny nicht mitbekommen sollte, dass sie noch wach war, beschloss sie, das Licht zu löschen und im Dunklen noch etwas zu lesen. Zum Glück besaß ihr E-Reader eine integrierte Beleuchtung. So schnappte sie sich diesen, klappte ihn auf und wählte in der Bibliothek einen klassischen Titel aus. Abenteuer und Nervenkitzel würde sie bei ihrem kleinen Nachtausflug noch genug haben, daher durfte es nun etwas weniger

Aufregendes sein. Leider gelang es ihr heute einfach nicht, in die Geschichte einzutauchen. Ihre Gedanken drifteten immer wieder in die Nacht hinaus. Emilia war ganz und gar nicht scharf darauf, jetzt dort hinaus zu müssen. Insgeheim fürchtete sie sich vor der Dunkelheit. Aber es musste sein.

Gegen dreiundzwanzig Uhr hörte Emilia, dass sich Granny in ihr Zimmer zurückzog. Sie wartete angespannt noch eine halbe Stunde und schlich dann auf leisen Sohlen nach unten in die Wohnküche. Fox tapste leise hinter ihr her. Emilia zog ganz vorsichtig die Küchenschublade auf, in der sie die Taschenlampe vermutete. Doch diese war leer.

„Mist!", fluchte sie. „Und was nun?", fragte sie leise ihren Hund, nachdem sie auch in allen anderen Schubladen gesucht hatte. Dieser sah sie nur irritiert an und wartete darauf, endlich das Haus verlassen zu dürfen. Da fiel Emilia ein, dass ihr Handy über eine Taschenlampenfunktion verfügte. Gut, dann musste es eben damit gehen, beschloss sie und zog das Handy aus der Tasche. Nur noch 45 % Ladung, na hoffentlich hielt der Akku lange genug – ansonsten musste Fox sie zurücklotsen.

„Also gut, auf in den Kampf! Fox, bei Fuß und keinen Ton! Verstanden?", befahl sie ihrem Hund im Flüsterton. Fox wedelte mit dem Schwanz und war tatsächlich still, als Emilia ganz vorsichtig die Haustür öffnete, die dabei leise knarrte. Hoffentlich merkt sie nichts, dachte Emilia und schlüpfte hinter Fox hinaus in die Dunkelheit.

Draußen fröstelte Emilia ein wenig. Es wehte eine leichte Brise und so zog sie ihre dünne Strickweste über, die sie sicherheitshalber um den Bauch gebunden hatte. Fox rannte freudig um sie herum. Vermutlich betrachtete er dies als besondere Belohnung, jetzt raus zu dürfen und kleine Wildtiere jagen zu können.

„Du bleibst aber hier, Fox! Ist das klar? Du musst auf MICH aufpassen und nicht auf die Rehe und Hasen, die jetzt unterwegs sind. Bei Fuß!“, rief sie ihm flüsternd hinterher. Fox gehorchte, zum Glück. Nicht auszumalen, wie es wäre, jetzt ganz alleine im Dunkeln stehen zu müssen. Der Mond leuchtete hell, sodass sie den Weg zum Wald auch ohne Taschenlampe gut sehen konnte. In ein paar Tagen musste Vollmond sein, dachte Emilia bei sich.

Sobald sie außer Hörweite der Ranch war, begann sie zu rennen. Die Angst vor der Dunkelheit trieb sie an. So erreichte sie in Windeseile den Waldrand. Hier blieb sie stehen und schaute sich erst einmal um. Es war unheimlich. Sie hörte, neben ihrem viel zu lauten Atem, alle möglichen Geräusche. Eine Eule, die leise schuhute, das Rascheln der Blätter im Wind und immer wieder ein schnelles Huschen in den Hecken, die den Eingang des Waldes umgaben.

„Okay, Emilia, jetzt oder nie“, sagte sie sich und atmete tief durch. „Fox, bei Fuß und leise!“, befahl sie ihrem Hund. Sie schaltete ihre Taschenlampe ein, atmete nochmals tief durch und schritt, erhobenen Hauptes, in den Wald. Merkur sollte nicht sehen, wie sehr sie sich fürchtete.

Als sie zwischen den hohen dunklen Bäumen hindurch ging, war es noch unheimlicher, als sie es sich vorgestellt hatte. Überall raschelte es im Unterholz. Emilia sah sich ständig hektisch um. Immer wieder sah sie glühende Augen im Schein der Lampe, deren Besitzer aber zum Glück jedes

Mal schnell das Weite suchten. Emilia klopfte das Herz bis zum Hals. Sie war sich sicher, dass es auch für andere hörbar sein musste, so laut hämmerte es gegen ihre Brust. Nach ein paar hundert Metern sah sie endlich das Funkeln des Sees im Mondlicht. Beim Betreten der Lichtung blickte sie sich unsicher um. Nichts war zu sehen. Niemand war da. Emilia lief am Ufer entlang und hielt Ausschau nach einem Zelt oder Ähnlichem. Schließlich würde Merkur ja irgendwo schlafen müssen. Aber sie fand nichts.

„Merkur?“, flüsterte sie in die Nacht hinein. „Ich bin es, Emilia!“ Keine Antwort. Schöner Mist, dachte sie. War ja eigentlich auch klar, warum sollte er hier Tag und Nacht auf sie warten. Vermutlich hatte er gemeint, dass sie tagsüber wieder mit den Hunden laufen würde und sie sich dann im Wald treffen würden.

„Mist, Mist, Mist ...!“, schimpfte sie und trat gegen einen Stein, der direkt in den See flog. Es platschte unnatürlich laut und das ruhige Wasser warf kleine Wellen, die gegen das Ufer schwappten. Fox setzte sich neben sie und sah sie aufmerksam an.

„Und nun?“, fragte sie ihn.

Fox wedelte mit dem Schwanz und brachte ihr ein Stöckchen, um sie zum Spiel aufzufordern. Emilia lachte und schüttelte den Kopf.

„Nein, wir spielen jetzt nicht, Fox. Lass uns nach Hause gehen. Es war eine blöde Idee, nachts hier draußen nach einem wildfremden Typen zu suchen.“

Gerade als sie enttäuscht den Rückweg antreten wollte, spitzte Fox die Ohren.

„Was ist, Fox? Hast du was gehört?“, fragte sie aufgeregt und hielt ihn fest am Halsband. Ihr Puls raste. Jetzt konnte sie es auch hören. Da kam jemand. Fox begann zu knurren.

„Ruhig, Fox!“, flüsterte Emilia. Sie wollte sich soeben mit ihrem Hund ganz langsam in Richtung Heimweg zurückschleichen, als eine dunkle Gestalt aus dem Wald trat. Der Mond wurde im selben Moment von einer Wolke verdeckt und so wurde es stockdunkel. Emilia konnte nicht erkennen, wer auf die Lichtung trat. Sie hielt den Atem an und starrte wie paralysiert auf den Mann, der geradewegs auf sie zukam. Wenn es nun nicht Merkur war, sondern ein Irrer, der es auf kleine Mädchen abgesehen hatte? Emilia sah sich hektisch um. Zum Davonlaufen war es zu spät. Sie konnte den Mann bereits atmen hören. In dem Moment brach der Mond hinter den Wolken hervor und Emilia sog scharf die Luft ein. Vor ihr stand Merkur.

„Meine Güte, du hast mich fast zu Tode erschreckt!“, japste sie, nach Atem ringend.

„Aber wieso denn das?“, fragte er und lachte. „Ich dachte eigentlich, du seist gekommen, um mit mir zu reden. Aber wenn du dich mit jemand anderem hier treffen möchtest, kann ich ja wieder gehen“, erklärte er völlig gelassen. Sie konnte ein schelmisches Grinsen auf seinem Gesicht sehen, als er sich schon wieder umdrehen wollte, um zu gehen, und spürte sogleich, wie ihr die Wärme ins Gesicht kroch. Zum Glück war es dunkel, dachte sie.

„Nein, warte! Natürlich wollte ich mich mit dir treffen. Ich meinte nur, da du nicht da warst, dachte ich, ... und dann taucht da eine Gestalt aus dem Nichts auf und es war so dunkel und ... und ich dachte ...“

„Du dachtest, ich sei ein Irrer, der nachts kleinen Mädchen auflauert?“, fragte er mit einem wissenden Lächeln auf den Lippen.

„Ja, genau! Also nicht du, ich dachte nicht, dass du ein Irrer bist, sondern ...“, stammelte Emilia unsicher.

„Egal, ich glaube, ich weiß, was du mir sagen willst.“

„Zeltest du da hinten im Gestrüpp?“, fragte Emilia und reckte den Hals in die Richtung, aus der Merkur gekommen war.

„Zelten? Nein, ich zelte nicht hier“, antwortete er irritiert.

„Aber wo schläfst du dann? Wartest du etwa seit gestern Abend hier auf mich?“, fragte Emilia verlegen weiter.

„Nein“, entgegnete er und lachte auf. Es war ein warmes Lachen.

„Aber wie konntest du dann wissen, dass ich JETZT hier sein werde?“, fragte sie überrascht weiter.

„Das erkläre ich dir später. Du bist gekommen, weil Sophia stur geblieben ist und dir nichts erzählt hat, stimmt’s?“, wechselte er das Thema.

„Ja, sie tut sogar so, als hätte das Gespräch mit dir gestern Abend nie stattgefunden und behauptet, ich hätte geträumt. Und dann hat sie mir bis zum Sankt Nimmerleinstag Arbeiten aufgetragen, sodass ich keine Zeit hatte, hierher zu kommen“, erklärte Emilia und blies genervt eine Haarsträhne aus ihrem Gesicht.

„Ah, daher dein kleiner Nachtspaziergang. Verstehe. Ich hätte dir ehrlich gesagt nicht zugetraut, dass du gegen ihre Regeln verstößt und dich sogar nachts hier raustraust. Ich scheine dich unterschätzt zu haben“, erwiderte er und Emilia glaubte, ein wenig Anerkennung in seiner Stimme mitschwingen zu hören. Sie erwiderte nichts darauf, lief aber erneut ein bisschen rot an. Ja, normalerweise würde sie nicht gegen Regeln verstoßen, da hatte Merkur schon recht. Sie räusperte sich und wechselte das Thema.

„Warum wolltest du mich sehen?“, fragte sie geradeheraus und bemüht, einen sachlichen, festen Tonfall an den Tag zu legen. Merkur hob verblüfft eine Augenbraue und musterte sie flüchtig, bevor er antwortete:

„Ich denke, wir setzen uns hier ans Ufer. Es wird eine Weile dauern, bis ich dir alles erklärt habe.“ Emilia fiel auf, dass sich sein Tonfall verändert hatte. Er war nicht mehr so arrogant wie die vorherigen Male, als sie auf ihn getroffen war. Sie machten es sich auf dem Boden gemütlich und starrten auf den See.

„Du weißt etwas über meinen Vater?“, platzte es aus Emilia heraus. Merkur nickte und sah sie nochmals kurz abschätzend an.

„Du bist direkter, als ich erwartet hatte“, murmelte er als Antwort und sammelte sich kurz. „Okay, wo soll ich anfangen?“, fragte er und fuhr sich über sein Kinn.

„Am besten am Anfang“, gab Emilia schlagfertig zurück.

„Schlauberger, das ist mir schon klar, aber es gibt so Vieles, das du erfahren musst. Ich weiß jedoch gar nicht, wie ich es sagen soll, ohne dich zu überfahren. Ich hatte eigentlich gehofft, dass Sophia dir alles erklären würde“, gab er offen zurück und raufte sich die Haare.

Er wirkte das erste Mal, seit Emilia ihn kannte, etwas verunsichert. Na ja, von Kennen konnte ja noch keine Rede sein, aber zumindest war das etwas, das Emilia tatsächlich mal sympathisch an ihm fand. Sie schüttelte den Kopf, um die Gedanken wieder zu verdrängen. Reiß dich zusammen, Mädchen, dachte sie. Du bist nur hier, um herauszufinden, was gespielt wird. Du verliebst dich jetzt nicht in diesen wunderschönen Typ mit den seidenen dunklen Haaren und den ... STOPPPPP. Schluss mit dem Geschmachte. Sie setzte sich gerade hin und schaute Merkur wieder fest an. Ein Grinsen huschte über Merkurs Gesicht. Emilia fragte sich, was so lustig war. Nach ein paar weiteren Minuten, die sie schweigend nebeneinander gesessen hatten, hielt es Emilia nicht mehr aus.

„Es wird dir aber nichts anderes übrig bleiben, als es mir zu erzählen. Meine Granny ist stur wie ein Esel. Wenn sie nicht will, wird sie nicht reden. Also?“, bohrte Emilia weiter.

„Okay, was hast du alles mitangehört von unserem Gespräch? Ich weiß, dass du gelauscht hast“, entgegnete Merkur. Dabei grinste er sie spitzbübisch an. „Wieder etwas, das ich dir nicht zugetraut hätte“, ergänzte er. Emilia sah ihn irritiert an und antwortete dann trotzig:

„Ja, ich habe euch belauscht, und nicht nur gestern, sondern auch schon vorgestern, als ihr in Oak Valley gestritten habt“, bestätigte Emilia, verschränkte die Arme vor der Brust und sah ihn herausfordernd an.

„Okay, und was genau hast du gestern Abend mitbekommen?“, fragte Merkur ruhig weiter.

„Irgendwas, dass es um meinen Dad geht, ich in der magischen Welt bald volljährig werde und dass Granny mein Schicksal verhindern will“, erwiderte Emilia. Jetzt, als sie es laut aussprach, klang das alles absurd. Nervös biss sie sich auf die Unterlippe, darauf gefasst, dass Merkur sie gleich auslachen würde.

„Gut, also hast du schon eine Menge gehört“, bestätigte Merkur ernst. „Dann fall ich einfach mal mit der Tür ins Haus: Du bist eine Halbelfe“, erklärte er ihr in einem Tonfall, in dem man über das Wetter redete. Er fixierte Emilia genau. Diese wurde bleich und schluckte mehrmals schwer. „Na ja, wenn man es so sagen kann. Eigentlich fließt ja nur ein Viertel Elfenblut in dir“, ergänzte er abwertend und sah Emilia kurz, beinahe naserümpfend an. Schnell fing er jedoch an zu grinsen.

In Emilias Kopf schien ein Sturm zu toben. Es dauerte eine Weile, bis sie ihre Sprache wiedergefunden hatte.

„ICH bin eine Halbelfe?“, fragte sie schließlich, um sich zu versichern, dass sie das richtig verstanden hatte.

Merkur nickte ernst.

„Alles klar, schlechter Scherz!“, fuhr Emilia ihn an. „Hat Granny dich engagiert, mir einen Streich zu spielen, da ich Bücherwurm ständig über Elfen und Zauberer quatsche? Oder gar meine Mum?“, fragte Emilia verärgert und sprang auf.

„Nein, Emilia! Ich sage dir hier nur die Wahrheit. Bitte setz dich und glaub mir! Es ist KEIN Scherz!“, versuchte

Merkur, sie wieder einzufangen. „Ich werde dir die ganze Geschichte erzählen, dann verstehst du es vielleicht besser", erklärte Merkur, um Emilias Aufmerksamkeit zurückzugewinnen. Emilia stand wie angewurzelt da und überlegte. „Bitte setz dich wieder her und hör mir zu, Emilia. Es ist wirklich wichtig", redete er mit Engelszungen auf sie ein und deutete auf den Waldboden neben sich. Sie überlegte weiterhin und zögerte. „Deinem Dad zuliebe", flehte Merkur nun beinahe. Das war das schlagende Argument. Emilia wurde klar, dass sich weder ihre Mutter noch ihre Großmutter einen Scherz auf ihre Kosten erlauben würden, bei dem es um ihren Vater ging. Sie nickte und setzte sich wieder neben Merkur. Er sah sie abschätzend an und begann zu erzählen:

„Dein Großvater war einer von uns."

„DU bist ein Elf?", unterbrach sie ihn prompt.

„Ja", antwortete Merkur gereizt. Scheinbar mochte er es nicht, unterbrochen zu werden.

„Und wo sind deine spitzen Ohren?", fragte sie argwöhnisch.

„Gut versteckt", sagte er und grinste frech. Dann hob er seine schwarzen, halblangen Haare an, sodass Emilia seine Ohren sehen konnte. Ihr wurde heiß und kalt. Hätte sie nicht bereits gesessen, hätte es sie wohl umgehauen.

„Darf ich?", fragte sie. Merkur nickte genervt. Ganz vorsichtig fasste sie sein Ohr an. Merkur verdrehte die Augen, als Emilia ehrfürchtig flüsterte: „Die sind ja echt." Merkur nickte mit ernster Miene und ließ seine Haare wieder darüber fallen.

„Dachtest du etwa, ich hätte sie mir angeklebt?“, fragte er grob. Emilia ignorierte seine Frage. In ihrem Kopf tobte gerade ein Wirbelsturm. Kreidebleich fasste sie sich an ihre eigenen Ohren. Diese waren zwar nicht ganz so spitz wie die von Merkur, aber insgeheim hatte sie schon immer gewusst, dass mit diesen Dingern etwas anders war als bei anderen Menschen.

„Joy ...“, flüsterte sie. „Sie wusste es.“ Merkur zog argwöhnisch eine Augenbraue hoch.

„Was faselst du?“, fragte er ungeduldig. Emilia ignorierte seinen bissigen Tonfall und entgegnete:

„Joy, die Indianerin in Oak Valley. Meine Granny hat mir erzählt, dass sie mehr sieht als andere Menschen. Mehr wollte sie mir nicht preisgeben, aber jetzt ist mir klar, wieso. Sie hätte mir sonst sagen müssen, dass Joy mich als Elfe erkannt hat“, erklärte sie Merkur. Dieser nickte.

„Joy und Sophia sind einige der wenigen Menschen, die von unserer Existenz wissen. Joy, weil sie es sieht und Sophia, weil sie durch deinen Großvater eingeweiht wurde“, erörterte er geduldig. „Darf ich jetzt erzählen oder willst du warten, bis Sophia uns suchen kommt?“, fragte er. Emilia schüttelte den Kopf, um etwas Klarheit in das Durcheinander zu bringen. Leider mit wenig Erfolg. Mit heiserer Stimme fragte sie:

„Woher kennst du den Vornamen meiner Granny?“

„Ich weiß mehr als du denkst, über dich und deine Familie. Aber jetzt lass mich erzählen. Fragen stellen kannst du danach“, antwortete er in seiner üblichen, forschen Art.

Emilia nickte stumm und Merkur begann nach kurzem Überlegen zu erzählen:

„Vor vielen Jahrhunderten herrschte ein König über die Elfenwelt. Sein Name war Araith. Er hatte zwei Kinder. Seine Tochter Elandiel und seinen Sohn Aron."

„Mein Großvater hieß Aron!", flüsterte Emilia und unterbrach Merkur erneut in seiner Erzählung. Er räusperte sich ungeduldig und nickte, dann fuhr er fort:

„Aron war der Jüngere der beiden Geschwister und daher war ihm klar gewesen, dass er im Regelfall nie einen Anspruch auf den Thron haben würde. Seine Schwester würde den Thron nach ihrem Vater besteigen. Dafür war sie über ein Jahrhundert ausgebildet worden. Du weißt sicher, dass die Elfen unsterblich sind?", fragte er Emilia oberlehrerhaft.

Diese nickte nur. So sprach Merkur weiter:

„Aufgrund der Unsterblichkeit der Elfen dauert eine Regierungsperiode dreihundert Jahre Das ist übrigens bei uns Elfen keine lange Zeit", erklärte er herablassend.

„Komm auf den Punkt!", fuhr Emilia ihn an, der das arrogante Gehabe inzwischen auf die Nerven ging. Sie wollte schließlich keine Elfenkunde, sondern nur wissen, was mit ihrem Dad los war.

„Okay, okay ...", sagte Merkur und hob beschwichtigend die Hände. „Alles zu seiner Zeit. Ein bisschen Hintergrundwissen wird dir kaum schaden", meinte er arrogant, erzählte jedoch weiter: „Elandiel wurde also als zukünftige Herrscherin Andorins ausgebildet. So heißt die Stadt der Waldelfen", erklärte er ihr wie einem kleinen

Mädchen. „Elandiel war wunderschön und viele adlige Elfenmänner standen Schlange, um sich mit ihr zu vermählen. Jeder ging also davon aus, dass Elandiel schnell Nachkommen haben würde, die ihr auf den Thron folgen konnten. Aron war also ziemlich sicher raus aus der Herrscherkiste." Emilia hob irritiert die Augenbraue über Merkurs jugendliche Ausdrucksweise. Sie hatte sich Elfen immer edler vorgestellt. Wie die, die sie aus ihren Büchern und aus dem Kino kannte. Merkur redete weiter:

„Daher beschloss Aron, sich als Botschafter ausbilden zu lassen. Er wollte schon immer andere Völker und andere Welten kennenlernen, um seinen Horizont zu erweitern. So reiste er viele Jahrhunderte zu den unterschiedlichsten Völkern, um Verhandlungen zu führen und Freundschaften zu knüpfen. Am liebsten ging er allerdings zu den Menschen. Mit den Menschen wurde zwar schon seit vielen Jahrhunderten nicht mehr verhandelt, da sie zu arrogant waren, um noch an Magie und andere Wesen zu glauben, aber dennoch hatte Aron einen Narren an ihnen gefressen. Elandiel missfiel diese Entwicklung. Sie hatte in der Zwischenzeit den Thron übernommen und war in ihrer Herrscherrolle alles andere als glücklich. Sie missgönnte Aron die Freiheiten, die er hatte, und sie missgönnte ihm die Liebe, die er in der Menschenwelt gefunden hatte."

„Granny!", hauchte Emilia. Merkur nickte.

„Aron lernte deine Großmutter kennen und verliebte sich in sie und andersherum war es natürlich genauso. Kein Mensch kann einem Elfen widerstehen", ergänzte er arrogant lächelnd. Emilia sah ihn entrüstet an, erwiderte aber nichts. Was bildete sich dieser Elf eigentlich ein?

„Einige Jahre später kam dein Vater zur Welt. Ein Halbelf. Dein Großvater hatte nach einem Zwist mit der Königin seinem Volk endgültig den Rücken gekehrt. Er hatte sich somit für ein sterbliches Leben entschieden. Du musst wissen: Kehren wir Elfen nicht immer wieder zu unseren Wurzeln, also in unsere Welt zurück, dann verkürzt sich unsere Lebenszeit auf die eines normal Sterblichen. Deinem Großvater war das egal, er hatte hier in deiner Welt die Liebe gefunden. Er wollte lieber ein Leben mit der Liebe seines Lebens verbringen, als unsterblich auf ewig unglücklich zu sein.“ Emilia nickte beklommen. War das romantisch, dachte sie. Merkur fuhr fort:

„Als dein Vater siebzehn wurde, erzählte ihm dein Großvater die Wahrheit. Er wollte ihm die Möglichkeit geben, selbst zu entscheiden, zu welcher Welt er gehören wollte. Außerdem war es der Wunsch seiner Schwester, dass Roman die Möglichkeit hatte, zu ihrem Nachfolger zu werden, da sie noch immer keine Nachfahren hatte. Dein Vater war Feuer und Flamme und ging mit Elandiel nach Andorin. Hier begann er die Ausbildung, die alle jungen Elfen durchlaufen, sobald sie volljährig werden. Aron respektierte den Wunsch seines Sohnes. Auch er und Sophia kamen den Elfen wieder näher. Leider war Aron bereits zu lange bei den Menschen gewesen, sodass ihm nur noch wenige Jahre zu leben blieben. Roman trat nach seiner Ausbildung als Botschafter in den Dienst der Königin ein. Bei einem seiner Besuche in der Menschenwelt lernte er dann deine Mutter kennen. Sie verliebten sich und ein paar Monate später kamst du zur Welt."

„Halt, nein, das kann nicht sein. Meine Schwester Teresa meinst du wohl", erklärte Emilia sachlich.

„Nein, sie ist ein Menschenkind. Deine Mutter hatte sie schon, als dein Dad sie kennenlernte", widersprach Merkur ihr. Der Tonfall, in dem er *Menschenkind* sagte, klang regelrecht verächtlich.

„WAS??? MEINE Mum hatte ein lediges Kind? Das kann nicht sein!", fuhr Emilia auf.

„Ich erzähle dir gerade, dass du eine Elfe bist und dann regst du dich mehr darüber auf, dass deine Mutter ein lediges Kind hatte", bemerkte Merkur perplex. „Wie bist denn du drauf?", fragte er überrascht nach. Emilia musste lachen.

„Ja, vielleicht hast du recht, aber die Tatsache, dass es noch andere Welten und Völker gibt, erscheint mir nicht so abwegig wie die, dass meine Mutter ein uneheliches Kind hatte. Ist sie doch diejenige, die uns ständig in den Ohren liegt, wir müssten auf den Richtigen warten", sagte Emilia und musste selbst darüber lachen. „Außerdem erklärt das einiges. Ich habe mich nie dazugehörig gefühlt in meiner Welt. Ich war immer ein Außenseiter und Teresa und ich haben null gemeinsam", meinte sie nachdenklich.

Merkur nickte.

„Es wundert mich nicht, dass du bei den Menschen nicht dazu gehörst", sagte er mit einem seltsamen Unterton und ein freches Grinsen machte sich auf seinem Gesicht breit.

„Was soll das heißen?“, fauchte Emilia ihn an. Sie sprang auf und stemmte die Arme in die Seiten. Merkur zuckte nur mit den Schultern.

„Du bist anders“, antwortete er.

„Weil du auch so viele Menschen kennst“, höhnte Emilia.

„Zurück zum Wesentlichen“, ignorierte Merkur ihren Einwand und wechselte somit das Thema. „Dein Vater hat Teresa angenommen und daher wurde euch auch nie etwas erzählt. Deiner Mutter ist die Sache unendlich peinlich. Sie war die Schande ihres Dorfes. Es war sicher keine schöne Zeit für sie. Nachdem dein Dad sie kennengelernt hatte, nahm er sie mit zu seinen Eltern. Sie war froh gewesen, endlich nicht mehr dem Spott der Leute ausgesetzt zu sein und er hatte keine Schwierigkeiten gehabt, sein Leben im Dienste der Elfen weiterzuführen. Tagsüber war er Familienvater und Rancher und abends, wenn ihr im Bett wart, konnte er für die Elfen tätig werden. Das Praktische daran war, dass sich das nächste Elfen-Tor direkt hier am See befindet. Einst hatte es dein Großvater erschaffen. Später, als ihr in die Großstadt gezogen seid, musste sich dein Vater ein neues Tor erschaffen. Zum Glück gehörte er dem Königsgeschlecht an. Nur diese Blutlinie hat die Macht, neue Tore zu erschaffen.“ Emilia schwirrte der Kopf.

„Hier am See UND bei uns zu Hause gibt es Elfen-Tore? WO?“, fragte Emilia verblüfft nach.

„Das wirst du noch früh genug sehen“, versicherte ihr Merkur.

„Wusste meine Mutter Bescheid?“, fragte Emilia nach.

„Ja, natürlich", erwiderte er. „Sie konnte gut damit leben, bis ..."

„Bis er verschwand", vollendete Emilia flüsternd seinen Satz.

„Genau."

„Was ist damals passiert? Er war nicht mit Freunden in Island wandern gewesen, oder?", stellte sie die ersichtliche Frage.

„Doch, in gewisser Weise schon. Nur waren dies keine menschlichen Freunde. Es war eine Gruppe von Soldaten, mit einer Friedensmission. Dein Vater sollte die Verhandlungen leiten, schließlich war er der Vertreter der Krone. Die Verhandlungen liefen schief und, na ja, wir wissen nicht genau, was passiert ist", sagte Merkur traurig.

„Mit wem müssen Elfen Friedensverhandlungen führen?", fragte Emilia nach, da sie nicht wusste, was sie hätte sonst sagen sollen.

„Mit anderen Elfen natürlich." Da war er wieder, der ruppige Tonfall, der Emilia so vertraut war.

„Leben die Elfen nicht in ein und derselben Welt als ein Volk?"

„Lebt ihr Menschen als EIN Volk?"

„Nein, aber ..."

„Nichts aber, bei uns Elfen ist es dasselbe. Bei euch gibt es verschiedene Länder und Völker, bei uns auch", erklärte er sachlich. „Dein Vater gehört zum Volk der Waldelfen, wir leben in Frieden mit den Bergelfen. Die Feuerelfen jedoch widersetzen sich seit Jahrhunderten einer Zusammenarbeit mit den anderen Stämmen. Mit ihnen wollte dein Vater verhandeln. Einst gab es einen großen Rat aller Völker. Nicht nur der Elfen, sondern aller Völker der magischen Welt. Ziel der Königin war es immer, die Elfen zu einen und den *Großen Rat der Völker* wieder ins Leben zu rufen. Leider läuft ihre Amtszeit langsam ab und sie ist ihrem Ziel nicht näher gekommen."

„Es gibt doch sicherlich einen Grund, warum du mir das alles erzählst, oder?", fragte Emilia skeptisch. Merkur nickte.

„Die Königin will sich mit dir treffen", antwortete er ohne Umschweife.

„Und warum?", fragte sie überrascht.

„Das soll sie dir selbst sagen. Mein Auftrag war es nur, dich zu finden und dir von deiner Herkunft zu erzählen, sodass du hoffentlich einwilligst, mit mir zu kommen", erklärte Merkur ihr würdevoll.

„In die Elfenwelt?", fragte Emilia mit vor Aufregung quietschender Stimme. Merkur nickte.

„Nach Andorin", korrigierte er sie.

„Und wann?", fragte sie unsicher.

Merkur stand auf und antwortete:

„Na, JETZT natürlich."

„Jetzt! Sofort? Mitten in der Nacht?", entfuhr es Emilia entsetzt.

„In der Elfenwelt ist es im Moment Tag. Außerdem wirst du zum Frühstück wieder zu Hause sein", erklärte er ihr gelassen. Jetzt zeigte er wieder dieses freche Grinsen, bei dem zwei süße Grübchen zu sehen waren.

„Ähm, also ich weiß auch nicht, ich würde gern erst mal alles verdauen und eine Nacht drüber schlafen ..." Ihr Traum schoss ihr plötzlich in den Sinn. Ob er sie wohl vor diesem Moment hatte warnen wollen? In ihrem Albtraum war sie auch immer allein im Wald gewesen. Automatisch rückte sie ein Stück von Merkur ab. Dieser lachte auf.

„Emilia, jetzt sitzt du schon eine Stunde mit mir mutterseelenallein im finsteren Wald. Glaubst du nicht, dass ich dir bereits etwas angetan hätte, wenn ich gewollt hätte?“, fragte er ungeduldig. Emilia spürte, wie ihr wieder die Röte in die Wangen stieg. Überrascht sah sie ihn an. Konnte der Typ etwa Gedanken lesen? Aber nein, vermutlich war es ihrer überzogenen Reaktion geschuldet, dass Merkur sofort klar war, was in ihr vorging.

„Ich habe keine Angst vor dir, wenn du das meinst!“, antwortete sie in einem viel zu hohen Tonfall. „Es ist nur so, dass es für mich ein großer Schritt ist, einfach mal eben so in die Elfenwelt zu schauen. Außerdem bin ich ja wohl nicht so angezogen, wie man eine Königin besuchen würde, oder?“, fragte sie ihn. Innerlich klopfte sie sich auf die Schulter für diese gute Ausrede. Merkur zog missbilligend die Augenbrauen hoch.

„Elandiel ist dein Aufzug egal“, antwortete er, dabei musterte er sie von oben bis unten. Emilia verschränkte automatisch die Arme vor der Brust, da sie sich dabei nackt und schutzlos vorkam.

„Also gut. Ich hole dich morgen gegen Mitternacht ab. Dann gibt es aber keinen Rückzieher mehr! Verstanden?“, sagte er in forschem Tonfall. Emilia nickte.

„Aber dafür geleitest du mich nun auch nach Hause“, forderte sie ihn auf.

„Na schön. Du bist zwar nicht in der Position, Forderungen zu stellen, aber meinetwegen.“ Er zuckte lässig mit den Schultern und stand auf.

„Was soll DAS denn bitte heißen? IHR wollt doch, dass ICH zu EUCH komme“, entgegnete Emilia zickig. Sie stand auf und stemmte die Hände in die Hüften. Merkur lachte.

„Es geht hier um deinen Vater, schon vergessen?“, fragte er lauernd. „Wenn es dir egal ist, was mit ihm geschieht, dann kann ich ja gleich gehen und spare mir morgen Abend den langen Fußmarsch bis zu euch.“ Merkur machte auf dem Absatz kehrt und lief in die entgegengesetzte Richtung davon. Emilia biss sich auf die Lippen.

„Verdammt!“, murmelte sie. Dann rannte sie ihm hinterher und rief: „Merkur! Bitte warte. So habe ich das nicht gemeint.“ Merkur blieb zwar stehen, drehte sich aber nicht zu Emilia um. „Es tut mir leid“, sagte diese genervt. „Ich bin müde und durcheinander“, plapperte sie weiter, als sie ihn endlich eingeholt hatte. „Also bringst du mich bitte nach Hause und holst mich morgen wieder ab?“, fragte sie versöhnlich und versuchte ihm schöne Augen zu machen. Was ein Fehler war, denn prompt schlug ihr Herz wieder schneller, als ihr Blick auf seine wundervollen, silbergrauen Augen traf. Warum musste der Typ nur so verdammt gut aussehen?! Auf Merkurs grimmigen Zügen machte sich erneut ein Grinsen breit.

„Wusste ich doch, dass du mich nicht gehen lassen würdest. Kein Mensch kann das“, antwortete er arrogant. Aus Angst, dass Merkur sie doch alleine zurücklaufen lassen würde, schluckte sie ihre Antwort hinunter. Was sie einiges an Kraft kostete. Gespielt liebenswürdig lächelte sie ihn an und machte dann kehrt, um Fox zu wecken.

„Da hast du ja nicht den besten Wachhund, oder?“, fragte Merkur sarkastisch.

„Da muss ich jetzt wohl nichts drauf sagen, oder?“, erwiderte Emilia. „Können wir jetzt bitte einfach nach Hause?“, fragte sie eingeschnappt. Merkur nickte und deutete mit der Hand an, dass sie vorausgehen sollte. Hoch erhobenen Hauptes machte sie sich auf den Weg und stolperte sogleich über einen Baumstumpf, den sie dabei übersehen hatte. Merkur erwischte gerade noch ihren Arm und hielt sie fest, sodass sie nicht stürzte.

„Tollpatschig bist du gar nicht, richtig?“, fragte er mit einem frechen Grinsen auf den Lippen. Emilia entriss sich schnell seinem Griff, erwiderte aber nichts auf seinen dreisten Kommentar. Eine sanfte Röte stieg ihr dennoch ins Gesicht.

„Danke“, knurrte sie.

„Kein Problem“, antwortete Merkur cool. „Ich helfe doch gern Jungfrauen in Nöten“, ergänzte er arrogant. Nun lief Emilia komplett puterrot an. Sie war froh, dass es Nacht war, da sie spürte, wie ihr Kopf glühte. Merkur lachte laut auf. „Voll ins Schwarze getroffen, was?“, rief er laut lachend aus. „Mach dir nichts draus, irgendwann findest auch du einen *richtigen* Mann“, gab er in einem seltsamen Tonfall von sich, den Emilia nicht zu deuten vermochte. Sie entgegnete gar nichts, da sie ihm nicht NOCH EINE Steilvorlage liefern wollte, und brummte stattdessen nur vor sich hin:

„Ich dachte immer, Elfen wären nett ... Von wegen edles Volk und so.“

„Das hab ich gehört!“, rief Merkur, der schon ein paar Meter vor Emilia lief.

„Solltest du auch!“, knurrte sie ihn an. Sie wusste nicht, ob Merkur ihre Antwort noch gehört hatte, da er bereits ziemlich zügig den Rückweg angetreten hatte. „Mensch, jetzt lauf doch mal langsamer!“, rief sie ihm nach. „Ich weiß ja nicht, ob ihr Elfen im Dunkeln sehen könnt, aber ich hab da so meine Probleme ...“

Umständlich kramte sie ihr Handy aus der Hosentasche und machte die Lampe an. Dann rannte sie Merkur hinterher, der gerade hinter einem Busch verschwunden war.

KAPITEL 6

Es war halb vier, als sie endlich ins Bett kam. Allerdings war an Schlaf, nach dieser Flut an Informationen, noch nicht zu denken. Langsam, aber sicher sickerte das Erzählte in Emilias Bewusstsein. Sie wälzte sich noch einige Zeit im Bett hin und her und versuchte alles, was sie erfahren hatte, einigermaßen zu sortieren. Unter all der Aufregung darüber, dass es Elfen tatsächlich gab und dass sie ein Teil dieser Welt sein sollte, war die Tatsache, dass ihr Dad vielleicht wirklich noch am Leben sein konnte, total untergegangen. Jetzt schämte sie sich beinahe ein bisschen dafür, dass sie nicht mehr nachgefragt hatte, was Merkur über den Verbleib ihres Vaters sonst noch wusste.

Aber nun mal ehrlich: Sie eine Halbelfe. Sie kannte Elfen aus Büchern und Filmen. Diese Elfen jedoch waren hübsch und edel. Merkur war ja definitiv hübsch, aber sie selbst war nun nicht gerade das, was man unter atemberaubend schön bezeichnen konnte. Sie war nicht hässlich und bis auf ihre spitzen Ohren hätte sie sich einfach als NORMAL bezeichnet. Sie hatte braune lange Haare und grüne Augen, sie war schlank, beinahe zu schlaksig für ihren Geschmack. Dies lag sicher daran, dass sie einfach zu viel mit Fox durch die Parks stromerte, anstatt wie andere Teenager den ganzen Tag irgendwo rumzuhängen und Süßigkeiten in sich hineinzustopfen.

Zumindest wusste sie nun, warum ihre Ohren etwas spitzer zuliefen als die anderer. Sie hatte das als Kind immer lästig gefunden und sich sogar extra die Haare wachsen lassen, um ihre hässlichen Ohren zu verstecken. Später war es ihr zunehmend egal gewesen. Die anderen in ihrer Klasse fanden sowieso immer einen Grund, sie zu hänseln und zu ärgern. Daher hatte sie irgendwann aufgegeben, ihre Ohren zu verstecken. Das Hänseln wurde dadurch weder mehr noch weniger.

Sie grübelte noch eine ganze Weile über den letzten Tag nach und versuchte, sich die Elfenwelt in den schillerndsten Farben auszumalen. Irgendwann jedoch fiel sie in einen unruhigen Schlaf, der viel zu schnell, durch das Klingeln des Weckers, beendet wurde.

Emilia fühlte sich wie gerädert. Kurzerhand schaltete sie den klingelnden Störenfried aus und drehte sich nochmals um. Was würde sie schon verpassen? Einen großen Haufen Strafarbeiten von Granny. Da schlief sie lieber noch eine Weile, schließlich musste sie heute Nacht ja fit sein.

Erst als um kurz nach acht Granny an der Tür klopfte und sie zum Frühstück rief, kroch sie müde aus dem Bett und schlich unter die Dusche. Nachdem sie fünf Minuten unter der kalten Dusche gestanden hatte, erwachten ihre Lebensgeister. Als sie dann endlich angezogen vor dem Spiegel stand, band sie sich ihre Haare so zusammen, dass ihre Ohren extra zur Geltung kamen. Sie sah nun doch tatsächlich ein bisschen so aus wie die Elfen in den Filmen.

Beim Frühstück in der gemütlichen Wohnküche war Emilia sehr einsilbig. Sie nahm es ihrer Granny ECHT übel, dass diese sie von vorne bis hinten belogen hatte. Einerseits fand sie die Elfengeschichte ja total cool. Welcher Fantasy verrückte Teenager fände das nicht cool, wenn man erzählt bekommt, dass man selbst ein Elf ist?! Andererseits hatte sie ein mulmiges Gefühl im Magen. Was konnte die Elfenkönigin von ihr wollen?

Granny plauderte munter drauf los. Scheinbar dachte sie allen Ernstes, es sei ein gutes Zeichen, dass Merkur nicht mehr aufgetaucht war.

Pustekuchen ..., dachte Emilia grimmig, rede nur so viel du willst, ich habe heute keine Lust, bei dem Spiel mitzuspielen. Umso mehr Granny plapperte, desto mehr musste sie sich zusammenreißen, Granny nicht wütend anzufahren. Aber sie hatte sich fest vorgenommen, Granny kein Sterbenswörtchen von ihrem nächtlichen Treffen mit Merkur zu erzählen. So wie sie gerade drauf war, würde diese sie glatt einsperren oder, schlimmer noch, sogar direkt nach Hause schicken. Sie konnte es im Moment nicht einschätzen, was Granny alles tun würde, um die Wahrheit vor ihr zu verbergen.

Auf jeden Fall hatte sie ihr heute wieder den Tag vollgepackt mit Arbeiten. Missmutig steuerte Emilia auf die Tierställe zu. Granny hatte sie als Erstes dazu verdonnert, alle Ställe auszumisten. Damit war sie locker beschäftigt bis zur Mittagszeit. Nachdem sie gegen halb eins alle Ställe durch hatte, fuhr sie den letzten Schubkarren Mist auf den Misthaufen. Als sie alle Geräte im Schuppen abgestellt hatte, schnaufte sie erst einmal tief durch und wischte sich mit dem T-Shirt den Schweiß von der Stirn. Sie war total durchgeschwitzt, ihr Rücken schmerzte und sie stank zum Himmel. Daher beschloss sie, das gemeinsame Mittagessen mit ihrer Großmutter ausfallen zu lassen und stattdessen lange und gründlich zu duschen.

Als sie in die Küche stapfte, stellte Granny gerade das Geschirr auf den Tisch.

„Aaah, schön, dass du kommst, Kind! Ich hab dein Lieblingsessen gemacht. Spaghetti mit Tomatensoße", begrüßte sie ihre Großmutter freudig.

„Danke, Granny, aber ich möchte lieber erst einmal eine Stunde duschen. Ich esse später etwas", antwortete sie missmutig und ging nach oben.

„Aber Kind, dann ist es doch kalt!", rief Granny ihr hinterher.

„Das ist nicht so schlimm, aber ich kann unmöglich SO wie ich jetzt bin etwas essen. Ich rieche ja wie eine ganze Stinktierfamilie", gab Emilia zurück, ohne Granny eines Blickes zu würdigen.

„Na schön", gab diese sich geschlagen. Emilia war froh darüber, dass sie um die Gesellschaft ihrer Großmutter herum kam und verschwand so schnell wie möglich unter der Dusche. Hier ließ sie sich so viel Zeit, dass sie sicher sein konnte, dass Granny bereits in ihrer Kammer ihre Siesta halten würde, bis sie wieder herunterkam.

Nachdem es unten ruhig geworden war, schlich sie auf Zehenspitzen die Treppe herab, schnappte sich einen Apfel und ein frisch gebackenes Brötchen und verschwand nach draußen. Leise rief sie nach Fox, der sofort angetrabt kam. Dann verschwand sie mit ihm in Richtung Wald. Von wegen würde sie heute auch nur noch einen Finger krümmen. Weder Obst einkochen noch Beeren ernten. Sie war doch keine Sklavin. Emilia hätte sich früher nie dem Willen ihrer Großmutter widersetzt, aber nachdem sie gestern ihre Lebenslüge erfahren hatte, war sie verständlicherweise einfach nicht gut auf sie zu sprechen. Granny würde es schon alleine schaffen, mit dem Obst fertig zu werden, das war ja keine schwere körperliche Arbeit. Und um die Beeren konnte sie sich ja auch morgen früh noch kümmern.

Emilia war gerade im Wald angekommen, als sie ein mulmiges Gefühl in der Magengrube ereilte. Sie fühlte sich beobachtet.

„Merkur?“, rief sie. „Bist du hier?“ Keine Antwort. Nur das übliche Geraschel der Zweige und Blätter und das Klopfen eines Spechtes irgendwo weit über ihr. Sie schüttelte den Kopf und schob das seltsame Gefühl auf die verrückten Sachen, die sie gestern Abend erfahren hatte.

Sie ließ sich am See nieder, genau da, wo sie am Abend zuvor mit Merkur gesessen hatte, und betrachtete das Wasser. Eigentlich hatte sie ein bisschen lesen wollen, aber sie war so müde, dass ihr immer wieder die Augen zufielen. Sie streckte sich, gähnte einmal herzlich und lehnte sich gemütlich an einen dicken Baumstamm.

„Ich mach nur mal kurz die Augen zu, Fox. Pass du auf, dass niemand kommt, okay!?“, befahl sie ihrem Hund. Fox murrte leise, ließ sich an Emilias Seite nieder und legte den Kopf auf seine Pfoten. Emilia schloss die Augen und nach einer Minute war sie bereits eingeschlafen.

Scheinbar kurz nachdem Emilia die Augen zugemacht hatte, begann Fox böse zu knurren. Emilia fuhr zusammen und schreckte hoch.

„Was ist los, Fox?“, fragte sie entsetzt und richtete sich augenblicklich auf. Der kleine braune Islandhund stand stocksteif, hatte das Fell im Nacken aufgestellt und knurrte in Richtung Wald. Emilia sah sich um. Die Sonne war kurz vor dem Untergehen und es wurde schon ein bisschen düster zwischen den Bäumen. Daher erkannte sie erst recht spät, was aus der Richtung kam, die Fox fixierte. Emilia hielt den Atem an. Fox machte inzwischen einen Schritt zurück und stellte sich schützend vor sein Frauchen.

Da stand ein pechschwarzer Wolf und funkelte sie aus feurigen, roten Augen an.

„Okay, am besten keine Angst zeigen. Nicht bewegen und nicht reizen“, flüsterte Emilia vor sich hin, um sich zu beruhigen. Nur war das leider leichter gesagt als getan. Das Monster kam immer näher. Es hatte Emilia direkt im Blick. Gebannt starrte sie dem Tier in die Augen.

„Oh, mein Gott!“, flüsterte sie. Gleich würde er springen und sie in tausend Stücke reißen. Zeitgleich setzte sich das Tier in Bewegung. Geschmeidig und viel zu leise für ein Tier dieser Größe preschte es auf sie zu. In dem Moment, als es zum Sprung ansetzte, sprang Fox ebenfalls los.

„FOX, NEIN!!!“, schrie Emilia panisch, aber der kleine Hund ignorierte ihre Schreie. Er rannte dem riesigen Tier entgegen und biss zu! Er erwischte ihn, im Absprung, an der Kehle. Das Ungeheuer jaulte auf, drehte sich und schlug mit der Pranke nach dem kleinen Hund. Dieser pfiff schmerzerfüllt, war jedoch flink genug, um der Bestie zu entkommen. Er nahm Reißaus und verschwand im Dickicht. Wütend schnaubend starrte das Monster das Gebüsch an, in dem Fox verschwunden war. Emilia nutzte die Gelegenheit und rannte den Waldweg zurück nach Hause. Nur raus hier, dachte sie. Sie rannte und rannte, stolperte über eine dicke Wurzel, konnte sich aber gerade noch an einem Baumstamm festhalten. Sie spürte, dass das Ungeheuer näher kam. Sie stieß sich ab und rannte weiter. Unweigerlich musste sie an ihren Traum denken und daran, dass es nicht sein konnte, was hier eben passierte. Sie rannte buchstäblich um ihr Leben. Da! Endlich kam die helle Öffnung des Waldes in Sicht. Emilia holte die letzten Reserven aus sich heraus und versuchte, noch schneller zu rennen. Plötzlich fiel ihr auf, dass sie nur noch ihre eigenen Schritte und ihren überlauten Atem hören konnte. Schnell drehte sie im Rennen den Kopf nach hinten. Das Monster war weg. Gerade als sie ihre Schritte verlangsamt hatte, raschelte es links von ihr. Emilias Herz setzte eine Sekunde aus, als sich direkt vor ihr der große schwarze Wolf aus dem Gebüsch schälte. Nun war es vorbei. Sie hatte keine Chance mehr zu entkommen. Er würde sie zerreißen und niemand würde je erfahren, was mit ihr geschehen war. Sie sah sich gehetzt nach allen Seiten um. Warum war sie nur langsamer geworden? Warum hatte sie sich nur umgedreht? Regel Nummer eins in solch einer Situation lautet IMMER: Dreh dich NIEMALS um. Sie fand keinen Fluchtweg. Ihre Chance war gleich null. Sie hatte verloren. Da stand sie nun und blickte buchstäblich ihrem Tod ins Auge. Die Augen des Monsters leuchteten unnatürlich rot, als könnte man in ihnen die heißen Feuer der Hölle sehen. Sein heißer Atem versengte ihr die Haare auf den Armen. Der Wolf trabte siegessicher auf sie zu und bleckte die Zähne. Es sah aus, als würde er zu ihr sprechen wollen. Aber vermutlich leckte er sich nur das Maul, weil er sich auf sein baldiges Essen freute. Emilia kniff die Augen zusammen und wartete auf das Unvermeidliche. Und plötzlich passierte es ... Er öffnete sein riesiges Maul und knurrte:

„Halt dich von den Elfen fern. Heute kommst du mit einer Warnung davon. Das nächste Mal wird es nicht so glimpflich ablaufen, das verspreche ich dir. Hast du mich verstanden?" Ohne eine Antwort abzuwarten, drehte er sich um und verschmolz lautlos mit der Hecke. Er war weg.

Es dauerte ein paar Augenblicke, bis Emilia wieder Herr ihrer selbst war.

„Was war das?", keuchte sie entsetzt. „Oh, mein Gott, Fox!!", fiel es ihr siedend heiß ein. Sie rief so laut sie konnte: „Fox? FOX? FOOOOOX!!!! Wo bist du, mein Liebling? Komm zu Frauchen, mein lieber, guter, tapferer kleiner Mann. Bitte komm zu mir", flehte sie. Beim letzten Satz flossen Emilia, vor Angst um ihren kleinen Hund, die Tränen über das Gesicht und ihre Stimme brach. Die Sekunden, in denen sie auf ein Lebenszeichen von Fox wartete, erschienen ihr wie Stunden. Panik machte sich erneut in ihr breit. Was, wenn ihr geliebter Hund zu schwer verletzt oder gar tot war? Was hatte die Bestie ihrem Liebling angetan? Warum kam er nicht? Er kam doch sonst immer sofort. Emilia lief zurück zum See. Sie hoffte, dass die Bestie sie nach dieser Warnung vorerst in Ruhe lassen würde. Schließlich hatte diese sich ja in Luft aufgelöst. Tränenüberströmt und panisch keuchend kam sie wieder am See an. Fox war nirgends zu sehen. Sie schrie und flehte:

„Fox, komm heraus, bitte. Bitte komm schon. Das Monster ist weg. Es besteht keine Gefahr mehr.“ Sie lief zu dem Gestrüpp, durch das er geflohen war.

Nachdem Emilia sich durch die Hecke gequetscht hatte, sah sie ihn. Da lag er, der kleine Kerl. Blutüberströmt. Eine tiefe Wunde überzog seine gesamte Flanke. Winselnd hob er den Kopf und wedelte schwach mit dem Schwanz, als er sein Frauchen erkannte.

„Fox, oh, mein Gott, mein armer Liebling!“, hauchte Emilia entsetzt. Schnell legte sie die letzten Meter zurück, die zwischen ihnen lagen. Sie kniete sich nieder und versuchte, mit den bloßen Händen die Blutung zu stoppen. Währenddessen wurde sie von heftigen Weinkrämpfen geschüttelt. In ihrer Verzweiflung schrie sie wie eine Wahnsinnige um Hilfe. Nur wer sollte sie hier, mitten im Wald, schon hören? Sie spürte, wie Fox unter ihren Händen immer schwächer wurde.

„Nein, du darfst nicht sterben, hörst du, Fox! Bitte, halte durch. Ich bring dich heim. Wir helfen dir. Bitte halte durch, mein Liebling“, flehte sie ihn an. Er winselte nur leise, wedelte mit der Schwanzspitze und legte den Kopf auf den Boden. Er schloss die Augen. Emilias Herz blieb stehen. „NEIN! Fox, nein. Bitte sei nicht tot. BITTEEEE.“ Sie brach über ihrem Hund zusammen und weinte herzzerreißend. Die Schluchzer schüttelten ihren ganzen Körper. Sie nahm nichts mehr um sich herum wahr – bis jemand sie ganz sanft in den Arm nahm und vorsichtig von ihrem Hund wegzog.

„NEIN!“, schrie Emilia. „Nehmt ihn mir nicht weg! Bitte!“, flehte sie und stutzte im selben Moment, als sie bemerkte, wer sie von ihrem Hund hochgezogen hatte. Es waren drei, komplett in Weiß gekleidete Frauen und Merkur. Er hatte sie von Fox weggezogen, während die drei Frauen nun vorsichtig Fox anhoben und ihn kommentarlos mitnahmen. „Nein, NEIN!“, schrie Emilia und versuchte, sich von Merkur loszureißen, um ihrem Hund zu folgen.

„Emilia, EMILIA!“ Merkur drehte sie mit festem Griff zu sich um und hielt sie so fest, dass sie nicht auf ihn einprügeln konnte, was sie eben noch vorgehabt hatte. „Beruhige dich, so beruhige dich doch! Fox ist NOCH nicht tot. Wenn sie ihn gleich mit in unsere Welt nehmen, dann hat er vielleicht noch eine Chance“, versuchte er sie zu beruhigen.

Emilia reagierte nicht.

„Viel wichtiger ist nun erst mal, ob du verletzt bist. Hat dich der Höllenhund irgendwo gekratzt oder gebissen?“, fragte Merkur. Panik hatte sich auch in seiner Stimme breit gemacht.

„Lass mich zu Fox, ich muss zu ihm, BITTE!“, schrie Emilia ihn an.

„Emilia, hat er dich verletzt?“, fragte Merkur streng. Mit geschickten Händen suchte Merkur Emilias Körper ab, konnte aber nichts erkennen. Emilia war über und über mit Blut beschmiert, aber er sah keine frische Wunde. „EMILIA, reiß dich zusammen!“, schrie er sie nun an. Er packte sie noch etwas fester und schüttelte sie, bis ihr Blick sich endlich von den Elfen und Fox losriss. Bitterböse sah sie ihn an und schrie:

„DU, du bist an allem schuld, DU, DU ..." Weiter fiel ihr nichts Passendes ein. Sie war mehr als durcheinander.

„EMILIA, ich frage dich jetzt ein letztes Mal: Hat er dich irgendwo verletzt oder nicht? Wenn du mir jetzt nicht sofort antwortest, zieh ich dich hier auf der Stelle nackt aus, stecke dich in den See, wasche dir das Blut ab und untersuche anschließend jeden Zentimeter deines Körpers auf Kratz- und Bissspuren. Also rede lieber mit mir. Beschimpfen kannst du mich später!", fuhr Merkur sie aufgebracht an. Endlich war er zu Emilia durchgedrungen. Resigniert schüttelte sie den Kopf und antwortete:

„Nein, er hat mich nicht verletzt. Er hat mich nicht berührt. Bitte, Merkur, lass mich zu ihm", bettelte sie weiter. Ihr Widerstand hatte sich in Luft aufgelöst. Wieder liefen Tränen über Emilias Wangen.

„Du kannst ihm jetzt nicht helfen. Er ist bereits an einem Ort, an dem nur unsere Heilerinnen Zutritt haben. Selbst ich könnte jetzt nicht zu ihm. Sie werden ihn in einen Heilschlaf legen, den niemand stören darf. Wir müssen abwarten. Ich bringe dich jetzt nach Hause. Sophia wird dich bestimmt suchen. Sie weiß sicher nicht, dass du hier bist, oder?", fragte Merkur nach.

„Woher weißt du das?"

„Na, weil du mir gestern erzählt hast, dass sie dich nicht weglassen wird. Also kann ich mir ja vorstellen, wie du hierhergekommen bist. Davongeschlichen hast du dich", stellte er fest und ein erleichtertes Lächeln zeichnete auf seinem Gesicht ab.

„Was soll ich ihr bloß sagen? Sie weiß nicht, dass ich es weiß. Ich hatte Angst, sie würde mich nach Hause schicken. Aber ich kann jetzt nicht nach Hause. Nicht ohne Fox. Sie darf nichts von alldem erfahren“, sagte Emilia unter Tränen. Wieder wurde sie von heftigen Schluchzern geschüttelt. Merkur stand erst etwas unsicher neben ihr, nahm sie dann jedoch vorsichtig in den Arm. Sie schmiegte ihr Gesicht an seine Halsbeuge und ließ ihrem Schmerz freien Lauf. Nach einer ganzen Weile wurde sie ruhiger und die Schluchzer wurden zu einem heftigen Schluckauf. Trotz der schlimmen Situation fühlte sich Merkurs Nähe sehr gut an. Zu gut. Schweren Herzens löste Emilia sich von Merkur und schaute etwas beschämt auf sein Hemd. Dieses war nun ebenfalls blutverschmiert und völlig durchnässt von ihren Tränen.

„Entschuldige“, sagte sie und deutete unsicher auf sein Hemd. Merkur schaute an sich hinunter und lachte.

„Das werde ich wohl überleben. Wollen wir dann? Es wird gleich ganz dunkel sein, wenn wir nicht endlich aufbrechen“, sagte er sanft.

„Aber Fox ...“, warf Emilia ein.

„Du kannst im Moment wirklich gar nichts für ihn tun. Er wird es nicht merken, ob du hier auf der Lichtung stehst oder auf der Ranch bist. Für ihn bist du im Moment buchstäblich in einer anderen Welt. Also komm, wasch dir im See das Blut von Händen und Gesicht und lass uns gehen“, forderte er sie auf.

Das kühle Wasser des Sees tat ihr gut. Es war, als würde ein Teil ihres Schmerzes mit dem Blut abgewaschen und so schöpfte sie neue Hoffnung. Fox war bei den Elfen. Nur dort hatte er überhaupt eine Chance, hatte Merkur gesagt und sie glaubte ihm. Als sie einigermaßen sauber war, nahm sie ihre Weste, die sie um den Bauch gebunden hatte und zog sie über ihr verdrecktes Shirt. So müsste sie es schaffen, dass Granny keine Blutspuren an ihr entdecken würde. Zusammen machten sie sich auf den Rückweg. Die Sonne war inzwischen untergegangen und der Wald absolut finster. Jedoch fühlte sie sich, durch Merkurs Anwesenheit, einigermaßen sicher.

Als sie aus dem Wald herausgekommen waren, wurde es heller. Der Mond ging als großer heller Ball auf. Es wäre wundervoll gewesen, romantisch, hätte Emilia die Augen dafür gehabt. Aber sie schniefte noch immer vor sich hin.

„Woher wusstet ihr überhaupt, dass ich Hilfe brauchte?“, fragte Emilia, nun überrascht.

„Ich hatte so eine Ahnung“, entgegnete er.

„Danke“, flüsterte sie.

„Wofür?“, fragte Merkur verblüfft.

„Dafür, dass ihr mir geholfen habt.“

„Ach, auf einmal. Ich dachte, ich sei an allem schuld“, erwiderte Merkur und Emilia konnte das spöttische Grinsen in seiner Stimme regelrecht hören.

„Bist du ja auch“, sagte sie bockig. „Das Biest hat gesagt, ich soll mich von euch fernhalten, sonst würde es wiederkommen und dann werde es nicht mehr so glimpflich ablaufen“, gab Emilia die Worte des Ungeheuers wieder.

„NEIN!“, rief Merkur erschrocken aus und schlug sich dann selbst mit der Hand auf den Mund.

„DOCH!“, entgegnete Emilia bestimmt. „Wenn ich es mir recht überlege, ist es vielleicht eine blöde Idee, mich gerade von DIR nach Hause begleiten zu lassen“, überlegte Emilia laut. Merkur hatte jedoch nicht zugehört. Er war kreidebleich geworden und flüsterte nur:

„Scheiße, dann wissen sie es also …“

„Dann weiß WER WAS?“, fragte Emilia perplex.

„Emilia, ich erklär es dir ein anderes Mal. Ich muss zurück. Da vorne ist schon die Ranch. Schaffst du die hundert Meter noch alleine?“, fragte er aufgebracht.

„Ähm, ja, aber …“

„Keine Zeit“, sagte er, machte auf dem Absatz kehrt und rannte zurück. „Ich komme wieder, dann erkläre ich dir alles. Oder Elandiel!“, rief er aus der Ferne. Innerhalb weniger Sekunden hatte ihn die Dunkelheit des Waldes verschluckt. Emilia lief ein eisiger Schauer über den Rücken, als sie plötzlich allein in der Dunkelheit stand und der Wald sich finster und drohend vor ihr erhob. Daher drehte sie auf dem Absatz um und rannte so schnell sie konnte zur Ranch. Sie würde ihrer Granny nichts erzählen, beschloss sie, als sie sich vor der Tür versuchte zu sammeln. Es war bereits sehr spät. Die Abendessenszeit war längst vorbei. Emilia wusste, dass sie nun ein Donnerwetter erwarten würde. Daher öffnete sie ganz vorsichtig die Haustür und schlich hinein.

„Emilijana Josephine Scott. Wo um alles in der Welt bist du gewesen?“, begrüßte sie ihre Großmutter aufgebracht. Emilia zuckte zusammen bei der Erwähnung ihres vollen

Namens. Sie trug als Zweitnamen den Vornamen ihrer Granny. Leider wurde dieser Name nur verwendet, wenn Ärger anstand, und auf Emilijana reagierte sie ja sowieso allergisch. Sie fragte sich wirklich, was ihre Eltern sich bei diesem Namen gedacht hatten. Emilia atmete tief durch und antwortete kleinlaut:

„Im Wald. Ich bin eingeschlafen. Ich wollte nicht so lange weg bleiben. Es tut mir leid."

„Und wie siehst du überhaupt aus? Hast du geweint?", fragte Granny nun etwas sanfter. „Was ist los, mein Kind? Hat dir dieser Typ wieder aufgelauert? Hat er dir etwas angetan? Nun rede schon, Liebes!", drängte Sophia. Sie hatte Emilia an den Schultern gepackt und sah sie eindringlich an. Emilia löste sanft die Hände ihrer Großmutter.

„Nein, Granny. Das ist es nicht", entgegnete sie und überlegte fieberhaft, was sie ihrer Großmutter nun erzählen sollte.

„Was ist es dann? Rede mit mir, Kind!", bat Granny und ergriff ihre Hände.

„Mein Freund hat heute Mittag per WhatsApp mit mir Schluss gemacht", begann sie. „Daher bin ich in den Wald ..., weil ich ..., weil ich allein sein wollte", redete sie stockend weiter. „Ich möchte jetzt bitte einfach nur schlafen gehen", sagte sie und schniefte. „Gute Nacht", brachte sie mit zittriger Stimme noch heraus. Dann entzog sie Granny ihre Hände und rannte, so schnell sie konnte, die Treppe hinauf. Granny wollte ihr noch etwas hinterher rufen, ließ es aber dann doch bleiben. Oben angekommen schloss sie sich schnell in ihrem Zimmer ein. Zum Glück war ihr die Lüge mit dem vermeintlichen Freund noch spontan eingefallen. Die Ausrede war zwar etwas dürftig, aber doch realistisch. Emilia zog ihre dreckigen Klamotten aus und warf sie direkt in den Mülleimer. Die würden eh nie wieder sauber werden. Als sie die riesen Blutflecken betrachtete, traten ihr sofort wieder die Tränen in die Augen.

„Bitte, Gott, lass ihn überleben“, flehte sie. Sie betete selten, aber heute griff sie nach jedem Strohhalm, den sie finden konnte. Außerdem fand sie den Gedanken tröstlich, dass es eine höhere Macht gab, die sie schützte. Angesichts der Tatsache, dass es Elfen und sprechende Monster gab, gab es sicher auch einen Gott.

Wie in Trance stieg sie unter die Dusche und ließ, ewig lang, warmes Wasser über sich laufen. Hier im Schutz des Hauses, im hell erleuchteten Badezimmer, erschien ihr das Erlebte nun total unwirklich. Ihr Kopf fühlte sich an wie in Watte gepackt.

Als sie anschließend in ihr kuschliges Bett stieg, fiel ihr erster Blick auf Fox’ Schlafplatz. Erneut begannen die Tränen zu kullern. So weinte sie sich in einen unruhigen Schlaf, aus dem sie viel zu schnell wieder erwachte.

Am nächsten Morgen galt ihr erster Gedanke natürlich Fox. Sie wollte die Tränen nicht zulassen, die ihr bereits wieder in den Augen brannten, und stand auf. Sie musste versuchen, beim Frühstück einigermaßen tapfer zu sein. Die Lüge mit dem Freund wollte sie nicht noch mehr vertiefen, daher sollte Granny gar nicht erst merken, wie schlecht es ihr wirklich ging.

Beim Aufstehen tat ihr jeder Knochen weh. Nach einer kleinen Katzenwäsche, bei der sie sich selbst darüber wunderte, wie bescheiden ihr Spiegelbild aussah, schleppte sie sich hinunter zum Frühstückstisch.

„Guten Morgen, Liebes. Was möchtest du frühstücken? Du musst ja beinahe verhungert sein. Du hattest gestern ja kaum etwas zu essen", begrüßte Granny sie liebevoll.

„Ich habe keinen großen Hunger, Granny", murmelte sie, nahm die Tasse Kaffee, die Granny ihr hingestellt hatte und goss Milch ein. Den Teller schob sie von sich.

„Irgendwas musst du aber essen, Kind", erklärte Granny streng. „Ich mache dir Rühreier mit Speck", sagte sie entschlossen. „Das isst du ja so gern." Da es Emilia bereits zu viel Arbeit war, ihr dagegen zu reden, ließ sie alles über sich ergehen und stocherte anschließend, etwas lustlos, in ihrem Frühstück herum.

„Möchtest du mir von deinem Freund erzählen, Kind?", fragte Granny vorsichtig.

„Nein", knurrte Emilia.

„Möchtest du sonst über irgendetwas mit mir reden?", bohrte diese weiter.

„Nein. Wenn es für dich okay ist, würde ich nach dem Frühstück gern eine Runde spazieren gehen. Ich möchte bitte einfach nur alleine sein. Okay?", fragte Emilia in versöhnlichem Tonfall. Sie sah Granny an und versuchte, stark zu bleiben, aber sie spürte schon wieder, wie ihre Augen zu brennen anfingen. Daher senkte sie schnell den Blick und widmete sich wieder ihrem Frühstück.

„Okay, Kind. Aber nur, wenn du dein Frühstück aufisst. Ansonsten habe ich Angst, dass du mir aus den Latschen kippst, wenn du alleine unterwegs bist“, antwortete Granny und lachte über ihren eigenen Scherz. Emilia bemühte sich, zumindest die Mundwinkel zu einem Lächeln zu verziehen. Was ihr jedoch ordentlich missglückte. Anschließend kämpfte sie ihr Frühstück hinunter. Dies verlangte ihr am heutigen Morgen einiges ab.

„Wo ist eigentlich Fox?“, fragte Granny beiläufig, als sie den Abwasch machte. Da war sie. Die Frage, vor der Emilia am meisten Angst gehabt hatte. „Du hast ihn gestern Abend gar nicht mit ins Haus gebracht!“, stellte Granny überrascht fest.

„Ach, der ist mit Kim im Stall geblieben und hat die Hühner bewacht. Du weißt ja, wie gern er seinen Hüte-Instinkt auslebt, wenn er hier ist“, entgegnete Emilia und mied den Blickkontakt mit ihrer Granny.

„So? Aber Kim hat heute Nacht im Haus geschlafen“, wunderte sich Granny und musterte Emilia genau. Emilia vermied es weiterhin krampfhaft, ihre Großmutter anzuschauen.

„Ach so. Also auf jeden Fall ist er in den Hühnerstall gerannt, gestern Abend, als wir zurückkamen. Ich dachte, Kim sei auch dort. Ich werde gleich mal nach ihm schauen. Ich nehme ihn mit zum Spazieren“, erklärte sie.

Schnell schob sie den leeren Teller beiseite, erhob sich, gab Granny einen flüchtigen Kuss auf die Wange und rannte nach draußen. Bemüht, die Tränen zurückzuhalten, bis sie außer Sichtweite war.

KAPITEL 7

Auf dem Weg zum Wald wurde ihr von Schritt zu Schritt mulmiger. Das Monster hatte gesagt, es komme wieder. Was, wenn es bereits am Waldrand auf sie wartete und in tausend Stücke zerfetzte. Sie sollte sich von den Elfen fernhalten. Aber diese hatten ihren Hund. Wusste das Monster vielleicht schon, dass er von den Elfen gerettet wurde? Was sollte sie tun? Sie war hier in etwas hineingeraten und wusste nicht mal wirklich, in was genau. Woher kam das Monster? Was wollte es gerade von IHR? Warum sollte sie sich von den Elfen fernhalten? War sie doch selbst beinahe eine von ihnen. Bei diesem Gedanken schlich sich ein stolzes Grinsen in ihr Gesicht. Sie hatte sich als Kind immer vorgestellt, dass man ihr eines Tages erzählen würde, dass sie magische Kräfte besäße oder dass sie eine Elfe oder sonst ein cooles Fabelwesen sei.

Ein Rascheln im Gebüsch riss sie aus ihren Gedanken. Wie angewurzelt blieb sie stehen und hielt die Luft an.

„Was gibt es denn da zu grinsen?“, hörte sie eine wohl bekannte Stimme aus den Tiefen des Strauchs. Ein Schauer lief ihr den Rücken hinunter.

„Merkur!“, stieß sie keuchend die angehaltene Luft aus. „Du hast mich beinahe zu Tode erschreckt.“

„Entschuldige, das war nicht meine Absicht“, antwortete er freundlich. Leichtfüßig sprang er aus dem Gebüsch und sah so gut aus wie immer. Freundschaftlich legte er ihr einen

Arm um die Schulter. Emilia zuckte unter der Berührung zusammen. Sofort zog Merkur seinen Arm wieder weg.

„Oh, entschuldige, hab ich dir wehgetan?“, fragte er besorgt.

„Schon gut, nichts passiert. Muss mir gestern wohl die Schulter leicht geprellt haben, als ich gestolpert bin“, flunkerte Emilia und zeitgleich kroch ihr die Röte ins Gesicht. Vorsichtig berührte sie ihre Schulter da, wo eben noch Merkurs Hand gelegen hatte. Die Stelle kribbelte warm. Zum Glück trug sie die Haare heute offen. So sah Merkur vielleicht nicht, dass sie feuerrot im Gesicht geworden war. Sie hatte sich natürlich nichts geprellt. Aber die Heftigkeit, mit der sie auf Merkurs Berührungen reagierte, machte ihr beinahe Angst.

„Wie geht es Fox?“, stellte sie die Frage, die ihr am meisten auf der Seele lastete.

„Es geht ihm gut“, beruhigte Merkur sie. „Er kommt durch. Unsere Heiler haben alles ihnen Mögliche getan, dass er keinen Schaden zurückbehalten wird. Sollen wir ihn besuchen?“, fragte Merkur euphorisch.

„Ähm, ich weiß nicht“, murmelte Emilia unsicher.

„Jetzt dachte ich, du bist Feuer und Flamme, wenn ich dir sage, dass du zu deinem geliebten Hund in die Elfenwelt darfst, und du *weißt nicht*?“, fragte Merkur überrascht und musterte sie.

„Ja also, es ist so, dass das Monster ja gesagt hat, ich müsse mich von euch fernhalten. Ich habe Angst, Merkur. Ich weiß nicht, wo ich hier hineingerate oder bereits hineingeraten bin. Mein geliebter Hund ist beinahe gestorben, mein Vater verschwunden. Ich weiß ehrlich nicht, was besser für mich ist. Klar, möchte ich in die Elfenwelt, ich meine, HALLO, die Elfenwelt. Mein Leben lang träume ich schon davon, andere Welten zu besuchen und Abenteuer zu erleben. Leider sah mein Abenteuer bislang nicht so toll aus", erklärte sie. Verlegen rieb sie sich den Arm, blickte zu Boden und scharrte mit den Schuhen in der losen Erde herum. Merkur berührte sie leicht am Kinn und hob ihr Gesicht an, sodass sie ihm direkt in die Augen sehen musste. Diese wunderschönen grauen, beinahe silbernen Augen, in denen man sich verlieren konnte. Emilia schluckte heftig, um wieder Herr ihrer Sinne zu werden.

„Emilia, glaubst du ernsthaft, wir würden dich nochmals in Gefahr bringen? Du wirst ab sofort rund um die Uhr bewacht", sagte Merkur mit sanfter Stimme.

„Ich werde was?", fragte Emilia überrascht.

„Ja, Elandiel hat Wachen abbestellt, die dir auf Schritt und Tritt folgen", bestätigte er nochmals seine Aussage.

„Und wo sind diese Wachen?", fragte Emilia und sah sich aufmerksam um.

„Na hier ... ICH!", erklärte er und richtete sich, mit stolz geschwellter Brust vor ihr auf, sodass Emilia lachen musste.

„Ernsthaft jetzt? DU sollst mich bewachen?", fragte sie.

„Klar", entgegnete er ein bisschen eingeschnappt.

„DU wirst mit einem, wie nanntest du es noch gleich? Ach ja, Höllenhund, fertig?", fragte Emilia ungläubig und musterte Merkur von oben bis unten.

„Natürlich!", erwiderte er etwas beleidigt. „Ich glaube, du unterschätzt meine Fähigkeiten."

„Na ja, bisher dachte ich, du seist nur ein Botschafter“, gab Emilia zurück.

„Bin ich ja auch. Aber nur die besten Krieger werden als Botschafter in fremde Welten geschickt. Oder glaubst du, jeder Bücherwurm würde sich trauen, die sichere Elfenwelt zu verlassen?“, fragte er und lachte dabei auf.

„Klingt logisch. Sorry, ich wollte dich nicht beleidigen, aber es ist gerade einfach zu viel, was da auf mich einstürmt. Und wie erkläre ich Granny, dass du mir nun auf *Schritt und Tritt* folgst?“

„Sie wird das gar nicht merken. Ich bin sehr diskret“, antwortete Merkur. Dabei zwinkerte er Emilia verschwörerisch zu, was zur Folge hatte, dass sie schon wieder spürte, wie die Hitze in ihr aufstieg. Sie drehte sich schnell von ihm weg und tat so, als suche sie etwas.

„Okay, wo ist denn nun das Tor?“, fragte sie aufgeregt.

„Da vorne, komm mit“, entgegnete er. Schon nahm er sie bei der Hand und rannte los. Die Berührung brachte Emilia wieder ganz durcheinander. Sie verstand die Welt nicht mehr. Wann war aus dem unnahbaren, arroganten Elf ein Kuscheltyp geworden, der bei jeder Gelegenheit auf Tuchfühlung mit ihr ging? Bevor sie sich darüber noch weitere Gedanken machen konnte, standen sie auch schon wieder auf der Lichtung, auf der sie gestern Fox gefunden hatte. Sie zwang sich, nicht auf die Blutspuren zu schauen, die sicher noch auf dem Waldboden zu finden waren. Daher blickte sie hochkonzentriert in die Richtung, in die die Heilerinnen mit ihrem Hund verschwunden waren.

Aber da war nichts. Nichts außer einem großen, alten Baum, der sich vor dem Wald majestätisch abhob. Merkur ließ sie los, trat auf den Baum zu und machte eine ausschweifende Geste in die Luft hinein. Zeitgleich murmelte er ein paar seltsame Worte, die Emilia nicht verstehen konnte.

Und dann sah sie es. Der massive Baumstamm begann zu flimmern und es sah aus, als würde er sich in Luft auflösen. Ein großes Tor aus Licht begann sich vor ihren Augen zu manifestieren. Es schillerte in allen Regenbogenfarben. Das Flimmern im Tor erschien ihr warm und freundlich.

„Nach Ihnen“, sagte Merkur galant, reichte Emilia eine Hand, wie ein Gentleman aus dem vorherigen Jahrhundert, und deutete mit der anderen Hand auf das Tor. Sie spürte, wie ihre Hände schwitzig wurden und rieb hastig die freie Hand an ihrer Hose ab. Eigentlich war sie sich noch immer nicht sicher, ob es so eine gute Idee war, einfach durch dieses Tor zu gehen. Andererseits trieb sie die Sehnsucht nach ihrem Hund an. So schloss sie für einen kurzen Augenblick die Augen und atmete tief durch. Dann machte sie die Augen wieder auf und trat vorsichtig durch das Tor. Sie wusste nicht, was sie erwartet hatte, jedoch war sie überrascht, dass das Passieren der Weltengrenze ohne viel Aufhebens vonstattengegangen war. Auf der anderen Seite angekommen musste Emilia zuerst ein paarmal blinzeln. Aufmerksam sah sie sich um.

Das Tor, durch das sie gerade geschritten waren, war bereits wieder verschwunden. Der Baum jedoch war auch auf dieser Seite noch da. Merkur stand direkt neben ihr. Sie waren noch immer im Wald, aber dieser Wald war anders. Sie konnte es sehen, riechen und fühlen. Die Bäume waren älter und irgendwie lebendiger. Ja, so fühlte es sich an. Die Bäume wisperten in ihrer eigenen Sprache miteinander. Ehrfürchtig schaute Emilia sich um. Das Laub und das Gras waren saftiger als in der Menschenwelt. Die Blumen waren viel größer und bunter – und dieser Duft. Emilia sog tief die gute Luft ein. Es war einfach himmlisch. Sie war sprachlos angesichts der Schönheit, die sie hier umgab. Merkur war von hinten an sie herangetreten und flüsterte leise in ihr linkes Ohr:

„Schön hier, nicht?" Sie konnte seinen Atem auf ihrer Haut spüren und er verursachte ihr eine Gänsehaut. Verwirrt drehte sie sich um und sah Merkur an. Ihr Blick fiel auf seine wunderschönen, geschwungenen Lippen. Wie sie wohl schmecken würden? Ob sie so weich waren, wie Emilia sie sich vorstellte? Sie musste sich beherrschen, ihn nicht einfach zu sich herunterzuziehen und zu küssen. Mit aller Körperbeherrschung riss sie ihren Blick von ihm los und antwortete stockend:

„Es ist wundervoll." Schnell wandte sie Merkur wieder den Rücken zu und trat einen Schritt von ihm weg. Was war nur mit ihr los? Sicher waren die Ereignisse der letzten Tage daran schuld, dass sie sich so unmöglich benahm und ihre Gefühle gerade Achterbahn fuhren. Nur bei dem Gedanken daran, dass sie ihn soeben am liebsten geküsst hätte, stieg ihr die Röte ins Gesicht. Mal wieder. Sie musste sich angewöhnen, Make-up aufzulegen, vielleicht würde es dann nicht mehr so auffallen. Merkur war wieder neben sie getreten und grinste.

„Auf, lass uns gehen. Elandiel wird schon warten und Fox sicher auch“, forderte er sie auf. Bei der Erwähnung ihres Hundes kam sie wieder zu sich und nickte. Merkur hatte wieder ihre Hand genommen und zog sie hinter sich her. Seine Nähe lenkte sie so sehr ab, dass sie Mühe hatte, sich auf die wundervolle neue Umgebung zu konzentrieren. Allerdings wollte sie ihm die Hand auch nicht entziehen. So sehr sie seine Nähe verwirrte, so sehr genoss sie diese auch.

Sie gingen einen Waldweg entlang und kamen an eine Biegung. Dahinter erschien ein prächtiger Wasserfall, der in einen glasklaren See plätscherte. Vom Wald aus führte ein schneeweißer Pfad direkt auf den See zu und gabelte sich dann nach links und nach rechts. Der Pfad führte einmal komplett um den See herum. Am Rande des Pfades standen die ersten Häuser. Diese waren in die Landschaft des Waldes integriert. Sie waren alle aus Felssteinen, Baumstämmen und Lehm gebaut. Die Dächer waren mit Reisig und Stroh gedeckt. Alles Materialien, die der Wald hergab. Es sah wundervoll aus. Die Häuser waren nicht groß, aber hoch. Manche standen frei, andere waren mit Bäumen verbunden. Die Natur durfte sich einfach so entwickeln, wie sie war und die Häuser verbanden sich mit ihr. Emilia war absolut geplättet von diesem Anblick.

„Ist das Andorin?“, fragte sie leise.

„Nein, das sind die Aussiedler-Höfe vor der Stadt. Die Stadt ist ganz anders“, erklärte Merkur und zog sie weiter. „Dort oben kannst du das Schloss schon sehen!“ Merkur zeigte mit der freien Hand den Wasserfall hinauf. Emilia folgte seinem Blick. Da stand es, das Schloss der Elfenkönigin. Es war ein schneeweißer Turm, der schillernd und glitzernd in der Sonne erstrahlte. Noch bevor Emilia fragen konnte, aus was für einem Material er erbaut war, zog Merkur sie weiter. Sie liefen am See entlang, wo ihnen spielende Elfenkinder winkten. Sie sahen auch einige Elfenfrauen, die entweder die Kinder beaufsichtigten oder sich der Gartenarbeit und der Wäsche widmeten. Hätte Emilia es nicht besser gewusst, hätte sie geglaubt, dass sie in einem Dorf eines früheren Jahrhunderts gelandet war.

Nach einer Weile ließen sie den See hinter sich. Sie liefen einen schmalen Weg entlang, der links von riesigen Bäumen und rechts von dem Felsen gesäumt war, auf dem das Schloss stand und von dem aus der Wasserfall in die Tiefe stürzte.

Als sie die enge Gasse endlich hinter sich gelassen hatten, erblickte Emilia die richtige Stadt. Ja, DAS war eine Stadt. Sie standen auf einer Anhöhe und betrachteten Andorin von oben. Rechts von ihnen wand sich eine schneeweiße, schmale Treppe nach oben. Emilia vermutete, dass diese zum Schloss führte. Vor ihnen erstreckte sich ein riesiges Tal. Links und rechts wurde es durch den Wald eingesäumt. Die Häuser Andorins waren alle weiß getüncht und hatten starke Ähnlichkeit mit kleinen Wohnhäusern in der Menschenwelt. Die Straßen waren mit weißen Steinen gepflastert, die teilweise in der Sonne glitzerten. Emilia blieb die Sprache weg bei diesem Anblick.

„Hammer, was?“, fragte Merkur.

„Das kannst du wohl laut sagen. Wie viele Elfen wohnen hier?“, fragte Emilia eingeschüchtert.

„Genau 8.368“, antwortete Merkur.

„Oh, danke, so genau hätte ich es nicht wissen müssen“, erklärte Emilia und lachte.

„Hey, du hast ja deinen Humor wiedergefunden. Wie sieht's aus? Sollen wir zuerst Fox besuchen? Die Heiler sind in dem großen Gebäudekomplex da vorne links am Waldrand“, erklärte er ihr weiter.

„Ja, lass uns Fox besuchen!“, rief Emilia ausgelassen und ihre Augen strahlten vor Glück.

Sie liefen hinunter ins Tal und steuerten das erste Gebäude am Waldrand an. Es war ein großer flacher Bau mit einer Tür aus hellem Holz. Merkur klopfte an und eine junge Frau, in weißem Gewand und mit blonden langen Haaren, öffnete ihnen die Tür.

„Merkur, Emilia, schön, dass ihr da seid. Einer von euch wird schon sehnsüchtig erwartet“, begrüßte sie die junge Elfe und zwinkerte Emilia vergnügt zu. Sie traten in eine kleine Eingangshalle, von der links und rechts ein Gang nach hinten führte. In der Mitte war so etwas wie eine kleine Anmeldung mit Wartebereich. Alles in allem hätte man meinen können, man wäre in einer normalen Arztpraxis, nur dass die Möbel rustikaler waren, da alles aus massivem Holz gefertigt war.

„Folgt mir bitte“, sagte die Heilerin und lief, ihnen voran, den rechten Gang entlang. Sie öffnete die dritte Tür auf der rechten Seite und sagte: „Hier ist es.“ Emilia rannte blindlings hinein und vernahm nur noch am Rande, wie Merkur sich bei der Elfe bedankte.

Fox lag zusammengekringelt auf einem gemütlich aussehenden Kissenberg, direkt unter dem geöffneten Fenster. Vor dem Berg standen ein großer Napf mit Wasser und ein weiterer leerer Napf, der vermutlich für das Futter diente.

Als Emilia und Merkur das Zimmer betraten, hob Fox seinen Kopf und schon gab es kein Halten mehr. Emilia stürzte sich auf ihren Hund. Dieser sprang zeitgleich auf und rannte ungestüm seinem Frauchen entgegen. Als er sie erreicht hatte, leckte er Emilia liebevoll die Tränen vom Gesicht, die einfach nicht aufhören wollten zu fließen.

„Fox, du lebst und es geht dir gut. Ich hatte solche Angst um dich. Du bist der beste und tapferste Hund, den es gibt“, schluchzte Emilia in sein Fell. Er wedelte kräftig mit seinem Schwanz, als würde er das Kompliment wortwörtlich verstehen und begann wieder damit, Emilia von oben bis unten abzulecken. Emilia schloss ihren Liebling fest in die Arme, wobei er ein leichtes Winseln ausstieß. Sofort lockerte sie ihren Griff und zuckte zurück.

„Oh, tut mir leid, Fox, ich wollte dir nicht wehtun“, entschuldigte sie sich bei ihm. Aber Fox schien es nichts weiter ausgemacht zu haben. Er leckte schon wieder liebevoll die Hände seines Frauchens. Emilia war nun ganz vorsichtig und kraulte Fox lieber nur noch am Kopf. Er trug noch einen Verband um den Bauch. Jedoch waren keine Blutspuren mehr zu sehen. Vorsichtig tastete Emilia über den Verband, als könne sie so die Schwere der Verletzungen erfühlen. In dem Moment kam die junge Heilerin wieder ins Zimmer.

„Ihr könnt ihn mitnehmen, wenn ihr wollt. Er muss sich noch etwas schonen, aber er ist wieder fit genug, sodass wir ihn guten Gewissens entlassen können“, erklärte die junge Elfe. Ein Strahlen flog über Emilias Gesicht.

„Hörst du, Fox? Du darfst nach Hause. Oh, ich freu mich ja so“, sagte sie zu Fox.

„Ich hole dir seine Medizin. Du musst ihm noch drei Tage je drei Tropfen, morgens und abends, verabreichen. Es ist ein Gegengift für das Gift des Höllenhundes. Den Verband kannst du heute Abend abnehmen. Die Wunden sind geschlossen und so weit gut verheilt. Er hat nur noch Schmerzen wegen des Giftes, das noch leicht wirkt.“ Mit diesen Worten verschwand die Elfe wieder und kam ein paar Augenblicke später zurück. Sie gab Emilia eine kleine durchsichtige Phiole mit einer schimmernden Flüssigkeit.

„Am besten tropfst du es ihm über das Futter. Davon lässt der junge Mann ja nichts übrig. Dann kannst du sicher sein, dass er auch die volle Dosis zu sich genommen hat“, erklärte sie lachend. Emilia nahm die Flasche entgegen und nickte.

„Okay, danke, mache ich. Muss ich sonst noch was beachten?“, fragte Emilia nach.

„Nein, sonst musst du nichts beachten. Die Wunden wurden mit einem speziellen elfischen Verfahren geschlossen und werden nicht mehr aufreißen. Er kann auch schwimmen und laufen und alles machen, was ihm guttut. Nur zum Toben wird ihm vermutlich noch die Lust fehlen.

Aber er wird selbst merken, was gut für ihn ist“, antwortete sie Emilia.

„Gut, vielen, vielen Dank. Ihr habt meinen Liebling gerettet! Ich weiß gar nicht, wie ich mich dafür revanchieren kann“, sagte Emilia verlegen.

„Irgendwann wirst du es können“, antwortete die Elfe. Dann streichelte sie Fox noch mal übers Fell und verabschiedete sich von den dreien.

„Was soll denn das heißen? Irgendwann werde ich es können? Ist das eine elfische Floskel?“, fragte Emilia verblüfft, als sie mit Fox und Merkur alleine zurückblieb.

Merkur lächelte nur unsicher und zuckte mit den Schultern.

„Lass uns gehen. Elandiel wartet sicher schon auf dich“, entgegnete er stattdessen.

„Okay. Komm, Fox, auf geht's!“, rief Emilia aufgeregt.

Als sie in den Eingangsbereich kamen, saßen im Wartebereich ein paar Elfen, die auf die Heilerinnen zu warten schienen. Als Emilia an ihnen vorbeiging, war ihr, als würde hinter ihrem Rücken über sie getuschelt. Aber vermutlich bildete sie sich das nur ein. Es war wie in der Schule. Wenn man unsicher war und die Leute nicht kannte, bildete man sich immer ein, dass alle hinter dem Rücken über einen redeten, obwohl sie nur darüber tratschten, was es in der Kantine zu essen geben würde. Vermutlich war es hier ebenso. Emilia zuckte mit den Schultern und folgte Merkur ins Freie.

Fox freute sich sichtlich über die Freiheit und markierte zuerst ein paar Bäume.

„Fox, du kannst doch nicht einfach in der Elfenstadt deine Duftmarken setzen“, flüsterte Emilia etwas entsetzt. Merkur lachte auf und sagte:

„Was soll er denn machen, wenn er mal muss? Eine Hundetoilette haben wir hier nicht.“

„Da hast du auch wieder recht. Ich bin nur so aufgeregt. Hier ist alles so schön weiß und sauber und anders“, plapperte Emilia wild drauf los.

„Ja, Andorin ist sicher ganz schön respekteinflößend, wenn man es das erste Mal sieht“, entgegnete Merkur ernst. Es lag so viel Ehrfurcht in seiner Stimme. Verwundert sah ihn Emilia von der Seite an. Merkur räusperte sich und deutete einen Weg hinunter.

„Wir müssen hier entlang, das ist der kürzeste Weg zum Thronsaal und dort wird Elandiel auf uns warten“, erklärte er und setzte sich in Bewegung. Er ignorierte Emilias Blick und hastete den Berg hinauf, sodass sie Mühe hatte, ihm folgen zu können.

„Hey, mach langsam. Fox und ich sind nicht so schnell.“ Das stimmte leider nur für sie, da Fox, scheinbar froh, sich endlich wieder frei bewegen zu können, wieselflink hin und her rannte. Merkur wartete oben am Eingang auf sie. Emilia kam heftig schnaufend oben an, stemmte einen Arm auf den Oberschenkel und den anderen in die Seite. „Eigentlich dacht' ich, ich sei ganz gut in Form. Aber mit einem Elfenkrieger kann ich wohl doch noch nicht mithalten“, erklärte sie keuchend. Merkur grinste nur und drehte sich dann zum Tor um. Er klopfte und eine Klappe wurde geöffnet. Ein hübscher Elf mit braunen Haaren schaute hinaus.

„Ach, du bist es, Merkur. Kommt rein. Elandiel erwartet euch bereits“, sagte der Elf.

„Danke, Roandir“, antwortete Merkur und verbeugte sich leicht, als er eintrat. Der Krieger tat es ihm gleich. Auch Emilia neigte kurz den Kopf. Sie kam sich komisch vor. Ihr wurde bewusst, dass sie gar nichts über die Sitten und Gebräuche der Elfen wusste. Als sie durch das Tor traten, betrachtete sie den Elfenkrieger ganz genau. Er trug eine enge schwarze Hose, ein weites weißes Hemd und darüber eine ärmellose Weste aus Leder. Er hatte lange braune Haare und seine spitzen Ohren ragten aus ihnen heraus. Um die Hüfte trug er einen breiten Gürtel, in dem ein Schwert hing. So hatte sich Emilia einen richtigen Elfenkrieger immer vorgestellt. Auch er war wunderschön. Seine Gesichtszüge waren, trotz der Schönheit der Elfen, recht maskulin. Er zwinkerte Emilia mit seinen strahlend blauen Augen zu und kehrte ihnen dann den Rücken. Emilia war so überrascht darüber, dass sie beinahe über ihre eigenen Füße gestolpert wäre. Zum Glück war Merkur mal wieder zur Stelle, um sie aufzufangen. Roandir drehte sich nochmals kurz um und Emilia glaubte, ein leichtes Grinsen über seine ernste Miene huschen zu sehen. Schnell löste sie sich von Merkur und schüttelte den Kopf, um wieder klar zu werden. Diese Elfen machten sie fertig. Merkur grinste ebenfalls, nur verbarg er dies nicht.

„Los, komm, wir müssen hier entlang“, lotste er Emilia über den Schlosshof.

Während sie das Schloss betraten, musterte Emilia Merkur verstohlen von der Seite. Er trug ebenfalls eine unauffällige schwarze Lederhose und ein helles weites Hemd. Jedoch führte er keine Waffe mit sich und auch seine Frisur war die eines menschlichen Teenagers. Aber vielleicht gehörte das zur Tarnung als Botschafter, überlegte sie sich. Während sie ihn so musterte, stellte sie fest, dass sie eigentlich gar nichts über Merkur wusste. Sie wusste weder, wie alt er war noch sonst irgendwas. Sie hätte gern ein bisschen nachgefragt, aber Merkur ließ ihr dafür keine Zeit. Er trieb sie unermüdlich durch die Weiten des Schlosses. Sie durchquerten einen großen Innenhof mit einem schönen dreistöckigen Springbrunnen in der Mitte. Dann bogen sie nach links ab und stiegen einige breite Stufen zu einem weiteren hölzernen Tor hinauf. Das Tor stand offen, sodass sie es einfach passieren konnten. Merkur schien sich hier auszukennen wie in seiner nicht vorhandenen Westentasche. Er nahm den ersten Gang links, nachdem sie eine Treppe erklommen hatten. Anschließend führte er Emilia mehrere helle Gänge entlang. Diese hatte inzwischen total die Orientierung verloren, da sie so oft abgebogen waren. Das Schloss war riesig. Viel größer, als es von unten den Anschein gemacht hatte. Endlich machten sie vor einer großen, seidenmatten Glastür halt. Vor der Tür waren zwei Wachen postiert. Diese versperrten Emilia und Merkur mit ihren gekreuzten Speeren den Weg.

„Botschafter Merkur und die Großnichte der Königin erbitten Einlass. Die Königin erwartet uns bereits“, erklärte er in formellem Tonfall.

Die beiden Wachen traten synchron zur Seite und öffneten zeitgleich die beiden Glasflügel.

Was Emilia nun erblickte, verschlug ihr endgültig den Atem. Sie betraten einen großen, luftig hellen Raum. In der Mitte stand ein massiver, schwerer Steintisch, umgeben von vielen Stühlen. Auf der gegenüberliegenden Seite erhellte eine komplette Glasfront den Raum und gab die Aussicht auf einen wunderschönen Garten frei. Durch diesen floss ein Bach, der sich am Rand des Felsens, auf dem das Schloss stand, als Wasserfall in den wundervollen, glasklaren See ergoss, den Emilia direkt bei ihrer Ankunft gesehen hatte. Von hier aus konnte man auch über das gesamte Dörfchen auf der anderen Seite des Schlosses blicken. Dahinter ragte der Wald empor. Dieser erstreckte sich bis zum Horizont. Emilia war sprachlos. Sie bemerkte gar nicht, dass sich eine Frau von links genähert hatte.

„Merkur, schön, dass ihr da seid. Und du bist sicher Emilijana. Es freut mich, dich kennenzulernen“, begrüßte sie die junge Elfe. Emilia erschrak, riss sich von dem prachtvollen Anblick los und drehte sich um. Sie hatte mit vielem gerechnet, aber sicher nicht mit einer jungen, wunderschönen Elfe, die höchstens Anfang dreißig sein konnte. Sie trug ein weißes bodenlanges Kleid mit golden bestickten Rändern. Auf dem blonden Haar trug sie ein bezauberndes Diadem. Dieses war aus Weißgold und wurde von drei grünen Steinen geschmückt. Sie war atemberaubend schön. Fox war bereits zu ihr geeilt und begrüßte sie wie eine alte Freundin. Er setzte sich neben sie und ließ sich von ihr das Ohr kraulen.

„Na, Fox, du bist ja wieder putzmunter, wie mir scheint?!“, sagte sie zu dem freudig schwanzwedelnden Hund und lächelte dann Emilia freundlich entgegen. Da erst wurde Emilia klar, dass man von ihr eine Antwort erwartete.

„Ich freue mich ebenfalls, dich kennenzulernen“, stammelte sie. „Aber bitte nenn mich Emilia. Ich kann den Namen Emilijana nicht ausstehen“, erklärte sie schon ein bisschen bestimmter. Elandiel runzelte überrascht die Stirn. Emilia war ihre Ansage unangenehm, daher versuchte sie, die Kuh vom Eis zu holen und fragte: „Soll ich Tante zu dir sagen oder ist dir Elandiel lieber?“ Wie die Worte ihrem Mund entschlüpft waren, hätte sie sich am liebsten auf die Zunge gebissen. Ging es denn noch plumper? Was war nur los mit ihr? „Bitte entschuldige, ich bin wohl etwas nervös“, erklärte sie und senkte beschämt den Kopf.

„Schon gut, mein Kind. Man kommt ja nicht alle Tage in die Elfenwelt. Also in dem Fall Emilia und es würde mich freuen, wenn du mich Elandiel nennst. Tante klingt so alt“, sagte sie und zwinkerte ihr zu. „Setzt euch doch. Ich habe ein kleines Mahl vorbereiten lassen. Ich vermute, ihr werdet beide in den letzten Tagen nicht viel zum Essen gekommen sein“, meinte sie wissend. Sie nahm am Kopf der Tafel Platz und klatschte zweimal in die Hände. Sofort sprang eine weitere Tür am Ende des Raumes auf und herein traten drei Elfen mit langen goldenen Gewändern und stellten vor jeden von ihnen einen Teller ab. Diese wurden von goldenen Kuppeln verschlossen, sodass Emilia nicht sehen konnte, welche Leckereien sich darunter verbargen. Die Diener brachten noch eine große Karaffe mit Wasser und eine mit einer dunkelroten Flüssigkeit. Emilia vermutete, dass es so was wie Wein sein würde. Die Elfen schenkten jedem von ihnen ein Glas davon ein und hoben, bevor sie sich zurückzogen, noch zeitgleich die goldenen Glocken von den Tellern. Emilia war gespannt, was darunter zum Vorschein kommen würde. Ein hervorragender Duft strömte ihr in die Nase, der ihr das Wasser im Mund zusammenlaufen ließ. Als sie das Essen jedoch genauer in Augenschein genommen hatte, war sie beinahe etwas enttäuscht. Auf ihrem Teller lag ein Stück Fleisch, Kartoffeln, Karotten und noch irgendein anderes Gemüse, das sie auf den ersten Blick nicht einordnen konnte. Sie wusste nicht genau, was sie erwartet hatte, aber irgendwie hatte sie sich das Essen in der Elfenwelt exotischer vorgestellt. Aber dennoch roch es fantastisch und Emilia merkte erst jetzt, wie ausgehungert sie wirklich war. Ihr Magen knurrte laut beim Anblick des Tellers.

„Bitte, meine liebe Emilia, iss doch etwas. Wir können uns nach dem Mahl noch ausgiebig unterhalten", forderte Elandiel sie auf. „Ich möchte auf keinen Fall, dass du mir hier am gedeckten Tisch verhungerst", sagte sie liebevoll und lächelte Emilia freundlich an. Diese jedoch lief leicht rot an, da es ihr peinlich war, dass alle ihren Magen laut hatten knurren hören. Dennoch widmete sie sich schnell dem leckeren Essen auf dem Teller. Es schmeckte vorzüglich. Das Fleisch war eine Art Geflügel und sehr saftig und zart, das Gemüse, das sie zuerst nicht erkannt hatte, waren Pastinaken. Diese hatte sie bisher nie gemocht, aber mit der leicht schaumigen Soße, mit denen sie die Elfen serviert hatten, waren sie wirklich eine Delikatesse.

Das Essen verlief schweigend. Merkur schien genauso ausgehungert zu sein wie Emilia. Auch er verputzte hastig die komplette Portion und schlug auch beim Nachtisch gierig zu. Elandiel sah den beiden zufrieden zu. Sie selbst schien keinen großen Appetit zu haben. Fox bekam ebenfalls Fleisch mit Kartoffeln und auch ihm schien es gut zu schmecken, da sein Napf ruck-zuck leer war.

Nachdem alle satt waren und die Diener die leeren Teller abgeräumt hatten, übernahm Elandiel das Wort.

„Ich hoffe, es hat euch gemundet?“, fragte sie. Emilia war etwas perplex wegen der altertümlichen Ausdrucksweise, aber da kam ihr schnell in den Sinn, dass Elandiel ja sicherlich schon mehrere hundert Jahre alt sein musste und sicher nicht regelmäßig in der Menschenwelt die neuesten Ausdrucksweisen lernen würde.

„Danke, es war sehr gut“, erwiderte Merkur und schaute Emilia auffordernd an.

„Oh ja, Entschuldigung, ich war wohl gerade mit meinen Gedanken woanders. Ja, es war sehr lecker“, bestätigte auch Emilia.

„Das freut mich. Emilia, ich möchte nochmals wiederholen, wie sehr ich mich freue, dich endlich persönlich kennenlernen zu dürfen. Merkur hat mir so viel von dir erzählt“, wandte sich Elandiel nun an Emilia direkt.

„Ach ja, hat er das?“, fragte Emilia und ihr erstaunter Blick wanderte automatisch zu Merkur, der etwas verlegen wirkte. Emilia musste innerlich grinsen, da der coole Merkur leicht rot anlief. Außerdem freute es sie ungemein, dass er von ihr erzählt hatte. Vielleicht mochte er sie ja doch ein bisschen. Bei dem Gedanken wurde es ihr ganz warm in der Brust und sie musste sich bemühen, wieder dem Gespräch mit ihrer Tante folgen zu können.

„Ja, ihr scheint euch ja bereits gut angefreundet zu haben“, führte Elandiel das Gespräch weiter.

„Na ja, wirklich viel Zeit zum Freundschaft-Schließen hatten wir eigentlich noch nicht“, entgegnete Emilia. Merkur trat ihr unter dem Tisch gegen das Schienbein und formte mit den Lippen die Worte „Benimm dich!“. Emilia verzog kurz schmerzerfüllt das Gesicht, riss sich dann aber zusammen. Elandiel hatte von all dem nichts mitbekommen.

„Oh, das überrascht mich. Ich dachte, ihr hättet schon viel Zeit gemeinsam verbracht, so viel wie Merkur mir zu berichten hatte. Na ja, ist ja auch egal“, plapperte die Königin munter weiter.

„Na ja, ich meine, so eine Rettung vor einem Höllenhund-Angriff schweißt natürlich schon zusammen“, ergänzte Emilia schnell, da sie merkte, wie unangenehm Merkur die Sache war. Er rutschte verlegen auf seinem Stuhl hin und her und sagte kein Wort. Emilia war dermaßen verblüfft über die demütige Haltung, die Merkur in Gegenwart der Königin an den Tag legte, dass sie ihn unverhohlen anstarren musste.

„Ach ja, die Sache mit dem Höllenhund. Das war eine weniger schöne Angelegenheit und ich bin froh, dass niemand ernsthaft zu Schaden gekommen ist. Und du, Fox, hast dich ja zum Glück wieder komplett erholt, so wie es aussieht, was?“, richtete sie die letzten Worte an den braunen Hund, der verschmust neben Emilia saß und sich den Kopf kraulen ließ. Erst jetzt wurde Emilia bewusst, dass sie schon eine ganze Zeit, wie mechanisch, den Hund streichelte.

„Ja, zum Glück haben deine Heilerinnen ihm schnell geholfen und Gott sei Dank war Merkur in der Nähe“, antwortete Emilia. Sie sah Merkur an und hatte auch dieses Mal das Gefühl, dass ihm diese Aussage peinlich war. Er lief doch tatsächlich rot an. „Und vielen Dank, dass du mir Merkur als Wache zugeteilt hast. Ich weiß es sehr zu schätzen“, schloss Emilia. Elandiel schaute perplex von Emilia zu Merkur und lächelte dann wissend, als Merkur stammelnd in die Runde warf:

„Elandiel, ich habe Emilia die Geschichte ihrer Familie erzählt. Ich kann mir vorstellen, dass sie tausend Fragen an euch hat und ich denke, wir sollten die Zeit nutzen, um die offenen Fragen zu klären. Der Angriff des Höllenhundes hat gezeigt, dass die Lage ernster ist, als wir angenommen hatten.“ Elandiel nickte.

„Danke, mein lieber Merkur, ja, da hast du wohl recht. Emilia, Kind, welche Fragen hast du vorneweg?“ Nun war es an Emilia, unruhig auf dem Stuhl hin und her zu rutschen. Sie hatte zwar tausend Fragen, jedoch erschienen ihr nun alle recht kindisch und der Situation nicht angemessen. Vor allem, da sie sich alle scheinbar in großer Gefahr befanden. Daher überlegte sie kurz und stellte die Frage, die ihr seit vielen Jahren auf der Seele lastete:

„Lebt mein Vater noch?“

„Du stellst mir gleich eine der schwierigsten Fragen. Leider kann auch ich dir diese Frage nicht sicher beantworten. Aber wir werden nachher noch auf das Thema zu sprechen kommen. Hab Geduld. Gibt es sonst noch etwas, das wir vorab klären sollten?“

„Warum gerade jetzt? Ich meine, ich habe früher hier gelebt, ich war in allen Ferien hier und nie ist mir irgendwer im Wald begegnet. Und jetzt werde ich auf einmal von den Elfen geholt und von Monstern angegriffen. Ich verstehe das nicht.“

„Wie ich sehe, betreffen deine wichtigsten Fragen das große Thema, welches ich mit dir besprechen möchte. Daher würde ich vorschlagen, ich erzähle dir nun die ganze Geschichte. Auch Merkur weiß davon noch nicht alles. Mir war es wichtig, euch gemeinsam in die Geschichte einzuführen. Wenn es für euch in Ordnung ist, erzähle ich euch nun alles, was für euch relevant und wichtig ist und im Anschluss könnt ihr eure Fragen stellen. Seid ihr damit einverstanden?“

Merkur und Emilia schauten sich an und nickten dann beide Elandiel zu.

„Gut“, bestätigte Elandiel und begann zu erzählen: „Einst lebten wir Elfen in friedlicher Eintracht mit den Menschen. Durch Kriege um Macht und Wohlstand wurden jedoch die Bündnisse zwischen Elfen und Menschen zerworfen und wir Elfen zogen uns in unsere Welt zurück. Die Menschen erhielten für mehrere tausend Jahre keinen Zutritt mehr in unser Reich. Jedoch waren sich die Elfen untereinander ebenfalls uneins, wie sie mit den Menschen verfahren sollten. So splittete sich unser Volk in drei Parteien auf. Die Waldelfen, die Bergelfen und die Feuerelfen.

Wir Waldelfen zogen uns in unseren *Magischen Wald* zurück und schlossen die Tore zur Menschenwelt für lange Zeit. Wir waren schon immer ein friedliches Volk. Wir hatten keine Ambitionen, nach Macht und Reichtum zu streben und hatten somit kein Problem, uns von den Menschen fernzuhalten.

Eine andere Gruppe zog sich in die Berge zurück, um den Sternen näher zu sein und somit die Geschicke der Welt besser vorhersehen zu können. Du musst wissen, Emilia, dass es Elfen gibt, die anhand der Sterne die Zukunft deuten können. Es ist natürlich keine präzise Aussage, das heißt, man hat Spielraum für Interpretationen, jedoch sind die heutigen Bergelfen darin inzwischen so geübt, dass sie sehr genaue Vorhersagen machen können.

Die dritte Gruppe, die Feuerelfen, wollten den Menschen jedoch nicht das Feld räumen. Sie blieben in Island, unserer alten Heimat. Sie leben dort, ebenfalls vor den Menschen verborgen, noch bis heute. Dennoch gab es in Island immer wieder Machtkämpfe zwischen Menschen und Elfen. Daher werden die Elfen dort in der Zwischenzeit auch von Regierungsseite geschätzt und akzeptiert. Vielleicht weißt du, dass es in Island sogar spezielle Regionen gibt, die von Menschen nicht betreten werden dürfen, da es sich um Elfenland handelt. Natürlich wissen die Menschen nichts mehr von den Kriegen, die einst gefochten wurden. Die Nachkommen, die heute auf der Insel leben, wurden jedoch mit dem nötigen Respekt gegenüber den Elfen erzogen und daher klappt das Zusammenleben zwischen Mensch und Elf dort inzwischen meistens sehr gut. Die Feuerelfen sind allerdings trotzdem ein dunkles, machtgieriges Volk geworden. So wie sie die Geschicke in Island im Verborgenen leiten, würden sie gern die ganze Welt beherrschen. Sie sind der Meinung, dass wir, als deutlich überlegene Rasse, nicht dazu verdammt sein sollten, uns vor der Welt verstecken zu müssen. Sie wollen offenen Krieg mit der Menschheit. Dafür benötigen sie jedoch die anderen Elfenstämme, da sie glücklicherweise, auch nach Jahrtausenden, noch nicht in der Lage sind, alleine gegen die Menschen zu kämpfen. Bis jetzt sind sich jedoch die Waldelfen und die Bergelfen darüber einig, dass wir uns ihnen nie anschließen werden.

Nun kommt dein Vater ins Spiel, Emilia. Roman ist zwar nur ein Halbelf, jedoch ein Abkomme König Araiths, meines Vaters. Da ich keine Kinder bekommen habe, endet bei mir die Thronlinie und dein Vater würde der nächste Herrscher der Waldelfen werden. Roman wusste dies und wurde für diese Aufgabe ausgebildet, als er sich dazu entschlossen hatte, sich der Elfenwelt anzuschließen. Etwa zu dieser Zeit erreichte uns ein Gesandter der Bergelfen und überbrachte uns die Nachricht, dass es eine Deutung gäbe, wonach ein Halbelf die Völker eines Tages einen würde. Allerdings seien die Sterne noch etwas undeutlich und man müsse daher noch abwarten, ob diese Aussage sich weiter bestätigen würde“, erzählte Elandiel.

Emilia kam sich vor, als wäre sie in eines ihrer Bücher gefallen. Ungläubig und zugleich fasziniert hing sie der Königin an den Lippen.

„Wir nahmen an, dass Roman dieser Halbelf sein würde, da er, als künftiger König, in der Position war, etwas erreichen zu können. Allerdings wollten wir abwarten, was die Sterne uns weiter erzählen würden. Doch die Jahre zogen ins Land und Roman hatte das Warten auf weitere Kunde der Bergelfen irgendwann satt. Er beschloss, nun sein Schicksal selbst in die Hand zu nehmen und brach zu einer Friedensmission nach Island auf. Er war zu ungeduldig gewesen. Aber er war einfach bei den Menschen aufgewachsen und für ihn waren ein paar Jahre eine lange Zeit. Für uns Elfen jedoch sind ein paar Jahre nur ein Wimpernschlag. Ich konnte ihn nicht umstimmen, zu warten. Die Mission stellte sich jedoch als fataler Fehler dar. Die Feuerelfen waren zu keinen Verhandlungen bereit und nahmen Roman gefangen. Wir nehmen an, dass auch sie von der Prophezeiung erfahren hatten und Roman als mögliche Gefahr ausschalten wollten. Wir vermuten jedoch, dass er noch lebt und sie versuchen werden, alle Informationen, die Roman über unser Volk hat, aus ihm herauszufoltern."

Emilia sah sie entsetzt an.

„Aber er ist seit über fünf Jahren verschwunden", warf sie ein. „Was, wenn sie irgendwann genug von ihm hatten?", fragte Emilia mit vor Angst geweiteten Augen. Die Vorstellung, dass ihr Vater seit über fünf Jahren gefoltert wurde, war undenkbar schrecklich.

„In Menschenjahren scheint dies eine lange Zeit", bestätigte Elandiel Emilias Angst. „Die Elfen nehmen diese kurze Zeitspanne jedoch gelassen. Vermutlich haben sie ihm bisher noch kein Haar gekrümmt, sondern ihn an einem düsteren Ort versteckt, um ihn mürbe zu machen. Aber das sind alles nur Spekulationen. Kommen wir zurück zum Wesentlichen. Hier kommt ihr beide ins Spiel." Elandiel machte eine kleine Pause und atmete tief durch.

Emilia warf Merkur einen ängstlichen Blick zu. Dieser jedoch starrte vehement auf die Tischplatte.

„Vor einigen Monden kam endlich wieder ein Bote der Bergelfen. Die Sterne hatten sich ihnen erneut offenbart und lieferten eine präzise Prophezeiung. Sie lautet wie folgt:

Wenn der Mond blutet am Himmelszelt, werden zwei
Kinder, durch das Schicksal der Welt verbunden,
den rechtmäßigen König zurück in seine Heimat führen.
Die Auserwählten werden das Blut der mächtigen
vier Völker in sich tragen und diese so für immer
aneinander binden und in Frieden vereinen."

„Das können die Bergelfen von den Sternen erfahren?", fragte Emilia perplex und konnte ein kleines bisschen Spott in ihrer Stimme nicht verbergen.

„Das, liebe Emilia, ist der Grund, warum nur die Bergelfen in der Lage sind, solche Prophezeiungen zu erstellen. Man braucht dafür Ruhe und Frieden und die Nähe zu den Himmelskörpern. Nur so kann man verstehen, was die Sterne einem sagen wollen."

„Okay", entgegnete Merkur nun, „aber was hat das nun mit uns zu tun?" Emilia war ihm dankbar für den Einwurf, da es ihr bereits unangenehm war, spöttisch auf Elandiels Geschichte reagiert zu haben.

„Das, lieber Merkur, bedarf einer weiteren kleinen Ergänzung, deine Person betreffend", fuhr Elandiel fort. Emilia konnte an Merkurs Adamsapfel sehen, dass er schwer schlucken musste.

„Und was genau?", brachte er zwischen zusammengepressten Zähnen hervor.

„Du weißt, dass du ein Findelkind bist. Da wir nicht wissen, wer deine Eltern sind und auch sonst niemand Anspruch auf dich erhoben hat, wurdest du mein Mündel, so wie es in unserem Volk üblich ist. Natürlich haben wir immer versucht herauszubekommen, wer dich damals in einem kleinen Boot, in Windeln gewickelt, den Elephas hinuntergeschickt hatte. Aber wir haben nie konkrete Hinweise auf deine Herkunft erhalten. Alles, was wir wissen, ist, dass du vermutlich von einer Bergelfe ausgetragen wurdest, da der Elephas in den Bergen entspringt und dich so bis zu uns treiben konnte. Des Weiteren konnten unsere Gelehrten sagen, dass du im Zeichen des Merkurs geboren wurdest. Daher dein Name. Erst später, als du dem Säuglingsalter entwachsen warst und deine Haare pechschwarz gewachsen sind, konnten wir mit ziemlicher Sicherheit davon ausgehen, dass dein Vater ein Feuerelf sein musste. Wir folgern daraus, dass deine Mutter die Schwangerschaft mit dir vertuscht hat und dich, direkt nach deiner Geburt, ausgesetzt hat. Somit verbindest du das Blut zweier Völker."

Merkur sah bestürzt vor sich hin. Emilia konnte sehen, dass seine Augen feucht schimmerten. Wieder schluckte er schwer und atmete tief durch, bevor er den Kopf erneut erhob und Elandiels Blick erwiderte.

„Mir war klar, dass dich diese Erkenntnis trifft, jedoch vermute ich, dass du es tief in dir drin schon lange wusstest. Stimmt es nicht, Merkur? Du hast bereits herausgefunden, dass du Macht über Feuer hast, wenn du dich nur genug darauf konzentrierst. Richtig?“, fragte sie nach.

„Ja“, murmelte Merkur und senkte den Blick. „Ich befürchte es seit mehreren Monden. Ich spüre die Macht in mir ansteigen. Meine Volljährigkeit ist nun nicht mehr fern und meine Kräfte werden stärker.“

„Warum hast du uns diese Tatsache vorenthalten?“, fragte Elandiel mit sanfter Stimme.

„Ist das nicht offensichtlich? Ich bin ein Kind des Feindes. Ich hatte Angst, man würde mich verstoßen. Ich könnte nirgends Zuflucht finden. Weder die Bergelfen noch die Feuerelfen würden ein Kind mit Feindesblut aufnehmen. Das wisst Ihr so gut wie ich. Ich wäre nur in der Menschenwelt sicher aufgehoben und das wäre dann nach siebzig oder achtzig Jahren ebenfalls mein Todesurteil. Daher habe ich nichts gesagt. Ich bitte Euch, mir das zu verzeihen, Herrin“, beantwortete er die Frage ehrlich. Merkur traute sich nicht, Elandiel anzusehen. Emilia war schockiert und hatte zugleich Mitleid mit ihm. Sie fand es ein bisschen unpassend, dass sie diese Tatsache mit Merkur in ihrer Gegenwart besprach. Eigentlich würde es sich gehören, dass Elandiel diese Geschichte mit Merkur alleine klärte.

„Es ist gut, Merkur. Ich vergebe dir. Das zeigt mir, dass du dir der Tragweite deiner Herkunft bereits bewusst bist und das wird, für unsere weitere Aufgabe, von größter Bedeutung sein“, fuhr Elandiel fort. „Und nun zu dir, Emilia, logischerweise bist du nun das zweite Kind, das zwei Blutlinien verbindet. Die der Waldelfen und die der Menschen. Zusammen bildet ihr eine Einheit, die es so noch nie gegeben hat. Weiter ist wichtig, dass in der Prophezeiung von Kindern die Rede ist. Wir haben also nicht mehr viel Handlungsspielraum, da ihr beide zum Jahresende volljährig werdet. Unsere Gelehrten sind sich sicher, dass nur ihr beide Roman befreien könnt. Dies ist jedoch nur an einem bestimmten Tag möglich.“ Sie machte eine kurze Pause und sah die beiden an. „In wenigen Wochen wird auf Island eine komplette Mondfinsternis zu sehen sein. Wir müssen davon ausgehen, dass dies der Abend sein wird, an dem ihr Roman befreien werdet. An diesem Abend wird der Mond aussehen, als würde er bluten“, erklärte Elandiel. Danach sah sie die beiden erwartungsvoll an.

„MMMMMoment, Stop, STOP, STOP. WIR sollen, mal eben so, nach Island marschieren und den Feuerelfen sagen: ‚Hallo, liebe Feuerelfen, ich weiß nicht, ob ihr es schon wusstet, aber wir sind das magische Duo der Prophezeiung, wir holen jetzt meinen Dad und danach sind wir alle Freunde?!‘ Das ist ja wohl jetzt nicht dein Ernst, oder? Merkur, sag’ doch auch mal was!“, fuhr Emilia auf.

„Das war zwar etwas überspitzt dargestellt, Emilia, aber ja, darauf wird es hinauslaufen“, bestätigte Elandiel. „Dein Vater ist der zukünftige König und ihr seid die Kinder, die ihn befreien werden. Wie ihr das genau machen werdet, müssen wir noch besprechen. Aber eins ist sicher, ihr habt die Macht, dies zu vollbringen. Merkur, ich möchte, dass du weiter deine Kräfte erforschst und mir mitteilst, was du alles kannst. Emilia, an deinen Kräften werde ich mit dir arbeiten“, fuhr Elandiel unbeirrt fort. Ihr Tonfall hatte nun etwas Geschäftsmäßiges angenommen.

„Was denn für Kräfte? Ich habe keine Kräfte!“, entgegnete Emilia verblüfft.

„Wir Waldelfen haben magische Kräfte. Wir können von Kindesbeinen an mit Pflanzen reden und das Wasser beeinflussen. Außerdem haben wir die Verbindung zu den Waldgeistern. Durch diese erfahren wir, was auf der Welt geschieht und erhalten auch einen vagen Einblick darauf, was eventuell noch kommen mag. Sie können uns auch Bilder der Vergangenheit zeigen. Diese Verbindung ist sehr wertvoll, da wir aus alten Fehlern lernen und somit die Geschicke der Zukunft besser lenken können. Du siehst also, Emilia, auch wir sind nicht hilflos und blind für die Dinge, die auf der Welt geschehen. Ich gehe davon aus, dass auch du Kräfte in dir schlummern hast. Wir müssen sie nur ans Licht bringen. Wir werden morgen mit dem Training beginnen. Merkur, du bringst Emilia nachher wieder zum Tor und geleitest sie nach Hause. Ich gehe davon aus, dass deine Granny nicht weiß, dass du mit uns in Kontakt stehst, richtig?“, fragte Elandiel nach. „Merkur hatte mir erzählt, dass sie sich quer stellt“, erklärte Elandiel, seufzte tief und fuhr fort: „Aber ehrlich gesagt habe ich auch nichts anderes von ihr erwartet“, ergänzte sie.

Emilia schüttelte den Kopf und antwortete:

„Nein, ich habe ihr bisher nichts erzählt, aber ich weiß nicht, wie lange ich sie noch anlügen kann."

„Versuche, den Schein zu wahren, so lange es geht", befahl ihr Elandiel.

Emilia nickte.

„Gut, dann würde ich sagen, wir vertagen alles Weitere auf morgen. Ihr habt heute genug erfahren", sagte Elandiel und wollte sich hastig erheben. Emilia räusperte sich und sagte:

„Eine Frage habe ich aber noch, Elandiel." Elandiel sah sie an und nickte. „Was hat es mit diesen Höllenwesen auf sich?", fragte Emilia weiter.

„Ach ja, die Höllenhunde ...", antwortete Elandiel und seufzte nochmals tief. „Sie stehen seit Jahrhunderten im Bündnis mit den Feuerelfen. Sie sind Geschöpfe der Hölle und wandeln im Schatten zwischen den Welten. Wir gehen davon aus, dass die Feuerelfen ebenfalls in Kenntnis über einen Umbruch sind und vermuten, dass sie dich, als Tochter des künftigen Königs, nun beobachten und eventuell sogar versuchen werden, dich indirekt zu beeinflussen und in den Wahnsinn zu treiben. Die Feuerelfen sowie die Schattenwesen der Hölle vermögen es, den Geist des Menschen im Schlaf anzugreifen und zu manipulieren. Sie schicken einem Albträume und können einen so bis in den Suizid treiben. Aber keine Angst, das Haus deiner Granny wird ab sofort bewacht, sie kommen also nicht an dich heran", erklärte Elandiel in beruhigendem Tonfall.

Emilia jedoch war blass geworden.

„Ich hatte in letzter Zeit immer denselben Albtraum“, hauchte sie. „Ich laufe durch einen finsteren Wald und werde von etwas verfolgt, das schlimmer sein muss als der Tod. Alles ist finster und kalt und irgendwann ergreift mich etwas und wirft mich zu Boden. Und dann wache ich in der Regel schweißgebadet auf.“

„Emilia, das darf nicht wahr sein! Wie lange hast du diese Träume schon?“, fuhr Elandiel auf. Ihre Gelassenheit war wie weggeblasen.

„Ein paar Wochen“, antwortete Emilia mit piepsiger Stimme.

„Also hattest du sie schon zu Hause?“, fragte Elandiel schockiert nach.

„Ja?!“ Emilia nickte unsicher.

„Lenoth, schicke nach Roandir, er soll Wachen abbestellen für Emilias GESAMTE Familie. Auch wenn Emilia bei uns ist, so müssen die Ranch und das Haus ihrer Mutter permanent bewacht sein!“, wies sie einen ihrer Wächter an.

Lenoth, der an der Tür Wache gehalten hatte, nickte der Königin zu und marschierte sofort los.

„Was hat das alles zu bedeuten?“, fragte Emilia kleinlaut. „Sind meine Mutter, meine Schwester und Granny in Gefahr?“

„Emilia, wenn du seit Wochen denselben Traum hattest, ist es naheliegend, dass die Schattenwesen schon länger von deiner Existenz wissen. Sie wollen dich von den Elfen fernhalten, das haben sie dir über den Höllenhund mitteilen lassen. Wir müssen also davon ausgehen, dass sie deine

Familie als Druckmittel einsetzen könnten, solltest du dich nicht an ihre Regeln halten", erklärte sie ihr.

„Okay, das wird mir nun zu viel. Merkur, ich möchte bitte zurück zur Ranch und ich weiß nicht, ob ich wieder hierher zurückkommen werde. Ich kann nicht meine ganze Familie aufs Spiel setzen wegen dieser Prophezeiung. Sicher findet ihr noch einen anderen Halbelf, der für den Spaß zu haben ist", erklärte sie panisch. Sie schob den Stuhl geräuschvoll zurück und stand auf.

„Emilia, bitte setz dich wieder hin. Merkur, du auch. Ich verstehe, dass dir das alles Angst macht, aber DU und Merkur, ihr seid unsere einzige Hoffnung. Es gibt keine anderen Halbelfen außer dir und deinem Vater. Da dein Vater jedoch der neue König ist und auch kein Kind mehr, bist eindeutig du in der Prophezeiung gemeint. Hab bitte keine Angst. Ich werde meine besten Männer schicken, um deine Familie zu beschützen. Bitte vertrau mir und denke an deinen Vater", erwiderte Elandiel mit sanfter Stimme. Sie sah Emilia direkt in die Augen und strich ihr beruhigend über die Hand. In Emilia machte sich eine seltsame Ruhe breit. Sie schluckte schwer und spürte Tränen in ihre Augen steigen. Ihr Vater. Ja, sie wollte ihn wiederhaben. Sie hatten es so schwer, seit er weg war. Mutter musste die ganze Zeit arbeiten, um sie über die Runden zu bringen und sie vermisste die Zeit mit ihrem Vater jeden Tag aufs Neue. Entschlossen nickte Emilia.

„Na gut, ich mache es. Aber du versprichst mir, dass niemand aus meiner Familie zu Schaden kommen wird, okay?"

„Ich verspreche es dir, Emilia“, entgegnete Elandiel erleichtert und ließ Emilia los. „Merkur, bring Emilia nun bitte zum Tor“, wandte sich Elandiel nun an Merkur.

Dieser nickte und stand auf. Elandiel und Merkur tauschten noch kurz einen intensiven Blick aus und dann ergänzte sie, an Emilia gewandt:

„Merkur wird dich morgen abholen. Bitte geh nicht mehr alleine in den Wald, Emilia. Versprich mir das.“ Das musste man Emilia sowieso nicht sagen. Sie nickte der Königin nochmals zu und sah zu, dass sie so schnell wie möglich raus an die frische Luft kam.

„Verdammt, wo bin ich da nur hineingeraten. Mensch, Merkur, sag du doch auch mal was. Lässt du dich etwa immer so einschüchtern von anderen?“

„Emilia, sie ist meine Königin, ich verdanke ihr nicht nur mein Leben, ich verdanke ihr alles was ich habe. Ich würde für sie sprichwörtlich durchs Feuer gehen. Und außerdem, ich bin kein Mensch.“ Beim letzten Teil grinste er sie frech an.

„Du hast jetzt nicht vor, Witze zu reißen, oder? Mir ist es echt ernst, Merkur. Ich habe eine scheiß Angst. Außerdem habe ich keine Kräfte, ich kann nichts Besonderes, NICHTS. Vielleicht trage ich einfach zu wenig Elfenblut in mir. Ja, das wird es wohl sein. Ich bin nicht dafür geeignet, so einen Auftrag anzunehmen.“

„Aber du hast zugesagt“, erwiderte Merkur lässig.

„Schon ..., aber ich weiß gar nicht, warum ...“, stammelte Emilia und überlegte, was da drin gerade über sie gekommen war, dass sie tatsächlich zugesagt hatte. „Dich lässt das alles echt kalt, oder?“, fragte sie etwas ehrfürchtig.

„Ja, lässt es. Wie gesagt, ich würde für Elandiel durchs Feuer laufen und für sie sterben“, erwiderte er cool.

„Sterben? Glaubst du, wir sterben?“, quietschte Emilia jetzt beinahe hysterisch.

„Emilia, ich denke nicht, dass Elandiel uns grob fahrlässig in was hineinrennen lässt. Wir werden sicher von genügend Kriegern begleitet werden, dass wir heil wieder aus der ganzen Sache rauskommen. Nun beruhige dich erst einmal, freu dich, dass Fox wieder gesund ist und schlaf erst mal eine Nacht darüber.“ Er hielt sie an beiden Schultern fest und sah ihr tief in die Augen. Wieder machte sich ein merkwürdig wohliges Gefühl in Emilia breit.

„Ja, okay. Vielleicht hast du recht“, entgegnete sie. Merkur nickte und ließ sie wieder los. Er schien es nun eilig zu haben, Emilia zurückzubringen.

„Sag mal, findest du es nicht unmöglich von Elandiel, dass sie dir deine Herkunft in meinem Beisein aufgetischt hat? Ich finde, dass sich das nicht gehört. Ich finde, du hättest ein Anrecht darauf gehabt, es unter vier Augen zu erfahren, dass du ein halber Feuerelf bist“, plapperte Emilia drauf los. Merkur drehte sich wie vom Donner gerührt um und zischte:

„Kannst du das bitte einfach nie wieder erwähnen? Muss ja nicht gleich jeder wissen, dass ich einer von DENEN bin, oder?!“, herrschte er sie an. Emilia wich einen Schritt zurück. „Es gibt eh schon genug Getuschel über mich wegen meiner Haarfarbe“, brummte er.

„Entschuldige. Daran hab ich nicht gedacht“, murmelte sie verlegen. Merkur nickte und lief schnellen Schrittes weiter. Emilia traute sich nicht mehr, das Thema nochmals anzuschneiden.

Sie hatten inzwischen den Palast hinter sich gelassen und stiegen nun die steile Treppe hinab, die Emilia am Morgen schon gesehen hatte. Sie kamen an der kleinen Schlucht heraus, die die Stadt und das Dorf voneinander trennten. Erneut passierten sie die Aussiedlerhöfe, jedoch lagen die kleinen Häuser nun da wie ausgestorben. Vielleicht lag es daran, dass sich im Osten dunkle Gewitterwolken sammelten. Nach kurzer Zeit erreichten sie den alten knorrigen Baum, der das Tor markierte. Emilia bewunderte das Naturschauspiel, das sich ihr bot. Die Gewitterwolken schienen sich direkt über dem Tor-Baum zusammenzuziehen. Während Emilia noch staunte, betrachtete Merkur die Wolken mit Argwohn. Schnell öffnete er das Tor, nahm Emilia an die Hand und zog sie hinter sich her. Auf der anderen Seite ließ er ihre Hand schnell wieder los. Emilia war verwirrt. Vor dem Treffen mit Elandiel hatte er ständig den Körperkontakt mit ihr gesucht und nun wahrte er wieder den gewohnten Abstand. Eigentlich hätte es ihr ja recht sein sollen, allerdings mochte sie inzwischen schon beinahe das warme Gefühl, das seine Berührungen in ihr auslösten. Merkur sah sich misstrauisch um. Nachdem er keine direkte Gefahr ausmachen konnte, wurde er ruhiger. Emilia erschien dies nun ein guter Zeitpunkt, um Merkur nochmals mit einigen Fragen zu löchern.

„Sag mal, was hast du Elandiel eigentlich alles von mir erzählt? Ich meine, dass sie der Meinung ist, dass wir uns so super kennen würden?“, fragte sie vorsichtig. Emilia beobachtete genau seine Reaktion. Er brauchte ein paar Sekunden, bis er sich räusperte und ihr in einem genervten Tonfall antwortete:

„Nichts Besonderes, einfach alles, was ich über dich wusste. Ich war ja schließlich als Botschafter unterwegs und somit dazu verpflichtet, Elandiel umfangreiche Informationen über dich zukommen zu lassen.“

„Also hast du mich doch gestalkt?“, fragte sie entrüstet.

„Nein, ich ... Na ja, ich musste ja an dir dran bleiben, um dich mal geschickt zu erwischen und vielleicht hab ich dich das ein oder andere Mal beobachtet“, gab er lässig zurück und zuckte mit den Schultern.

„Nein, oder? Wann?“ Emilia überlegte fieberhaft, ob sie in den letzten Tagen irgendetwas Peinliches gemacht hatte, aber auf die Schnelle fiel ihr nichts ein. Puh, zum Glück.

„Als du mit den Hunden im Wald warst. Beide Male ...“, ergänzte Merkur wie selbstverständlich. Und als du angegriffen wurdest, war ich gerade auch auf dem Weg zu dir und wollte dir auf der Ranch zuschauen.“

„Also war es nicht nur *so ein Gefühl,* dass dich hergetrieben hatte?“

„Na, in gewisser Weise schon. Ich hatte das Gefühl, dich beobachten zu müssen und das war auch gut so“, erwiderte er etwas angefressen. „Wer wäre dir und Fox sonst zu Hilfe geeilt?“

„Ja, da hast du wohl recht“, räumte sie dankbar ein.

„Können wir nun weiter?“, fragte er genervt. „Irgendwas stimmt hier nicht“, brachte er hervor. „Ich kann zwar keine genaue Gefahr ausmachen, aber ich habe so ein seltsames Gefühl.“

Emilia fröstelte bei Merkurs Aussage. Sie zog ihre Weste enger um sich herum und sah sich ängstlich um. Sie beeilten sich, den Wald schnellstmöglich hinter sich zu bringen. Glücklicherweise blieb alles ruhig und sie konnten den Wald ohne Zwischenfall durchqueren. Den ganzen Weg über liefen sie schweigend nebeneinander her. Emilia war diese Stille unangenehm, sie wusste aber nicht, was sie im Moment hätte sagen sollen. Daher war sie froh, als sie dem Wald endlich den Rücken kehren konnten. Dieses gute Gefühl hielt jedoch nicht lange vor.

KAPITEL 8

In dem Moment, als die Ranch in Sicht kam, blieb Emilias Herz stehen. Panik ergriff sie. Flammen! Überall Flammen!

„Verdammt! Die Ranch brennt!“, schrie Merkur und rannte in rasendem Tempo auf die Flammen zu. „Emilia! Los, schnell!“, schrie er sie an. Während sie noch zur Salzsäule erstarrt war, hatte er sie einfach am Arm geschnappt und mitgezogen. Erst als sie beinahe an der Ranch angekommen waren, wurde Emilia bewusst, dass sich ihre Beine wie automatisch bewegt hatten. Fox wetzte hinter ihnen her. Sie ließen die Ställe links liegen und stürmten auf das Wohnhaus zu. Es stand lichterloh in Flammen.

„Hilfe! Helft uns!“, hörten sie Grannys dumpfe Schreie aus dem Flammenmeer dringen. Sie klopfte verzweifelt gegen das Küchenfenster und versuchte es mit aller Kraft zu öffnen. Aber irgendwie schien es ihr nicht zu gelingen. Endlich erwachte Emilia aus ihrer Starre.

„Granny! Oh, mein Gott! Sie wird verbrennen!“, rief sie panisch. „Los, wir brauchen Wasser!“ Emilia riss sich von Merkur los und rannte zum Brunnen. Sie ließ den Eimer in den Brunnen hinunter. Das Seil war jedoch so glitschig, dass es ihr durch die Hände rutschte, als sie den vollen Eimer hochziehen wollte, und ihr eine tiefe Wunde in die Handfläche schnitt.

„AU! Verdammt!“, schrie Emilia auf, wickelte ihre Hände in die Ärmel ihrer Weste ein und versuchte, den Eimer erneut hochzuziehen. Dieses Mal klappte es. Sie rannte zum Haus und schüttete das Wasser in die Flammen. Nichts geschah, außer dass der beißende Rauch Emilia zum Husten reizte und ihre Augen tränen ließ. Fassungslos schaute Emilia in das Inferno. Sie wollte soeben zurück zum Brunnen rennen, als Merkur sie am Ärmel schnappte.

„Emilia, das bringt nichts. Mit den Eimern kommen wir nicht weiter. Renn' du zu den Ställen und sorge dafür, dass die Tiere in Sicherheit kommen. Ich kümmere mich um Sophia“, wies er sie an.

Emilia blieb noch einige Sekunden unentschlossen stehen, lief dann aber zu den Ställen. Die Flammen hatten noch nicht auf die Bauten übergegriffen, jedoch war dies nur noch eine Frage der Zeit. Bei der andauernden Hitze, die seit Wochen herrschte, war der Boden so trocken, dass sich das Gras rings herum ruck-zuck entzünden würde. Emilia war gerade am ersten Stall angekommen, als sie ein lautes Krachen hörte. Das obere Geschoss des Hauses war in sich zusammengefallen. Das war einmal ihr Zimmer gewesen. Emilia stiegen sofort die Tränen in die Augen. Hoffentlich waren Granny und Kim noch rechtzeitig aus dem Haus gekommen. Sie riss sich mit Gewalt von dem Anblick los, da sie die Tiere in den Ställen wild toben hörte. Sie wirbelte durch alle Gebäude und ließ alle Tiere in die Freiheit. Sie einzufangen, würde schwieriger werden, aber darüber konnte sie sich Gedanken machen, wenn es so weit war.

Als sie alle Tiere befreit hatte, rannte sie zurück zum Haus. Sie suchte die ganze Gegend nach Merkur ab, jedoch konnte sie ihn nicht erblicken. Sie wusste nicht, was sie tun sollte. Wenn sie ins Haus rennen würde, würde sie sterben. Dieses stand komplett in Flammen. Niemand konnte dieses Gebäude noch lebend verlassen.

„Merkur! Merkur?“, rief sie verzweifelt. „Warum hilft uns denn keiner?“, schrie sie ihre Wut und Angst hinaus. Hass stieg in ihr empor. Dieser arrogante Elf hatte sie einfach im Stich gelassen. Sie und ihre Granny. Sie riss all ihren Mut zusammen und rannte zur Vordertür. Die Hitze schlug ihr entgegen und raubte ihr den Atem. Schnell rannte sie weiter und versuchte es an den Fenstern. Irgendwo musste es doch noch eine Möglichkeit geben, Granny zu befreien. Es gab keine. Es war nicht mehr möglich, hinein oder heraus zu kommen. Verzweiflung machte sich in Emilia breit. Die Tränen liefen ihr in Strömen über das Gesicht. Sie ließ sich auf den Boden fallen und betete für ein Wunder, dass ihre Granny dieses Inferno noch irgendwie überleben könnte. Vielleicht hatte sie sich ja noch in den Keller retten können. Hoffnung keimte in ihr auf bei dem Gedanken.

Plötzlich krachte es wieder und die Vordertür wurde aus den Angeln gesprengt. Merkur erschien in der Öffnung, er trug etwas Lebloses im Arm. Als er durch die Wand aus Feuer lief, schrie Emilia vor Schreck auf. Sie würden verbrennen. Das konnte niemand überleben. Doch die Flammen wichen vor ihm zurück. Er lief durch die Feuerwand hindurch wie Moses durch das Meer. Schwer keuchend kam er auf Emilia zu. Sie rannte ihm entgegen und half ihm, die letzten Meter zu gehen. Dann, als sie endlich genügend Abstand zum Haus erreicht hatten, sank Merkur auf die Knie und legte Sophia vorsichtig ab.

„Sie lebt. Ich muss zurück“, keuchte er. „Kim.“ Für mehr Erklärungen hatte er weder die Zeit noch die Kraft.

„Merkur! Nein!“, schrie Emilia panisch. „Das schaffst du nicht noch einmal!“ Sie hielt ihn am Ärmel fest. Er riss sich los und antwortete:

„Wenn es einer schaffen kann, dann ich.“ Er rannte zurück in das Inferno. Das Haus knackte und ächzte unter den Flammen. Lang würde es nicht mehr stehen bleiben. Emilia hielt den Atem an und starrte ihm hinterher. Nur mit Gewalt konnte sie sich von dem Anblick des unerbittlichen Feuers losreißen und sich ihrer Großmutter widmen.

„Wasser!“, keuchte diese. Emilia rannte zum Brunnen und holte Wasser. Als sie zurückkam, schien Granny das Bewusstsein verloren zu haben.

„Bitte, Granny, mach’ die Augen auf und trink einen Schluck, dann geht es dir gleich besser“, flehte sie sie an. Emilia tauchte ihre Weste in das Wasser und tupfte Granny damit die Stirn ab. Diese stöhnte. Emilia liefen wieder Tränen die Wangen hinunter. Zumindest lebte sie noch. Aber was nun? Das nächste Krankenhaus war ewig entfernt. Wenn sie eine Rauchvergiftung hatte oder auch Verbrennungen, die sie jetzt nicht sehen konnte, musste schnell Hilfe her.

„Emilia ...“ Granny stöhnte leise ihren Namen. „Sie haben dich gesucht. Sie wollten dich mitnehmen“, flüsterte Granny heiser.

„Granny, bitte trink und versuch nicht zu sprechen. Wir werden Hilfe holen. Du wirst wieder gesund.“ In dem Moment kam Merkur zurück. Er trug Kim über der Schulter.

„Emilia, lauf zurück zum Tor. Verwende die Worte, die du von mir gehört hast und hol die Heiler. Schnell! Ich versuche, das Feuer daran zu hindern, sich auszubreiten. LAUF!"

Emilia ließ den Kopf ihrer Granny sanft aus ihrem Schoß auf den Boden gleiten, gab ihr einen Kuss auf die Stirn und hauchte:

„Halt durch, ich bin gleich zurück und bringe Hilfe. Bitte halte durch!" Sie sprang unter Tränen auf und rannte zum Wald. Sie war jedoch noch nicht einmal bis zum Waldrand gekommen, da kamen ihr mehrere Leute entgegengerannt. Emilias Herz setzte für einen kurzen Moment aus. Sie hatte nur Sekunden Zeit, um zu entscheiden, ob es sich um Freund oder Feind handelte. Da erkannte sie Roandir unter den Männern. Erleichtert brach sie zusammen.

„Helft uns, bitte helft uns!", schrie sie verzweifelt. „Meine Granny ist schwer verletzt und ihr Hund auch. Merkur versucht, den Brand in den Griff zu bekommen. Bitte helft uns." Roandir war sofort neben ihr und half ihr hoch.

„Wir haben den Brand schon gerochen, als wir aus dem Tor kamen. Emilia, lauf zum Tor und hole die Heilerinnen. Schaffst du das?", fragte er und sah sie eindringlich an. Eine seltsame Gelassenheit überkam sie. Sie stand auf und antwortete:

„Ja, ich denke schon." Roandir nickte und ließ sie los. Dann wandte er sich an seine Männer:

„Wir tragen die Verletzten zum Tor. Dort können die Heilerinnen sie direkt übernehmen! Los!"

Emilia rannte weiter zum Wald. Sie war selbst überrascht, wie klar ihre Gedanken nun auf einmal waren.

Sie konzentrierte sich nur auf das Wesentliche und das war, das Tor zu erreichen, zu öffnen und die Heilerinnen zu holen. Zusammenbrechen konnte sie danach. Schwer atmend und am Ende ihrer Kräfte kam sie auf der Lichtung an. Sie sammelte sich eine Sekunde und sprach die Worte, die Merkur verwendet hatte. Dazu machte sie die dazugehörige Handbewegung. Nichts geschah.

„Verdammt. Tor, bitte öffne dich. Bitte!“ Sie versuchte es noch mal. Wieder nichts. Erneut brach sie in Tränen aus. „Okay, reiß dich zusammen, Emilia“, sagte sie zu sich. Sie atmete einmal tief durch und besann sich nochmals auf den genauen Wortlaut der Formel, die Merkur vor wenigen Minuten noch verwendet hatte, als sie aus Andorin zurückgekommen waren.

„Aller guten Dinge sind drei“, murmelte sie. Sie versuchte es ein drittes Mal und endlich erschien das bekannte Flimmern. Schnell rannte sie hindurch und nahm den Weg, den sie am Morgen schon einmal gegangen war. Sie rannte, als wäre der Teufel hinter ihr her. Nach kurzer Zeit erreichte sie das Haus der Heiler und platzte, ohne zu klopfen, zur Tür herein.

„Hilfe!“, japste sie. „Hilfe! Am Tor, bitte, meine Großmutter. Wir brauchen Hilfe.“ Dann wurde alles um sie herum dunkel.

KAPITEL 9

Emilia erwachte am Geklapper von Geschirr und dem Duft von Kaffee. Sie fühlte sich wie erschlagen. Als sie die Augen endlich öffnen konnte, schaute sie sich verwirrt um. Wo war sie nur? Warum hatte sie ein Nachthemd an und warum war ihre Hand dick verbunden? Ihr Kopf schmerzte und es wurde ihr schwindelig. Auf einmal brachen sämtliche Erinnerungen über sie herein. Der Höllenhund, die Elfen, das Gespräch mit Elandiel und der Brand. DER BRAND! Granny!

Sie setzte sich im Bett auf, schnappte den Bademantel, der am Haken daneben hing und war schon mit beiden Beinen aus dem Bett, als sie von jemandem festgehalten wurde. Jemand hatte von hinten seine Arme um ihre Körpermitte geschlungen, streichelte ihr sanft über das Haar und flüsterte:

„Ruhig, Emilia, alles ist gut. Du musst dich ausruhen." Emilia versuchte, sich aus dem Griff zu befreien.

„Lass mich los, Merkur ... Granny ..., ich muss zu ihr", jammerte sie. Merkur lockerte seinen Griff nicht, im Gegenteil, er verstärkte diesen noch ein kleines bisschen mehr, um gegen Emilia ankommen zu können.

„Es geht ihr den Umständen entsprechend gut, Emilia. Sie wurde von den Heilerinnen in einen Heilschlaf versetzt, aus dem sie erst heute Abend erwachen wird. Und bis dahin musst auch du dich ausruhen", flüsterte er ihr leise ins Haar.

„Ich möchte sie aber sehen“, klagte Emilia. Sie musste sich anhören wie ein kleines Kind, das sich nach seiner Mutter sehnte, aber im Moment war ihr das egal. Sie wollte einfach nur sicher sein, dass Granny wirklich noch lebte.

„Später. Niemand hat etwas davon, wenn du zu früh aufstehst und dich dadurch in Gefahr bringst. Auf unseren Schultern lastet nun die Zukunft der Elfenwelt, Emilia. Wir brauchen dich“, redete er weiter auf sie ein.

Emilias Gegenwehr erstarb. Sie drehte sich zu Merkur um, klammerte sich an ihn und begann jämmerlich zu weinen.

„Ich kann das nicht, Merkur, ich kann das nicht. Granny wäre beinahe gestorben. Wegen mir“, schluchzte sie.

„Wir wissen nicht, ob sie euch nicht sowieso angegriffen hätten. Sie sehen eine Gefahr in dir und deiner Familie. Der einzige Unterschied besteht nur darin, dass ihr durch das Bündnis zu uns überlebt habt. Anderenfalls wärt ihr nun alle tot, Emilia. Das Feuer war kein normales Feuer. Es war ein Höllenfeuer. Wir warten noch, bis deine Granny aufwacht und uns unseren Verdacht bestätigen kann, aber alle Indizien sprechen dafür“, erklärte er ihr und streichelte ihr dabei beruhigend über die Haare.

Erst jetzt wurde Emilia bewusst, wie nah sie Merkur im Moment war. Schnell nahm sie wieder etwas Abstand von ihm und legte sich zurück ins Bett.

„Ich habe dir schon wieder ein Hemd versaut“, sagte sie kleinlaut und deutete auf die nasse Stelle an seinem Halsausschnitt. Merkur lachte befreit.

„Na, wenn das jetzt unser größtes Problem ist, dann ist ja alles in Ordnung. Wenigstens bist du dieses Mal nicht von oben bis unten blutverschmiert", entgegnete er.

„Wo ist überhaupt Fox?", fragte Emilia erschreckt und saß wieder kerzengerade im Bett. Das Entsetzen stand ihr deutlich ins Gesicht geschrieben.

„Keine Panik. Er tobt draußen durch die Gegend. Mit Kim", antwortete Merkur lachend.

„Kim geht es auch gut? Oh, mein Gott, was für ein Glück", flüsterte sie.

„Ihr dickes Fell hat das Feuer gut abgehalten und am Boden ist der Rauch meistens nicht so extrem wie oben. Daher hat Kim weniger abbekommen als deine Granny", erklärte er ihr weiter.

„Das ist gut. Granny wäre ohne Kim sehr einsam. Genau wie ich ohne Fox", flüsterte sie. Wieder glitzerten Tränen in ihren Augen, die sie wütend wegwischte. Was war nur mit ihr los in letzter Zeit? Sie war zu einer richtigen Heulsuse mutiert. Vor dieser ganzen Elfengeschichte hatte sie das letzte Mal geweint, als man ihr mitgeteilt hatte, dass ihr Vater spurlos verschwunden war. Aber seit Kurzem waren die Tränen zu ihrem stetigen Begleiter geworden. Vermutlich war es einfach zu viel gewesen in letzter Zeit. Sie legte sich wieder ins Bett und entdeckte das Tablett mit Frühstück auf ihrem Nachttisch. Ach, stimmt ja, das war es ja gewesen, was sie geweckt hatte. Der Duft von Kaffee und das Klappern von Geschirr. Während sie noch gierig auf das Croissant schaute, das oben auf dem Berg mit Brötchen thronte, vermeldete ihr Magen, mit einem enormen

Knurren, dass er auch noch da war. Merkur lachte wieder herzlich, während Emilia, peinlich berührt, rot anlief.

„Na los, greif zu, du hast seit gestern Mittag nichts mehr gegessen“, forderte er sie auf. „Nach dem Frühstück gebe ich Elandiel Bescheid, dass du wach bist. Sie möchte mit dir über das weitere Vorgehen reden“, erklärte er in geschäftsmäßigem Tonfall.

„Das hättest du jetzt nicht sagen dürfen. Jetzt ist mir der Appetit vergangen“, antwortete Emilia und legte das Croissant, das sie sich soeben geangelt hatte, wieder vor sich auf das Tablett. Merkur lachte erneut.

„Nun hab dich nicht so und iss. Sorgen machen kannst du dir später noch genug. Die laufen dir nicht weg.“

„Du hast gut reden“, brummte sie vor sich hin, biss nun aber doch in ihr Croissant. Es schmeckte so lecker, dass sie wirklich für einige Zeit ihre Sorgen vergaß und einfach nur in Ruhe frühstückte. Ihr entging jedoch nicht, dass Merkur sie die ganze Zeit mit einem seltsamen Blick musterte und jede ihrer Bewegungen genau verfolgte.

„Was?“, fragte Emilia genervt.

„Wie was?“, fragte Merkur irritiert.

„Was starrst du mich die ganze Zeit so an? Habe ich Dreck auf der Nase?“, fragte Emilia und rieb sich heftig an der Nase entlang.

„Nein, ich ..., ich muss weg. Elandiel holen“, entgegnete er hastig. Schnell sprang er auf und schon war er durch die Tür verschwunden, die laut hinter ihm ins Schloss fiel. Als sie hörte, dass sich seine Schritte rasch entfernten, ließ Emilia sich wieder in ihre Kissen fallen und schob das Frühstück beiseite. Sie seufzte tief.

„Ich werde aus diesem Typ einfach nicht schlau", murmelte sie vor sich hin.

Die Zeit verging langsam. Emilia sah sich im Zimmer um, auf der Suche nach einer Beschäftigung. Ihr war nun langweilig. Essen wollte sie nicht mehr, aufstehen sollte sie nicht, zu Granny durfte sie nicht und Fox war auch nicht da, um sich wenigstens mit ihm unterhalten zu können.

Ihr Blick wanderte von dem bodentiefen Fenster, vor dem ein wunderschöner zugewachsener Garten lag, über einen gemütlichen Sessel hin zu einem Regal in der Ecke des Raums. Darauf standen ein paar Bücher. Emilia setzte sich vorsichtig auf und versuchte, gegen Merkurs Anweisung, aufzustehen. Es dauerte ein paar Minuten, bis sie keine Sternchen mehr vor sich sah und versuchte nun vorsichtig, sich am Bett haltend, zum Bücherregal zu laufen. Am Ende des Bettes angekommen merkte sie, dass sie tatsächlich überhaupt noch nicht auf dem Dampfer war. Sie atmete einmal tief durch und ließ das Bett los. Stehen klappte schon mal. Als sie jedoch den ersten freien Schritt machen wollte, klappten ihr einfach die Beine weg und sie fiel der Länge nach auf den Boden. Wieder wurde alles um sie herum schwarz.

Als sie wieder wach wurde, spürte sie, dass warme, starke Arme sie festhielten und ins Bett trugen. Beinahe liebevoll wurde sie ins Bett gelegt, zugedeckt und jemand strich ihr die Haare aus dem Gesicht. Emilia nahm alles nur verschwommen wahr.

„Sie hat hohes Fieber“, hörte sie weit entfernt eine fremde Stimme sagen und driftete sofort wieder in die Dunkelheit.

Als sie das nächste Mal wach wurde, war sie wieder alleine. Was war nur los mit ihr? Warum ging es ihr so schlecht? Sie setzte sich erneut auf und kämpfte gegen eine aufsteigende Übelkeit an. Erschöpft ließ sie sich wieder in die Kissen fallen. Ihre Hand schmerzte heftig. Sie schaute auf die dicke Bandage und erinnerte sich daran, dass das Seil vom Brunnen sie heftig geschnitten hatte. Ein Schauer lief über ihren Rücken. Sie wusste nicht, ob es die Angst war, die noch immer in ihren Gliedern saß, oder ob es am Fieber lag. Sie sah alles leicht verschwommen und sie fühlte sich nicht in der Lage, sich auch nur aufrecht hinzusetzen. Allerdings hatte sie großen Durst. So versuchte sie, die Wasserkanne auf ihrem Nachttisch zu erwischen, erreichte sie aber nur mit ihrer verletzten Hand. Als sie damit nach dem Henkel greifen wollte, durchzuckte sie ein heftiger Schmerz. Blitzschnell fuhr sie zurück. Die Karaffe landete mit einem lauten Knall auf dem Boden und zerbarst in tausend Teile. Sekunden später stürzte Merkur ins Zimmer, dicht gefolgt von zwei Heilerinnen. Er musste vor der Tür Wache gehalten haben.

„Emilia, was ist passiert?“, rief er entsetzt. Da sah er die Scherben auf dem Boden.

„Ich hatte solchen Durst, aber meine Hand, ich kann nichts greifen. Sie tut so weh!“, stammelte sie entschuldigend. Eine der Heilerinnen beseitigte rasch die

Scherben, während die andere sich sofort um Emilias Hand kümmerte.

„Ich schau mir deine Hand sofort an“, sagte sie zu Emilia. „Merkur, hol' bitte neues Wasser für Emilia. Sie muss kurz vor dem Verdursten sein, so lange wie sie ohne Bewusstsein war“, wandte sie sich an Merkur, bevor sie die Untersuchung fortsetzte. Emilia schaute die Heilerin verdutzt an.

„Wie lange war ich denn weg?“

„Zwei Tage“, antwortete diese mit sorgenvoller Miene.

„Was?? Aber wieso denn? Ich hatte doch eigentlich gar nichts Schlimmes, außer vielleicht ein bisschen Rauch eingeatmet. Wie kann das sein?“, fragte Emilia entgeistert.

„Wir wissen es noch nicht, Emilia. An dem Rauch kann es nicht liegen. Es muss eine andere Ursache geben. Wir vermuten, dass du vergiftet wurdest“, erklärte die Heilerin etwas zerknirscht.

„Vergiftet?“, rief Emilia panisch aus.

„Ja, aber bis wir herausgefunden haben, was es für ein Gift ist, musst du im Bett bleiben. Aber nun schauen wir erst einmal nach deiner Hand.“ Emilia reichte sie ihr. Die Heilerin sog scharf die Luft ein, als sie den Verband von Emilias Hand entfernte. Die Wunde war komplett rot und entzündet. „Meine Güte! Das sieht nicht gut aus. Emilia, wie ist diese Wunde entstanden?“, fragte sie mit besorgter Miene.

„Ich wollte am Brunnen Wasser holen, um das Feuer zu löschen. Da ich aber so schwitzige Hände hatte, ist mir das Seil mit dem vollen Eimer aus der Hand gerutscht und hat mich geschnitten“, antwortete Emilia.

„Bist du sicher, dass du nur feuchte Hände hattest? Kann es nicht sein, dass das Seil nass war?“, fragte die Heilerin argwöhnisch nach.

„Ja, kann schon sein. Jetzt, wo Sie es sagen, es war schon recht glitschig“, entgegnete Emilia nachdenklich.

In dem Moment kam Merkur zur Tür herein und brachte eine neue Karaffe mit Wasser. Gerade als er Emilia einschenken wollte, nahm ihm die Heilerin den Krug aus der Hand.

„Merkur, benachrichtige die Königin. Wir wissen nun wahrscheinlich, wie Emilia mit dem Gift in Verbindung gekommen ist. Sag’ ihr, sie soll einen Kriegertrupp zur Ranch schicken. Wir brauchen unbedingt das Seil vom Brunnen!“, befahl die Frau und drehte Merkur sogleich wieder den Rücken zu, um Emilia zu versorgen. Merkur nickte kurz und antwortete:

„Jawohl, Lianna.“ Dann rannte er aus dem Zimmer hinaus.

Als die Tür ins Schloss fiel, widmete sich Lianna wieder Emilia.

„Hier, trink erst mal. Ich hoffe, das Seil ist noch da. Dann können wir sicher schnell feststellen, um welches Gift es sich handelt. Sobald wir das wissen, können unsere Alchimisten ein Gegengift anfertigen und du bist im Handumdrehen wieder auf den Beinen. Bis dahin musst du leider strenge Bettruhe einhalten. Ich bringe dir noch schnell was zu essen. Brauchst du sonst noch etwas?“, fragte Lianna liebevoll.

„Was zu lesen wäre schön und ich würde so gern wissen, wie es Granny geht. Außerdem würde ich auch gern meinen Hund sehen“, antwortete Emilia geknickt.

„Natürlich. Ich schicke sofort nach Sophia. Sie und die Hunde haben ein Gästehaus nahe der Klinik bezogen.“

„Granny wurde schon entlassen?“, fragte Emilia verblüfft.

„Ja, sie ist wieder völlig gesund. Ein Heilschlaf wirkt Wunder bei einer einfachen Rauchvergiftung. Du wirst dich ja nachher selbst davon überzeugen können“, entgegnete Lianna, dann drehte sie sich um und verließ ebenfalls den Raum.

Emilia blieb wieder alleine zurück und ein mulmiges Gefühl bemächtigte sich ihrer. Was würde Granny wohl sagen? Ob sie arg böse war? Bisher war ihr vor lauter Aufregung noch gar nicht der Gedanke gekommen, dass sie ein großes Donnerwetter erwarten könnte. Auch die Sache mit dem Gift ließ ihr keine Ruhe. Was, wenn das Seil nicht mehr da war? Würde man sie dann nicht mehr heilen können? Würde sie sterben? Gerade als sie kurz vor einer Panikattacke stand, klopfte es leise an der Tür.

„Herein!“, rief Emilia mit leicht zitternder Stimme. Die Tür öffnete sich langsam, wurde dann aber plötzlich aufgestoßen und knallte laut gegen die Wand.

„Fox! Also wirklich. Musst du dich immer vorbeidrücken wie die Kälte!“, schimpfte Granny den kleinen Islandhund aus. Sie war jedoch sichtlich amüsiert darüber, dass Fox es so eilig hatte, sein Frauchen zu besuchen. Bevor Granny das Zimmer betreten hatte, hatte er es sich bereits auf Emilias

Bett bequem gemacht. Vehement forderte er seine Streicheleinheiten ein, auf die er in den letzten Tagen hatte verzichten müssen. Er versuchte außerdem, Emilia quer über das Gesicht zu lecken, wogegen Emilia nur mit Müh und Not ankam, da sie nur eine Hand zur Verfügung hatte, um sich zu wehren.

„Fox, runter, nein, lass das!“, rief Emilia, aber sie kämpfte vergebens.

„FOX, runter! Emilia ist krank, sei nicht so stürmisch!“, befahl Granny dem Hund. Missmutig trollte er sich zurück auf den Boden, wo Kim es sich schon gemütlich gemacht hatte. „So ist es brav“, sagte Granny und tätschelte beiden Hunden den Kopf. Dann setzte sie sich zu Emilia ans Bett.

„Wie fühlst du dich, Kind?“, fragte sie besorgt.

„Als hätte mich ein Güterzug überfahren und einige Kilometer mitgeschleift“, erklärte Emilia matt. „Aber eigentlich sollte ich dich das fragen. Granny, es tut mir alles so leid. Ich wollte nicht, dass so was passiert. Ich wollte doch nur wissen ...“ Granny hob abwehrend die Hand.

„Es ist gut, mein Kind.“ Sie wirkte sehr erschöpft. „Du musst dich nicht rechtfertigen. Ich bin dir nicht böse. Im Gegenteil, ich muss mich bei dir entschuldigen. Ich hätte dir schon viel früher alles erzählen sollen. Ich hab dich in dem Glauben gelassen, dass dein Vater mit ziemlicher Sicherheit tot sei, obwohl ich es besser wusste. Ich habe dich leiden lassen, nur weil ich Angst hatte, was passieren könnte, wenn du die Wahrheit erfahren würdest“, sagte Granny und nestelte mit gesenktem Kopf an Emilias Bettdecke herum.

„Du wolltest mich beschützen“, flüsterte Emilia.

„Ja, aber zu welchem Preis, mein Kind? Ich habe gesehen, wie du um deinen Vater trauerst. Hätte ich dir nur damals schon alles erzählt, wäre dir viel Leid erspart geblieben. Uns allen“, entgegnete Sophia mit Tränen in den Augen.

„Aber du wusstest doch nicht, ob er noch lebt“, erwiderte Emilia.

„Nein, ich wusste es nicht sicher. Wir wissen es nach wie vor nicht, aber die Elfen sind sich ziemlich sicher, dass er noch am Leben sein muss“, antwortete Granny. „Außerdem denke ich jetzt, dass es dir hätte helfen können, wenn du die Wahrheit gewusst hättest. Die ganze Wahrheit“, flüsterte Granny und Tränen kullerten ihre Wangen hinunter. Emilia nahm automatisch die Hand ihrer Großmutter in ihre gesunde Hand und streichelte sanft darüber.

„Warum wolltest du dann unbedingt vermeiden, dass Merkur mit mir spricht?“, stellte Emilia die alles entscheidende Frage.

„Ich wusste, dass du es von mir hättest erfahren sollen. Aber ich fand nicht die Kraft. Als ich dann über die Prophezeiung informiert wurde, habe ich Angst bekommen. Ich hatte Angst, ich könnte dich auch noch verlieren. Ich habe mit mir gekämpft, das musst du mir glauben. Das Leben meines Sohnes steht auf dem Spiel. Aber was, wenn ihr es nicht schaffen werdet? Dann habe ich euch beide verloren. Für immer“, klagte Granny und brach in Tränen aus. Schluchzend vergrub sie ihr Gesicht in ihren Händen. Emilia nahm sie wortlos in die Arme. Sie wusste nicht, was sie sagen sollte. Sie hatte ja selbst Angst davor, was auf sie zukommen würde und in diesem Augenblick musste sie sich eingestehen, dass sie genau gleich gehandelt hätte wie ihre Großmutter.

„Weine nicht, Granny, bitte, ich verstehe dich. Ich hätte dasselbe getan an deiner Stelle. Auch ich habe große Angst und ich bin mir auch nach wie vor nicht sicher, ob ich der Anforderung gewachsen sein werde. Ich weiß eigentlich auch noch gar nicht, was überhaupt auf mich zukommen wird“, erwiderte Emilia und brach ebenfalls in Tränen aus. Nun war es an Granny, sie zu trösten. In dem Moment klopfte es wieder an der Tür. Merkur steckte den Kopf herein. Als er die beiden Frauen Arm in Arm sah und die Tränenspuren auf den Gesichtern der beiden entdeckte, stammelte er nur etwas davon, dass er später wiederkommen würde und schloss die Tür so schnell er konnte. Der Anblick des verstörten, sonst so coolen Merkurs brachte beide Frauen zum Lachen. Sie wischten sich gegenseitig die Tränen von den Wangen und umarmten sich nochmals kräftig. Granny fand als Erste die Worte wieder:

„Du wirst es schon schaffen, mein Kind“, sagte sie und legte so viel Zuversicht in ihre Worte, dass Emilia eine große Last vom Herzen genommen wurde. „Ich vertraue in dich und deine Fähigkeiten“, bekräftigte sie ihre Worte.

„Welche Fähigkeiten?“, fragte Emilia verblüfft.

„Elandiel hat mir erzählt, dass sie Großes von dir erwartet. Sie freut sich schon darauf, mit dir zu üben“, antwortete Granny und grinste verschmitzt.

„Na, da bin ich ja mal gespannt“, entgegnete Emilia sarkastisch. Sie glaubte irgendwie noch immer nicht daran, dass sie irgendwelche Fähigkeiten haben könnte. „Aber mal was anderes. Was ist mit der Ranch und den Tieren?“, wechselte Emilia das Thema.

„Das lass mal unsere Sorge sein, mein Kind. Die Elfen haben mir versprochen, dass sie mir helfen werden, die Ranch wieder aufzubauen. Sobald die Gefahr gebannt ist, können wir wieder zurück nach Hause. Die Tiere wurden inzwischen alle zusammengetrieben und sind bei Joe gut aufgehoben. Er nimmt an, dass ich bei einer Cousine bin. So wird meine Abwesenheit nicht weiter auffallen. Bis die ganze Geschichte überstanden ist, sind wir hier in der Elfenwelt sowieso am sichersten“, erklärte sie Emilia.

„Was ist mit Mum und Teresa? Sind sie wirklich in Gefahr?“, fragte Emilia weiter.

„Elandiel hat Wachen bei euch zu Hause postiert. Sie glaubt aber nicht, dass deine Mutter in Gefahr sein wird, da du nun erst einmal von der Bildfläche verschwunden bist. Für sie sollte die Gefahr vorerst gebannt sein. Und wenn doch apokalyptische Reiter auftauchen, dann sind die Elfen zur Stelle“, beruhigte Granny sie.

„Bitte was?“ Emilia saß auf einmal kerzengerade.

„Die Monster, die uns angegriffen haben. Diese Höllenhunde. Auf ihren Rücken saßen scheußliche Kreaturen. Sie hatten Klauenhände und lange hervorstehende Zähne, blutunterlaufene Augen, sie trugen dunkle Umhänge mit Kapuzen. Elandiel sagte, sie seien direkt aus der Hölle. Zumindest wird der Ort bei den Menschen so bezeichnet. Es sind die Reiter Utgards.“

„Die Reiter der Unterwelt“, flüsterte Emilia ehrfürchtig. Seit des Verschwindens ihres Vaters hatte sie sich nicht nur mit Island beschäftigt, nein, auch in die nordische Mythologie war sie eingetaucht.

„Genau", bestätigte ihr Granny, verblüfft darüber, dass Emilia mit diesem Namen etwas anfangen konnte.

„Oh, mein Gott", hauchte diese.

„Mit Gott hat das nicht viel zu tun", mischte sich nun eine dritte Stimme in ihre Unterhaltung ein.

Die beiden hatten über ihr Gespräch nicht gehört, dass jemand geklopft hatte und nach kurzem, vergeblichem Warten einfach eingetreten war.

„Elandiel!", riefen die beiden Frauen wie aus einem Mund.

„Ich grüße euch. Und es freut mich, euch alle wieder bei Bewusstsein anzutreffen", begrüßte die Königin die beiden Frauen. „Emilia, wie fühlst du dich?", fragte sie nun.

„Schrecklich, aber ich bin zuversichtlich, dass bald ein Gegengift gefunden wird", antwortete diese und versuchte sich an einem Lächeln, das jedoch kläglich scheiterte.

„Ich verstehe, dass du Angst hast, aber das Schlimmste ist überstanden. Sobald klar war, DASS du vergiftet wurdest, wurde dir ein Kraut verabreicht, das die weitere Ausbreitung des Giftes verhindert. Die Truppe, die ich ausgesandt habe, um das vergiftete Seil zu holen, ist soeben zurückgekehrt und hat das Seil in die Obhut der Alchemisten übergeben. Nun wird es nur noch ein paar Stunden dauern, bis sie das entsprechende Gegengift gemischt haben und du kannst vermutlich schon morgen wieder aufstehen", erklärte sie fröhlich.

„Oh Gott, da fällt mir ein Stein vom Herzen. Ich dachte schon, ich müsste sterben“, gab Emilia kleinlaut zu.

„So schnell lassen wir Elfen uns nicht unterkriegen, Emilia“, sagte die Königin und zwinkerte ihr zu. Dann wurde sie jedoch wieder ernst. „Ich habe euch unterbrochen, als ich eingetreten bin. Bitte entschuldigt. Du hast Emilia gerade von dem Angriff erzählt, Sophia?“, fragte sie nach.

„Ja, das habe ich. Sie wusste ja bisher noch gar nicht, was überhaupt passiert war“, erklärte Sophia ein kleines bisschen schuldbewusst.

„Es ist schon in Ordnung“, erwiderte Elandiel. „Emilia soll alles erfahren. Bitte, fahre fort. Ich möchte euch nicht stören“, wies sie Sophia an und setzte sich in den Sessel neben dem Bücherregal. Ihre Aufmerksamkeit richtete sich nun voll und ganz auf Sophia.

„Ja, wo war ich? Genau. Diese Reiter. Sie kamen zu dritt und haben mich nach dir gefragt. Ich wusste nicht, wo du warst. Das genau habe ich ihnen auch versucht zu erklären, aber sie glaubten mir natürlich nicht. Ich hatte so schreckliche Angst“, flüsterte sie. „Dein Großvater hat mir einmal von einer Begegnung mit ihnen erzählt. Ich wusste, dass dies die schlimmsten Kreaturen waren, die die Welt je gesehen hatte. Sie schienen gut über deinen Kontakt mit den Elfen informiert zu sein. Da wussten sie mehr als ich. Vermutlich haben sie mein Entsetzen bemerkt, als ich erfahren hatte, dass du dich im Wald mit Merkur getroffen hattest. Ich denke, daher haben sie mir schließlich doch geglaubt und sich zurückgezogen, bevor sie die Aufmerksamkeit anderer Menschen auf sich ziehen konnten. Zum Glück töteten sie mich nicht direkt, sondern sperrten mich in das Haus ein. Anschließend setzten sie alles in Brand. Ich habe versucht, aus dem Haus hinauszukommen, aber sie hatten einen Bann darüber gelegt. Ich hatte keine Chance. Als sie das Haus in Flammen gesetzt hatten, sind sie in Richtung Wald davongeritten. Ich habe gekämpft und geschrien, bis ihr gekommen seid. Alles andere weißt du“, schloss Granny den Bericht und atmete schwer.

Die Geschichte zu erzählen, schien sie bereits sehr anzustrengen.

„Wäre Merkur nicht gekommen, hätte ich nicht überlebt. Er konnte den Bann lösen und mich aus dem Feuer holen. Kein Mensch wäre dazu in der Lage gewesen“, sagte sie leise.

„Und kein anderer von meinen Elfen“, schloss sich Elandiel ihr an.

Die beiden Frauen sahen die Königin fragend an.

„Seine Fähigkeit, das Feuer zu beherrschen, hat euch das Leben gerettet. Diese Macht besitzen nur Feuerelfen“, beantwortete sie die fragenden Blicke.

Da klopfte es wieder an der Tür. Es war wie auf einem Güterbahnhof, dachte Emilia. Nach einem knappen „Herein“ erschien Liannas Kopf in der Tür.

„Bitte entschuldigt. Aber ich bringe Emilia nur etwas zu essen und ihre Medizin und danach braucht sie unbedingt noch mal Ruhe“, erklärte sie in freundlichem, aber bestimmtem Tonfall.

Elandiel und Sophia nickten. Lianna stellte das Tablett mit dem warmen, lecker duftenden Essen vor Emilia aufs Bett.

„Ich helfe ihr noch beim Essen, wenn das in Ordnung ist“, sagte Granny. Lianna nickte und verließ das Zimmer. Elandiel erhob sich ebenfalls und verabschiedete sich von den beiden.

„Ich komme morgen wieder, Emilia. Sophia, kommst du heute Abend noch auf ein Glas Wein zu mir ins Schloss? Wir haben so viel Zeit nachzuholen“, bat Elandiel in einem familiären Tonfall.

„Sehr gern, Ela. Bis später“, antwortete Granny, nickte ihr freundlich zu und widmete sich Emilia und dem Essen.

„ELA? Seit wann seid ihr so vertraut miteinander?“, fragte Emilia verblüfft.

„Kind, ich bitte dich. Elandiel ist meine Schwägerin! Dachtest du etwa, wir kennen uns nicht?“, fragte Granny und lachte laut auf.

„Schon, aber ich dachte ... Merkur hat mir erzählt, dass Grandpa und Elandiel den Kontakt abgebrochen hatten“, stammelte Emilia.

„Stimmt und er lebte wieder auf, nachdem Roman zu den Elfen gegangen war, um seine Ausbildung zu beginnen. Wir haben viele schöne Momente zusammen erlebt, wenn wir bei Elandiel zu Gast waren, dein Grandpa und ich“, erzählte sie weiter und hatte nun einen etwas verträumten Gesichtsausdruck. Den hatte sie immer, wenn sie von früheren Tagen mit Grandpa erzählte.

Sie schnitt Emilia das Essen in mundgerechte Häppchen, sodass sie mit ihrer gesunden Hand alleine essen konnte. Dennoch kam sich Emilia ziemlich blöd vor, dass man ihr, wie einem kleinen Kind, das Essen richten musste. Aber Granny lachte nur über diesen Einwand.

Nachdem Emilia gegessen hatte, nahm sie ihre Medizin und Granny holte ihr noch ein Buch aus dem Regal. Ungläubig starrte Emilia den Einband an. Sie kannte das Buch. Sie hatte es selbst bereits mehrmals gelesen.

„Das soll ein Scherz sein, oder?“

„Vielleicht“, meinte Granny und lachte über Emilias ungläubiges Gesicht. „Aber auch die Elfen lesen ab und an gern ein gutes Buch“, erklärte Granny mit einem Schmunzeln auf den Lippen.

„Du verschaukelst mich doch. Das Buch hast doch sicher du dahin gestellt, oder!?“, fuhr Emilia auf.

„Wo denkst du hin, Kind? Nichts liegt mir ferner, als dich in deinem Zustand auf den Arm zu nehmen“, erwiderte Granny und lachte.

„Roman hat, wenn du es so nennen willst, die Lesekultur der Elfen bereichert. Er hat dafür gesorgt, dass alle seine Lieblingsbücher sich inzwischen auch in Andorin größter Beliebtheit erfreuen. Auch die Elfen brauchen manchmal Inspiration aus anderen Welten“, beantwortete Granny die Frage wahrheitsgemäß. Emilia schüttelte ungläubig den Kopf.

„Das wird mir jetzt alles zu viel ...“, murmelte sie.

„Dann schlaf, mein Kind. Ich komme morgen früh wieder. Soll ich Fox hier lassen?“, fragte sie.

„Ja, bitte. Schlaf gut, Granny.“ Emilia machte es sich in ihren Kissen bequem und las noch ein paar Seiten. Sie liebte das Buch. Fox war auf das Bett gesprungen, sobald Granny das Zimmer verlassen hatte. Nach dreimaligem Im-Kreis-Drehen, am Fußende des Bettes, rollte er sich gemütlich zusammen. Nun schnarchte er zufrieden vor sich hin.

Auch Emilia fiel bald darauf in einen unruhigen Schlaf. Sie träumte von Feuer, von Apokalyptischen Reitern, von Tod und Zerstörung.

Mitten in der Nacht wachte sie schweißgebadet auf. Ein sehr reales Geräusch hatte sie aus dem Schlaf gerissen. Sie saß kerzengerade im Bett und starrte in die Dunkelheit. Der Vorhang am Fenster war nicht zugezogen und so konnte sie ganz klar eine Gestalt erkennen, die direkt vor dem Fenster stand, und zwar IM Zimmer. Emilias Herz begann zu rasen. Sie starrte wie paralysiert auf die dunkle Silhouette. Was sollte sie tun? Schreien? Weglaufen? Letzteres konnte sie gleich streichen. Warum knurrte Fox nicht? Da geschah es. Fox hob den Kopf und ... wedelte mit dem Schwanz! Das gab es doch nicht! Nun sprang er sogar vom Bett und begrüßte den Einbrecher freudig.

„FOX, nicht!“, flüsterte Emilia panisch.

„Emilia? Du bist wach?“, fragte eine ihr nur zu bekannte Stimme.

„MERKUR!“, fuhr sie ihn an. „Bist du von allen guten Geistern verlassen? Dich nachts einfach so in mein Zimmer zu schleichen? Ich hätte beinahe einen Herzinfarkt bekommen. Was tust du überhaupt hier? Mitten in der Nacht?“

„Sorry, ich dachte, du schläfst“, flüsterte er und zog das Genick ein, als würde er gleich Schläge erwarten. „Ich bin doch dein persönlicher Wächter. Ich musste ja schließlich sichergehen, dass es dir gut geht. Elandiel würde mir den Kopf höchstpersönlich abreißen, würde dir etwas Schlimmes passieren", versuchte er, sich zu rechtfertigen.

„Sie würde dir auch den Kopf herunterreißen, wenn du mich nachts zu Tode erschrecken würdest", knurrte Emilia. „Und, Fox, was soll das eigentlich? Sonst bekommst du den Hintern morgens um neun noch nicht hoch und zu Merkur rennst du noch mitten in der Nacht!", fauchte sie ihren Hund an. Fox sah erst Emilia und dann Merkur belämmert an.

„Mach dir nichts draus, mein Freund, so sind Frauen eben. Man meint es gut und dennoch bekommt man eine vor den Latz", erklärte Merkur dem verdutzten Hund und kraulte ihn hinterm Ohr. Anschließend ließ er sich in den gemütlichen Sessel fallen und schloss die Augen. Emilia saß noch immer, wie vom Donner gerührt, im Bett. Ihr Herz klopfte wie wahnsinnig und so wütend wie sie war, würde das wohl auch nicht so schnell besser werden.

„Merkur, was tust du hier?", fauchte sie ihn an.

„Schlafen", entgegnete dieser gelangweilt und hielt es nicht einmal für nötig, ein Auge zu öffnen.

„Warum?", fragte sie empört.

„Weil ich müde bin", gab er wie selbstverständlich zurück.

„ARRRRR, warum hier?!", schrie Emilia nun auf und raufte sich die Haare.

„Weil ich für deinen Schutz zuständig bin. Und jetzt lass mich endlich schlafen. DU solltest übrigens auch schlafen. Gute Nacht", erwiderte Merkur und rutschte noch ein Stückchen tiefer in den Sessel.

Emilia war wie vor den Kopf gestoßen. Was bildete sich dieser Typ eigentlich ein? Sie hatte eine solche Wut im Bauch, dass sie noch eine ganze Weile da saß und in die Dunkelheit starrte. Fox lag inzwischen wieder zusammengerollt an ihrem Fußende und auch aus dem Sessel kamen gleichmäßige, tiefe Atemzüge. Der hatte Nerven. Emilia schüttelte den Kopf und ärgerte sich erneut. Sie beschloss, nochmals eine Weile zu lesen. Vielleicht könnte sie das beruhigen, sodass sie doch noch mal in den Schlaf finden würde. So machte sie die Lampe an und angelte sich das Buch vom Nachttisch.

Als sie am nächsten Morgen erwachte, spürte sie etwas Hartes, das in ihre Wange piekte. Sie tastete mit geschlossenen Augen nach dem Übeltäter und hatte natürlich das Buch in der Hand, das sie in der Nacht gelesen hatte. Sie machte es zu und legte es auf den Nachttisch. Die Lampe war aus, Merkur musste sie gelöscht haben. Von ihm selbst war nichts zu sehen.

„Blöder Kerl", knurrte Emilia. Das würde sie ihm noch eine Weile nachtragen, dass er sie nach allem, was eh schon passiert war, auch noch so erschrecken musste.

Als sie nach dem Frühstück von ihrer Granny besucht wurde, erzählte sie ihr gleich brühwarm, was passiert war. Diese schmunzelte nur über Emilias Empörung und gab zu bedenken, dass er sich vielleicht einfach Sorgen um sie gemacht hatte und daher in ihrer Nähe sein wollte.

„Sorgen hätte er sich auch vor der Tür machen können", antwortete Emilia patzig, zog eine Schmollschnute und verschränkte die Arme vor der Brust. Nun musste Granny doch laut lachen.

„Emilia, du musst noch viel lernen über das andere Geschlecht“, erwiderte sie. Emilia starrte sie perplex an.

„Was soll denn das jetzt bedeuten?“, fragte diese genervt.

„Manche Dinge kann man einfach nicht aus Büchern lernen, sondern muss sie selbst erleben, um es wirklich verstehen zu können“, antwortete Granny und schmunzelte.

„Granny, du sprichst in Rätseln“, gab Emilia verzweifelt zurück.

„Du wirst irgendwann wissen, was ich meine und bis dahin beruhigt dich vielleicht einfach der Gedanke daran, dass es Merkur vielleicht peinlich gewesen wäre, VOR deiner Tür zu sitzen und zu warten“, belehrte sie sie.

„Aber ein guter Wächter macht das so“, murrte Emilia.

„Ist er dein Wächter?“, fragte Granny verblüfft.

„Ja, natürlich. Elandiel hat ihn quasi als meinen Leibwächter engagiert“, entgegnete Emilia mit fester Stimme.

„Sagt wer?“, fragte Granny gedehnt.

„Merkur!“, erwiderte Emilia unsicher.

„Dacht ich’s mir“, gab Granny zurück und ihr Schmunzeln wurde noch ein bisschen breiter.

„Du meinst ...?“, fragte Emilia entsetzt.

„Das, mein Kind, kannst du dir selbst besser beantworten als ich. Wie wäre es nachher übrigens mit einem kleinen Spaziergang?“, wechselte Granny nun das Thema. „Lianna hat gesagt, das Gegengift wird noch heute Morgen fertig sein und wenn alles so klappt, wie sie erwarten, kannst du heute Nachmittag bereits das erste Mal aufstehen. Bewegung würde der Wirkung des Gegengiftes helfen", erklärte Granny ihr.

Emilia war ganz froh über den abrupten Themenwechsel, da ihr die ganze Merkur-Geschichte langsam auf die Nerven ging. Sie konnte es nicht leiden, wenn sie ein Mensch verunsicherte und genau das war bei Merkur der Fall.

„Ja, das können wir gern machen. Fox wird sich auch darüber freuen, etwas rauszukommen. Wie war eigentlich dein Abend mit Elandiel?", fragte Emilia nun nach.

„Sehr schön, wir hatten uns jede Menge zu erzählen", berichtete Granny mit leuchtenden Augen.

„Über was habt ihr euch unterhalten?", fragte Emilia weiter.

„Über dies und das", antwortete Granny vage.

„Geht es auch etwas präziser?", fragte Emilia genervt.

„Du sollst nicht immer so neugierig sein, Emilia", antwortete Granny und lachte. Nun stand sie schwerfällig von ihrem Stuhl auf und verabschiedete sich von ihrer Enkeltochter. „Ich gehe nun auch zurück in meine Wohnung. Ich brauch noch ein kleines bisschen Ruhe. Heute Nachmittag komme ich wieder, dann gehen wir ein bisschen an die frische Luft. Ich nehme Fox mit", bestimmte sie.

„Okay, aber gib mir vorher noch den zweiten Band meines Buches. Es könnte sein, bis heute Mittag brauch ich es", antwortete Emilia. Granny schüttelte den Kopf und lachte über ihren kleinen Bücherwurm.

Nachdem Granny gegangen war, widmete sich Emilia wieder ihrer Lektüre.

Als es klopfte, schlug ihr Herz automatisch ein bisschen schneller.

„Herein!“, rief sie mit belegter Stimme und fuhr sich schnell notdürftig durch die Haare, die sie an diesem Morgen noch nicht gekämmt hatte. Sie rechnete fest damit, dass es Merkur sein würde. Beinahe war sie enttäuscht, als es nur Lianna war. Sie hielt eine Infusion in der Hand.

„Guten Morgen, Emilia. Wie fühlst du dich?“, begrüßte sie diese und hängte den Tropf an einen Haken an der Wand. Emilia war überrascht darüber, wie ähnlich die Elfenwelt eigentlich der Menschenwelt war. Hier war es kaum anders als in einem Krankenhaus in ihrer Welt. So hatte sie sich die Elfenwelt nicht vorgestellt. Sie hätte gedacht, alles sei naturbelassener, ruhiger und nicht so modern. Eben so, wie man es aus den Büchern und Filmen kannte.

„Gleich wie gestern“, antwortete Emilia mit ein bisschen Verzögerung. „Aber ich hoffe, dass das das Gegenmittel ist?“, fragte sie und deutete auf die Infusion.

„Richtig. Ich bringe dir nun den Tropf an und wenn die Flasche nach einer Stunde durchgelaufen ist, musst du aufstehen und dich bewegen“, erwiderte Lianna.

„Ich weiß, Granny hat es mir gesagt. Sie holt mich ab und wir gehen spazieren“, antwortete Emilia.

„Wunderbar. Darf ich bitte noch deine Hand untersuchen?“, forderte Lianna sie auf. Emilia streckte ihr die verbundene Hand hin. Die Heilerin entfernte den

Verband mit wenigen, geschickten Griffen. Entsetzt starrte Emilia auf das, was darunter zum Vorschein kam.

„Lianna, warum ist die Wunde schwarz?“, fragte sie panisch.

„Das ist normal. Das Gift, das sich an dem Seil befand, nennt man den *schwarzen Tod*. Da du aber rechtzeitig ein Mittel bekommen hast, das die Ausbreitung in deinem Körper verhindert, betrifft es nun nur deine Hand. Aber auch die werden wir wieder hinbekommen. Es war knapp, Emilia. Wärst du zu dem Zeitpunkt, als das Fieber kam, in der Menschenwelt gewesen, hättest du es nicht geschafft. Die Menschen kennen weder das besagte Gift noch die Pflanze, die JEDES Gift an der Ausbreitung hindert. Aber du wirst wieder ganz gesund werden. Ich werde dir nun noch eine Creme auftragen. Sie löst das tote Gewebe um die Wunde herum auf und darunter sollte es dann schnell verheilen. Es sieht schlimmer aus als es ist, Emilia“, versicherte ihr Lianna in tröstendem Tonfall.

Emilia nickte. Sie verzog ein paarmal das Gesicht, während Lianna an ihrer Hand arbeitete, und war froh, als sie fertig war und die Hand wieder dick eingebunden in ihrem Schoß lag.

„Es wird nun ein bisschen brennen“, erklärte Lianna ihr und räumte die Sachen zusammen, die sie zum Verbinden benötigt hatte.

„Ein bisschen ist gut“, erwiderte Emilia. „Meine Hand scheint förmlich zu VERbrennen“, sagte sie und biss die Zähne zusammen.

„Das ist gut, das muss so sein. Das tote Fleisch wird jetzt quasi abgebrannt und dann kann es wunderbar heilen. Aber ich kann dir gern noch etwas gegen die Schmerzen holen."

„Nein, schon gut, ich möchte es erst mal ohne Schmerzmittel versuchen", erklärte Emilia. „Ich war jetzt lang genug außer Gefecht gesetzt."

„Wie du meinst", antwortete die Heilerin und schloss fachmännisch die Infusion an ihrem Arm an. Wie gebannt betrachtete Emilia die pink schillernde Flüssigkeit, die sich nun einen Weg in ihren Arm bahnte. „Brauchst du sonst noch was?", fragte Lianna und wandte sich bereits der Tür zu.

„Ja, da wäre tatsächlich noch etwas. Ich würde mich gern ein bisschen hübsch machen", erwiderte sie leicht verlegen. „Eine Haarbürste und vielleicht was zu schminken, falls es so was hier gibt?", fragte sie unsicher. Beim letzten Teil wurde Emilia noch verlegener. Schminkten sich Elfen überhaupt? Aber da Lianna nur nickte und das Zimmer verließ, ging sie mal davon aus, dass ihre Frage nicht ganz so abwegig gewesen war.

Kurze Zeit später kam Lianna mit einer Bürste und einem schwarzen Stift zurück.

„Was anderes habe ich auf die Schnelle nicht gefunden, ich hoffe, es reicht", entgegnete die Heilerin.

„Oh ja, vielen Dank!", rief Emilia erfreut. Sie bürstete ihr braunes langes Haar und band es mit ihrem Haargummi zusammen, den sie immer wie ein Armband um ihr Handgelenk trug. Die Sache mit dem Stift wurde schon schwieriger. Es war unzweifelhaft so etwas wie ein Eyeliner, allerdings war das saubere Auftragen mit der verletzten Hand und dem kleinen Spiegel, den sie im Nachttisch gefunden hatte, etwas schwieriger. Dennoch war sie mit dem Ergebnis nachher sehr zufrieden.

Anschließend kroch die Zeit dahin. Nicht einmal ihr Buch verschaffte es, sie zu unterhalten. Ständig drifteten ihre Gedanken ab und so starrte sie irgendwann nur noch Löcher in die Luft. Unweigerlich wanderten ihre Gedanken wieder zu Merkur. Was er wohl machte? Warum war er heute noch nicht aufgetaucht? Hatte sie ihn heute Nacht etwa so arg angeblafft, dass er sie nicht mehr sehen wollte? Sie biss sich nervös auf die Unterlippe. Sie hasste ihre impulsive Art. Wenn sie etwas in Rage brachte, dann ging sie gleich komplett an die Decke. Damit hatte sie schon vielen geliebten Menschen wehgetan, was sie im Nachhinein immer zutiefst bereute. Wobei sie Merkur ja nicht liebte. Aber das sagt man halt so. Die Menschen, die einem wichtig sind eben. Aber war ihr Merkur wichtig? Ja, irgendwie schon. Sie dachte wieder an die Berührung in Oak Valley, als er ihr eine Haarsträhne aus dem Gesicht gestrichen hatte. Wieder durchlief eine wohlige Wärme ihren Körper. Sie hatte nie zuvor solch eine Intensität gespürt, wenn sie jemand berührt hatte. Wobei sich ihre Erfahrungen mit Berührungen durch Jungs auch auf ein Minimum begrenzten. Sie hatte bisher nur einmal, auf einer Party beim Flaschendrehen, einen Jungen küssen MÜSSEN. Brian Mc Allistor. Emilia schüttelte es noch heute bei der Erinnerung an diesen Typen. Ihr waren solche Dinge immer sehr unangenehm gewesen. Auch diese Teenager-Partys, bei denen eng getanzt wurde und das Ziel des Abends war, mit irgendeinem Jungen, wild knutschend, in einer dunklen Ecke zu verschwinden. Auch bei „Pflicht oder Wahrheit", was dauernd auf diesen Partys gespielt wurde, entschied sich Emilia, nach dem Mc Allistor-Debakel, immer für die Wahrheit, da sie keine Lust hatte, nochmals einen x-beliebigen Typen aus der Spielrunde küssen zu müssen. Und darauf lief es stets hinaus bei diesem Spiel. Kurzum, Emilia hatte keinerlei Erfahrungen mit realen Jungs. Sie kannte nur die absolut romantischen Helden aus ihren Büchern.

Durch ein erneutes Klopfen an der Tür wurde sie aus ihren Gedanken gerissen. Wieder machte sie sich bereit, Merkur in Empfang zu nehmen. Aber auch dieses Mal wurde sie enttäuscht.

„Hallo Emilia, du siehst enttäuscht aus. Hast du jemand anderes erwartet?", fragte Elandiel und musterte sie genau.

„Nein. Ich war nur gerade mit den Gedanken woanders. Ich freue mich, dich zu sehen", versuchte Emilia, die Kurve zu bekommen. Elandiel betrachtete Emilia einen kurzen Augenblick sehr aufmerksam, nahm dann aber neben ihrem Bett Platz.

„Wie ich sehe, geht es dir schon besser und das Gegengift ist auch fast durchgelaufen", stellte die Königin erfreut fest. „Dann können wir morgen also mit unserem Training beginnen."

„Morgen schon?", fragte Emilia überrascht.

„Ja, natürlich. Die Zeit drängt", erklärte Elandiel.

„Meinst du, dass ich morgen schon fit genug bin?"

„Ich bin zuversichtlich. Du darfst die Heilung hier nicht mit der Behandlung menschlicher Ärzte vergleichen. Bei uns geht das alles viel schneller. Außerdem bist du eine Halbelfe. Wir haben eine deutlich bessere Wundheilung als Menschen“, erklärte sie.

„Warum war das Seil überhaupt vergiftet? Das ist mir noch ein Rätsel“, fragte Emilia nach.

„Sie konnten wohl eins und eins zusammenzählen. Sicher war ihnen klar, dass du, solltest du noch rechtzeitig eintreffen und versuchen wollen, das Feuer zu löschen, nicht umhin kommen würdest, den Eimer am Brunnen zu verwenden. Dafür musstest du zwangsläufig das Seil anfassen“, klärte Elandiel sie auf.

„Aber JEDER hätte das gemacht!“, warf Emilia ein.

„Eben, daher wussten sie, dass sie dich so kriegen würden“, bestätigte ihr Elandiel in einem abgeklärten Tonfall. Emilia lief ein kalter Schauer über den Rücken.

„Aber es hätte auch jeden anderen treffen können“, entgegnete Emilia aufgebracht.

„Richtig, aber ein Opfer mehr oder weniger auf ihrem Weg zur Macht ist unseren Feinden scheinbar inzwischen egal geworden. Ich bin sehr entsetzt über die Skrupellosigkeit, mit der unsere Brüder und Schwestern inzwischen handeln“, erwiderte Elandiel traurig.

„Wie schnell hätte das Gift einen Menschen getötet?“, fragte Emilia leise.

„Das Gift ist so konzipiert, dass es über die Haut in den Körper eindringt und einen langsam krank macht. Einen Menschen hätte das Gift über Wochen geschwächt, bis er innerlich verblutet wäre. Du hattest großes Glück, dass du dich am Seil geschnitten hast. Durch die hohe Dosis, die durch die Wunde in kürzester Zeit in deinen Körper gedrungen war, hast du Fieber und Schmerzen bekommen. Daher konnten wir reagieren, bevor deine Organe geschädigt wurden. Hättest du es nur über die Haut aufgenommen, wäre die ganze Sache schleichend verlaufen. Vielleicht hätten wir erst herausgefunden, was mit dir geschehen war, wenn es zu spät gewesen wäre. Das Schicksal hat es – trotz des herben Schlages, das es dir und Sophia verpasst hat – noch gut mit euch gemeint." Emilia schluckte schwer und erwiderte nichts.

In dem Moment steckte Granny den Kopf zur Tür herein. Emilia schaute zu ihrem Tropf und stellte erleichtert fest, dass er leer war.

„Können wir?", fragte Granny. „Oder soll ich euch noch einen Augenblick alleine lassen?"

„Nein, Sophia, komm ruhig herein. Wir waren, denke ich, sowieso gerade fertig mit unserem Gespräch. Emilia, ich erwarte dich morgen früh um neun zum ersten Training im Schloss. Ich schicke euch gleich Lianna herein, dass sie den Tropf entfernt und ihr an die frische Luft könnt. Genießt den Spaziergang", sagte Elandiel in ihrem typischen geschäftsmäßigen Tonfall. Sie nickte beiden freundlich zu und verließ erhobenen Hauptes das Zimmer.

„Ein Abgang, der einer Königin würdig ist", flüsterte Emilia grinsend.

„Was hast du gesagt, mein Kind?", fragte Granny.

„Ach, nichts“, erwiderte diese und hibbelte nervös im Bett herum. Sie wollte nun endlich aufstehen.

Als Lianna ihr den Tropf entfernt hatte, half Granny Emilia beim Aufstehen. Es ging auf jeden Fall besser als bei ihrem vorherigen Versuch.

Nach einer halben Stunde stand sie, frisch geduscht und angezogen, mit Granny an der Tür. Auch wenn sie sich noch ein bisschen wacklig auf den Beinen fühlte, war sie froh, endlich rauszukommen. Fox und Kim sprangen freudig um sie herum. Vermutlich in Erwartung eines schönen langen Spaziergangs.

„Kinder, ich glaube, weit werden wir mit Emilia nicht kommen“, versuchte Granny, die Hunde zu beruhigen.

„Geht es, mein Kind?“, fragte sie dann besorgt an ihre Enkelin gewandt. Bereits an der Ausgangstür war diese außer Puste. Sie klammerte sich am Türrahmen fest und wischte sich die Schweißperlen von der Stirn. Dann nickte sie und atmete tief durch.

„Okay, wir können weiter“, antwortete sie nach ein paar Sekunden. Mit zusammengebissenen Zähnen richtete sie sich wieder auf und schleppte sich, schweren Schrittes, hinaus in den wunderschönen Vorgarten. Am Ende des Gartens hatte sie eine Bank entdeckt und darauf steuerte sie nun zielstrebig zu. Als sie endlich angekommen war, ließ sie sich schwer darauf fallen und schnaufte, als wäre sie soeben einen Marathon gelaufen.

„Das Duschen hätte ich mir sparen können“, stellte Emilia fest und deutete auf die Schweißränder, die ihr T Shirt bereits aufwies. Granny lachte und ließ sich neben ihrer Enkelin nieder.

„Schön ist es hier, nicht wahr?“, fragte Sophia. Eine gewisse Ehrfurcht lag in ihrer Stimme.

„Ja, was ich bisher gesehen habe, hat mir wahnsinnig gefallen“, bestätigte Emilia. „Warum seid Grandpa und du nicht für immer in die Elfenwelt gezogen? Oder ist das gegen die Regeln?“, fragte sie dann vorsichtig nach.

„Die Elfen hätten es nicht erlaubt. Und dein Grandpa hätte es auch nicht gewollt. Er war glücklich in der Menschenwelt. Er sagte immer, die Menschen seien zwar grausamer, aber auch herzlicher als die Elfen“, beantwortete Sophia die Frage ihrer Enkelin. Emilia verstand sofort, was ihr Großvater damit hatte zum Ausdruck bringen wollen. Sie hatte zwar noch nicht viele Elfen getroffen, aber alle waren sehr förmlich, korrekt und distanziert. Nett, sehr nett, aber dennoch war ihr Verhalten anders als das der Menschen. Überheblicher. Sie dachte an Merkur. Wie er sie anfangs angeschaut hatte. Als wäre sie ein Staubkorn, das man auf der Jacke trägt und wegwischen musste. Wie arrogant er ihr gegenüber in Oak Valley begegnet war. Jedoch hatte sie an ihm durchaus auch nette Seiten entdecken können, wobei diese leider nur immer von kurzer Dauer gewesen waren. Sie erinnerte sich an den ersten Besuch, als er sie an der Hand gehalten hatte, als wäre sie seine Freundin. Bereits bei dem Gedanken daran erhöhte sich ihr Pulsschlag. Aber dann fiel ihr wieder die Distanz ein, die er nach dem Besuch bei Elandiel gewahrt hatte.

„Emilia? EMILIA? Wo bist du wieder mit deinen Gedanken?“, riss Granny sie aus ihrer Trance.

„Ich habe mir die Worte von Großvater durch den Kopf gehen lassen und dabei ist mir Merkur in den Sinn gekommen“, erwiderte diese wahrheitsgemäß.

„Dich hat es wohl ganz schön erwischt, was?!“, stellte Granny schmunzelnd fest.

„Gar nicht!“, antwortete Emilia etwas zu gereizt. „Ich weiß nur nicht, wie ich sein Verhalten deuten soll. Er hat mich heute noch nicht einmal besucht“, schmollte sie.

„Natürlich hat er das nicht, Kind. Er hat auch noch andere Sachen zu tun, als bei dir herumzusitzen“, antwortete Granny und lachte laut.

„Was denn?“, fragte Emilia überrascht.

„Wie ich gehört habe, treibt er sich seit gestern beinahe pausenlos in den Archiven der Schlossbibliothek herum“, erklärte ihr Granny. „Er ist scheinbar auf der Suche nach Büchern darüber, wie er seine Feuerkräfte besser beherrschen kann. Er weiß ja gar nicht so genau, was er als Feuer- oder Bergelf überhaupt für zusätzliche Fähigkeiten haben sollte“, belehrte sie ihre Großmutter.

„Ach so!“ Emilia lief wieder rot an. „Wenn ich das gewusst hätte ...“

„Was dann?“, fragte Granny nach.

„Ach, nichts“, entgegnete Emilia schnell und wurde rot.

„Hast du etwa den ganzen Morgen auf ihn gewartet? Ich dachte, du bist eh böse mit ihm?“, fragte sie weiter.

„Bin ich ja auch! Ich hatte mir so eine schöne Predigt zurechtgelegt“, erklärte Emilia und lachte. „Ich hatte mir genau überlegt, was ich ihm alles an den Kopf werfen würde", fügte sie hinzu.

„Die kannst du ja später immer noch anbringen", erwiderte Granny.

„Nein, jetzt ist die Luft raus. Ewig kann selbst ich nicht sauer sein", seufzte Emilia. Sie lehnte sich entspannt zurück und sog tief die Luft ein. Granny lachte und nahm ihre Enkelin in den Arm.

Sie genossen noch eine Zeit lang die wärmende Kraft der Sonne und machten sich dann langsam auf den Rückweg. Mit jedem Schritt wurde Emilia sicherer. Dennoch war sie froh, als sie endlich in ihrem Zimmer angekommen war. Sie ließ sich aufs Bett fallen, streifte sich die Schuhe von den Füßen und machte es sich, mit ihrem Buch, gemütlich. Granny war mit den Hunden direkt weiter in die neue Wohnung gegangen, in die Emilia morgen auch umziehen sollte.

Sie las noch bis spät in die Nacht hinein. Insgeheim hoffte Emilia ja, dass Merkur noch kommen würde. Aber er ließ sich nicht blicken.

KAPITEL 10

Am nächsten Morgen, als Emilia aufwachte, freute sie sich, endlich aus dem Haus der Heiler entlassen zu werden. So wurde Merkur erst einmal zur Nebensache.

Als Lianna das Frühstück brachte, war Emilia bereits fertig angezogen, geschminkt und wieder fit wie eh und je. Das Gegengift hatte ganze Arbeit geleistet. Sie fühlte sich wie neu geboren. Auch ihre Hand tat nicht mehr weh. Lianna stellte das Frühstück auf den kleinen Tisch neben dem Fenster. So konnte Emilia endlich wieder sitzend essen. Vorher wurde aber noch der Verband abgenommen. Emilia war fasziniert davon, wie ihre Hand nun aussah. Sie hatte mit allem gerechnet, sogar damit, dass nur noch Knochen übrig waren, so wie die Salbe gebrannt hatte. Sie hätte nicht gedacht, dass auch nur ein Fetzen Haut und Fleisch übrig geblieben sein könnte. Aber da hatte sie sich getäuscht. Ihre Hand war beinahe wie neu. Die Wunde war komplett geschlossen, das schwarze Fleisch verschwunden und die neue Haut schimmerte ein bisschen rosiger als die restliche.

„Wahnsinn“, hauchte sie ungläubig und drehte ihre Hand nach allen Seiten. Lianna lächelte nur und sagte:

„Ich habe dir ja gesagt, dass wir die Hand wieder hinbekommen. Versuch bitte, sie zu benutzen“, gab sie ihr an. Emilia setzte sich an den gedeckten Tisch, griff nach der Kaffeekanne und schenkte sich ein.

„Klappt einwandfrei“, sagte sie und strahlte mit der Sonne um die Wette.

„Sehr gut, hast du noch irgendwo Schmerzen?“, hakte Lianna nach.

„Nein, ich fühle mich prima“, gab Emilia zurück.

„Gut, dann lasse ich die Wachen rufen, die dich nach dem Frühstück in eure Wohnung geleiten werden.“ Lianna hatte sich schon zum Gehen abgewandt, als Emilia ihr nochmals nachrief:

„Lianna?“

„Ja?“ Die Elfe drehte sich um und schaute Emilia an.

„Dankeschön!“

„Es war mir eine Freude, dir helfen zu können.“ Sie lächelte Emilia freundlich an und verschwand durch die Tür. Nun widmete Emilia sich gierig ihrem Frühstück.

Anschließend wurde sie von zwei hochgewachsenen, blonden Elfenkriegern abgeholt. Die Schönheit dieser beiden Krieger schüchterte Emilia dermaßen ein, dass sie keinen Mucks von sich geben konnte. Auf dem Weg zu ihrer Unterkunft wurde Emilia noch unsicherer. ALLE Elfen, die auf den Straßen unterwegs waren, verbeugten sich vor ihr! Sie war froh, als sie das kleine Haus, am Rande der Stadt, erreicht hatten und sie die Tür hinter sich schließen konnte. Sie ließ sich mit dem Rücken an der geschlossenen Haustür hinuntergleiten und atmete erst einmal erleichtert aus.

„Emilia? Bist du das?“, rief Granny. Die Stimme kam aus einem Raum am Ende des kleinen Flures.

„Ja!“, antwortete Emilia und rappelte sich auf. Sie klopfte sich den Staub von der Hose und eilte die zwei Meter Flur entlang in eine wunderschöne helle Wohnküche. Von hier aus konnte man direkt auf eine sehr große Veranda treten, die komplett mit Hecken eingefasst war. Granny saß dort und genoss ihr Frühstück.

„Gut siehst du aus und wie ich sehe, klappt das Laufen wieder bestens. Die Elfen haben wahre Wunder vollbracht“, lobte Granny.

„Ja, alles bestens!“, antwortete Emilia etwas zerstreut.

„Komm, setz dich zu mir“, forderte sie Emilia auf und schenkte ihr eine Tasse Kaffee ein. „Ist alles in Ordnung?“, fragte Granny nach, als sie ihr die Tasse reichte.

„Ja“, entgegnete diese und kratzte sich unsicher am Kopf. „Es ist nur ... Auf dem Weg hierher haben sich alle vor mir verbeugt“, flüsterte Emilia peinlich berührt. Granny lachte.

„Aber natürlich, mein Kind. Du bist die Großnichte der Königin, das hat sich herumgesprochen. Da dein Vater als verschollen gilt, wirst du als neue Königin gehandelt. War dir das nicht klar?“, fragte Granny verblüfft.

„WAS? ICH? Nein, nein, nein, das kommt ja gar nicht infrage“, erwiderte Emilia aufgebracht.

„Nun mal langsam, Kind. Ziel deines Aufenthaltes hier ist doch die Rettung deines Vaters. Sobald er wieder da ist, wird er den Thron als Elandiels Nachfolger besteigen und du bist vorerst fein raus“, meinte Granny abgeklärt.

„Ja, VORERST“, murrte Emilia in ihre Kaffeetasse.

„So Kind, und nun Schluss mit den trüben Gedanken. Elandiel erwartet uns“, sagte Granny und klatschte voller Tatendrang in die Hände.

„Kommst du etwa mit zum Training?“, fragte Emilia hoffnungsvoll. Granny nickte. „Oh, wunderbar!“, rief Emilia aus. Die Aussicht, nicht alleine in den Palast gehen zu müssen, baute sie wieder ein wenig auf. Sie trank ihren Kaffee aus und half Granny, das Frühstücksgeschirr in die schöne Küche zu stellen.

Als sie die Haustür öffneten, wunderte es Emilia kaum, dass die beiden Elfenkrieger noch auf sie warteten. Emilia stöhnte dennoch leise auf. Mit DENEN würde sie auf jeden Fall MEHR Aufsehen erregen, als wenn sie alleine gegangen wären. Nun gut, sie konnte es jetzt nicht ändern, aber sie würde das Thema nachher mit Elandiel besprechen. Sie müsste hier im Elfenreich ja eigentlich absolut sicher sein.

Natürlich war der Weg zum Schloss ebenso mühselig, wie sie es erwartet hatte. Überall blieben Elfen stehen, tuschelten und verbeugten sich vor ihr. Emilia war das alles sehr unangenehm. Granny hingegen schien ihren Spaß daran zu haben. Sie lief munter hinterdrein und winkte fröhlich in die Runde. Manchmal benahm sie sich wie ein kleines Mädchen, dachte Emilia mürrisch. Aber genau das war ja auch der Grund, warum sie beide sich so gut verstanden.

Emilia atmete auf, als das Tor des Schlosses in Sicht kam. Sie erkannte schon von Weitem, dass Roandir wieder Wache hielt. So konnten sie das Tor ohne weitere Erklärungen passieren. Emilia grüßte ihn freundlich und er grüßte, mit einem schelmischen Blitzen in den Augen, zurück. Diesen charmanten Blick hatten wohl alle Elfenmänner drauf, dachte Emilia und musste schmunzeln. Sie wurden in denselben Saal geleitet, in dem sie das erste Mal, als sie mit Merkur hier gewesen war, mit Elandiel gegessen hatten. Da Granny die ganze Kulisse nicht sonderlich beachtete, ging Emilia davon aus, dass auch sie nicht das erste Mal hier war. Elandiel saß an der großen Tafel und brütete über einem Pergament. Als der Wachtposten ihre Gäste angekündigt hatte, schaute sie auf und erhob sich, um ihre Gäste in Empfang zu nehmen.

„Emilia, schön, dass du da bist. Sophia, ich freue mich, dass du ebenfalls mitgekommen bist. Leider habe ich im Moment eine wichtige Nachricht erhalten, deren Beantwortung und Prüfung keinen Aufschub duldet. Wir müssen daher die Übungsstunden auf heute Nachmittag verlegen. Ich werde zu euch kommen und euch abholen. Ich habe mir überlegt, es ist vielleicht besser, wir beginnen mit den Übungen im Wald. Erwartet mich in den frühen Abendstunden“, erklärte ihnen Elandiel in abgeklärtem Tonfall und widmete sich umgehend wieder ihren Papieren. Eine steile Sorgenfalte zeichnete sich auf ihrer Stirn ab. Emilia wollte noch etwas wegen der Wachen einwerfen, aber ihre Großmutter zog sie bereits am Arm hinaus und bedeutete ihr mit einem Kopfschütteln, dass nun nicht der richtige Zeitpunkt war, Elandiel mit irgendeiner Frage zu behelligen.

„Und was machen wir nun?“, fragte Emilia, nachdem die große Saaltür hinter ihnen geschlossen worden war.

„Wir gehen jetzt auf den Markt, holen uns ein paar leckere Zutaten für unser Mittagessen und dann wird erst einmal schön gekocht, mein Kind“, antwortete Granny, während sie freudig die Hände aneinanderrieb. Kochen und Essen gehörte zu Grannys Lieblingsbeschäftigungen. Das sah man ihr auch an. Emilia lachte über die Euphorie ihrer Großmutter und trottete bereitwillig hinter ihr her.

Es war nur ein kurzer Fußmarsch bis zum Markt. Hier gefiel es Emilia sehr gut. Hauptsächlich deswegen, weil die meisten Elfen nicht auf sie achteten, da sie viel zu beschäftigt damit waren, an den verschiedenen Marktständen ihre Einkäufe zu erledigen. Als ihr das Gedränge zu viel wurde, setzte sich Emilia auf eine Bank am Rande des Marktplatzes und betrachtete zufrieden das bunte Treiben.

Es gab große und kleine Elfen, dicke und dünne, junge und Elfen im mittleren Alter. Emilia sah jedoch keine alten Elfen. Ihre Granny fiel also in der Menge auf wie ein bunter Hund. Eins hatten jedoch alle Elfen gemeinsam. Ihre Gesichtszüge waren so fein, dass jeder Elf für sich wunderschön war. Egal, ob dick oder dünn. Des Weiteren fiel ihr auf, dass es in Andorin nur braunhaarige und blonde Elfen gab. Niemand hatte schwarzes Haar wie Merkur. Vermutlich wäre Emilia das, unter normalen Bedingungen, gar nicht aufgefallen. Aber sie konnte es nicht verhindern, dass ihre Gedanken wieder zu Merkur wanderten. Seit dem Gespräch mit Elandiel wusste sie ja, dass das schwarze Haar das Zeichen der Feuerelfen war.

Grannys Stimme riss sie aus ihren Gedanken.

„So, ich habe alles. Lass uns nach Hause gehen!“, rief sie freudig und zog Emilia übermütig von der Bank hoch. Die

Elfenluft schien Granny gut zu bekommen. Emilia musste über deren Übereifer regelrecht schmunzeln.

Zu Hause angekommen nahmen die beiden Wächter wieder ihre Plätze vor der Haustür ein. Granny verschwand in der Küche und schickte Emilia erst mal einen Stock höher, um das restliche Haus und ihr Zimmer zu begutachten. Sie lief eine schmale Wendeltreppe hinauf. Diese wand sich direkt aus der Wohnküche nach oben. Im ersten Stock fand Emilia ein schönes Badezimmer mit einer Elfen-Dusche und einer wundervollen Badewanne, die auf Löwenfüßen mitten im Raum stand. Diese musste sie unbedingt nachher Probe liegen, beschloss sie und schloss die Tür wieder, um noch ein weiteres Stockwerk zu erklimmen. Im zweiten Stock angekommen stand sie auf einem kleinen Podest. Sowohl links als auch rechts befand sich eine Tür. Granny hatte ihr gesagt, dass sie das linke Zimmer beziehen dürfe. Also richtete sich ihre Aufmerksamkeit auf die linke Tür. Diese war aus hellem Holz gezimmert und ihr Rahmen mit wunderschönen Blumenschnitzereien verziert. Die Klinke war aus altem, beschlagenem Messing. Vorsichtig drückte sie diese hinunter. Die Tür quietschte leicht, als sie sie öffnete. Was sie jedoch im Inneren des Zimmers erwartete, mit dem hatte sie nicht gerechnet. Sie stand in einem lichtdurchfluteten Raum mit bodentiefen Fenstern, die auf einen kleinen Balkon führten. Vor den Fenstern hingen luftige, helle Vorhänge. Da die Balkontür offen war, bewegten sie sich leicht im Wind. Der Raum wirkte viel zu groß für das kleine Haus. Emilia überlegte, ob dies wohl eine optische Täuschung war, da das Zimmer so hell war und durch die Glasfront größer wirkte, oder ob hier eine Art Elfenmagie am Werke war. Sie sah sich aufmerksam in ihrem neuen Reich um. Das Zentrum des Raumes bildete ein wunderschönes großes Himmelbett mit transparenten, in allen Farben schillernden Vorhängen. Es war über und über mit Kissen bedeckt. Eine wundervolle weiße Tagesdecke lag darauf. Emilia befühlte vorsichtig den Stoff, als sie näher trat. Er war sanft wie Seide. Wunderschöne Stickereien zierten den Stoff. Die Blumen und Tiere darauf wirkten beinahe lebensecht. Auf der rechten Seite des Zimmers war eine kleine Leseecke eingerichtet worden. Diese bestand aus zwei bequem aussehenden Sesseln mit hellem Überzug und einem kleinen Tisch. Die Wand dahinter wurde von einem deckenhohen Bücherregal eingenommen. Emilia blieb beinahe der Atem stehen bei der Pracht der Bücher. Es waren überwiegend alte Werke, handgebunden und mit abgegriffenen Ledereinbänden. Einige wenige erschienen ihr jedoch wie frisch aus der Druckerei. Der Menschendruckerei!!! Emilia griff sich eines der Bücher und brach in schallendes Gelächter aus. Sie hielt tatsächlich ihr Lieblingsbuch in der Hand. Entweder kannte hier jemand genau ihren Buchgeschmack oder die Elfen trieben sich öfters in der Menschenwelt herum, als sie zugaben. Emilia schob den Band zurück ins Regal und sah sich weiter um. Auf der linken Seite des Raumes stand ein großer, alter Kleiderschrank. Er wurde durch dieselben Schnitzereien verziert wie die Tür. Hinter dem Bett stand eine dazu passende Truhe und neben dem Bett eine kleine Nachtkonsole in derselben Optik. Ehrfürchtig strich Emilia darüber. Diese Möbel wären in der Menschenwelt sicherlich unbezahlbar. Anschließend trat sie auf den kleinen Balkon und betrachtete die Aussicht. Sie konnte direkt hinüber zum Wald blicken. Unter ihr lag die große Veranda, auf der sie heute Morgen schon einen Kaffee getrunken hatte. Jetzt konnte sie auch erkennen, dass von der Terrasse ein kleiner Weg in einen wunderschönen gepflegten Garten führte, der sich bis zum Waldrand erstreckte. Es war einfach traumhaft hier.

Nach einer Weile hörte sie, dass Granny unten bereits mit Töpfen und Pfannen hantierte. Sie riss sich also von dem wunderschönen Anblick los und kehrte zurück ins Zimmer. Sie warf noch einen Blick in den Schrank und stellte fest, dass sie die Elfen komplett mit Kleidung ausgestattet hatten. Elfenkleidung natürlich, aber sie hatten ziemlich neutrale Kleidungsstücke ausgesucht. Sie würde später alles genauer durchstöbern, beschloss sie. Jetzt knurrte ihr erst einmal der Magen. Daher verabschiedete sie sich von ihrem schönen neuen Zimmer und ging hinaus in den Flur. Sie konnte es sich nicht verkneifen, auch noch einen Blick in Grannys Zimmer zu werfen. Dieses war im Gegensatz zu ihrem Zimmer deutlich kleiner, aber genauso schön. Leise schloss Emilia die Tür und lief hinunter in die Küche.

„Kann ich dir noch was helfen, Granny?“, fragte sie und band sich eine Schürze um, die an der Wand an einem Haken hing.

„Ja, sei bitte so lieb und gieß das Gemüse ab. Hier ist ein Sieb. Und danach kannst du gleich den Tisch auf der Veranda decken“, wies sie Emilia an. Sie reichte ihr besagtes Sieb und rührte weiter in einer lecker duftenden Soße. Emilia goss das Gemüse ab und füllte es gleich in eine Servierschüssel, die sie zusammen mit Tellern und Besteck hinaus auf die Terrasse trug. Kaum hatte sie alles platziert, kam Granny auch schon mit den restlichen Speisen. Es duftete hervorragend.

„Es schmeckt himmlisch, Granny“, lobte Emilia das Essen.

„Dankeschön! Mit den Zutaten der Elfen lässt sich einfach noch ein bisschen schmackhafter kochen“, erklärte sie glücklich. „Aber nun iss. Du bist ganz mager geworden in den letzten Tagen.“ Schweigend nahmen sie ihr Mahl ein. Die Hunde lagen zufrieden im Schatten und dösten. Es hätte alles so schön sein können, hätte da nicht dieser unüberwindbare Berg vor Emilia gestanden. Die Aufgabe, die vor ihr stand, bereitete ihr zusehends Bauchschmerzen. Emilia ließ ihr Besteck sinken und schob den Teller weg.

„Du bist doch nicht schon satt, oder?“, fragte Granny überrascht.

„Doch, ich hab irgendwie keinen Hunger mehr. Aber es war sehr gut, Granny, wirklich. Es ist nur ... Ach, ich weiß auch nicht ...“, erklärte Emilia mit einem tiefen Seufzer. „Mein Magen ist wie zugeknotet, wenn ich daran denke, was noch vor uns liegt“, ergänzte sie unsicher.

„Ich versteh dich, mein Kind“, bestätigte Granny ihre Aussage und seufzte ebenfalls tief. „Siehst du, das war der Grund, warum ich dagegen war, dich einzuweihen. Ich wollte dir diese Bürde ersparen. Aber wie man sieht, kann man seinem Schicksal nicht entkommen. Wir müssen versuchen, das Beste daraus zu machen und Elandiel hat mir versichert, dass sie alles Elfenmögliche versuchen wird, dass ihr das Abenteuer unbeschadet überstehen werdet. Darauf müssen wir hoffen. Es geht nun nicht mehr nur um das Wohl deines Vaters, sondern um das Wohl eines ganzen Volkes. Elandiel hat mich ziemlich ins Gebet genommen, als ich bei ihr war vorgestern Abend, das kannst du mir glauben, und ich sehe es dennoch nicht gern, dass du da mit hineingezogen wirst. Aber ich muss lernen, es aus einer anderen Perspektive zu betrachten. Du wurdest dafür geboren, diese Aufgabe zu bewältigen. Dies ist dein Schicksal, mein Kind. Gott hat einen Plan, in dem du vorkommst“, erklärte Granny feierlich.

Emilia nickte und ließ die Worte einige Sekunden auf sich wirken. Dann nickte sie nochmals und fragte mit belegter Stimme:

„Glauben die Elfen überhaupt an Gott?“

„Sie glauben an eine höhere Macht, die die Geschicke der Welt leitet, ja“, bejahte Granny.

„Ach, weißt du, Granny ... Das hört sich immer alles so toll an, wenn man es in Büchern liest. Man wünscht sich, dann Teil eines großen, schicksalhaften Plans zu sein. Dass das eigene Leben einen höheren Sinn hat, als es zuerst den Anschein hatte. Wenn man dann aber plötzlich wirklich Teil eines solchen Plans ist und nicht weiß, ob man seinen siebzehnten Geburtstag noch erleben darf, dann klingt das alles nicht mehr ganz so toll“, erklärte Emilia mit zittriger Stimme.

„Ja, Liebling, da hast du recht“, bestätigte Granny, stand auf und nahm sie fest in den Arm. Emilia musste sich ein paar

Tränen verkneifen. Daher löste sie sich aus der Umarmung, stand schnell auf und trug das Geschirr in die Küche.

„Ist es okay, wenn ich noch ein bisschen mit Fox laufen gehe?“, fragte sie. „Ich brauch Bewegung.“

„Natürlich, mein Kind. Nimm Kim auch mit“, erwiderte Granny.

„Ja, mach ich. Und danke, Granny.“

„Wofür?“

„Dafür, dass du da bist“, antwortete Emilia leise. Sie drückte Granny einen Kuss auf die Wange und rannte nach oben, um in ihrem Schrank nach Sportkleidung oder Ähnlichem zu suchen. Sie wurde tatsächlich fündig. Ein paar Minuten später stand sie bereits in einer engen halblangen Leggins und einem engen dunkelblauen Top an der Tür. Sie atmete nochmals tief durch, um sich dafür zu wappnen, was vor der Tür auf sie wartete. Die beiden Leibwächter und das Getuschel und Gegaffe der Elfen. Umso überraschter war sie, als sie vor dem Haus niemanden antraf. Sie sah links und rechts die Straße hinunter, ihre Leibwächter waren jedoch nirgends zu sehen. Erleichtert atmete sie auf und rannte, in Begleitung von Fox und Kim, los. Da sie sich nicht auskannte, nahm sie einfach den Weg, der parallel am Wald entlangführte. Sie joggte gut eine halbe Stunde, bis der Weg sie in den Wald führte. Sie beschloss, eine kurze Verschnaufpause einzulegen und lehnte sich an eine alte, dicke Eiche. Aufmerksam sah Emilia sich um.

Der Wald HIER war ganz anders als ein Wald in ihrer Welt. Man konnte das hohe Alter der Bäume deutlich erkennen. Emilia spürte eine seltsame Energie, die von der Eiche ausging, an der sie gerade lehnte. Erschrocken löste sie sich ab und sah den Baum aufmerksam an. Elandiels Worte über die Magie der Elfen kamen ihr wieder in den Sinn. Sie strich nun sanft über seine borkige Rinde. Beinahe erwartete sie, dass der Baum sich sogleich schütteln und zum Leben erwachen würde. Sie wartete ein paar Sekunden ab und nachdem nichts geschah, lachte sie laut auf und schüttelte über sich selbst den Kopf. Kim und Fox sahen sie verstört an, da sie gerade beim Spurenlesen gestört worden waren.

„Alles in Ordnung, schnüffelt ruhig weiter!“, beruhigte sie die Hunde. „Euer Frauchen hat mal wieder eine zu blühende Fantasie.“

In eben diesem Moment hörte sie ganz deutlich, dass jemand ihren Namen rief. Emilia zuckte zusammen und sah sich erschrocken um. Sie schaute an der alten Eiche hinauf, aber diese hatte sich kein Stück verändert. Misstrauisch blickte sie sich nochmals um, konnte aber nichts entdecken. Da ertönte es wieder! Eine glockenhelle Stimme rief ihren Namen, da war sich Emilia ganz sicher. Sie drückte sich mit dem Rücken gegen den Baum und hielt den Atem an. Die Hunde waren ebenfalls erstarrt und wackelten aufmerksam mit den Ohren. Plötzlich entdeckte Emilia einen weißen Schatten zwischen den Bäumen. Konnte es weiße Schatten überhaupt geben? Wie schillernder Nebel bewegte er sich auf sie zu. Leuchtend blaue Schmetterlinge tauchten aus dem Nebel auf. Emilia überlegte fieberhaft, wie sie am besten von hier wegkommen würde, als sie die Stimme plötzlich wieder vernahm:

„Fürchte dich nicht, Emilijana, ich will dir nichts Böses. Ich freue mich, dich endlich persönlich zu treffen. Meine Untertanen haben mich bereits vor Tagen über deine Ankunft, hier im Reich der Elfen, informiert.“ Während Emilia die Stimme vernahm, nahm der weiße Schatten Gestalt an. Er verformte und veränderte sich, bis vor ihr eine kleine, zierliche Gestalt stand. Sie sah aus wie ein kleines Mädchen. Ihre langen, wallenden, weißen Haare umrahmten ihr wunderschönes Gesicht. Sie trug ein weißes Kleid. Ihre Haut war hell und ebenmäßig. Sie hatte keine Schuhe an. Obwohl alles an ihr weiß war, schien sie in bunten Regenbogenfarben zu schillern. Die schillernd leuchtenden Schmetterlinge ließen sich auf der Gestalt nieder.

„W-w-w-a... Ähm ... Wer bist du?“, fragte Emilia stotternd. Sie war so perplex über das sanfte Wesen, das vor ihr stand, dass sie sich nicht getraute, dieses darauf hinzuweisen, dass sie ihren vollen Namen nicht ausstehen konnte.

„Ich bin Glorijana“, erwiderte das Mädchen. „Ich bin die Hüterin und Herrin des Waldes“, erklärte sie Emilia und machte eine ausschweifende Geste in Richtung der Bäume.

„Und wer hat dir von meiner Ankunft erzählt? Wer sind deine Untertanen?“, fragte Emilia stockend.

„Die Vögel und die Bienen, die Schmetterlinge und die Eichhörnchen. Alle Wesen des Waldes unterstehen meinem Schutz und dafür dienen sie mir bedingungslos“, erwiderte sie und lachte ein glockenhelles Lachen.

„Du, du bist ein Waldgeist?“, fragte Emilia unsicher.

„Richtig. Ich bin die Königin der Waldgeister. Du musst wissen, hier in der Elfenwelt gibt es noch viele von uns“, legte sie der fassungslosen Emilia dar. Diese schluckte schwer und fragte:

„Und in der Welt der Menschen?“

„Dort gibt es nur noch sehr wenige von uns. Der Mensch zerstört unseren Lebensraum, daher haben sich die meisten von uns vor Jahrhunderten hierher zurückgezogen. Die Elfen ehren und respektieren uns“, erwiderte Glorijana freundlich.

„Liegt es daran, dass ich eine Halbelfe bin, dass ich dich sehen kann oder könnte dich auch ein Mensch sehen?“, fragte Emilia weiter. Ihre Neugierde war erwacht.

„Das ist eine gute Frage. Früher konnten uns alle sehen, doch leider wurden die Menschen ignorant. Sie glauben nicht mehr an die Geisterwelt. Daher haben sie ihre Fähigkeit verloren, uns sehen zu können“, antwortete der Waldgeist. „Es ist ein gutes Zeichen, dass du mich sehen kannst. Das Elfenblut in dir erwacht zum Leben. Ich fühle es. Du wirst deine Aufgabe meistern und die Elfen zu einem neuen Bündnis führen. Wir, die Waldgeister, geben dir hiermit unseren Segen“, erklärte sie und berührte Emilia sanft in Höhe des Herzens. Ein seltsames Gefühl machte sich in ihr breit. Eine Wärme schien von dieser Berührung auszugehen, die ihr Herz zum Glühen brachte. Erschrocken hielt Emilia den Atem an. „Glaube an dich und höre auf die Stimme deines Herzens. Wenn du dir selbst treu bleibst, wird sich alles zum Guten wenden“, flüsterte Glorijana und ließ die Hand wieder sinken.

Bevor Emilia jedoch weitere Fragen stellen konnte, verschwamm Glorijana vor ihren Augen.

„Warte! Ich will dich noch so viel fragen!“, rief diese, nachdem sie endlich ihre Sprache wiedergefunden hatte.

„Hör auf dein Herz, Emilijana, es wird dir den Weg weisen“, hörte sie noch von weiter Ferne Glorijanas Stimme hallen. Dann verschwand der weiße Nebel, leuchtend und schillernd, im Dickicht des Waldes. Die Schmetterlinge folgten ihm.

Emilia starrte noch einige Minuten in die Dunkelheit des Waldes. Irgendwann riss sie ihren Blick los und trat, total durcheinander, den Rückweg an. Sie musste ihre Gedanken erst einmal in Ruhe sortieren. Sie konnte Waldgeister sehen. Das war schon einmal ein gutes Zeichen, hatte Glorijana gesagt. Und sie solle auf ihr Herz hören. Na, das konnte ja nicht so schwer sein. Emilia schöpfte neuen Mut aus der Begegnung mit dem Lichtwesen und verfiel nach einer Weile wieder in einen gleichmäßigen Laufschritt.

KAPITEL 11

Als sie am Haus ankam, saß Granny vor der Tür auf einer Bank und las ein Buch.

„Gut, dass du kommst! Du siehst besser aus. Dir scheint die Bewegung wirklich gutgetan zu haben?!“, begrüßte sie Granny.

„Du glaubst nicht, was mir passiert ist, Granny!“, platzte es aus Emilia heraus.

„Das musst du mir wohl später erzählen, Liebes. Elandiel hat sich vor wenigen Minuten ankündigen lassen. Sie kann jeden Moment hier eintreffen und ich denke, selbst der Großnichte der Königin kann eine kleine Dusche nach dem Sport nicht schaden. Zumindest, bevor sie eine Audienz bei der Königin selbst hat“, erwiderte sie in einem Tonfall, der keinen Aufschub duldete. Gutmütig zwinkerte sie Emilia zu und schob sie ins Haus.

„Beeil dich. Elandiel wartet nicht gern“, trieb sie Emilia nochmals zur Eile an.

„Ja, aber ...“, versuchte Emilia zu widersprechen.

„Kein Aber. Heute Abend erzählst du mir in aller Ruhe, was passiert ist. Aber nun beeil dich, husch, husch.“

Emilia spurtete die Treppe hinauf in die erste Etage und sprang unter die Dusche. Sie war enttäuscht, dass sie ihrer Granny nicht brühwarm erzählen konnte, was sie eben erlebt hatte. Außerdem konnte sie ja nichts dafür, dass Elandiel schon so früh eintraf. Schließlich hatte sie sich erst auf den Abend angemeldet. Trotz des Frustes, den sie schob, beeilte sie sich unter der Dusche und kam, wenig später, zeitgleich mit Elandiel, in der hellen Wohnküche an. Granny hatte ihr gerade einen Tee angeboten, den die Königin dankend annahm.

Emilia begrüßte Elandiel und setzte sich zu den beiden Frauen.

„Womit fangen wir heute an?“, fragte sie aufgeregt.

„Emilia, es tut mir wirklich sehr leid, aber leider kann ich nicht mit dir trainieren. Es ist etwas Unvorhergesehenes geschehen und wir müssen noch heute einen Kriegsrat einberufen“, erklärte Elandiel betrübt.

„Du lieber Himmel, was ist passiert?“, schaltete sich Granny entsetzt ein.

„Ich kann bisher noch nicht viel dazu sagen, aber es gab einen Troll-Angriff am Nord-Tor“, erwiderte Elandiel ernst.

„Nord-Tor?“, fragte Emilia verblüfft.

„Ja, das Tor nach Askja“, ergänzte Elandiel.

„Askja?? Das ist doch ein Vulkan auf Island!“, rief Emilia aus. Sie kannte die Karte Islands in- und auswendig. Sie hatte sie sich monatelang angeschaut, nachdem ihr Vater verschwunden war. Als hätte sie auf der Karte irgendeinen Hinweis dafür finden können, was mit ihrem Vater passiert war.

„Ja und nein. Askja ist das Reich der Feuerelfen. Es wurde auf dem gleichnamigen Vulkan in Island erbaut und steht dort, seit tausenden von Jahren, im Verborgenen. Das Nord-Tor ist die Verbindung von Andorin in die verborgene Elfenstadt Askja. Wir wissen bisher noch nicht, wie der Troll durch das Tor kommen konnte. Nur die Elfen können es öffnen. Natürlich müssen wir davon ausgehen, dass es ein weiterer Angriff der Feuerelfen gewesen ist. Zum Glück kam niemand zu Schaden und der Angriff konnte abgewehrt werden. Aber dennoch müssen wir im Großen Rat prüfen, wer das Tor geöffnet hat, und besprechen, wie wir reagieren", erklärte die Königin und trank einen Schluck des warmen Tees.

„Wird das Tor nicht ständig bewacht?", fragte Emilia verblüfft.

„Nein, das war bisher nicht nötig", erklärte Elandiel. „Aber egal. Das soll nicht eure Sorge sein. Wir werden der Sache auf jeden Fall auf den Grund gehen", meinte Elandiel bestimmt. „Für deine Ausbildung habe ich jedoch eine sehr gute Alternative gefunden. Glorijana hat mir ausrichten lassen, dass du ihren Segen bereits empfangen hast. Nur hierfür hättest du sonst meine Unterstützung benötigt. Glorijana zeigt sich nämlich sonst kaum einem anderen Elfen als der Königin selbst, musst du wissen", sagte sie mit einem gewissen Stolz. „Deine weitere Einführung in die Magie der Elfen kann nun eigentlich jeder übernehmen. Aus diesem Grund habe ich beschlossen, dir eine Lehrerin zu besorgen, mit der du sicher gut klarkommen wirst." Sie lächelte Emilia verschmitzt an, während sie ihr dies erzählte. Emilia verstand nur Bahnhof. „Daher dachte ich", fuhr Elandiel fort, „es würde dir vielleicht gefallen, wenn du bei deiner Einführung gleich Kontakt zu einer gleichaltrigen Elfe bekommen würdest", erklärte ihr die Königin und stand auf. „Bitte folgt mir zur Tür", forderte sie die beiden auf.

„Ich verstehe nicht", stotterte Emilia. „Soll ich etwa in eine Art Elfenschule mit Elfen in meinem Alter?", fragte sie missmutig nach. Auf Schule hatte sie eigentlich keine Lust, während der Ferien.

„Es ist nicht das, was du denkst. Bitte komm einfach mit!", befahl Elandiel. Dieser Tonfall duldete keine Widerworte. Hier sprach die Königin der Waldelfen und Emilia war erstaunt, welche Macht diese zierliche Frau ausstrahlen konnte.

Ohne ein weiteres Wort folgten Emilia und Granny der Königin vor die Tür. Sie wusste nicht, mit was sie genau gerechnet hatte, aber sicher nicht damit. Vor der Tür begrüßte sie eine fröhliche junge Elfe. Emilia schätzte, dass sie ungefähr ihr Alter haben könnte. Jedoch war dies bei den Elfen schwer zu sagen, da sie ja kaum alterten. Das Mädchen hatte lange blonde Haare, die sie offen trug. Ihre spitzen Ohren lugten frech dazwischen hervor. Sie hatte dunkelblaue Augen, aus denen der Schalk förmlich zu sprühen schien, und ihre Kleidung war phänomenal. Sie trug ein dunkelrotes Oberteil mit schwarzen Stickereien und Trompetenärmeln. Vor der Brust war eine schwarze Schnürung gebunden, die ein perfektes Dekolleté zauberte. Dazu trug sie eine schwarze enge Hose und dunkelrote hohe Stiefel. Sie winkte ihr freudig zu und flötete:

„Hi, ich bin Seranna, aber alle nennen mich nur Sera. Ich freue mich sehr, euch kennenzulernen", sagte sie und reichte erst Granny und danach Emilia die Hand.

„Hi, danke, ich freue mich auch", brachte Emilia etwas verblüfft über die Lippen. Sie fühlte sich in Anwesenheit von

Sera ein bisschen unwohl. Verstohlen sah sie an sich selbst hinunter. Sie hatte zwar ein paar Sachen gefunden, die sie einigermaßen tragen konnte, aber im Vergleich zu Sera sah sie aus, als hätte sie aus Versehen im Schrank ihrer Großmutter geräubert.

„Sera wird dir alles zeigen und erklären, was du im Moment wissen musst“, erklärte ihr Elandiel in diesem Moment. „Sera, ich zähle auf dich“, wandte sich die Königin nun streng an die junge Elfe. Diese nickte eifrig und antwortete:

„Und ich werde Euch nicht enttäuschen, Herrin.“ Sera machte einen kleinen Knicks und Elandiel nickte zufrieden.

Während sich Elandiel in Begleitung ihrer Wachen auf den Weg zum Schloss machte, fiel Emilia wieder ein, dass sie eigentlich noch hatte fragen wollen, wo die Wachen abgeblieben waren. Nicht, dass sie sie hätte zurückhaben wollen, aber neugierig war sie schon.

„Wisst ihr, wo unsere Wachen abgeblieben sind?“, fragte sie stattdessen Sera und Granny. Granny zuckte nur mit den Schultern. Sera jedoch wusste die Antwort auf Emilias Frage.

„Alle Wachen werden im Moment im Schloss versammelt. Außerdem erschien es Elandiel so, als wäre es euch lieber, nicht auf Schritt und Tritt begleitet zu werden“, erklärte sie.

„Kann die Frau Gedanken lesen?“, fragte Emilia begeistert.

„Ja, klar“, lachte Sera auf.

Emilia stimmte in das Lachen mit ein. Das war sicher ein Scherz, dachte sie bei sich. Sera winkte ab.

„Das erkläre ich dir später. Ich würde sagen, wir beginnen mit Lektion eins“, schlug sie fröhlich vor.

„Okay. Was ist das?“, fragte Emilia voller Vorfreude.

„Shopping!“, rief Sera begeistert und klatschte in die Hände.

„Shopping?“, fragte Emilia ungläubig.

„Ja, du benötigst dringend Kleidung, die zu dir passt und nicht das Null-acht-fünfzehn-Gäste-Zeug hier.“ Sie nahm ein Stückchen von Emilias Ärmel in zwei spitze Finger und ließ es angeekelt wieder los. „Das geht mal so gar nicht“, erklärte Sera angewidert.

„Ich finde es nicht so schlimm“, verteidigte Emilia ihr Outfit etwas lasch.

„Trotzdem. Also los. Wir gehen in die Stadt und kaufen ein und währenddessen erkläre ich dir, was du wissen musst. Bis später!“, rief sie und winkte Granny fröhlich zu. Sie schnappte Emilia an der Hand und zog sie mit sich.

„Elandiel hat mir Geld mitgegeben, dass ich dich erst einmal standesgemäß einkleiden kann“, plapperte Sera drauf los.

„Standesgemäß heißt aber bitte nicht solch eine Robe wie sie sie trägt, oder?“, quietschte Emilia entsetzt. Sera lachte.

„Nein, ganz bestimmt nicht, wart’s ab. Da gibt es einen ganz neuen Laden. Da kaufen alle jungen Elfen zurzeit ein. Die neuste Mode, sag ich dir.“

Emilia fügte sich ihrem Schicksal und freute sich insgeheim sogar ein bisschen auf eine kleine Shopping-Tour mit Sera. Sie liefen denselben Weg, den sie am Morgen auf den Markt genommen hatten, bogen dann aber eine Straße früher ab. Hier war genauso viel los wie auf dem Marktplatz. Ein Schaufenster reihte sich an das andere. Wenn es Emilia nicht besser gewusst hätte, hätte sie beinahe glauben können, in einer historischen Altstadt, in der Menschenwelt, shoppen zu gehen. Sera zog sie zielstrebig durch die Elfenmassen hindurch. Nun, da sie keine Wachen mehr begleiteten, zog sie kaum noch Aufmerksamkeit auf sich – was sie sehr genoss. Sera steuerte zielsicher auf ein kleines Geschäft zu. Die Boutique war alles andere als das, was sie erwartet hatte. Im Schaufenster trugen die Puppen enge, knappe, knallbunte Teile. Ihre Mutter würde einen Anfall bekommen, wenn Emilia so auf die Straße gehen würde. Sie musste laut lachen.

„Das ist nicht dein Ernst, oder?“, fragte sie.

„Wieso denn nicht?“, fragte Sera überrascht.

„In so was bekommst du mich aber nicht rein“, erklärte Emilia fassungslos und deutete auf die Schaufensterpuppen.

„Keine Panik!“, rief Sera laut lachend. „Drinnen gibt es auch normalere Sachen.“

Emilia atmete erleichtert aus.

Das Innere des Ladens konnte sich wirklich sehen lassen. Emilia konnte sofort erkennen, dass Sera ihre Kleidung auch hier gekauft hatte. Nach einer halben Stunde hatte Emilia fünf Oberteile, zwei enge schwarze Hosen und ein Paar graue hohe Stiefel gefunden. Sera nötigte sie dazu, gleich ein Set anzuziehen. Es sah genial aus. Emilia fühlte sich auf einmal richtig hübsch. Es war dasselbe Oberteil, das auch Sera trug und auch dieselbe Hose. Das Mieder betonte ihre

Figur wunderbar und auch die Stiefel waren super bequem. Sie waren von einer feinen Passform, aber ohne Absatz. Man lief damit mindestens so gut wie in Turnschuhen. Emilia stopfte ihre alten Sachen mit in die Einkaufstüte und dann machten sich die beiden auf den Rückweg. Sie bogen noch schnell am Markt ab und Sera kaufte für beide ein Eis.

Anschließend machten sie es sich am Waldrand gemütlich, aßen ihr Eis und Sera begann, Emilia in die Geheimnisse der Elfen einzuführen.

„Was weißt du denn bisher?“, fragte sie.

„Ich weiß, dass – wenn ich jedes Mal ein Eis dafür bekommen hätte, wenn man mir die letzten Tage diese Frage gestellt hat – ich nun pudelfett wäre“, erwiderte Emilia und beide Mädchen brachen in schallendes Gelächter aus.

„Okay, wie ich sehe, nimmst du die Sache mit Humor, das ist gut. Aber nun zum Wesentlichen. Ich erzähl dir einfach mal das Wichtigste:

Jedes Elfenvolk hat dieselben Grundfähigkeiten. Nur haben sich, aufgrund der Lebensumstände, bei jedem Volk noch weitere Gaben dazu entwickelt. Die Elfenmagie ist nichts Starres, auch sie entwickelt sich weiter. Manche Fähigkeiten gehen über die Jahrtausende verloren, andere kommen dazu. Elandiel hat dir sicher gesagt, dass unsere besonderen Stärken darin liegen, mit den Waldgeistern zu kommunizieren, das Wasser zu beherrschen und mit den Pflanzen reden zu können, oder?“, fragte Sera nach.

„Ja, ich glaub, das waren die Dinge. Zum ersten hätte ich gleich mal eine Frage.“

„Später. Ich möchte dir erst alles erklären. Danach darfst du fragen, so viel du willst“, gab Sera bestimmt zurück.

„Okay“, gab Emilia nach und schleckte genüsslich an ihrem Eis, das irgendwie nach einer Mischung aus Erdbeeren und Blumen schmeckte.

„Also, dann wollen wir mal“, erklärte Sera und setzte sich aufrecht hin. „Es gibt Fähigkeiten, die alle Elfen beherrschen, und es gibt Fähigkeiten, die nur innerhalb der bestimmten Völker voll beherrscht werden. Die Fähigkeiten, die Elandiel dir genannt hat, sind die, die die Waldelfen zur Perfektion gebracht haben. Allerdings können wir noch viel mehr. Die Grundlagen, die jeder Waldelf beherrschen muss, bevor er mit seiner Ausbildung beginnen darf, sind die, die ich dir eben genannt habe. Dann gibt es noch die Fähigkeiten, die alle Elfen beherrschen.“ Sie machte eine kleine Pause und fuhr dann fort: „Jedes Elfenvolk kann die Gedanken anderer Lebewesen fühlen, lesen und teilweise auch beeinflussen. Je nach Ausprägung“, erklärte sie Emilia und musterte sie dabei genau.

„NEIN! Das ist jetzt nicht dein Ernst, oder??? Du nimmst mich doch auf den Arm!“, rief Emilia entsetzt aus.

„Okay, wie ich vermutet hatte, haben dir Merkur und Elandiel DAS nicht erzählt“, stellte Sera sachlich fest.

„Nein, haben sie nicht“, fuhr Emilia auf und ballte die Fäuste. „Jetzt wird mir einiges klar. Das freche Grinsen von Merkur, immer wenn ich an, an ... was Persönliches gedacht habe, und das mit den Wachen und und ... Du hast gesagt, sie können Gedanken beeinflussen? Können sie meine

Gefühle manipuliert haben?“, kreischte Emilia entsetzt auf. Sera nickte kleinlaut.

„Aber das machen wir normalerweise nicht“, setzte sie besänftigend hinterher.

„Ich glaube, bei mir haben sie es mehrfach getan!“, rief Emilia aus. „Nachdem ich gehen wollte, als mir die Sache zu heiß wurde, hat Elandiel mich nur fest angesehen und schon war alle Angst weg. Und Merkur, er hat sicherlich ständig meine Gedanken gelesen!“, rief sie aufgebracht.

„Hast du an etwas Peinliches gedacht?“, fragte Sera neugierig. „Sonst ist es ja nicht so schlimm“, versuchte sie, Emilia zu beruhigen.

„Vermutlich denke ich pausenlos etwas Peinliches in seiner Gegenwart ... Oh nein ... Gibt es hier irgendwo ein Loch, in dem ich mich verkriechen kann?“, fragte Emilia und sah sich suchend um. Sera lachte laut über Emilias Aufregung.

„Nun mach dir mal keinen Stress ... So schlimm wird es nicht gewesen sein. Und ich zeige dir nachher, wie man das Lesen unterbinden kann. Außerdem ist nicht jeder Elf gleich gut darin. Manche wissen genau, was jemand anderer denkt und andere haben nur eine grobe Ahnung. Und was Elandiel betrifft, sie hat es sicher nur gut gemeint. Mal ehrlich. Du wärst doch eh wiedergekommen, oder? Hättest du es ertragen können, deinen Vater im Stich zu lassen?“, fragte Sera ernst.

„Nein, natürlich nicht“, murmelte Emilia und schämte sich ein bisschen.

„Siehst du und wegen Merkur machst du dir Gedanken!?! Echt jetzt? Lass dich von dem nur nicht ins Bockshorn jagen. Der tut nur so cool!“, erklärte Sera lachend. Sie schien einen Heidenspaß zu haben. Emilia dagegen lief puterrot an und versuchte, schnell das Thema zu wechseln.

„Okay, auch egal. Weiter bitte“, erklärte Emilia und atmete tief durch.

„Gut, also bei uns Waldelfen ist die Gabe recht stark verbreitet. Nur wenige nutzen die Gabe nicht, was dazu führt, dass sie verkümmert. Aber die meisten können mehr oder weniger Gedanken lesen oder zumindest erfühlen. Nur die besten können auch Gefühle manipulieren, wie beispielsweise jemanden beruhigen. Was für dich jedoch von oberster Wichtigkeit sein wird, ist, dass du dich gegen die Gedanken und Gefühle anderer abschirmst. Die Feuerelfen haben das Gedankenlesen nämlich perfektioniert und können daher auch das Bewusstsein und Unterbewusstsein eines anderen befallen und steuern. Albträume zu verursachen, ist eine ihrer leichtesten Übungen“, erklärte Sera weiter.

„Damit kenne ich mich schon aus“, murmelte Emilia. Sie war blass geworden.

„Ich weiß, Elandiel hat mich darüber informiert. Daher wird dies auch unser erstes Ziel sein. Du musst schnellstmöglich lernen, deine Gedanken zu beherrschen. Niemand darf sie lesen können und somit kann sie auch niemand manipulieren. Du musst deine Gedanken wegschließen. Wie du das schaffst, zeige ich dir“, erläuterte Sera ihr weiter.

„Das klingt gut“, erklärte Emilia kleinlaut. Ein bisschen Hoffnung keimte in ihr auf. Sie wollte unter keinen Umständen, dass ständig alle Elfen in ihren Gedanken lesen konnten.

„Gut“, bestätigte ihr Sera und fuhr fort: „Jedes Elfenvolk beherrscht die Macht über eines der Elemente. Die Feuerelfen beherrschen das Feuer, die Waldelfen das Wasser und die Bergelfen das Element Erde. Die Elemente dienen den einzelnen Völkern. Diese Gabe kann auch als Waffe eingesetzt werden. Die Bergelfen könnten zum Beispiel eine Lawine auslösen und wir, sagen wir mal, eine Springflut“, erklärte Sera. Emilia nickte und Sera sprach weiter: „Durch unsere enge Verbindung zum Element Wasser können wir eine Beziehung zu Pflanzen herstellen. Wir können fühlen, was in ihnen vor sich geht, und manche schaffen es auch, sich mit alten Bäumen zu unterhalten.“

„Wozu soll das gut sein?“, fragte Emilia.

„Wir bekommen dadurch, unter anderem, bessere Ernten als andere Völker“, erklärte Sera wie selbstverständlich.

„Und warum sollte man mit Bäumen sprechen? Was könnten die einem schon erzählen?“, fragte Emilia weiter nach. Die ganze Sache kam ihr abgedreht vor.

„Na, ist doch ganz klar. Hast du dir schon einmal unseren Wald angesehen? Was denkst du, wie alt er ist?“, fragte Sera sie. Emilia zuckte mit den Schultern.

„Keine Ahnung, SEHR alt auf jeden Fall“, erwiderte Emilia und verstand nicht, was das damit zu tun haben sollte.

„Eben", bestätigte Sera, „dieser Wald ist älter als alle Elfen in unserer Welt. Sie sind daher besser als jede Aufzeichnung, die du in den Bibliotheken finden wirst. Die Elfen geben ihr Wissen und ihre Geschichten an die Bäume weiter. Diese bewahren alle Geheimnisse und geben diese preis, wenn sie der Meinung sind, dass die Zeit reif ist. Von den Bäumen unseres Waldes kannst du ALLES lernen", schloss Sera ehrfürchtig.

Emilia schluckte und ihr Mund wurde trocken. Sie dachte an die alte Eiche, an die sie sich am Morgen gelehnt hatte und an das seltsame Gefühl, das sie überkommen hatte. Vielleicht hatten sie ja recht und sie hatte tatsächlich auch Elfenfähigkeiten. Emilias Neugier war nun erwacht.

„Können wir das gleich mal ausprobieren?", fragte sie aufgeregt.

„Ich denke, wir haben vorerst wichtigere Dinge zu tun, außerdem ..." Sera zögerte. „Ich bin nicht so gut im *Mit-Bäumen-Reden*", gab sie leicht beschämt zu. „Dafür braucht man viel Ruhe und Zeit und ich bin ein bisschen zu hibbelig für so was!", erklärte sie und lachte dabei ihr glockenhelles Lachen. Emilia fiel mit ein. Ja, das konnte sie sich vorstellen, dass Sera kaum einmal stillsitzen konnte, geschweige denn, einfach mal fünf Minuten still sein würde.

„Alles andere, Heilkräuter, Heiltränke, Tiersprachen und andere Dinge, die Elfen können, sind Dinge, die ein Elf erst mit der Volljährigkeit lernt", erklärte Sera abschließend. „Konntest du mir so weit folgen?", fragte sie nun nach.

„Ähm, ja, das Meiste hab ich, denke ich, verstanden, zumindest grob", antwortete Emilia etwas überfahren.

„Gut, dann kannst du jetzt mit deinen Fragen loslegen“, sagte Sera und lehnte sich gemütlich auf der Bank zurück.

„Okay, also als Erstes, diese Waldgeist-Geschichte. Was hat es zu bedeuten, dass Glorijana mich aufgesucht hat? Warum war dies Elandiel so wichtig?“, fragte Emilia.

„Dass sie dich aufgesucht hat, ist eine große Ehre und zeigt, dass du die Richtige bist“, erklärte Sera nüchtern.

„Die Richtige?“, fragte Emilia nach.

„Na, die aus der Prophezeiung“, erwiderte Sera und lachte über Emilias lange Leitung.

„Wer weiß eigentlich alles von der Prophezeiung?“, fragte Emilia überrascht.

„Na, alle! Es ist ja schon viele Jahre ein Thema“, antwortete Sera.

„Ach so, okay, das erklärt dann das Verhalten der Elfen mir gegenüber“, murmelte Emilia vor sich hin.

„Was meinst du?“, fragte Sera überrascht.

„Das Getuschel auf den Straßen und die Verbeugungen und so.“

„Ach so, ja, die Elfen haben Ehrfurcht vor dir, sowohl als Elfenprinzessin als auch vor deiner Aufgabe“, sagte Sera. „Zumindest die meisten“, murmelte sie.

„Was meinst du damit?“, fragte Emilia überrascht.

„Ach, nichts Wichtiges“, versuchte Sera, die Kurve zu bekommen und lief rot an. Emilia zog skeptisch eine Augenbraue hoch und musterte die Elfe genau.

„Irgendwas verschweigst du mir doch, oder?“, bohrte sie nach. Sera seufzte theatralisch.

„Ich habe Elandiel gleich gesagt, dass ich es nicht schaffe, ein Geheimnis für mich zu behalten. Aber egal, du würdest es sowieso erfahren. Dann kann ich es dir auch gleich erzählen", erwiderte sie und rutschte dichter an Emilia heran. Sie sah sich nach allen Seiten um und erzählte ihr dann im Flüsterton: „Es gibt eine Splittergruppe bei den Waldelfen. Elandiel will dies jedoch nicht wahrhaben." Sera sah sich nochmals um, um sich zu vergewissern, dass sie nicht belauscht wurden.

„Eine Splittergruppe?", fragte Emilia überrascht. Sera nickte und erzählte weiter:

„Es ist eine Gruppe Adliger, die nicht damit einverstanden ist, dass ein Halbelf den Thron nach Elandiel besteigen soll. Sie fordern daher, dass sich einer aus ihrer Mitte zur Wahl stellen soll. Sie fordern eine, wie heißt das noch mal ...?" Sera legte einen Finger an die Lippen und überlegte.

„Eine Demokratie?", fragte Emilia nach.

„Ja, genau, eine Demokratie!", rief Sera laut aus, biss sich jedoch sofort auf die Unterlippe und sah sich ängstlich um, ob auch niemand sie gehört hatte. Emilia sah sich ebenfalls um, aber niemand schien Notiz von ihnen zu nehmen.

„Warum ist das so eine geheime Sache?", fragte Emilia überrascht. „Eine Demokratie ist doch etwas Gutes, oder nicht?" Sera sog scharf die Luft ein.

„Lass das nicht die Königin hören!", flüsterte sie. „Sie betrachtet dies als Ketzerei. Der Thron lag seit jeher in eurer Blutlinie und das sollte er auch bleiben", erklärte Sera mit fester Stimme und nickte bekräftigend. „Dies sollte doch auch in deinem Sinne sein, oder?“, fragte sie Emilia überrascht. Emilia zuckte mit den Schultern. Eigentlich war sie nicht scharf auf den Thron.

„Noch mal zurück zu Glorijana“, wechselte Emilia das Thema. „Sie hat mich berührt und *gesegnet,* es fühlte sich ganz seltsam an. Was hat es damit auf sich?“, fragte sie nun Sera.

„Sie hat dich gesegnet?“, quietschte Sera überrascht. „DAS, Emilia, ist die größte Ehre, die dir zuteilwerden konnte. Du stehst nun unter ihrem persönlichen Schutz!“, erklärte Sera beeindruckt. Emilia schwieg. Sie musste erst einmal alles in Ruhe verarbeiten. Ganz automatisch strich ihre Hand über die Stelle, wo Glorijana sie berührt hatte.

„Komm, wir sollten los!“, riss Sera sie aus ihren Gedanken und zog sie von der Bank hoch. „Wir haben nicht viel Zeit und meine Aufgabe ist es ja schließlich, dir zu helfen, dass du innerhalb der nächsten Tage auf einen Wissensstand kommst, den du auch hättest, wenn du hier aufgewachsen wärst“, erklärte ihr Sera ernst.

„Wäre es nicht sinnvoller, mich in Kampftechniken und höherer Magie, oder so, zu unterweisen?“, fragte Emilia.

„Nein, Elandiel hält dies für kontraproduktiv, da in der Prophezeiung von Kindern die Rede ist. Sie denkt, ihr solltet mit den Kenntnissen von Kindern klarkommen“, erklärte ihr Sera. Emilia nickte.

„Okay, wenn sie meint“, sagte sie, klang aber wenig überzeugt. Es wäre ihr lieber gewesen, wenn sie zumindest in der Lage gewesen wäre, sich zu verteidigen.

„Es ist schon spät“, stellte Sera fest. „Ich würde sagen, wir starten mit der ersten Lektion direkt nach dem Abendessen, in Ordnung? Dann zeige ich dir, wie du deine Gedanken kontrollierst. Okay?“, schlug Sera vor.

„Klar!“, erwiderte Emilia euphorisch. „Darf ich dir auf dem Rückweg noch ein paar Fragen stellen?“

„Ich bitte darum!“, entgegnete Sera und stand freudig auf. Sie hakte sich bei Emilia wie eine alte Freundin unter und gemeinsam schlenderten sie am Wald entlang zurück zum Haus.

„Sag mal, die Tiersprache, ist das eher so eine metaphorische Kiste oder kann ich wirklich lernen, mit Fox zu reden?“, stellte Emilia die wichtigste Frage, die ihr unter den Nägeln brannte.

„Also du wirst keine Hundesprache lernen, wenn du das meinst. Aber du wirst noch besser verstehen können, was er dir sagen möchte. Man hat mir erklärt, dass man die Bedürfnisse und Gedanken des Tieres erspüren kann. Ähnlich dem Gedankenlesen, nur mit Tieren. Du wirst ihm also nachher auch nichts vorbellen können!“, erwiderte Sera lachend und knuffte Emilia in die Seite. Emilia stimmte in das Lachen mit ein.

„Okay, nächste Frage“, fuhr Emilia fort. „Wie ist das mit der Schule? Ich weiß, dass die Elfen, sobald sie siebzehn werden, hier in Andorin zur Schule gehen. Lernt dann jeder alles? Oder lernt man nur schwerpunktmäßig das, was man für den zukünftigen Beruf braucht?“

„Nein, das ist nicht so wie bei euch Menschen. Hier lernt jeder alles. So ist jeder überall einsetzbar und es ist sichergestellt, dass nicht noch mehr unserer Fähigkeiten verloren gehen. Erst später kann man sich eine Richtung aussuchen, die man vertiefen möchte. Früher war diese Ausbildung nur einer Hand voll Auserwählten zugänglich. Daher ging viel Wissen verloren, entweder, weil es nicht als wichtig erachtet wurde, oder den Studenten einfach zu schwer war."

„Gehst du schon zur Schule?", fragte Emilia weiter.

„Nein, ich werde mit dir und Merkur anfangen", erklärte sie stolz.

„Mit mir?", fragte Emilia verblüfft.

„Klar! Oder willst du etwa deine Ausbildung zur *Vollblutelfe* versäumen?", fragte Sera überrascht.

„Ähm, ich wusste nicht, dass diese Option überhaupt besteht", erklärte Emilia wahrheitsgemäß.

„Dachtest du etwa, wenn dein Dad zurück ist, schickt man dich wieder nach Hause in die Menschenwelt?", fragte Sera perplex. „So weit kommt's noch!", rief sie aufgebracht aus. „Du bist jetzt eine von uns und dein Vater der nächste König. Du bist die zukünftige Prinzessin von Andorin, du kannst nicht mehr zurück in die Menschenwelt! Das geht nicht!", hatte sich Sera in Rage geredet.

Emilia wusste gar nicht, wie sie reagieren sollte. Ihr Herz schlug ihr plötzlich bis zum Hals. Wie immer, wenn sie vor eine neue Herausforderung gestellt wurde. Sie kaute unsicher auf ihrer Unterlippe herum und antwortete dann:

„So weit möchte ich im Moment noch nicht denken, wenn ich ehrlich bin. Zurzeit liegt mein Fokus auf der Mission und die steht wie ein unüberwindbarer Berg vor mir“, flüsterte Emilia mit belegter Stimme.

„Das verstehe ich“, flüsterte Sera und drückte sanft Emilias Arm, an dem sie sich untergehakt hatte.

Es war schon beinahe dunkel, als sie am Haus ankamen. Fox und Kim begrüßten die beiden Mädchen stürmisch.

„Ach, schön, dass ihr endlich da seid. Das Essen ist gerade fertig. Wenn ihr den Tisch im Garten deckt, können wir gleich loslegen“, begrüßte sie Granny und schob die Mädchen in die Küche.

Als das Essen auf dem Tisch stand und sie sich alle gesetzt hatten, ergriff Granny das Wort:

„Das Oberteil steht dir sehr gut, Emilia. Hattet ihr einen schönen Mittag?“, fragte sie.

Nun war Emilia nicht mehr zu bremsen. Sie erzählte Granny alles über Glorijana, die Shoppingtour, dem Eis essen bis hin zu der Tatsache, dass Elfen Gedanken lesen konnten. Dann hielt sie inne.

„Hat Grandpa dir nie davon erzählt?“, fragte Emilia verblüfft.

„Doch, natürlich hat er das, Kind“, gab Sophia verwundert zurück.

„Hättest nicht vielleicht DU mich dann einmal höflichst drauf hinweisen können, dass die Elfen SO WAS können?“, fuhr Emilia auf. Die gute Laune von eben war verschwunden.

„Kind!“, rief Granny aus und lachte. „Zum einen habe ich, in all dem Wirrwarr, ganz ehrlich nicht daran gedacht. Falls du es schon vergessen hast, haben dämonische Reiter mein Zuhause abgefackelt und wir wären beide beinahe gestorben, und zum anderen: Was hätte es denn gebracht, wenn ich dich darüber aufgeklärt hätte? ICH hätte dir nicht zeigen können, wie man die Gedanken verbirgt und meines Wissens sind die Elfen so diskret, dass sie nicht in anderer Leute Köpfe herumwühlen. Habe ich recht, Sera?“, fragte Granny nun die junge Elfe.

Diese wollte den letzten Bissen, den sie im Mund hatte, hinunterschlucken, um antworten zu können. Leider blieb ihr der Bissen im Hals stecken, sodass sie rot anlief und in einem verzweifelten Hustenanfall versuchte, ihre Luftröhre wieder freizubekommen. Granny sprang auf und klopfte Sera herzhaft auf den Rücken. Sera schnappte nach Luft und dann konnte sie wieder normal atmen. Sie wischte sich die Tränen aus den Augen und hustete noch ein paar Mal, ehe sie antwortete:

„Emilia, Sophia hat vollkommen recht. In der Regel halten sich alle Elfen an dieses ungeschriebene Gesetz, und wie ich es dir schon erklärt habe, hat Elandiel es sicher nur gut gemeint, als sie deine Gefühle manipuliert hat.“ Sie nahm einen kräftigen Schluck Wasser und widmete sich wieder ihrem Teller.

„Und was ist mit Merkur?“, fragte Emilia schmollend.

„In jeder Familie gibt es ein schwarzes Schaf, auf Merkur trifft das wohl nicht nur im übertragenen Sinne zu“, erwiderte Sera und lachte lauthals los. Emilia hatte den Wink mit den schwarzen Haaren verstanden und stimmte mit ein. Nur Granny saß auf ihrem Stuhl und sah kopfschüttelnd von einer zur anderen. Emilias Wut war so schnell verraucht, wie sie gekommen war. Sie entschuldigte sich bei Granny und dann halfen die beiden Mädchen, noch brav den Tisch abzuräumen, bevor sie mit der ersten Übung starteten.

„Gut“, sagte Sera, als sie sich wenige Minuten später in Emilias Zimmer zurückgezogen hatten. „Als Erstes beginnen wir mit einer Art Meditation. Wir müssen deine Fähigkeit, Gedanken selbst zu empfangen, freilegen. Erst wenn du begreifst, wie das funktioniert, kannst du lernen, dich dagegen abzuschotten“, begann Sera die erste Lektion. „Bereit?“

„Aber so was von. Mensch, ist das cool! Klappt das dann auch in der Menschenwelt? Kann ich die Gedanken meiner Schwester lesen?“, fragte Emilia und kicherte albern.

„Klar. Bei Menschen ist es am leichtesten. Aber glaub mir eins, meistens bist du froh, wenn du nicht in die Gedanken anderer Leute schlüpfen musst“, erwiderte Sera und seufzte theatralisch. „Die Gabe kann sowohl Segen als auch Fluch sein. Wenn du zum Beispiel in die Gedanken deines älteren Bruders schlüpfst und feststellst, dass er gerade das letzte Liebesabenteuer mit deiner besten Freundin in Gedanken durchgeht, dann lässt du solche Scherze schnell bleiben“, erzählte Sera und schüttelte sich beim Gedanken daran. „Ekelhaft!“, rief sie. Beide Mädchen lachten.

Nachdem sie sich wieder beruhigt hatten, sagte Emilia:

„So viel zum Thema *ungeschriebenes Gesetz* und Elfen halten sich daran, wie?“ Sera lief rot an und zuckte mit den Schultern.

„Irgendwann muss man ja mal üben, oder?“, stellte sie die Gegenfrage. Emilia lachte und stimmte ihr zu:

„Okay, das leuchtet mir ein. Dann legen wir mal los. Was muss ich machen?“

„Am besten setzen wir uns auf den Boden. Nimm meine Hände, dann ist es leichter. Hast du schon mal meditiert? Im Yoga-Kurs oder so?“

„Woher kennt ihr Elfen um Himmels willen Yoga?!“, rief Emilia lachend aus. „Aber ja, wir haben in der Schule eine Yoga-AG, an der ich teilnehme. Dort machen wir zumindest kurze Meditationen“, bestätigte sie dann Seras Frage.

„Gut, das wird uns schneller voranbringen. Dann schließ jetzt die Augen und sammle dich. Sperre alle Gedanken und Sorgen, die dich beschäftigen, aus. Konzentriere dich nur auf meine warmen Hände in deinen. Tief atmen. Wenn du glaubst, dass du deine innere Mitte gefunden hast, nickst du“, wies sie Sera in ruhigem Tonfall an.

Es dauerte eine Weile, bis Emilia sich konzentrieren konnte. Nachdem sie alle Gedanken und Sorgen beiseitegeschoben hatte, nickte sie.

„Sehr schön. Nun konzentriere dich noch fester auf meine Hände. Spüre das Leben, das darin pulsiert, lass deinen Geist nun wandern, benutze meine Hände als Brücke. Lass deinen Geist meine Arme hinaufwandern bis zu meinem Kopf. Wenn du dort angekommen bist, stelle dir vor, du stündest vor einer Tür. Ich werde dir meine Gedanken öffnen, so ist es das erste Mal leichter. Ich konzentriere mich nun auf etwas ganz Spezielles und du musst mir sagen können, was es ist und wie es aussieht. Dazu musst du nun die Tür zu meinen Gedanken genau visualisieren“, leitete Sera sie an. Emilia sah eine alte Bogen-

Tür vor sich. Sie war aus braunem Holz und zwischen Tür und Rahmen leuchtete es golden, als wäre dahinter etwas hell Strahlendes. Sie hatte das Gefühl, die Tür regelrecht greifen zu können, so echt erschien sie ihr.

„Ich werde die Tür nun für dich öffnen", redete Sera weiter. „Auf drei! Eins, zwei, drei."

Emilia sog scharf die Luft ein. Die Tür vor ihrem inneren Auge sprang auf und dahinter erschien ein gleißendes Licht. Mitten drin schwebte eine wunderschöne rosarote Rose.

„Und? Was siehst du?", fragte Sera aufgeregt und das Bild flackerte dabei leicht.

„Eine Rose. Eine rosarote Rose, sie hat Dornen am Stiel, zwei Zweige mit kleinen Blättchen dran und auf der Blüte sehe ich Tautropfen. Drum herum ist alles in gleißendes Licht getaucht", erklärte Emilia begeistert.

„Sehr schön!", rief Sera und klatschte vor Freude in die Hände. Die Verbindung riss so abrupt ab, dass Emilia nach Luft schnappte und die Augen aufriss. „Es hat geklappt. Nun wird es allerdings schwieriger", fuhr Sera direkt fort. „Ich schließe die Tür nun und du musst versuchen, in meine Gedanken einzudringen, ohne dass ich sie dir öffne. Bereit?", fragte sie und reichte Emilia wieder ihre Hände.

Emilia nickte und konzentrierte sich erneut. Sie sah die Tür wieder vor ihrem geistigen Auge, jedoch war nun ein rostiger, schwerer Riegel davorgeschoben.

„Stelle dir nun vor, wie du die Tür entriegelst", leitete Sera sie erneut an. Emilia konzentrierte sich. Sie hielt die Luft an, so verkniffen versuchte sie, in Gedanken den Riegel aufzubekommen. Gerade als sie den Riegel ein bisschen bewegt hatte, ging ihr die Luft aus. Sie ließ die angehaltene Luft mit einem heftigen Stoß entweichen, atmete mehrmals tief ein und aus und versuchte es erneut. Dieses Mal achtete sie darauf, dass sie flach und regelmäßig atmete, um ihre Konzentration nicht wieder zu unterbrechen. Als sie wieder bereit war, visualisierte sie erneut die Tür. Und dieses Mal klappte es auf Anhieb. Der Riegel fuhr zurück und sie konnte die Tür vorsichtig aufschieben. Dahinter sah sie nun eine Sahnetorte, auf der in großen Lettern „Herzlichen Glückwunsch“ geschrieben stand.

„Selbst gebacken?“, fragte Emilia.

„Hübsch, nicht?“, fragte Sera und grinste sie breit an.

„Aber du hast mir doch geholfen. Beim zweiten Versuch ging es viel zu leicht“, maulte Emilia.

„Nein, das warst du selber. Ich habe nichts gemacht, ich schwöre!“, erklärte Sera feierlich und hob eine Hand zum Schwur.

„Hammer. Ich hatte es mir viel schwieriger vorgestellt“, antwortete Emilia überrascht.

„Das wird es auch, wenn sich der Betroffene wehrt. Das ist der nächste Teil der Lektion, aber ich denke, das verschieben wir auf morgen. Es ist spät und meine Mutter wird sich schon Sorgen machen, wo ich so lange stecke. Wenn du magst, kannst du ja noch ein bisschen meditieren. Mehr würde ich heute Abend nicht machen. Es ist doch sehr anstrengend am Anfang. Also keine Übungen mit dem armen Mensch unten in der Küche, verstanden?“, befahl sie, stemmte lachend die Arme in die Seite und zwinkerte Emilia zu.

„Verstanden! Wann machen wir morgen weiter?“

„Ich komm zu dir. Direkt nach dem Frühstück, einverstanden?“

„Ja, prima!“, erwiderte Emilia und ehe sie sich versah, hatte Sera sie umarmt und hüpfte leichtfüßig die Wendeltreppe hinunter. Unten angekommen hörte Emilia noch, wie sie sich von Granny und den Hunden verabschiedete und dann fiel die Haustür ins Schloss. Ruhe kehrte ein.

Emilia saß noch auf dem Boden und atmete tief ein und aus. Das Erfolgserlebnis hatte sie ganz aufgekratzt. Sie hatte das Gefühl, sie könne nun alles erreichen, wenn sie nur fest genug daran glaubte.

Als es nach einiger Zeit leise an der Zimmertür klopfte, erwachte Emilia aus ihrer Trance. Sie schüttelte den Kopf und rief:

„Komm rein, es ist offen!“ Als Erster kam Fox. Er machte einen Hechtsprung auf Emilias Schoß und versuchte sich in ihre, zum Schneidersitz gekreuzten Beine hineinzukuscheln. Nach ein paar Drehungen auf Emilia gelang ihm dies auch tatsächlich. Er sah nun wirklich aus wie ein kleiner Fuchs. Emilia schaute ihren kleinen Hund versonnen an und streichelte ihn. Granny hatte die Tür hinter sich geschlossen und sich auf einem der Sessel niedergelassen.

„Ich habe dir einen warmen Kakao mitgebracht. Mit Marshmallows, so wie du ihn gern trinkst“, sagte sie liebevoll und hielt Emilia die Tasse hin.

„Danke dir! Den kann ich brauchen. Ich bin total aufgekratzt. Ich fühle mich, als könnte ich Bäume ausreißen.

Am liebsten würde ich noch mal eine Runde joggen gehen", erklärte sie euphorisch. Bei dem Wort *joggen* hob Fox ein Ohr.

„Also war euer Üben von Erfolg gekrönt?", fragte Granny nach.

„Ja, total. Ich habe es geschafft, Seras Gedanken zu lesen. Ohne dass sie mir geholfen hat. Morgen gehen wir noch einen Schritt weiter und üben, die Gedanken zu verbergen."

„Schön, mein Kind! Das freut mich. Ich erinnere mich daran, als wäre es gestern gewesen, als dein Vater, genauso begeistert wie du jetzt, erzählte, wie er das erste Mal das Gedankenlesen geschafft hatte. Er war sicher ebenso stolz wie du heute, schätze ich", erzählte Granny und sie hatte diesen ganz besonderen Blick, den vermutlich jede Mutter hatte, wenn sie von ihren Kindern erzählte. „Sera ist ein nettes Mädchen, findest du nicht?", wechselte sie nun das Thema.

„Ja, das ist sie. Wir hatten viel Spaß heute, und wie du weißt, bin ich sonst nicht so der *Mädchenfreunde-Typ*", entgegnete Emilia und kratzte sich verlegen hinter dem Ohr.

„Vielleicht konntest du nur mit Menschenmädchen nichts anfangen. Ich würde mich freuen, wenn ihr Freundinnen werdet. Es würde dir guttun. So, aber nun, mein Kind, ist es für eine alte Frau Zeit, schlafen zu gehen. Ich wollte dir eigentlich nur schnell gute Nacht sagen." Sie erhob sich etwas schwerfällig vom Sessel und sagte: „Bleib nicht mehr zu lang wach, Kind. Morgen wird sicher ein anstrengender Tag. Schlaf gut."

„Ja, Granny. Gute Nacht", erwiderte Emilia.

Als die Tür hinter Granny ins Schloss gefallen war, ließ sich Emilia auf dem Boden nach hinten sinken und starrte an die Decke. Sie ließ nochmals den Tag Revue passieren. Es war so viel geschehen. So gern würde sie Merkur alles erzählen. MERKUR. Da war er wieder. Sie hatte den ganzen Tag nicht wirklich Zeit gehabt, über ihn nachzudenken. Sie fragte sich, warum er sie nun schon den zweiten Tag gemieden hatte. War sie ihm vielleicht einfach egal? Er hatte die Aufgabe gehabt, sie in das Reich der Elfen zu holen. Das hatte er erledigt. War das alles, was er von ihr wollte? Aber sie hatten ja noch eine gemeinsame Aufgabe zu bewältigen. Granny sagte, er müsse seine Kräfte erforschen, so wie sie die ihren. Aber dennoch wäre ein kleiner Besuch ja wohl möglich gewesen. Emilia wurde sauer. Allerdings wollte sie sich den erfolgreichen Tag nicht verderben lassen.

Also stand sie auf und ging leise ins Bad. Nachdem sie sich fürs Bett gerichtet hatte, suchte sie sich noch ein Buch aus dem Bücherregal. Sie nahm sich den zweiten Band der Reihe, die sie bereits im Haus der Heiler begonnen hatte und legte sich in das gemütliche Himmelbett. Fox schnarchte schon leise auf seinem Platz. Als Emilia ebenfalls die Augen beim Lesen zufielen, legte sie das Buch beiseite und löschte das Licht.

KAPITEL 12

Am nächsten Morgen wurde sie durch lautes Klopfen an der Haustür aus dem Schlaf gerissen. Emilia setzte sich mit einem Ruck im Bett auf, rieb sich verwirrt die Augen und musste sich erst einmal im Zimmer umsehen, um sich wieder daran zu erinnern, wo sie war. Es klopfte erneut. Emilia rappelte sich auf, schnappte ihre lange Strickweste, in Ermangelung eines Bademantels, und eilte zur Tür hinaus. Auf dem oberen Podest des Hauses traf sie auf Granny, die sich ebenfalls nur notdürftig den Bademantel übergezogen hatte.

„Was mag nur passiert sein?“, fragte Emilia, als sie beide die Wendeltreppe hinuntereilten.

„Ich habe keine Ahnung, aber wir werden es wohl gleich wissen. Zumindest muss es dringend sein, wenn man uns vor Sonnenaufgang so überfällt“, bestätigte Granny Emilias Vermutung. Emilia antwortete nicht, da sie bereits die Tür erreicht hatte. Sie riss sie auf und taumelte zurück, als eine aufgebrachte, total verstrubbelte Sera zur Tür hereinstürmte.

„Wurde auch Zeit!“, brummte diese ungehalten vor sich hin, stürmte an Emilia und Granny vorbei in die Küche und machte sich am Herd zu schaffen. Sie setzte Wasser auf, nahm drei Tassen aus dem Schrank und kramte aus einer Schublade drei Teeeier. Diese füllte sie mit einigen Kräutern und goss dann das bereits kochende Wasser darüber. Granny und Emilia betrachteten perplex den Vorgang.

Granny fand als Erste ihre Sprache wieder. In einem solch scharfen Tonfall, wie ihn Emilia noch nie von ihrer Großmutter gehört hatte, fragte sie:

„Wärst du eventuell so liebenswürdig, uns mitzuteilen, warum du uns zu nachtschlafender Zeit aus dem Bett wirfst? Du bist ja sicher nicht gekommen, um Tee zu kochen."

„Setzt euch", sagte Sera und stellte die drei Tassen auf den Tisch. „Bitte. Dann erzähle ich es euch." Als sich beide gesetzt hatten, ließ sich auch Sera auf einem Stuhl nieder. Ihre Hände zitterten. „Bitte entschuldigt, ich bin noch ganz durcheinander. Wie ihr seht, wurde ich auch eben erst aus dem Schlaf gerissen. Ich bin sofort zu euch gerannt, und als ich da war, brauchte ich erst einen Tee zur Nervenstärkung", erklärte sie und wie zur Bestätigung nahm sie einen Schluck von dem heißen Getränk und verbrannte sich natürlich direkt die Zunge. Sie fluchte. „Verdammt ..., ich bin noch ganz durch den Wind", entschuldigte sie sich.

„Nun erzähl endlich, was los ist", drängte nun auch Emilia.

„Gut, also nicht gut ..., okay ... Also", stammelte Sera in Ermangelung der richtigen Worte.

„SERA!", fuhr Granny sie an, der nun endgültig der Kragen geplatzt war.

„Merkur ist verschwunden", brachte diese verzweifelt heraus.

„WAS? NEIN! Was ist passiert? Nun erzähl schon, Sera!", rief Emilia flehend. Sie war den Tränen nahe. Auch Granny sah bestürzt aus.

„Wir wissen nicht genau, was passiert ist. Mein Bruder, Lethan, hat es uns erzählt. Er ist bei der Schlosswache.

Gerade als Schichtwechsel gewesen war, kam der Befehl, dass alle diensthabenden Wachen sich umgehend im Konferenzraum einzufinden haben, da Merkur verschwunden sei. Alle, die Dienstende hätten, sollten umgehend nach Hause gehen und sich schlafen legen, da es sein könne, dass man sie früher anfordern müsse, als ihr tatsächlicher Dienst beginne. Daher weiß Lethan nicht, WAS los ist. Er hat uns noch geweckt, als er heim kam und uns schnell über alles unterrichtet. Dann hat er mich zu euch geschickt. Er geht davon aus, dass Elandiel bald vor eurer Tür stehen wird. Er hat sich gleich schlafengelegt. Merkur ist mein bester Freund.“ Der letzte Satz kam sehr kläglich und zwei dicke Tränen rollten ihre Wangen hinunter.

Emilia sprang auf, und ehe sie sich versah, hatte sie die junge Elfe in den Arm genommen. Sie war selbst überrascht von ihrem eigenen Handeln, da es gar nicht ihrem Naturell entsprach, einfach Leute in den Arm zu nehmen, die sie kaum kannte.

„Sie werden ihn finden. Da bin ich mir sicher. Und bis dahin hast du ja auch noch mich. Ich dachte, wir sind auch Freunde?“, versuchte Emilia, sie aufzumuntern.

„Danke, ja, das sind wir. Und ich hoffe, du bleibst für immer hier.“ Den letzten Teil hatte Sera nur geflüstert, dennoch musste Granny was mitbekommen haben. Denn sie räusperte sich.

„Es wird sich sicher alles aufklären. Aber nun sollten wir schauen, dass wir uns waschen und anziehen und noch etwas frühstücken, bevor Elandiel da sein wird. Die Sonne geht gerade auf. Lange wird sie nicht auf sich warten lassen.“ Emilia nickte und ließ Sera los.

„Geht es wieder?“, fragte sie.

„Ja, danke. Kann ich bei euch frühstücken? Ich möchte wissen, was los ist“, fragte Sera und wischte sich mit dem Ärmel ihres Oberteils die letzten Tränen aus dem Gesicht.

„Natürlich. Du kannst schon das Frühstück machen, während wir uns waschen und anziehen“, sagte Sophia sanft. „Und, Emilia!“, rief sie ihrer Enkelin hinterher, die bereits die ersten Stufen der Wendeltreppe erklommen hatte. Emilia drehte sich um:

„Ja?“, fragte sie überrascht.

„Bring Sera deine Haarbürste mit runter. Mit dem Vogelnest auf dem Kopf kann sie nicht unter die Augen ihrer Königin treten“, wies Granny sie an.

„Mache ich“, erwiderte Emilia und rannte nach oben. Sera strich sich etwas verlegen die Haare mit den Fingern glatt.

„Zu mehr hatte es in der Eile nicht gereicht“, verteidigte sie sich mit weinerlicher Stimme.

„Es ist alles gut, mein Kind. Aber jetzt hast du Zeit und kannst dich noch etwas frisieren. Ich bin dir sehr dankbar, dass du uns sofort unterrichtet hast“, antwortete Granny, strich dem Mädchen aufmunternd über die Wange und machte sich dann, etwas schwerfällig, ebenfalls auf den Weg nach oben. Sera kümmerte sich derweil um das Frühstück.

Emilia flitzte ins Bad, putzte die Zähne, spritzte sich mit etwas Wasser nass, holte die Bürste und band ihre Haare zusammen. Dann suchte sie auch noch für Sera einen

Haargummi. Während sie damit beschäftigt war, wanderten ihre Gedanken zu Merkur und Sera. Emilia war nicht bewusst gewesen, dass die beiden so eng befreundet waren. Es hatte sich bisher nie so angehört. Emilia überlegte, ob zwischen ihnen wohl mehr war als nur Freundschaft. Unweigerlich schlug ihr Herz schneller und Eifersucht machte sich in ihr breit. Vehement schüttelte sie den Kopf, um die Gedanken wieder loszuwerden. Sie musste unbedingt zusehen, dass Sera nichts von ihrer Eifersucht spüren würde. Außerdem war jetzt nicht der richtige Zeitpunkt für so was. Merkur war verschwunden. Langsam, aber sicher sickerte die Tatsache in Emilias Bewusstsein. Ein Kloß bildete sich in ihrem Hals, den sie trotz mehrmaligen Schluckens nicht wegbekam. Sie atmete tief durch und rannte dann in ihr Zimmer. Fox schreckte auf, als die Tür aufflog. Er sah sein Frauchen fragend an.

„Keine Zeit für Erklärungen, Fox. Wir müssen uns beeilen."

Als hätte er verstanden, rannte er umgehend, schwanzwedelnd, nach unten. Vermutlich dachte er, er dürfe jetzt joggen gehen. Emilia hingegen schlug das Herz, auch ohne sportliche Betätigung, bis zum Hals. Während sie ihre Schlaf-Klamotten einfach achtlos auf den Boden des Zimmers warf und sich aus der Kommode neue Sachen angelte, dachte sie fieberhaft darüber nach, was mit Merkur passiert sein konnte. Panik flammte in ihr auf. Was, wenn es etwas Schlimmes war? Was, wenn er nicht wiederkommen würde? Sie dachte nicht einmal daran, dass dann auch ihr Vater für immer verloren sein könnte, nein, es ging ihr rein um ihn. Merkur. Den Jungen, der sie zur Weißglut treiben konnte und der dennoch einen großen Platz in ihrem Herzen gefunden zu haben schien. Erst jetzt wurde Emilia bewusst, was sie wirklich für ihn empfand und sie hätte sich ohrfeigen können dafür, wie sie sich bei ihrem letzten Treffen verhalten hatte. Hoffentlich waren das nicht für immer die letzten Worte gewesen, die sie mit ihm gewechselt hatte. Unweigerlich stieg in ihr das Gefühl hoch, das sie empfunden hatte, als ihre Mutter ihr erzählt hatte, dass ihr Vater verschwunden war. Alles schien sich soeben zu wiederholen. Sie versuchte, die Erinnerungen beiseitezuschieben, aber es gelang ihr nicht. Erneut spürte sie den heftigen Kloß im Hals und ihre Augen begannen zu brennen. Nein, nicht jetzt, ermahnte sie sich. Es wird alles wieder gut werden. Du siehst beide wieder! Sie atmete dreimal tief durch und wedelte sich etwas frische Luft in die Augen, damit die Tränen trockneten, die sich gerade gebildet hatten. Als sie sich wieder einigermaßen im Griff hatte, schaute sie in den Spiegel. Sie sah sich nur verschwommen, da ihr noch immer Tränen in den Augen standen. Schnell wischte sie sie weg, rannte zur Tür hinaus und hinunter in die Küche.

Sera saß am fertig gedeckten Tisch und kaute nervös an ihren Nägeln. Emilia war trotz der schlimmen Situation überrascht, dass auch Elfen solche negativen Angewohnheiten haben konnten. Sie streckte ihr die Bürste entgegen. Sera nahm sie dankbar an.

„Dann haben meine Hände wenigstens was zu tun. Meine Mutter hätte mir schon wieder einen Vortrag gehalten, hätte sie gesehen, dass ich wieder auf meinen

Nägeln kaue“, flüsterte Sera und versuchte sich an einem Lächeln, das leider sehr schief wurde. Anschließend widmete sie sich ihrem wunderschönen goldenen Haar. Emilia beneidete sie insgeheim darum.

„Braune Haare sind doch auch schön“, entgegnete Sera, ohne Emilia anzusehen.

„Was?“, fragte Emilia perplex.

„Na, deine Haare, ich finde deine braunen Haare genauso schön wie meine blonden. Außerdem sind sie hier nichts Besonderes. Die meisten Elfen sind blond.“ Sera kämmte ungerührt weiter.

„Würdest du bitte nicht meine Gedanken lesen?“, entgegnete Emilia sauer.

„Entschuldige, sie haben mich so angesprungen“, antwortete Sera und sah sie treuherzig an.

„Schon gut, war ja zum Glück nichts *Persönliches*, an das ich gedacht habe“, erwiderte Emilia versöhnlich und zwinkerte Sera zu. Sera stimmte in das Lachen mit ein. Diese Auflockerung hatten beide gebraucht.

„Hier, ich hab dir einen Haargummi mitgebracht, falls du einen brauchst“, sagte Emilia und reichte ihn ihr.

„Danke, ja, ich glaub, das kann heute nicht schaden“, erklärte Sera und band sich die Deckhaare so zurück, dass ihre spitzen Ohren perfekt zum Vorschein kamen. „Und?“, fragte sie. „Kann man mich so anschauen?“ Emilia streckte beide Daumen nach oben.

„Sehr gut, Kinder, ihr seid ja schon fertig. Dann lasst uns frühstücken“, meldete sich Granny zu Wort, die soeben die Küche betrat.

Sera holte die Pfanne mit dem Rührei vom Herd und Granny legte den Speck auf einen Teller. Während sie aßen, hing jede ihren eigenen Gedanken nach.

Gerade als sie das Frühstück beendet hatten, großen Hunger hatte keine von ihnen gehabt, klopfte es erneut an der Tür. Emilia sprang sofort auf und öffnete. Wie erwartet, stand Elandiel vor ihr. Sie war in Begleitung Roandirs.

„Guten Morgen", sagte Emilia, „bitte." Emilia machte einen Schritt zur Seite, sodass Elandiel eintreten konnte. Zu ihrer Überraschung trat auch Roandir ein und wartete nicht, wie die anderen Elfenkrieger, vor dem Haus.

„Guten Morgen!", sagte Elandiel. „Ihr scheint mich bereits erwartet zu haben?", fragte sie in die Runde.

„Ja, Sera meinte, du würdest kommen", antwortete Granny und bat Elandiel in die Küche.

„Wie ich sehe, seid ihr schon eine Weile auf", stellte die Königin fest.

„Ich habe sie geweckt, nachdem Lethan von der Nachtwache heimkam und uns erzählt hatte, was los war. Wir dachten, es wäre in Eurem Sinne, dass Emilia und Sophia schon auf den Beinen sind, wenn Ihr erscheint, Eure Majestät", erklärte Sera sehr untergeben, was Emilia ernsthaft überraschte. Sie verneigte sich sogar leicht vor Elandiel und trat nach ihren Worten wieder einen Schritt zurück.

„Sehr gut, mein Kind. Das war eine äußerst gute Idee. Das spart uns jede Menge Zeit", lobte die Königin sie. Sera wurde rot. Man konnte sehen, dass sie sich über das Lob freute.

„Setzt euch bitte alle“, fuhr Elandiel fort. „Da Lethan Nachtwache hatte, gehe ich nicht davon aus, dass er über Einzelheiten Bescheid wusste?“, wandte sie sich erneut an Sera.

„Nein, Eure Majestät. Er wusste nur, DASS Merkur verschwunden sei. Nicht mehr“, erklärte Sera.

„Gut. Ja, es ist in der Tat so, dass Merkur weg ist. Leider haben wir inzwischen eine Vermutung, wo er sich befinden könnte.“

„Wo?“ Emilia konnte nicht an sich halten. Warum konnte man hier nicht einfach auf den Punkt kommen. Emilia erhielt sowohl von Granny als auch von Elandiel einen tadelnden Blick zugeworfen und Sera sog scharf die Luft ein. Emilia wurde sofort noch ein Stück kleiner auf ihrem Stuhl. „Entschuldigung, ich wollte dich nicht unterbrechen. Ist mir so rausgerutscht“, murmelte sie und spürte, wie Hitze in ihr Gesicht schoss. Schnell verkroch sie sich hinter den weiten Ärmeln ihres Oberteils. Jetzt wusste sie, wofür Trompetenärmel gut waren. Elandiel beachtete den Einwurf nicht weiter und fuhr fort:

„Ich wollte gestern mit Merkur über eure Aufgabe sprechen und fragen, wie er mit seinen Recherchen zu seinen Fähigkeiten vorankomme. Daher habe ich einen Boten in die Schlossbibliothek geschickt, da ich wusste, dass er dort seit einigen Tagen nachforschte, wie er seine Kräfte freisetzen und beherrschen konnte. Leider war er dort nicht aufzufinden gewesen. Anschließend haben wir alle Gebäude, zu denen Merkur Zugang hat, durchsucht – jedoch keine Spur von ihm gefunden. Emilia, wir müssen daher wissen, wann du Merkur das letzte Mal gesehen hast. Wir hoffen, dass er dir vielleicht von seinen Recherchen erzählt haben könnte“, wandte sich Elandiel nun direkt an sie.

„Das ist schon eine Weile her. Das war in der vorletzten Nacht in der Klinik, als er durch das Fenster geklettert war. Also in der Nacht von Samstag auf Sonntag“, überlegte Emilia laut. Als sie Roandirs verblüffte Reaktion auf die Fensterkletterei bemerkte, wurde Emilia wieder rot. Das hätte sie vielleicht nicht sagen sollen. Nun war es jedoch schon zu spät.

„Hat er dir irgendwas gesagt? Das er weg will oder dass ihn vielleicht jemand bedroht?“, fragte Elandiel ungerührt weiter.

„Nein, er sagte nur, dass er sich um mich sorge und daher die Nachtwache bei mir IM Zimmer halten wolle. Am nächsten Morgen war er weg und seitdem habe ich nichts mehr von ihm gehört und gesehen“, erzählte Emilia wahrheitsgemäß.

„Gut, dann können wir nun zumindest eingrenzen, dass er zwischen Sonntagmorgen und Montagabend verschwunden sein muss. Wie wir befürchtet hatten“, wandte sich Elandiel an Roandir. Den letzten Teil des Satzes hatte sie nicht mehr in ihrem Elfen-Herrscher-Ton gesagt, sondern eher wie eine gebeugte Frau, die mit dem Schlimmsten rechnete. Emilia hielt es nicht mehr aus.

„Elandiel, bitte verzeih, dass ich so ungeduldig bin. Aber WAS ist los? Wo kann er sein? Wurde er entführt?“, fragte sie daher mit piepsiger Stimme.

Elandiel seufzte und setzte sich nun auch auf einen Stuhl. Bisher hatte sie, hoch erhoben, vor ihnen gestanden.

„Sera, könntest du uns allen nochmals einen Tee kochen?“, schaltete sich Granny ein. Sera nickte und stand auf, während Elandiel Sophia dankend ansah. Diese drückte ihr freundschaftlich die Hand.

„Ela, sag uns bitte die Wahrheit. Ihr rechnet mit dem Schlimmsten, habe ich recht?“

„Ja!“, seufzte Elandiel. „Wir haben den Troll-Angriff vom Nord-Tor gestern eingehend untersucht und dabei geprüft, wer das Tor in den letzten Tagen passiert hat und dabei ...“ Sie schluckte schwer. „Merkur ist eindeutig durch das Tor nach Askja gegangen. Wir wissen nicht, ob er freiwillig hindurch ist oder ob sie ihn geholt haben. Wir wissen nur, DASS er das Tor passiert hat. Daher müssen wir mit allem rechnen.“

„Was heißt das? Mit allem?“, schaltete sich nun Emilia wieder ein. Sera stellte unterdies, mit zitternden Händen, die Tassen mit frischem Tee vor jeden auf den Tisch. Elandiel bedeutete nun auch Roandir, sich zu setzen.

„Ich habe dir doch erzählt, dass die Feuerelfen in der Lage sind, den Geist eines anderen zu manipulieren. Wenn das geschehen ist, kann es sein, dass sie nun nicht nur Roman in ihrer Gewalt haben, sondern auch Merkur“, erklärte sie Emilia in einem Tonfall, als rede sie mit einem kleinen Kind.

Emilia schluckte schwer bei diesen Worten. In ihrem Inneren zog sich alles zu einem Knoten zusammen. Der Kloß von heute Morgen war wieder da und hinderte sie daran, eine Antwort darauf zu geben. Stattdessen nippte sie an ihrem Tee, um den Kloß hinunterzuspülen, was leider nicht gelang. Daher stand sie kommentarlos auf und ging ans Fenster, um in den Garten zu schauen. Sie wollte nicht, dass die anderen sahen, wie sie mit den Tränen kämpfte. Sera wollte aufspringen, aber Granny bremste sie und bedeutete ihr, stumm sitzen zu bleiben und Emilia erst einmal Luft zu lassen. Dafür war Emilia ihr sehr dankbar. Granny kannte sie einfach am besten.

„Was habt ihr nun vor?“, fragte Granny nach, um die Stille zu durchbrechen.

„Wir rüsten die Truppen und vereinbaren ein Treffen mit Mephisto, dem König der Feuerelfen“, erklärte Elandiel sachlich.

„Ist das nicht zu gefährlich?“, fragte Granny erschrocken nach.

„Was können wir sonst tun? Merkur und Emilia sind unsere einzige Hoffnung. Es ist naheliegend, dass sie sich nun Merkur holen, da sie Emilia gut bewacht wissen und es nicht geschafft haben, sie zu töten“, erwiderte Elandiel.

„Meinst du, Merkur ist schon tot?“, hauchte Emilia mit wackliger Stimme. „Sie wollten mich töten, warum sollten sie davor zurückschrecken, ihn zu töten?“ Nun war ihre Stimme noch brüchiger.

„Weil er einer von ihnen ist, Emilia. Ich glaube nicht, dass sie ihn töten werden. Sie werden versuchen, ihn auf ihre Seite zurückzuholen. Das ist unsere einzige Hoffnung“, erklärte Elandiel und es war ihr anzuhören, dass auch sie litt.

„Wann brechen wir auf?“, fragte Emilia und klang auf einmal fest entschlossen. Sie würde Merkur retten, und wenn sie Glück hatte, ihren Vater noch dazu. Sie wusste selbst nicht, woher sie plötzlich diesen Mut nahm, vermutlich war es der Schock. Aber egal. Nun gab es nichts mehr zu verlieren.

„Emilijana Josephine Scott! Ich verbiete dir, dich bei dieser Aktion einzumischen! Hast du dir schon mal überlegt, dass das eine Falle sein könnte? Dass sie nur darauf warten, das Mädchen, halb Mensch, halb Elfe, in die Finger zu bekommen? Du bist nicht nur das Mädchen aus der Prophezeiung, sondern auch die nächste Königin, sollten sie deinen Vater weiterhin in ihrer Gewalt behalten!“, rief Granny wütend aus. Sie hatte sich, während sie sprach, zu ihrer vollen Größe aufgerichtet und zitternd am Tisch festgehalten. Nun war es Elandiel, die beschwichtigend ihre Hand auf die von Sophia legte, um sie zu beruhigen.

„Emilia, deine Großmutter hat recht. Wir können nicht auch noch dich verlieren. Du wirst ab sofort unter noch größerem Schutz stehen. Roandir wird die Aufgabe eurer Bewachung an Lethan übertragen. Er wird euch auf Schritt und Tritt folgen, wenn ihr aus dem Haus geht. Auch vor dem Haus werden permanent zwei Wachposten stationiert sein. Wir dürfen kein Risiko mehr eingehen. Auch wenn ich weiß, dass dich das stört, Emilia. Wir können nun nicht mehr auf diesen Schutz verzichten“, erklärte Elandiel, wieder in ihrem sachlichen Elfenkönigin-Tonfall.

Emilia nickte nur und Granny ließ sich schwer in ihren Stuhl zurücksinken.

„Danke, Ela“, sagte sie, „wir wissen dies sehr zu schätzen.“ Elandiel erhob sich.

„Danke für den Tee. Wir werden nun direkt zum West-Tor aufbrechen. Wir benötigen die Unterstützung der Bergelfen. Ich habe bereits vor zwei Stunden einen Boten nach Angorogh geschickt, um Haldur über unser Eintreffen zu informieren. Ich möchte euch bitten, im Haus zu bleiben, bis Lethan bei euch eintrifft. Die anderen Wachen sollten inzwischen vor dem Haus sein." Mit diesen Worten erhob sich Elandiel und verließ den Raum.

„Elandiel!", rief Emilia und rannte ihr hinterher in den Flur. „Lässt du uns bitte Bescheid geben, was weiter geschehen wird? Ich kann hier unmöglich rumsitzen und nicht wissen, was passiert. Bitte!", flehte Emilia sie an. Elandiel nickte.

„Er bedeutet dir mehr, als du nach außen hin zeigst, richtig?", flüsterte sie Emilia zu.

„Ich glaube schon", erwiderte diese und senkte den Blick. Elandiel nickte zufrieden.

„Ich werde euch regelmäßig einen Boten schicken, sofern ich einen entbehren kann", bestätigte sie und schritt mit diesen Worten durch die Tür. Roandir folgte ihr. Emilia schaute ihnen nach. Dabei stellte sie fest, dass die Wachen bereits links und rechts neben dem Hauseingang Stellung bezogen hatten. Sie nickte beiden zu und schloss schnell die Pforte. Sie fühlte sich, als hätte jemand ihren Verstand in Watte gepackt. Alles um sie herum wirkte weit weg und unwirklich. Sie trottete wie eine Schlafwandlerin die Wendeltreppe hinauf und verschanzte sich in ihrem Zimmer. Dort warf sie sich aufs Bett, vergrub das Gesicht in der dicken Decke und begann hemmungslos zu weinen.

KAPITEL 13

Sie wusste nicht, wie lange sie schon in ihrem Bett gelegen hatte, als es leise an der Tür klopfte. Sie antwortete nicht.

„Emilia, darf ich reinkommen? Bitte." Es war Seras klägliches Flehen an der Tür, das dazu führte, dass sie sich im Bett aufrichtete und ein Taschentuch suchte, um sich die Nase zu putzen. Sie musste furchtbar aussehen.

„Komm rein", antwortete sie verschnupft. Da sie kein Taschentuch finden konnte, wischte sie sich, wenig damenhaft, Gesicht und Nase an ihrer Bettdecke ab. Sera schlüpfte leichtfüßig zur Tür herein und kroch zu Emilia ins Bett. „Hier, ich habe dir Taschentücher mitgebracht", sagte Sera und kuschelte sich an Emilia.

„Danke." Emilia schnäuzte laut.

„Geht es wieder?", fragte Sera besorgt. Emilia hob die Schultern.

„Ich weiß es nicht. Es war einfach zu viel in letzter Zeit."

„Das glaube ich dir gern." Sie legte einen Arm um Emilias Schulter. „Möchtest du nicht mit runterkommen?", fragte sie weiter. „Lethan ist gerade gekommen."

„Hat er Neuigkeiten?", fragte Emilia mit etwas mehr Elan.

„Nein, aber er hat einen Plan", gab Sera erfreut zurück.

„Was für einen?", fragte Emilia interessiert.

„Komm mit runter, dann erzählen wir dir davon. Aber vielleicht schaust du vorher noch mal schnell ins Badezimmer. JETZT siehst DU furchtbar aus." Sie sagte es so liebevoll wie eine sich sorgende Mutter, drückte Emilia an sich und stand auf. „Wir warten unten auf dich, ja?“, rief Sera und wollte gerade die Tür schließen, als Emilia ihr hinterher rief:

„Sera! Warte bitte einen Moment!“ Sera drehte sich um und sah Emilia fragend an. „Ich weiß nicht, wie ich es sagen soll ...“, begann Emilia stotternd. „Also, die Freundschaft von Merkur und dir ...“, versuchte sie es erneut. Sera brach in glockenhelles Lachen aus.

„Keine Panik, wir sind ECHT nur Freunde. Mehr ist da nicht und mehr wird da nie sein. Er gehört voll und ganz dir“, antwortete sie und zwinkerte Emilia verschwörerisch zu. Diese lief rot an.

„Ich ... So meinte ich das nicht ... Ich wollte nur ...“, versuchte Emilia, sich aus der Affäre zu ziehen.

„Schätzchen, man müsste blind sein, um nicht erkennen zu können, WAS du für ihn empfindest. Selbst Sophia ist das klar und sie kann keine Gefühle empfangen und Gedanken lesen. Mach dir keinen Stress deswegen. Und jetzt komm. Wir haben eine wichtige Mission!“, rief Sera und verließ nun endgültig das Zimmer.

Emilia stand auf und trat vor den Spiegel. Sie sah tatsächlich zum Fürchten aus. Ihre Haare standen in alle Richtungen und ihre Augen waren feuerrot und verschwollen. Sie putzte nochmals die Nase, zupfte ihre Kleidung zurecht und ging eine Etage tiefer ins Badezimmer. Dort tränkte sie zwei Waschlappen mit kaltem Wasser und legte sie auf ihre Augen. Die kühlen Kompressen taten gut und Emilia entspannte sich ein bisschen. Nach ein paar

Minuten nahm sie die Lappen von den Augen und sah sich erneut im Spiegel an. Schon besser, dachte sie und nickte ihrem Spiegelbild zu. Die Schwellung war zurückgegangen und die Augen waren nicht mehr ganz so rot. Nur das leuchtende Grün ihrer Augen verriet noch deutlich, dass sie geweint hatte. Immer wenn sie weinte, stach die Farbe noch stärker hervor. Dann machte sie sich an die Bändigung ihrer Haare, was sie jedoch schnell aufgab. Sie drehte alle Haare zu einem wilden Knoten, den sie am Hinterkopf mit einem Gummi zusammenband. Das musste reichen.

Mühsam schlappte sie die Treppe hinunter und betrat, mit gesenktem Kopf, die Küche. Sie war dankbar dafür, dass niemand ihr eine besondere Beachtung schenkte. Granny streckte ihr einen Becher Kaffee entgegen und nötigte sie, sich an den Tisch zu setzen. Emilia beugte sich dem Willen ihrer Großmutter und vergrub sich hinter ihrer Tasse. Der warme Kaffee tat gut und weckte ihre müden Lebensgeister. Nach einigen Minuten des Schweigens übernahm Sera das Wort.

„Also, Emilia, wir haben eine Idee, wie wir vielleicht helfen können, ohne uns in Gefahr zu begeben“, erklärte sie.

„Und wie?“, fragte Emilia und hob den Kopf, um das erste Mal in die Runde zu schauen. Erst da fiel ihr so recht auf, dass Seras Bruder auch anwesend war. Sie ging davon aus, dass er es sein musste. Er stand in der Ecke der Küche, zwischen Eingang und Terrassentür, und hielt ebenfalls einen Becher Kaffee in der Hand. Er hatte dieselben blonden Haare wie Sera und dieselben blauen Augen. Auch sonst sahen sich die beiden sehr ähnlich. Lethans Gesichtszüge waren so sanft wie die seiner Schwester, aber dennoch wirkte er sehr maskulin. Er war wahnsinnig attraktiv.

„Emilia, das ist Lethan, mein Bruder“, stellte Sera den jungen Elf vor.

„Hallo!“, grüßte Emilia mit belegter Stimme und winkte ihm verlegen zu. Anschließend räusperte sie sich. „Es freut mich sehr, dich kennenzulernen.“

„Die Freude ist ganz auf meiner Seite“, erwiderte der Elf charmant und nickte ihr zu. Nun stieß er sich von der Wand ab, an der er gelehnt hatte, und kam zu ihr an den Küchentisch.

„Lethan, übernimmst du?“, fragte Sera.

„Nein, mach du mal. Du redest lieber als ich“, forderte er seine Schwester auf und zwinkerte ihr zu. Dann setzte er sich zu Emilia an den Tisch. Den Kaffeebecher stellte er vor sich ab. Granny und Sera folgten ihm und nahmen ebenfalls Platz. Granny nickte Sera aufmunternd zu und forderte sie somit auf, fortzufahren.

„Wir haben uns überlegt, wo wir nach Hinweisen suchen könnten, ohne dass wir uns in Gefahr bringen. Elandiel wird nichts dagegen haben“, eröffnete Sera.

„Gut, und wo soll das sein?“, fragte Emilia.

„Elandiel hat uns doch erzählt, dass sich Merkur in der Elfenbibliothek mit den Kräften seiner Ahnen beschäftigt hatte. Also wäre es nur logisch, dort mit der Suche zu beginnen“, erklärte Sera.

„Aber die Elfen haben die Bibliothek doch untersucht“, warf Emilia ein.

„Die Bibliothek schon, aber sie haben sicher nicht nach Hinweisen gesucht, WARUM er zu den Feuerelfen gegangen sein könnte.“ Emilia sah sie mit einem fragenden Blick an. „Ist doch ganz logisch, Süße“, sprudelte Sera weiter. „Merkur war in der Bibliothek und hat Bücher zu seinen Kräften gewälzt. Und nun wissen wir, dass ER das Tor nach Askja geöffnet hat. Das lässt zwei mögliche Schlussfolgerungen zu. Erstens: Merkur wurde durch die Feuerelfen beeinflusst und so gegen seinen Willen nach Askja geholt, oder zweitens: Er hat in der Bibliothek etwas gefunden, das seine Neugier geweckt hat und er deshalb nach Askja gegangen ist.“

„Ich kann dir noch immer nicht ganz folgen“, erklärte Emilia. Sera musste über Emilias Blick lachen.

„Du siehst mich gerade an wie ein Schaf“, lachte sie los. Emilia musste selbst lachen über den Vergleich.

„So komm ich mir auch vor. Mein Verstand ist noch ganz benebelt ... Was ich nicht verstehe: Wie könnten die Feuerelfen Merkur auf diese Entfernung beeinflusst haben?“, fragte Emilia nach.

„Lethan sagt, dass es möglich ist, wenn die beiden Personen ein persönliches Band zueinander haben“, beantwortete Sera die Frage.

„Aber Merkur kennt niemanden dort“, erwiderte Emilia.

„Nein, aber er stammt von ihnen ab. Vielleicht reicht es schon, dass sie vom selben Volk sind. Wir wissen es nicht genau, Emilia. Daher müssen wir zuerst selbst ein bisschen recherchieren, um herauszubekommen, was die Feuerelfen wirklich für Kräfte haben“, erklärte sie weiter.

„Woher weißt du das über die Feuerelfen, Lethan?“, wandte sich Emilia nun direkt an den jungen Elf.

„Die Kräfte anderer Völker sind Teil der Ausbildung, die du mit Eintreten der Volljährigkeit antrittst. Leider sind die Lehren über die Feuerelfen nicht auf dem neuesten Stand, da wir zu ihnen keinen Kontakt halten“, antwortete er.

„Ich habe dir doch erzählt, dass sich die magischen Kräfte weiterentwickeln, weißt du noch?“, fragte Sera nun an Emilia gewandt.

„Ja ..., ach so, jetzt verstehe ich ... Na, dann auf in die Bibliothek!“, rief Emilia und sprang voll Tatendrang auf. Sie war froh, endlich etwas tun zu können und hier nicht tatenlos rumsitzen zu müssen. Sera grinste Lethan triumphierend an.

„Kommst du nicht mit, Granny?“, fragte Emilia.

„Nein, Kinder, geht ihr nur alleine. Ich lege mich lieber nochmals hin. Vor dem Sonnenaufgang aufzustehen, ist selbst mir zu früh“, gestand sie. Emilia kehrte nochmals um und gab Granny einen Kuss auf die Wange.

„Schlaf gut“, sagte sie.

„Seid vorsichtig“, ermahnte sie Granny und nahm Emilias Gesicht zwischen ihre Hände. „Macht mir bitte keinen Unsinn.“

„Nein, Granny, versprochen“, entgegnete Emilia.

Daraufhin machten sie sich auf den Weg zum Schloss. Diese Strecke hätte Emilia inzwischen auch allein gefunden. Auf den Straßen war bereits reger Betrieb. Lethan lotste sie geschickt über den Marktplatz. Man hätte meinen können, dass die Anwesenheit einer Königswache in Andorin zum

Alltag gehöre, dennoch schienen die Elfen auf den Straßen großen Respekt vor Lethan zu haben. So erreichten sie schnell das Schloss.

Dort angekommen nahmen sie nicht Kurs auf Elandiels Thronsaal, sondern bogen in die andere Richtung ab. Bald kamen sie zu einer Wendeltreppe, die in die Tiefe führte. An beiden Seiten der Treppe waren alle paar Meter Fackeln angebracht. Sie entzündeten sich selbstständig, als sie sich der Treppe näherten.

„Cool!“, flüsterte Emilia begeistert. „Warst du das, Lethan?“, fragte sie.

„Was?“, fragte dieser und drehte sich zu Emilia um.

„Na, das mit den Fackeln?“

„Ach so, das. Nein, das ist ein spezieller Zauber. Die Fackeln entzünden sich von alleine, wenn man sich ihnen auf zehn Schritte nähert. Ist nichts Besonderes“, antwortete er und zuckte mit den Schultern. Dann marschierte er weiter auf die Treppe zu. Auch Sera zuckte mit den Schultern und folgte ihrem Bruder. Emilia kam zuletzt. Die Treppe wand sich scheinbar ewig in die Tiefe. Emilia zog ihre dünne Weste enger um sich, da sie leicht fröstelte. Endlich waren sie unten angekommen. Es roch leicht muffig. Sie standen nun vor einem großen, weißen Tor. Es musste uralt sein. Eine Türklinke suchte Emilia vergebens. Noch ehe sie die anderen auf diese Tatsache aufmerksam machen konnte, hatte Lethan bereits seine Hand auf die Tür gelegt und murmelte eine Beschwörung in Elfensprache. Die Tür teilte sich in der Mitte und öffnete sich langsam und gleichmäßig zu beiden

Seiten. Sie traten ein. Emilia hielt vor Erstaunen den Atem an.

„Es ist wundervoll!“, hauchte sie. Sie standen in einem sehr, sehr hohen Raum. Obwohl Emilia nirgends Fackeln sehen konnte, war es in der Bibliothek taghell. Es roch nach alten Büchern. Emilia fühlte sich wie im Paradies. Tief sog sie den geliebten Duft ein und sah sich aufmerksam um. Die Bibliothek hatte einen weißen Steinboden. Die Wände waren aus rohem Stein geschlagen. Diese schillerten in allen Regenbogenfarben. Die Decke konnte Emilia nicht erkennen, so hoch war der Raum. Die Regale vor ihnen erstreckten sich meterhoch in den Raum. Nun konnte Emilia feststellen, dass die Helligkeit sowohl von den Wänden als auch von den Regalen abgegeben wurde. Ehrfürchtig strich sie über das schimmernde Holz. Es fühlte sich warm an.

„Sie sind aus Lichteiche gefertigt“, schaltete sich Lethan ein. Auch er klang ehrfürchtig, obwohl er sicher nicht das erste Mal hier unten war. „Sie wächst nur im Heiligen Wald. Wenn eine Eiche nach über tausend Jahren stirbt, bringen die Waldgeister uns diese Nachricht und wir dürfen kommen, um den Baum zu holen. Daraus werden dann die Regale der großen Bibliothek gezimmert. Man sagt, der helle Schein sei eine Erinnerung an die Seele des Baumes. Sie leuchtet noch viele hundert Jahre, nachdem der Baum gestorben ist. Irgendwann erlischt es dann.“ Lethan strich ebenfalls über ein Regal. „Weiter hinten, wo sich die älteren Regale befinden, siehst du, was ich meine“, redete er weiter.

Emilia konnte nur nicken. Es hatte ihr im wahrsten Sinne des Wortes die Sprache verschlagen. Sie folgten Lethan in das Herz der Bibliothek.

„Wahnsinn!“, hauchte Emilia, als sie das Zentrum erreicht hatten. Sie kamen zu einer Art Empore. Auf dieser standen keine Regale, sondern kleine gemütliche Sitzgruppen. Gemütliche weiße Sessel und kleine runde Tische waren malerisch darauf verteilt worden. Dahinter erstreckten sich erneut Regale, so weit man sehen konnte. Emilia ließ ihren Blick über die Empore schweifen und entdeckte einen Tresen. Er stand einen Meter von der Wand entfernt und dahinter sah Emilia das Unfassbare.

In die Mauer der Bibliothek war ein Loch gehauen worden. Es war sicher zehn auf zehn Meter groß und dadurch konnte Emilia in einen See blicken. Nicht AUF, sondern IN den See. Dort sah sie kunterbunte Fische, Schilf und den sandigen Boden, und dann ... Emilia musste ihre Augen reiben, da sie es nicht fassen konnte ... schwamm eine Meerjungfrau an ihnen vorbei. Diese würdigte sie jedoch keines Blickes und schwamm weiter. Emilia klappte die Kinnlade hinunter.

„Ist das auch ein Zauber?“, hauchte sie. Sie drehte sich um, aber die anderen waren bereits weitergegangen, ohne auf sie zu warten. Gerade unterhielten sie sich mit einer hübschen Elfe, die dabei war, irgendwelche Bücher in die Regale zu sortieren. Sie sah, dass diese nickte und loslief. Sera und Lethan hinterher. Sera drehte sich um und zischte:

„Los, Emilia, komm schon.“ Völlig perplex folgte sie den dreien. Die Bibliothekarin brachte sie an einen Platz direkt am Rande des Sees. Auf dem Tisch lagen bereits mehrere Bücher.

„Das ist der Tisch“, sagte sie.

„Dankeschön“, erwiderte Lethan. „Und das sind alle Bücher, mit denen er sich befasst hatte?“, fragte er nochmals nach.

„Ja“, gab die junge Elfe kalt zurück. „Kann ich euch sonst noch irgendwie behilflich sein?“, fragte sie in eher genervtem Tonfall.

„Nein. Danke“, antwortete Lethan. Die Elfe drehte sich rasch um, sodass ein Luftzug Emilia streifte, und stöckelte steif davon. Sera prustete los, versteckte es aber umgehend in einem Husten, als sie den Ellbogen ihres Bruders in die Rippen gerammt bekam.

„Was ist das?“, fragte Emilia nun nochmals die beiden, die der Unterwasserwelt keine Beachtung schenkten, und deutete auf den See.

„Das ist der Schlosssee“, antwortete Lethan ungerührt und setzte sich an den kleinen Tisch.

„OKAYYY“, meinte Emilia gedehnt. „Ist da Glas davor?“, fragte sie weiter, während sie mit der Hand bereits danach tastete. Ihre Hand fühlte jedoch keinen Widerstand, sondern glitt einfach INS Wasser. Erschrocken zog sie sie zurück. „W-W-wow!“, stotterte sie und betrachtete ihre nasse Hand.

„Emilia, würdest du dich mal von dem See abwenden und uns hier helfen?“, fuhr Sera sie gereizt an.

„Entschuldigung“, murmelte sie. „Bei den Menschen gibt es so was nicht. Wird das Wasser durch einen Zauber abgehalten?“, fragte sie dennoch. Sera atmete genervt aus.

„Genau“, antwortete sie.

„Wenn der Zauber erlischt, wird hier alles überflutet!“, hauchte Emilia beinahe panisch.

„Das ist der Kerngedanke“, schaltete sich nun Lethan ein. „Der Zauber erlischt allerdings erst, wenn der letzte Elf diese Welt verlassen hat“, erklärte er.

„Es ist ein weiterer Schutz unseres Wissens“, mischte sich nun auch Sera ein. „Du kannst also beruhigt sein, dass in den nächsten paar Stunden, die wir hier verbringen werden, nichts dergleichen passieren wird“, warf Sera mit einem frechen Grinsen ein und klopfte auffordernd auf den Stuhl neben sich. „Und nun komm schon. Wir haben nicht den ganzen Tag Zeit“, forderte sie Emilia auf.

„Eigentlich schon“, neckte nun Lethan seine Schwester. Diese blies gespielt genervt eine Haarsträhne aus ihrem Gesicht und musste dann aber doch grinsen.

„Okay, aber umso schneller wir was finden, desto schneller können wir Elandiel benachrichtigen. Wer weiß, was die Herrscher in Angorogh gerade besprechen“, gab Sera zu bedenken. „Außerdem hab ich keine Lust, den ganzen Tag hier zu hocken.“

„Sera hat recht“, stimmte Lethan ihr zu und setzte sich. Dann nahm er sich eines der Bücher zur Hand und vertiefte sich in die Lektüre. Emilia hatte die Augen inzwischen vom See losreißen können und trat näher an den Tisch heran. Sie setzte sich auf den Stuhl neben Sera, die sich ebenfalls eines der Exemplare gegriffen hatte und es wild durchblätterte. Emilia nahm sich das dritte Buch und betastete vorsichtig den alten ledernen Einband. Es war sehr gut erhalten, obwohl es wahrscheinlich mehrere hundert Jahre alt war. Ehrfürchtig schlug sie es auf. *DIE MACHT DER GEDANKENLESER.* Der Titel klang vielversprechend. Emilia durchforstete erst einmal das Inhaltsverzeichnis. Anschließend schlug sie das Kapitel über die Feuerelfen auf und begann zu lesen. Leider erfuhr sie auch nicht mehr als das, was sie eh schon gewusst hatte. Als sie damit geendet hatte, ließ sie das Buch sinken und schaute zu den anderen. Beide hatten sich schon neue Bücher geschnappt. Also nahm sich Emilia ebenfalls ein weiteres Buch vom Stapel und betrachtete es genau. *GESCHÖPFE DER MAGISCHEN WELT.* Das wäre eine nette Bettlektüre, dachte sie so bei sich. Auch hier begann sie mit dem Inhaltsverzeichnis und ihr Herz klopfte immer schneller, als sie all die Namen der Geschöpfe las, die es in der magischen Welt zu geben schien. Zwerge, Trolle, Elfen, Gnome, Feen, Waldgeister, Wassermenschen, Einhörner, Werwölfe, Zentauren, Zauberer, Vampire ... Emilia wurde ganz schlecht bei dem Gedanken daran. Nach der Hälfte des Inhaltsverzeichnisses riss sie sich los und blätterte zu dem Kapitel der Elfen. Auch hier wurde sie nicht fündig. Sie legte das Buch beiseite. Die anderen taten es ihr nach.

„Und?“, fragte Emilia.

„Nichts, was wir nicht schon gewusst hätten“, antwortete Sera. „Bei dir, Lethan?“

„Fehlanzeige“, antwortete dieser.

„Also hattest du recht mit deiner Annahme“, ergänzte Sera. Emilia sah sie fragend an. „Lethan war sich ziemlich sicher, dass Merkur hier nicht das Gewünschte gefunden hatte. Er hatte das Thema *Feuerelfen* in der Schule und musste über sie einen Vortrag halten. Er konnte sich noch dunkel daran erinnern, dass er in der Schulbibliothek kaum etwas Spannendes gefunden hatte“, erklärte Sera.

„Zumindest nichts, was nicht landläufig bekannt ist“, ergänzte Lethan. „Daher habe ich vermutet, dass es Merkur hier nicht viel anders gehen konnte.“ Emilia nickte.

„Sollen wir fragen, ob es noch mehr Lektüre zum Thema gibt?“, schlug sie vor.

„Versuchen wir es“, antwortete Lethan und stand auf. Völlig cool schlenderte er auf die Bibliothekarin zu. Er schien mit ihr zu flirten, denn sie warf sich immer wieder verlegen die Haare über die Schulter und kicherte. Als Lethan zurückkam, schüttelte er den Kopf und sagte:

„Fehlanzeige. Sie sagt, sie könne uns noch hundert von diesen Schinken bringen, aber in keinem sei DAS drin, was Merkur helfen könnte.“

„Es gibt dann wohl nur einen Ort, an dem Merkur finden kann, was er wissen muss“, sprach Emilia das Offensichtliche aus. Die beiden anderen nickten.

„In Askja!“, sagten alle zeitgleich.

„Wir müssen umgehend einen Boten nach Angorogh schicken. Elandiel muss von unserer Theorie erfahren“, warf Lethan in die Runde. Die beiden Mädchen nickten.

„Dann nichts wie los“, forderte Sera sie zum Gehen auf. Die drei rannten zum Ausgang. Die Bibliothekarin schüttelte ihren Kopf über dieses ungebührliche Verhalten und schnaubte nur, als Emilia ihr noch über die Schulter zurief:

„Vielen Dank!“

Sie rannten die Wendeltreppe so schnell hinauf, dass die magischen Fackeln noch gar nicht richtig brannten, bis sie auch schon an ihnen vorbei waren. Oben angekommen rannte Lethan nicht zum Tor, sondern zum Thronsaal. Dort standen wieder die beiden üblichen Wachen vor der Tür.

„Ist die Königin noch in Angorogh?“, fragte Lethan keuchend. Er rang nach Atem.

„Die Angelegenheiten der Königin gehen dich nichts an“, antwortete der eine arrogant. Emilia wusste nicht, woher sie den Mut nahm. Sie trat jedoch vor die beiden Wachen und richtete sich auf. Sie sah dem einen, der eben gesprochen hatte, direkt in die Augen.

„Lethan ist zu MEINEM Schutz abkommandiert worden, von Elandiel persönlich. Demnach gehen uns die Angelegenheiten der Königin sehr wohl etwas an, denn ICH bin ihre Großnichte und erwarte sofort eine Antwort auf seine Frage!“, fuhr Emilia den Soldaten an.

„Jawohl, bitte verzeiht, wir haben Euch nicht erkannt“, antwortete der Angesprochene kleinlaut und beide senkten den Kopf zu einem demütigen Gruß.

„Die Königin ist noch nicht aus Angorogh zurückgekehrt“, erwiderte nun der andere Soldat.

„Hat sie einen Boten geschickt mit Neuigkeiten?“, fragte Emilia weiter.

„Nein, Mylady.“

„Dann sendet bitte umgehend einen Boten mit folgender Botschaft zu ihr“, forderte Emilia sie auf. Sie erklärte kurz die Sachlage. Die Soldaten sogen scharf die Luft ein, als sie erfuhren, dass Merkur vermutlich direkt in die Höhle des Löwen gegangen war.

„Ich werde mich persönlich darum kümmern“, erwiderte der Kooperativere der beiden und lief los.

„Und nun?“, fragte Emilia, als sie das Schloss verlassen hatten.

„Nun holen wir uns ein Eis und danach machen wir es uns bei euch gemütlich“, erklärte Sera. „Elandiel hatte versprochen, uns zu informieren, wenn es Neuigkeiten gibt. Also werden wir diese bei euch am schnellsten erfahren.“

„Das macht Sinn“, antwortete Emilia.

Lethan lotste sie wieder durch die vollen Straßen der Stadt. Sie kauften auf dem Markt vier Eisbecher und machten sich dann direkt auf den Weg zu Granny. Diese hatte es sich inzwischen auf der Terrasse gemütlich gemacht. Als die drei zu ihr traten, legte sie ihr Strickzeug beiseite und sah ihnen neugierig entgegen.

„Wir haben Eis mitgebracht, Mrs Scott“, begrüßte Lethan sie und stellte die Eisbecher auf den Tisch. Emilia hatte bereits Löffel geholt und Sera eine Karaffe mit Wasser und vier Gläser.

„Oh, das ist aber nett von euch, dass ihr mir auch etwas mitgebracht habt. Und du kannst mich ruhig Sophia nennen, Mrs Scott klingt so förmlich“, erwiderte diese und zwinkerte Lethan schelmisch zu. „Aber nun erzählt mal, Kinder, was habt ihr herausgefunden?“, fragte Sophia und ihre Augen glitzerten abenteuerlustig.

Emilia erzählte ihr alles. Sie ließ es sich auch nicht nehmen, die Bibliothek im Detail zu beschreiben, auch wenn Sera sich über ihre Begeisterung ein kleines bisschen lustig machte.

„Na warte“, sagte Emilia scherzhaft. „Ich erinnere dich dann mal dran, wenn du mit mir in der Menschenwelt ins Kino gehst oder so was“, ergänzte sie und puffte ihrer Freundin scherzhaft in die Seite.

„Ich nehme dich beim Wort“, erwiderte diese fröhlich. „Bisher durfte ich noch nie in die Menschenwelt.“

„Weil es gefährlich ist, Sera, und das weißt du auch“, schaltete sich Lethan ein.

„Emilia scheint bisher ganz gut dort klargekommen zu sein“, erwiderte Sera beleidigt.

„Kinder, Kinder. Das ist etwas, das wir besprechen können, wenn es so weit ist. Im Moment haben wir größere Probleme und außerdem sind wir derzeit in der Menschenwelt sowieso obdachlos“, versuchte Granny, die Diskussion zu schlichten.

Die Kinder nickten, aber in Seras Blick war ein entschlossenes Glitzern zu sehen. Das letzte Wort zum Thema Menschenwelt war sicher noch nicht gesprochen.

„Was haltet ihr davon, wenn ihr zwei Emilia noch ein bisschen unterrichtet?“, schlug Granny vor, nachdem sie das Eis gegessen hatten. „Ich dachte, ihr hattet vor, heute das *Gedankenverbergen* zu üben?“, stellte sie die Frage an Sera und Emilia.

„Richtig, das hatten wir vor", antwortete Sera. „Emilia! Bist du bereit?"

„Ich schätze schon. Sollen wir uns in den Garten setzen oder hoch in mein Zimmer gehen?"

„Ich wäre für den Garten, wir können da hinten in den Schatten der Bäume sitzen. Habt ihr irgendwo eine Decke zum Unterlegen?", fragte Sera und deutete auf ihre coolen Klamotten. Emilia grinste über die Eitelkeit der Elfe, rief aber:

„Klar, ich hol eine." Sekunden später kam sie bereits mit der Decke zurück.

Voller Tatendrang breiteten sie die Decke am hinteren Ende des Gartens aus und ließen sich darauf nieder. Emilia fühlte sich nun deutlich besser als noch am Morgen. Sie war sich sicher, dass Merkur nicht entführt worden war und hoffte inständig, dass er in Askja fündig werden würde und unentdeckt blieb.

Sie begannen nochmals mit den Übungen vom Vortag. Nur musste Emilia dieses Mal sowohl Seras als auch Lethans Gedanken lesen. Da dies inzwischen problemlos funktionierte, wechselten sie die Positionen. Emilia sollte ihre Gedanken verschließen, während Sera und Lethan abwechselnd versuchten, einen Blick darauf zu erhaschen. Anfangs fiel es Emilia noch sehr schwer und ihre Abwehr wurde mehrfach durchbrochen. Daher zeigte Lethan ihr nochmals, wie er seine Gedanken wegsperrte und dann fiel der Groschen auch bei Emilia. Danach schaffte es keiner der beiden mehr, in ihrem Kopf herumzustöbern.

„Sehr gut. Du lernst schnell. Du hast viel Talent!", lobte Lethan. „Ich würde sagen, heute Mittag solltest du dich ein bisschen erholen. Heute Abend machen wir es uns bei euch gemütlich und dann werden wir versuchen, heimlich deine Gedanken zu stehlen", sagte er mit einem diabolischen Grinsen. „Du musst lernen, in jeder Situation Herr deiner Gedanken zu sein. Irgendwann wirst du spüren, wenn jemand nach deinen Gedanken tastet. Spätestens dann musst du dich verschließen, verstanden?" Emilia nickte und fragte:

„Nutzen die Elfen die Gabe eigentlich oft? Ich meine, es gibt doch die Regel, dass man es nicht ausnutzen darf, oder nicht?"

„Die gibt es", antwortete Sera. „Wir lernen, die Gabe nur einzusetzen, um Gutes zu bewirken. Oder wenn wir miteinander kommunizieren wollen, ohne dass ein anderer es hören soll."

„Die meisten Elfen halten sich daran", ergänzte Lethan. „Aber du wirst immer mal wieder auf jemanden treffen, der es nicht ehrlich mit dir meint. Auch unter den Elfen gibt es bessere und schlechtere Personen. Wie bei euch Menschen auch. Manche halten sich an Regeln, andere nicht. Daher musst du immer auf der Hut sein." Emilia nickte erneut.

„Als Kinder haben wir uns natürlich auch nicht so eng an die Regeln gehalten. Da muss man ja auch noch viel üben", erklärte Sera schelmisch. „Und die Erwachsenen haben es sowieso immer gleich gemerkt, wenn wir versucht haben, an ihre Geheimnisse zu kommen", rechtfertigte sich Sera und grinste. „Aber heute schauen wir, dass wir die Gabe sinnvoll einsetzen."

„Alles klar. Also muss ich keine Angst haben, dass ich für alle permanent ein offenes Buch gewesen bin", erwiderte sie und atmete erleichtert aus.

„Kinder! Essen ist fertig!", riss Granny sie aus ihren Übungen. Sie stand auf der Terrasse und rief zu ihnen herüber: „Bitte helft mir, den Tisch zu decken!"

Die drei sprangen auf und eilten in die Küche. Es duftete herrlich. Nachdem sie alle beim Essen saßen, war die Stimmung wieder auf einem normalen Level. Das Üben hatte die drei in Hochstimmung versetzt. Nach dem Essen legte sich Granny zu einem Nickerchen hin. Sera, Lethan und Emilia wären gern in die Stadt gegangen, aber sie trauten sich nicht, da sie Angst hatten, den Boten zu verpassen. Daher setzten sie sich wieder auf ihre Decke in den Garten und erzählten sich Geschichten. Emilia berichtete, wie sie in der Menschenwelt lebte und die beiden Elfen erzählten von ihrer Kindheit und Jugend in der Elfenwelt. Emilia gefielen die Geschichten. Es kam ihr vor, als wäre sie in eines ihrer Bücher geplumpst. Sie erzählten ihr vom elfischen Grundschulsystem und von der Schule, die mit Erreichen der Volljährigkeit startet.

„Hast du dir inzwischen schon überlegt, ob du mit uns die Ausbildung machen möchtest?", schnitt Sera das Thema vom vergangenen Tag nochmals vorsichtig an.

„Eigentlich noch nicht. Wie gesagt, ich denke gerade nicht gern an die Zukunft. Im Moment prangt da ein großes dunkles Unwetter vor mir“, gab Emilia zurück und zupfte dabei ein paar Grashalme aus.

„Hm... Das verstehe ich. Aber ich würde mich sehr freuen, wenn du hier bleiben würdest. Zumindest einige Zeit“, gab Sera zurück.

„Ich weiß nicht, ob meine Mutter da so begeistert wäre“, überlegte Emilia laut.

„Man wird sehen, was die Zeit bringt“, rettete Lethan Emilia aus ihrer verzwickten Lage. Emilia blickte ihn dankbar an. Das Thema fiel ihr sehr schwer. Vor allem, da sie im Moment große Angst vor der Zukunft hatte. Sie wusste ja nicht, was kommen würde. Wo würde Granny wohnen? Wo würde ihr Vater bleiben? Ihre Mutter hatte sich nach zwei Jahren des Wartens einen neuen Freund geangelt. Sie glaubte nicht, dass sie den nach drei Jahren Beziehung einfach abservieren würde. Allerdings zog sie nichts so wirklich zurück nach Hause. Mit ihrer Schwester verband sie nun noch weniger als früher, seit sie wusste, dass sie nicht denselben Vater hatten, und ihre Mutter hatte Steven, ihren Freund. Außerdem grauste es ihr vor der Vorstellung, wieder in der Großstadt dahinvegetieren zu müssen. Vielleicht sollte sie doch hier bleiben? Sie seufzte tief und zupfte weiter an den Grashalmen, bis ein Loch im Rasen war.

Sie wurde erst aus ihren Gedanken gerissen, als vor dem Haus Hufgetrappel laut wurde. Die drei sahen sich an und sprangen zeitgleich auf. Sie rannten los. Lethan war der Schnellste. Er riss die Haustür so schnell auf, dass der Bote davor erschrocken einen Schritt zurückwich.

„Die Königin Elandiel schickt mich. Sie hat eure Botschaft erhalten und wird sich umgehend in Begleitung Haldurs von Angorogh auf den Weg nach Andorin machen. Sie erwartet euch in einer Stunde im Thronsaal“, erklärte der Elf emotionslos und drehte sich um. Ohne sie noch eines Blickes zu würdigen, stieg er auf sein Pferd und ritt davon.

„Ich wecke Granny auf, vielleicht will sie mit!“, rief Emilia und rannte zurück ins Haus. „Räumt ihr in der Zwischenzeit den Garten auf, bitte?“ Sera und Lethan nickten und machten sich an die Arbeit.

Eine halbe Stunde später standen sie zu sechst vor der Tür. Granny hatte darauf bestanden, die Hunde mitzunehmen, da sie an diesem Tag noch keinen großen Auslauf gehabt hatten. So eilte die zusammengewürfelte Karawane zum Schloss. Emilia knabberte vor Nervosität an den Fingernägeln, bis Granny sie scharf ansah. Daraufhin ließ sie die Hand schuldbewusst sinken.

Im Schloss angekommen fiel sofort auf, dass die Königin wieder da sein musste. Die Soldaten, die sie begleitet hatten, standen noch im Hof und kümmerten sich um Gepäck und Pferde. Niemand kümmerte sich um die sechs, sodass sie unbehelligt, kurze Zeit später, am Thronsaal eintrafen. Die Wachen verneigten sich und öffneten umgehend die Tür. Sie traten ein und waren nicht überrascht, neben Elandiel noch einen zweiten Herrscher zu erblicken.

Haldur war ein großer, hübscher Mann. Er hatte blonde lange Haare, die von silbergrauen Strähnen durchzogen waren. Als er näherkam, um sie zu begrüßen, sahen sie in zwei freundliche, graue Augen. Emilia fiel sofort auf, dass er dieselbe Augenfarbe hatte wie Merkur, aber klar, die hatte er ja von den Bergelfen geerbt, hieß es. Nur der Gedanke an Merkur reichte aus, dass sich in Emilias Innerem alles zusammenzog und ihr Herz schneller schlug. Sie versuchte, schnell wieder Herr ihrer Sinne zu werden, um Haldur standesgemäß begrüßen zu können. Haldur war ein sehr freundlicher und zuvorkommender Mann. Emilia vermutete, dass er schon viele Jahrhunderte auf dem Buckel haben musste, angesichts seiner grauen Haarsträhnen. Sein Gesicht jedoch war makellos, von ein paar Lachfältchen um die Augen abgesehen. Er musste einen angenehmen Charakter haben und viel lachen, schoss es Emilia durch den Kopf. Haldur war ihr auf Anhieb sehr sympathisch.

Als die ausführliche Begrüßung beendet war, setzten sich alle an die große Tafel. Hier hatte Emilia noch vor wenigen Tagen mit Elandiel und Merkur gespeist. Emilias Magen zog sich immer weiter zusammen.

„Schön, dass ihr so schnell kommen konntet", eröffnete Elandiel das Gespräch. „Wie ihr wisst, war ich bei den Bergelfen, um sie in unsere Probleme einzuweihen. Da es um die Zukunft aller Elfenstämme geht, ist es wichtig, dass wir Hand in Hand arbeiten. Emilia, Sera, Lethan, ich danke euch für euer Engagement. Auch wir sind zwischenzeitlich der Meinung, dass sich Merkur nicht in Gefahr befindet. Jedoch hat unsere Vermutung einen anderen Hintergrund. Wir wissen nun endlich, WER die Eltern von Merkur sind", erklärte Elandiel sachlich. Sie machte eine geschickte Pause und fuhr dann fort: „Da es jedoch eine Angelegenheit ist, die Merkur persönlich betrifft, möchte ich mit der Enthüllung dieser Information gern abwarten, bis er wieder da ist. Er soll es von mir persönlich erfahren. Wir dürfen auf jeden Fall davon ausgehen, dass er nicht in großer Gefahr schwebt“, erklärte sie.

„Wie könnt ihr da so sicher sein?“, fragte Emilia verblüfft nach.

„Vertrau mir, Kind. Sobald du die Wahrheit erfahren hast, wirst du meine Worte verstehen. Aber es ist Merkurs Recht, es als Erster zu erfahren. Findest du nicht auch?“, fragte sie Emilia. Diese nickte, wunderte sich jedoch über Elandiels Einfühlungsvermögen, da sie die Tatsache, dass Merkur ein Feuerelf ist, ja gnadenlos in ihrer Anwesenheit ausgepackt hatte. Elandiel sah sie noch einen Moment aufmerksam an und Emilia beeilte sich, ihre Gedanken zu verschließen.

„Elandiel hat recht. Wenn es um seine Eltern geht, muss er es als Erster hören. Er kann dann entscheiden, wem er sich anvertrauen möchte“, mischte sich nun auch Granny ein.

„Warum hast du uns dann hergebeten?“, fragte Emilia. Erst als sie die Frage ausgesprochen hatte, merkte sie, wie unglücklich diese formuliert war. „Das sollte nicht unhöflich klingen, aber du hast uns doch sicher noch mehr Neuigkeiten zu berichten, oder?“, versuchte sie, die Frage höflicher zu verpacken.

„Ich wollte mich hauptsächlich bei euch bedanken und euch die Sorgen um euren Freund nehmen“, erklärte Elandiel. „Des Weiteren würde ich mich freuen, wenn ihr uns heute Abend bei einem kleinen Essen Gesellschaft leisten würdet. Wir speisen um sieben hier im Thronsaal.“ Elandiel stand bei diesen Worten auf und beendete somit das Gespräch. Die Angesprochenen nickten ergeben und wandten sich zur Tür.

„Lethan!“, rief Elandiel ihm nach. „Ich denke, deine Dienste als persönliche Wache wird im Moment nicht mehr benötigt. Du hast heute Abend frei und wirst mit uns speisen. Morgen Abend bist du wieder, wie gewohnt, bei der Schlosswache eingeteilt.“ Lethan nickte untergeben.

„Jawohl, meine Herrin“, erwiderte er und schloss hinter sich die Tür.

„Schade eigentlich. Wir waren so ein schönes Team“, sagte Emilia, als sie durch die langen Flure zum Schlosstor liefen.

„Ich dachte, du kannst es nicht ausstehen, bewacht zu werden?!“, lachte Sera.

„Lethan war ja keine RICHTIGE Wache“, erklärte Emilia. Lethan sah sie überrascht an.

„Und was war ich dann?“, fragte er ernst, aber mit einem spöttischen Grinsen um die Augen.

„Na, der Bruder meiner Freundin. Oder ein Freund, der ein Auge auf uns hat. Such dir aus, was dir gefällt“, antwortete Emilia leichthin.

„Okay, ich nehm’ den Freund“, antwortete er.

„Gute Wahl“, gaben die Mädchen wie aus einem Mund zurück. Anschließend brachen alle drei in schallendes Gelächter aus. Granny schüttelte nur lachend den Kopf.

Als sie sich dem Haus näherten, sagte sie:

„Wollt ihr nicht noch eine Runde mit den Hunden laufen? Ihr wart den ganzen Tag hier eingesperrt. Es würde euch allen guttun. Schaut nur, dass ihr rechtzeitig wieder zurück seid, dass wir um sieben im Schloss sind."

„Gute Idee", antwortete Emilia. „Alle dafür?", fragte sie in die Runde.

„Klar", antworteten Sera und Lethan gleichzeitig. So bog Granny zum Haus ab und die drei folgten mit Fox und Kim dem Weg am Wald entlang, den Emilia bereits am Vortag genommen hatte.

„Wo liegt eigentlich das Nord-Tor?", fragte sie.

„Es ist nicht weit von hier", antwortete Lethan. „Willst du es sehen?"

„Dürfen wir das?", fragte Emilia etwas unsicher.

„Eigentlich gibt es da ja nicht viel, was man sehen kann. Aber dennoch ist es vielleicht sinnvoll, wenn du weißt, WO es ist", schaltete sich nun auch Sera ein.

„Also gut, dann kommt!", rief Lethan und gab den Weg vor. Emilia war nun ein bisschen flau im Magen.

„Ist das auch nicht gefährlich?", fragte sie unsicher.

„Nein. Du musst ja nicht durchgehen", erklärte Lethan und lachte.

„Aber was ist mit dem Troll-Angriff!", entgegnete Emilia mit zitternder Stimme.

„Ich könnte wetten, der hat sich durchgestohlen, als Merkur die Welten gewechselt hat", erklärte Lethan und grinste. „Keine Angst. Wir bleiben ein Stück entfernt. Es passiert nichts", versprach er und legte ihr beruhigend eine Hand auf die Schulter.

Emilia gab sich geschlagen und folgte den beiden Elfen. Sie bogen auf einen schmalen Pfad ab, der ein kleines Stück durch den Wald verlief. Kurz darauf erreichten sie eine sehr große Lichtung. In der Mitte war eine große schwarze Felsplatte zu sehen.

„Siehst du? Das ist das Tor. Ich sag ja, total unspektakulär“, erklärte Lethan ungerührt und zuckte mit den Schultern.

Kaum hatte Lethan das letzte Wort ausgesprochen, da begann es über der Steinplatte zu flimmern.

„Schnell, in den Wald!“, rief Lethan alarmiert und zog sein Schwert. Auch er wich einige Schritte zurück und suchte Deckung hinter einer großen dicken Eiche. Emilia und Sera hatten sich mit den Hunden ein paar Baumreihen weiter hinten versteckt. Der dicke Baumstamm, den sie ausgewählt hatten, verdeckte sie beide komplett. Dennoch konnten sie noch vage erkennen, was am Tor geschah.

Wie gebannt beobachteten sie die Felsplatte. Die Hunde hielt Emilia fest am Halsband umklammert. Das Tor materialisierte sich vor ihren Augen. Nun konnten sie bereits einen Schatten erkennen. Der Schatten hatte eindeutig die Größe eines Menschen. Emilia schlug das Herz bis zum Hals. Plötzlich schrie Sera neben ihr auf und rannte los. Emilia wusste nicht, wie ihr geschah. Sera rannte nicht vom Tor weg. Nein, sie rannte auf das Tor zu!

„Sera, komm zurück!“, zischte Emilia panisch hinter ihr her. Auch Lethan hatte das Schwert eingesteckt und kam hinter seinem Baum hervor. Emilia verstand die Welt nicht mehr. Sie kniff die Augen zusammen, um besser erkennen zu können, wer dort das Tor durchquert hatte – und da erkannte sie ihn …

MERKUR! Sera fiel ihm gerade um den Hals und Lethan klopfte ihm freundschaftlich auf die Schulter. Emilia fiel ein Stein vom Herzen. Sie wäre gern losgerannt, um ihm ebenfalls um den Hals zu fallen, aber jetzt, wo er vor ihr stand, traute sie sich nicht. So kam sie langsam hinter ihrem Baum hervor und wartete, bis die drei Freunde bei ihr ankamen.

„Hi“, sagte sie schüchtern.

„Du hier?“, fragte Merkur verblüfft.

„Wo soll ich sonst sein?“, fragte Emilia etwas verdattert.

„Na, im Haus der Heiler“, erwiderte er garstig.

„Da wurde ich gestern entlassen“, antwortete sie.

„Das kann nicht sein. Du lagst heute Morgen doch noch in deinem Zimmer, als ich mich wieder durchs Fenster davongemacht habe“, erklärte Merkur mit einem knurrigen Unterton. Scheinbar glaubte er, man würde sich einen Scherz mit ihm erlauben.

„Merkur, es stimmt. Emilia wurde gestern Morgen entlassen. Ich war den ganzen Tag mit ihr zusammen“, schaltete sich nun Sera ein.

„Aber ... das kann nicht sein.“ Merkur war nun sichtlich verunsichert und raufte sich seine schwarzen halblangen, strubbeligen Haare.

„Merkur, das ist fast drei Tage her, dass ich dich gesehen habe. Du warst in der Nacht von Samstag auf Sonntag bei mir im Krankenzimmer.“

„Eben, und heute haben wir Sonntag!“, beharrte Merkur.

„Ähm, nein, Kumpel ...", mischte sich nun auch Lethan ein. „Wir haben Dienstag und DU hast ein großes Problem. Die halbe Elfenwelt sucht nach dir."

„Dienstag? Das kann nicht sein. Ich bin doch nur schnell durch das Tor und ... Ich war keine drei Stunden weg ...!", stammelte Merkur und wurde kreidebleich.

„Ich denke, wir sollten schnellstmöglich ins Schloss und Elandiel über deine Rückkehr informieren", bestimmte Lethan nun die weitere Vorgehensweise. „Wir erzählen dir alles unterwegs, Kumpel." Lethan legte einen Arm um Merkurs Schulter und geleitete ihn auf den Weg.

Die Mädchen folgten den beiden und sahen sich verdattert an. Emilia überlegte sich ernsthaft, ob Merkur übergeschnappt sein konnte. Während sie zum Schloss marschierten, brachte Lethan Merkur auf den aktuellen Stand der Dinge. Als Lethan geendet hatte, war jegliche Farbe aus Merkurs Gesicht gewichen.

„Oh nein, was habe ich nur angerichtet?!", seufzte er und setzte sich auf eine Bank am Wegesrand. Er vergrub sein Gesicht in den Händen.

„Ist ja alles noch mal gut gegangen", versuchte Emilia, ihn zu beruhigen.

„Ich hätte beinahe einen offenen Krieg verursacht, Emilia. Begreifst du das denn nicht?", fuhr er sie unbeherrscht an. Emilia wich einen Schritt zurück und schaute entsetzt auf Merkur. Dieser hatte sich wieder hinter seinen Händen versteckt. Sera legte Emilia schützend den Arm um die Schultern. „Ich habe sie zutiefst enttäuscht", jammerte Merkur, das Gesicht noch immer in den Händen vergraben. „Und das nach allem, was ich ihr zu verdanken habe.“ Emilia wollte sich von Sera losmachen und Merkur trösten, aber Lethan warf ihr einen scharfen Blick zu und schüttelte den Kopf. „Wie kann ich ihr jemals wieder unter die Augen treten?“, fragte Merkur verzweifelt.

„Okay, Planänderung“, erklärte Lethan und ließ sich neben Merkur auf der Bank nieder. „Es ist wohl besser, wenn ihr Mädchen zurück zu Sophia geht und euch für den Abend richtet. Wir haben nicht mehr viel Zeit. Ich werde mich um Merkur kümmern und zusehen, dass er heute Abend wieder auf dem Dampfer ist. Wir treffen uns dann im Schloss“, sagte er in einem sehr bestimmten Tonfall.

Emilia wollte Einspruch erheben, aber Sera nickte und zog ihre Freundin mit sich.

„Schickt eine der Wachen zum Schloss und lasst ausrichten, dass wir heute Abend MIT Merkur kommen werden und dass es ihm gut geht, hört ihr?!“, rief Lethan den beiden hinterher, als diese schon ein paar Meter weiter weg waren.

„Machen wir, Bruderherz!“, rief Sera zurück. Sie nahm Emilia an der Hand und rannte mit ihr zum Haus. Die Hunde hinterher.

KAPITEL 14

Als sie das Haus erreicht hatten, gab Sera den Wachen kurze Anweisungen, woraufhin eine der Wachen umgehend in Richtung Schloss davoneilte. Emilia hingegen war sofort ins Haus gestürzt, ohne auf Sera zu warten.

„Granny!!! Er ist wieder da! Merkur, er ist wieder da!“, rief sie und fiel ihrer Großmutter, die in der Küche einen Tee trank, stürmisch um den Hals.

„Kind, renn mich nicht über den Haufen. Nun setz dich erst mal und erzähl mir in Ruhe, was passiert ist“, versuchte Granny, sie zu beruhigen.

„Wir haben leider keine Zeit“, ließ sich Sera von der Tür vernehmen. „Elandiel erwartet uns bereits in einer halben Stunde und wir sollten uns noch frisch machen.“ Granny seufzte und sah auf die Uhr.

„Was, so spät ist es schon wieder? Na, dann werden wir uns mal in Schale werfen. Ich denke, heute Abend werde ich sowieso alles erfahren, was inzwischen vor sich gegangen ist“, erwiderte Granny und erhob sich schwerfällig. Anschließend ging sie langsam die Wendeltreppe hinauf.

„Was soll ich anziehen?“, fragte Emilia nun an Sera gerichtet. „Was tragen Elfen zu solch einem Dinner?“

„Komm mit, wir schauen mal, was dein Schrank so hergibt. Ich könnte wetten, dass wir jede Menge finden werden, so konservativ wie deine Kleidung war, die du gestern getragen hast“, erklärte Sera spöttisch und stupste

Emilia freundschaftlich mit dem Ellenbogen in die Seite. Dann nahm sie sie bei der Hand und zog sie hinter sich her die Treppe hinauf.

Sera sollte recht behalten. Sie kramte ein paar Minuten im Schrank und beförderte dann zwei wunderschöne Kleider daraus hervor. DIE waren wirklich standesgemäß. Sie hatten beide dieselbe Größe und denselben Schnitt. Das eine war hellgrün, das andere hellblau. Die Kleider waren aus einem luftigen, schillernden Stoff gefertigt. Das grüne streckte sie Emilia hin.

„Betont deine Augen“, erklärte sie fachmännisch und nahm sich das hellblaue Kleid. Emilia zog sich aus und warf die Kleidung, die sie anhatte, achtlos auf den Boden. Dann schlüpfte sie in das lange Kleid. Es legte sich wie eine zweite Haut über sie. Das Kleid war eng geschnitten. Es schillerte in allen Grüntönen. Feine Stickereien schmückten Rock und Mieder. Es hatte weit geschnittene Trompetenärmel und betonte nicht nur Emilias Augen, sondern auch ihre Figur. Zufrieden musterte sie sich im Spiegel.

„Eigentlich hasse ich ja Kleider“, warf sie ein und drehte sich vor dem Spiegel. „Aber das gefällt sogar mir. Es fühlt sich gar nicht an wie Stoff, es ist wie eine zweite Haut. So gemütlich wie mein Schlafanzug!“, witzelte Emilia weiter.

„Aber tausendmal schicker als dein Schlafanzug, möchte ich wetten“, warf Sera lachend ein.

„Hey, beleidige nicht meinen Schlafanzug!“, empörte sich Emilia gespielt. In dem Moment drehte sich Sera in dem hellblauen Kleid zu ihr um. „Wow, du siehst atemberaubend aus!“, hauchte Emilia.

„Dankeschön, das Kompliment kann ich nur zurückgeben. Komm mal hier her zum Licht. Wir müssen noch was mit deinen Haaren machen und ein bisschen Schminke würde dir auch nicht schaden“, bestimmte Sera.

„Muss das sein?“, stöhnte Emilia.

„Ja, es muss. Du bist die Großnichte der Königin und heute Abend zu einem Dinner mit dem König der Bergelfen eingeladen. Also: Ja, es muss sein.“ Emilia fügte sich in ihr Schicksal. Sera nestelte an ihr herum. Zupfte hier, klopfte da, puderte dies und bemalte das.

„Fertig“, ertönte Seras zufriedene Stimme nach ein paar Minuten. „Na los! Schau dich an!“, drängte sie gespannt. Sie schob Emilia vor den großen Spiegel.

„Wahnsinn!“, flüsterte diese, als sie ihr Spiegelbild betrachtete. Sera hatte ihre Augen grün geschminkt, was diese noch mehr strahlen ließ. Das Haar hatte sie sorgfältig gebürstet und so geflochten, dass der Zopf über ihre linke Schulter nach vorne fiel. Dasselbe machte sie nun auch bei sich. Nach weiteren fünf Minuten waren sie beide fertig.

„So, nun kann es losgehen“, sagte Sera erwartungsvoll. „Wir sehen aus wie Zwillinge, findest du nicht?“, fragte sie begeistert. Emilia beachtete die Frage kaum, sondern grübelte besorgt vor sich hin. „Was ist los?“, fragte Sera alarmiert. „Gefällst du dir nicht?“

„Doch, alles okay. Mir ist gerade nur wieder Merkur in den Sinn gekommen. Meinst du, er bekommt großen Ärger?“, fragte Emilia und kaute nervös an ihrem Fingernagel. Sera zog ihr die Hand aus dem Mund.

„Mach dir keine Sorgen. Merkur ist Elandiels Ein und Alles. Er ist ihr Mündel und für sie beinahe wie ihr eigenes Kind. Ihm wird nichts geschehen“, erklärte Sera bestimmt. Aufmunternd nahm sie Emilias Hand. „Also, können wir?“, fragte sie. Emilia nickte.

Granny wartete unten bereits auf sie.

„Wo bleibt ihr denn? Nun müssen wir uns aber sputen“, trieb sie die Mädchen zur Eile an. Sie hatte nicht einmal die Zeit, die beiden auch nur eines Blickes zu würdigen, sondern wandte sich umgehend der Tür zu. Erstaunlich schnellen Schrittes lief sie den Mädchen voraus in Richtung Schloss. Sie kamen pünktlich um sieben an der Tür des großen Saals an und wurden sogleich eingelassen.

„Elandiel, bitte entschuldige unsere Verspätung. Die Mädchen kamen recht spät zurück von ihrem Spaziergang“, begrüßte Granny die Königin.

„Ihr seid mehr als pünktlich, Sophia. Mach dir keine Sorgen. Ich habe die Botschaft schon erhalten, dass ihr unser Sorgenkind gefunden habt. Aber wo ist er denn nun?“, fragte Elandiel überrascht und sah sich suchend um. Erstaunlicherweise klang sie kein bisschen böse.

„Ist er denn noch nicht hier?“, fragte Emilia verblüfft.

„Lethan wollte mit ihm direkt herkommen“, warf nun Sera ein und machte einen kleinen Knicks vor Elandiel. „Merkur macht sich schwere Vorwürfe, Eure Majestät“, ergänzte sie schüchtern.

„So? Tut er das? Na, da bin ich mal auf seine Erklärungen gespannt“, erwiderte die Königin streng, aber um ihren Mund spielte ein leichtes Lächeln. Emilia wurde aus ihr nicht schlau. Sie hätte gedacht, dass Elandiel stinkwütend auf Merkur sein müsste, aber scheinbar hatte Sera recht mit der Annahme, dass ihr Merkur mehr bedeutete als alles andere.

In diesem Moment öffnete sich die Tür erneut und Haldur betrat mit seinen Wachen den Raum.

„Seid gegrüßt, Haldur von Angorogh“, begrüßte Elandiel ihn förmlich. Granny und Sera verbeugten sich leicht vor Haldur. Emilia machte es ihnen nach. Ein bisschen gutes Benehmen hat noch keinem geschadet, dachte sie und schmunzelte innerlich über das mittelalterliche Gehabe.

„Elandiel von Andorin, ich bin erfreut, Euer Gast sein zu dürfen und freue mich auf einen gemütlichen Abend mit Euren Liebsten“, erwiderte Haldur und neigte den Kopf.

„Lasst uns Platz nehmen“, bat Elandiel. „Die restlichen Gäste werden sicher bald da sein.“ Elandiel nahm am Kopf der Tafel Platz. „Es wird Euch sicher freuen zu hören, dass Merkur heute Nachmittag gefunden wurde, Haldur“, erklärte sie beiläufig.

„Oh, in der Tat, dies ist eine erfreuliche Kunde“, erwiderte dieser.

Wenige Augenblicke später öffnete sich die Tür erneut. Lethan und Merkur betraten den Saal. Auch sie hatten sich in Schale geworfen. Sie trugen elegante weiße Hemden, die ebenfalls aus einem sehr leichten Stoff gefertigt waren. Diese waren an den Schultern und an den Armen locker und weit. Am Handgelenk wurden sie von einem Bund gehalten. An der Taille waren die Hemden enger geschnitten, sodass sie eine V-Form darstellten. Darüber trugen beide silberne, knielange Westen mit dem Wappen Andorins, einem silbernen Baum, unter dem eine Art Einhorn stand. Sie trugen enge schwarze Hosen und dazu schwarze glänzende Stiefel. Sie sahen wahnsinnig schick und elfisch aus, musste Emilia denken.

„Bitte vergebt uns unsere Unpünktlichkeit“, bat Lethan und verbeugte sich tief. Merkur stand stocksteif da. Man sah, dass seine Emotionen Achterbahn fuhren. Als Lethan sich wieder aufrichtete, schob er Merkur mit einer unauffälligen Geste ein kleines Stück nach vorne und warf ihm einen auffordernden Blick zu.

„Bitte verzeiht mir, Elandiel“, begann er stockend seine Rede und ging vor der Königin, mit gesenktem Kopf, auf die Knie. Zu seinen Schuhen gewandt sprach er weiter: „Ich wollte nicht, dass sich jemand meinetwegen Sorgen macht. Ich war nur so frustriert, dass ich in der Bibliothek keine Hinweise auf meine Kräfte finden konnte“, sprudelte es aus ihm heraus. „Ich wusste nicht, wo ich sonst hätte suchen sollen. Da dachte ich ...“

„Da dachtest du, du gehst mal eben nach Askja“, unterbrach ihn Elandiel eher amüsiert als streng.

„Genau“, ergriff Merkur wieder das Wort. „Ich dachte doch nicht im Traum daran, dass ...“

„Dass Askja in der Menschenwelt liegt und daher die Zeit anders vergeht als bei uns. Richtig?“, vollendete Elandiel seinen Satz und ein breites Schmunzeln stahl sich in ihr Gesicht. Da Merkur noch immer seine Schuhe genauestens musterte, fiel ihm diese Gefühlsregung der Königin nicht auf.

„Richtig“, antwortete er kleinlaut. Emilia schlug sich mit der flachen Hand auf die Stirn.

„Aber natürlich!“, rief sie. „Askja liegt verborgen in der Menschenwelt. Das heißt ...“

„Genau, das heißt, zweieinhalb Stunden dort sind zweieinhalb Tage hier“, beendete Elandiel ihren Satz.

Merkur sah nun auf und funkelte Emilia vorwurfsvoll an. Sie hatte ihn mit ihrem Einwurf aus dem Konzept gebracht. Emilia zog entschuldigend das Genick ein und lächelte ihn versöhnlich an.

„Es ist gut, Merkur, ich vergebe dir. Ich verstehe dein Handeln, auch wenn es gefährlich und töricht war abzuhauen, ohne jemandem Bescheid zu geben“, erwiderte Elandiel.

„Ich weiß. Aber ich dachte, Ihr würdet es verbieten, wenn ich um Erlaubnis gebeten hätte“, antwortete Merkur, wieder mit gesenktem Haupt.

„Vermutlich hätte ich das auch“, entgegnete Elandiel unter einem tiefen Seufzen. „Merkur, bitte steh auf. Nehmt Platz“, sagte sie in königlichem Tonfall. Sie wies mit ihrem Arm auf zwei freie Plätze. Merkur blickte verblüfft auf, erhob sich dann aber umgehend, um den freien Platz an Emilias Seite einzunehmen. Lethan setzte sich ihnen gegenüber an die Seite seiner Schwester.

„Ich denke, wir sollten mit dem Essen beginnen. Es war ein ereignisreicher Tag für alle von uns und ich glaube, es bespricht sich alles besser mit vollem Magen“, sagte Elandiel und klatschte in die Hände. Daraufhin begannen die Diener unzählige Platten mit Essen aufzutragen.

Merkur traute sich nun das erste Mal, sich in der Runde umzuschauen. Er war zum einen überrascht über Elandiels frohe Stimmung und zum anderen fragte er sich, warum ihn dieser fremde Elf, der ebenfalls Teil der Runde war, so genau musterte.

„Ach so, Merkur, darf ich dich mit Haldur von Angorogh bekanntmachen? Wir hatten heute Morgen einen netten Plausch, bei dem du das Hauptthema warst“, sagte Elandiel und zwinkerte ihm zu. Merkur war so verblüfft von ihrer guten Laune, dass er nur ein Nicken in Richtung des Königs zustande brachte.

Während des fünfgängigen Menüs wurde die Stimmung ausgelassener. Merkur schüttelte langsam sein schlechtes Gewissen und sein Unwohlsein ab und taute regelrecht auf. Der Wein floss in Strömen und morgen würde sicherlich der eine oder andere von ihnen einen schweren Kopf zu beklagen haben. Merkur, Sera und Lethan scherzten und erzählten lustige Geschichten von anderen Elfen in ihrem Alter. Emilia musterte Merkur immer wieder verstohlen von der Seite. Sie hatte das Gefühl, dass die Ankündigung, die Elandiel heute Mittag gemacht hatte, wie ein Damokles-Schwert über ihnen hing. Sie war gespannt, wann sie die Bombe platzen lassen würde, die unweigerlich Merkurs gesamtes Leben über den Haufen werfen würde. Aber Merkur wusste von all dem noch nichts.

Nachdem das Essen beendet war und die Diener alles abgetragen hatten, wandte sich Elandiel an Merkur:

„Aber nun möchte ich dennoch alles über deine Reise nach Askja wissen“, forderte sie ihn auf. „Wie kamst du überhaupt auf die Idee, in die Höhle des Löwen zu gehen?“

Merkur richtete sich auf und nahm einen Schluck Wein, dann räusperte er sich:

„Nun, da ich in der Bibliothek nichts finden konnte und die Bibliothekarin mir versicherte, dass ich in ganz Andorin keine Lektüre diesbezüglich finden würde, fiel mir nur ein Ort ein, wo ich überhaupt fündig werden könnte", erklärte er.

„In Askja!", warf Emilia ein.

„Richtig!" Merkur schaute sie an und nickte. „In Askja musste es genügend Informationen geben, die mir nützlich sein würden. Da war ich mir sicher. Also beschloss ich, einfach mal das Tor zu benutzen. Ich dachte, ich würde nicht weiter auffallen, da ich ja aussehe wie einer von ihnen. Ich wollte ja nur schnell hinüber, mir ein Buch besorgen und wieder zurück. Ich dachte nicht, dass mein Verschwinden hier überhaupt bemerkt werden würde. Als ich dann das Tor durchschritt, trat leider schon das erste Problem auf", erzählte er etwas verlegen.

„Der Troll!", riet Lethan.

„Genau", bestätigte Merkur seine Vermutung. „Ich spürte, dass eine weitere Kreatur zeitgleich mit mir das Tor passierte. Ich hoffte, das Tor schnell genug versiegelt zu haben, nachdem ich in Askja angekommen war, aber so wie mir Lethan erzählt hat, war dies wohl nicht der Fall. Der Troll musste am Tor darauf gewartet haben, dass irgendwann jemand durchkommt, und hat seine Chance genutzt. Aber Lethan hat mir erzählt, dass zum Glück niemandem etwas passiert ist." Elandiel nickte.

„Wie ging's dann weiter?", fragte Emilia gespannt. „Du konntest doch nicht einfach in die Schlossbibliothek laufen und munter drauf los lesen, so wie hier, oder?"

„Nein, natürlich nicht. Das war aber auch gar nicht nötig", antwortete Merkur in vor Stolz geschwängertem Tonfall.

„Jetzt erzähl schon", drängte nun auch Sera und rollte genervt die Augen über Merkurs Allüren.

„Na, das ist doch ganz logisch ... WO besorgen wir uns die Bücher, wenn wir beginnen, unsere Kinder auszubilden?", fragte er in die Runde.

„Na, in Sefaus' Laden", antwortete Lethan. „Ah! Ich verstehe!", rief er gleich danach aus und schlug sich mit der flachen Hand vor die Stirn. „Merkur, du bist genial."

„Könnte uns vielleicht mal jemand an Merkurs Genialität teilhaben lassen?", fragte nun auch Emilia genervt.

„Na, ist doch ganz einfach", erwiderte Lethan. „Jedes Elfenkind bekommt zu seinem sechsten Geburtstag ein Lehrbuch über die Magie der Elfen geschenkt. Mithilfe dieses Buches bilden es die Eltern in der Grundlagenmagie aus. Sefaus ist der örtliche Buchhändler. Bei ihm kaufen wir in der Regel unsere Lehrbücher."

„Logisch!", rief Sera, nun war auch bei ihr der Groschen gefallen. „Also gingst du davon aus, dass es bei den Feuerelfen genauso sein könnte und musstest also nur einen normalen Bücherladen finden."

„Richtig!", entgegnete Merkur. „Es war ein Kinderspiel. Rein ins Geschäft, zahlen und wieder abhauen. Das war der Plan."

„Aber woher hattest du das Geld? Du konntest ja nicht mit unserer Währung bezahlen, oder?“, warf Sera ein.

„Das war in kleines bisschen knifflig. Ich hatte die Hoffnung, dass ich ein Pfandhaus finden würde, in dem ich meine Halskette versetzen könnte. Leider musste ich danach erst eine Weile suchen. Askja ist groß und verwinkelt. Und ich wollte keine Aufmerksamkeit auf mich ziehen, daher habe ich niemanden nach dem Weg gefragt. Zum Glück wurde ich jedoch fündig. Anschließend habe ich in einer Buchhandlung, die ich schon davor gefunden hatte, nach besagtem Buch gefragt, und siehe da! Meine Fahrkarte zur Macht!“ Er zog ein kleines Buch aus der Tasche seiner Jacke und hielt es schmunzelnd in die Höhe.

„Reife Leistung!“, brachte sich nun auch Elandiel in das Gespräch ein und klatschte in die Hände. „Haben die Feuerelfen keinen Verdacht geschöpft, dass du nicht dorthin gehören könntest?“, fragte sie besorgt nach.

„Nein, ich hatte einen schwarzen Umhang um und die Kapuze tief ins Gesicht gezogen. Ich hatte Angst, dass meine grauen Augen verraten könnten, dass ich nicht reinblütig bin, und ich weiß nicht, wie tolerant die Feuerelfen bei so was sind. Alles, was sie sahen, war ein junger Mann mit Kapuze, unter der schwarze Haare hervorblitzten“, erzählte er stolz.

„Das war sehr gut durchdacht von dir. Ich bin stolz auf dich“, lobte Elandiel.

„Vielen Dank. Ich habe auch noch eine wichtige Information bezüglich Roman mitgebracht“, antwortete Merkur nun etwas leiser.

„WAS? Und das sagst du erst JETZT?“, platzte es aus Emilia heraus.

„Entschuldige, ich hatte die letzten paar Stunden andere Dinge im Kopf. Ich hatte Angst, ich würde den Abend im Kerker verbringen, okay?“, antwortete er gereizt.

„Merkur, was für Neuigkeiten hast du über meinen Sohn erfahren?“, fragte Granny mit zittriger Stimme.

„Ich habe zwei Wachen belauscht. Scheinbar war Roman die letzten fünf Jahre in einem unterirdischen Höhlensystem gefangen. Mephisto wollte ihn geistig ausbluten lassen“, erzählte er, was er gehört hatte.

„Oh, mein Gott“, hauchten Emilia und Granny wie aus einem Munde.

„Jedenfalls soll er nun verlegt werden. Mephisto möchte ihn einer Gehirnwäsche unterziehen und ihn dann wieder laufen lassen. Er wolle sein Gedächtnis so verändern, dass er sich nicht mehr an die Gefangenschaft erinnere und als König den Thron der Waldelfen besteigen könne.“

„Aber das ist doch gut, oder?“, fragte Sera. „Wenn er sich nachher nicht mehr daran erinnern kann, meine ich, und er nach Hause kann.“ Elandiel schüttelte betrübt den Kopf.

„Nein, Sera, ich glaube, du verstehst das nicht. Er möchte Roman quasi umpolen. Er wird ihm die schlechten Erinnerungen an Askja und seine Gefangenschaft nehmen und diese durch gute, erfundene Erinnerungen ersetzen. So wird er erreichen, dass er in Andorin einen starken Verbündeten gewinnt. Vermutlich kann er so weit gehen, dass Roman seine Marionette sein wird. Mephisto wird durch Roman die Herrschaft über die Waldelfen erlangen.“

„Das müssen wir verhindern!“, schrie Emilia und sprang auf. Tränen standen ihr in den Augen. Granny drückte sanft ihren Arm und brachte sie so dazu, sich wieder zu setzen.

„Das werden wir, Emilia“, antwortete Elandiel. „Ich habe euch heute Mittag mitgeteilt, dass wir wichtige Dinge erfahren haben“, begann Elandiel nun mit dem Thema, auf das sie alle längst gewartet hatten. „Merkur, diese Dinge betreffen dich.“ Elandiel machte eine kurze Pause. Als sie sicher war, dass alle ihren Worten folgten, sprach sie weiter: „Durch dein Verschwinden mussten wir handeln und haben unser bestehendes Bündnis mit den Bergelfen erneuert. Haldur und ich hatten ein langes Gespräch, bei dem es sowohl um die Feuerelfen als auch um die Prophezeiung gegangen ist. Mir erschien es schon immer wichtig zu erfahren, wer deine Eltern waren, Merkur, das weißt du. Nun habe ich die nötigen Informationen erhalten.“

Merkur setzte sich kerzengerade auf. Jegliche Farbe war aus seinem Gesicht gewichen. Elandiel fuhr fort:

„Spätestens als du Gegenstand der Prophezeiung wurdest, wusste ich, dass du von hohem Stand sein musstest. Warum sonst solltest du und die Tochter des künftigen Königs die Welten ändern können? Haldur und ich haben uns lange beraten und schlussendlich hat er sich mir offenbart. Merkur, ich frage dich nun dies: Ist es für dich in Ordnung, wenn es alle hier Anwesenden mit dir erfahren? Oder möchtest du, dass wir die Sache erst unter vier Augen besprechen?“ Sie sah Merkur liebevoll an.

„Alle hier Anwesenden sind meine Freunde. Ich möchte, dass sie dabei sind“, sprach Merkur mit belegter Stimme.

Man konnte die Anspannung in der Luft beinahe greifen. Ein paar Augenblicke sagte niemand ein Wort. Alle Augen waren auf Elandiel gerichtet.

„Nun gut. Ich hatte es lange vermutet, aber nie einen Beweis dafür gefunden“, redete sie weiter und atmete tief durch. „Aber nun wissen wir es sicher“, fuhr sie fort. Merkur griff unter dem Tisch nach Emilias Hand. Diese erschrak kurz und schaute Merkur von der Seite an. Er erwiderte ihren Blick. In diesem Blick lagen so viele Emotionen, die man hätte nicht in Worte fassen können. Emilia konnte seine Angst förmlich fühlen. Sie sah ihn fest an, nickte und flüsterte:

„Was immer auch kommt. Wir stehen das gemeinsam durch!“ Sie drückte seine Hand fest und er nickte ihr dankbar zu. Als sie beide wieder den Blick zu Elandiel richteten, fuhr diese fort:

„Ich bitte euch inständig, das, was ich euch jetzt sage, vertraulich zu behandeln. Es darf diese Räume vorerst auf keinen Fall verlassen, da es Haldurs Ansehen und seiner Macht nachhaltig schaden könnte. Versprecht ihr das?“

Alle Anwesenden nickten. Die Atmosphäre war nun zum Zerreißen gespannt.

„Nun gut, vor über siebzehn Jahren waren Haldur und seine damals zwanzigjährige Tochter Ainema zu Besuch in Askja. Sie versuchten, ein Bündnis mit den Feuerelfen zu erzielen. Dafür hielten sie sich mehrere Wochen am Hofe Mephistos auf. Haldur blieb nicht verborgen, dass Mephisto ein Auge auf seine Tochter geworfen hatte und auch Ainema schwärmte in den höchsten Tönen von ihm. In der Hoffnung, dass diese junge Liebe das Bündnis begünstigen könnte, ließ Haldur den Dingen seinen Lauf. Die beiden verbrachten viel Zeit miteinander und alles sah nach einer sich anbahnenden Ehe aus – bis die Verhandlungen plötzlich scheiterten. Haldur und seine Tochter mussten umgehend das Schloss verlassen und reisten zurück nach Angorogh. Ainema sah Mephisto nie wieder. Allerdings war die Liebelei nicht ganz so folgenlos geblieben. Wenige Wochen nach ihrer Rückkehr konnte Ainema ihre Schwangerschaft nicht mehr verbergen. Daher ging sie unter dem Vorwand, sie brauche intensive Ruhe, um zu meditieren, in die Einöde. Dort blieb sie während der gesamten Schwangerschaft und gebar, ganz allein, ihren kleinen Sohn. Sie wickelte ihn in Decken und brachte ihn mit einem kleinen Boot an eine Stelle des Elephas, an der sie sicher war, dass er heil in Andorin ankommen würde. Sie hatte bereits damals von den Sternen erfahren, dass er einmal eine wichtige Rolle in der Geschichte der Elfen spielen würde und dass diese Rolle in Andorin beginnen würde. Als sie sich von der Geburt erholt hatte, ging sie zurück ins Schloss und arbeitete seitdem an der vollkommenen Formulierung der Prophezeiung, die ihren Sohn betrifft. Ihrem Vater vertraute sie sich erst viele Jahre später an. Erst als sie das Schicksal ihres Kindes klar und deutlich in den Sternen sehen konnte, traute sie sich, ihren schwachen Moment mit Mephisto zu beichten."

Nachdem Elandiel geendet hatte, blieb alles still. Merkur drückte noch immer so fest Emilias Hand, dass es wehtat. Er starrte vor sich auf die Tischplatte. Man konnte seine Kieferknochen mahlen sehen. Emilia legte ihre andere Hand auf seinen Arm. Er reagierte nicht gleich. Als er den Kopf hob, sah er Haldur an.

„Also bist du mein Großvater?", brachte er zitternd heraus. Haldur nickte. Merkur sprang auf, ließ Emilia los und rannte zur Tür hinaus. Emilia wollte ebenfalls aufspringen, aber ihre Granny hielt sie fest.

„Lass ihn erst mal alleine mit allem zurechtkommen, Emilia", richtete Elandiel das Wort an sie. Emilia nickte. Sie biss nervös auf ihrer Unterlippe herum und hibbelte auf ihrem Stuhl hin und her. Es fiel ihr unendlich schwer, Merkur jetzt alleine zu lassen. Dennoch fasste sie sich ein Herz und stellte die Frage, die ihr auf der Seele brannte:

„Wie wirkt sich dieses Wissen denn nun auf meinen Vater und die Prophezeiung aus?"

„Wir müssen Mephisto mit der Existenz eines Sohnes, den er sich immer gewünscht hatte, überraschen. Wir müssen Merkur als Trumpf einsetzen, um Roman unbeschadet und mit klarem Verstand zurückzubekommen. Wir glauben, dass Mephisto die Neuigkeit positiv aufnehmen wird, da er, genau wie ich, keinen Erben hat. Unsere Herrschaften enden bald, daher ist es ungemein wichtig, die Nachfolge geregelt zu wissen und er möchte sicher nicht, dass der Thron an die Kinder seiner Schwester fällt. Es ist also wieder alles offen und wir sind guter Dinge, dass sich alles zum Guten wenden wird. Ende des Monats steht der Blutmond über Askja am Himmel. Wir müssen schauen, dass wir bis dahin optimal vorbereitet sind. Das heißt, du und Merkur müsst eure Fähigkeiten finden und ausbauen. Wir dürfen die Zeit nicht ungenutzt lassen."

„Das sind nur noch zehn Tage bis Monatsende“, warf Sera ein. „Da müssen wir uns ranhalten, Emilia.“

„Ich bin sicher, ihr werdet das schaffen“, wandte Granny ein.

„Emilia lernt schnell und ich würde mich auch gern wieder dazu bereiterklären, mit euch zu üben, wenn die Zeit es zulässt“, bot Lethan an.

„Das ist eine gute Idee, Lethan. Ich werde deinem Hauptmann mitteilen, dass du weiterhin für Emilias Schutz benötigt wirst. Es kann nicht schaden, wenn du den Mädchen hilfst und vielleicht kannst du dann auch ein Auge auf Merkur werfen. Sicher hat er eine helfende Hand auch dringend nötig. Damit würde ich unsere Runde auch gern aufheben. Wir haben morgen alle einen anstrengenden Tag vor uns“, gebot die Königin und stand auf. Ihre Gäste taten es ihr gleich.

„Vielen Dank für den Abend“, bedankte sich Granny beim Hinausgehen bei Elandiel.

„Ich genieße jeden Tag, den ihr hier seid, Sophia. Endlich habe ich wieder eine Familie um mich herum“, erwiderte diese mit belegter Stimme. Sie nahm Sophia in den Arm, was diese sichtlich rührte.

Auf dem Heimweg hielt Emilia Augen und Ohren offen. Sie hoffte, irgendwo ein Zeichen von Merkur zu entdecken. Als sie daheim ankamen, ging sie etwas enttäuscht ins Haus. Sie hatte so gehofft, noch mit Merkur reden zu können. Sera und Lethan hatten sich vor dem Haus von ihnen verabschiedet. Sie versprachen, morgen früh bereits zum Frühstück vorbeizukommen.

„Ich geh gleich ins Bett, Granny! Schlaf gut!“, sagte Emilia und ging die Treppe hinauf.

„Schlaf gut, Kind!“, hörte sie ihre Großmutter noch rufen. Dann schloss sie die Tür zu ihrem Zimmer und ließ sich von innen dagegen sinken. Fox kam herbei und begrüßte sie freudig. Er setzte sich neben sie und genoss es sichtlich, dass sein Frauchen ihm das Ohr kraulte.

„Du sahst heute Abend sehr hübsch aus!“, erklang eine vertraute Stimme aus der Dunkelheit. Emilia sprang entsetzt auf. Der Vorhang bewegte sich und Merkur trat durch die offenstehende Balkontür ein. Seine Augen funkelten wie die eines Raubtieres. „Du solltest das Fenster schließen, es könnte jemand bei dir einsteigen“, erklärte er in schnurrendem Tonfall. Er umrundete Emilia wie ein Tiger seine Beute und strich ihr sanft mit einem Finger über ihre Schultern.

„M-Merkur!“, keuchte Emilia. „Was tust du hier?“ Merkur ignorierte ihre Frage, trat aber einen Schritt von ihr zurück, während er sich aufmerksam in ihrem Zimmer umsah. Es sah aus, als hätte eine Bombe eingeschlagen. Überall lagen Klamotten verstreut. Auf dem Bett, dem Boden, den Sesseln. Sie hatte heute keine große Sorgfalt mit ihren Dingen walten lassen. Merkur griff sich ein enges Spitzentop, das über einem der Sessel lag. Sera hatte es dort hingeworfen, auf der Suche nach etwas Passendem für das Dinner. Er betrachtete das gute Stück genau, nachdem er sich lässig in den Sessel hatte fallen lassen. Seine Augen blitzten erneut und um seinen Mund spielte ein leichtes Lächeln. Wütend riss ihm Emilia das Teil aus der Hand.

„Das ist nicht meins“, sagte sie und stopfte es zurück in die Kommode. Merkur grinste und musterte Emilia vom Scheitel bis zur Sohle. Emilia kam sich seltsam nackt vor unter seinem Röntgenblick. Jedoch spürte sie, wie sich eine ihr unbekannte Erregung in ihr breit machte. Entsetzt machte sie einen weiteren Schritt von Merkur weg und verschränkte ihre Arme vor der Brust.

„Was erlaubst du dir?“, fauchte sie ihn an. „Hör gefälligst auf, meine Gefühle zu beeinflussen!“ Merkur hob grinsend eine Augenbraue.

„Sorry, aber das bin ich nicht“, erklärte er cool. „Scheinbar findest du mich eben heißer, als du zugeben willst“, sagte er und stand auf. Mit wenigen Schritten stand er vor ihr und sah sie mit gierigem Blick an. Er biss sich auf die Lippen und musterte sie eingehend. Emilia schluckte schwer und machte einen Schritt rückwärts.

„Was soll das, Merkur?“, fragte sie. „Du machst mir Angst.“

„Ach, wirklich?“, fragte er mit einem belustigten Grinsen.

Er trat noch einen Schritt näher an sie heran. Emilia wollte erneut zurückweichen, stieß jedoch mit dem Rücken an den Schrank. Merkur lachte heiser, als Emilia sich nach einem Fluchtweg umsah.

„Bin wirklich ich es, der dir Angst macht, oder sind es die Gefühle, die du in meiner Anwesenheit empfindest?“, fragte er sie nun direkt und sah ihr dabei tief in die Augen. Emilia hielt seinem Blick stand. Sie hatte das Gefühl, sich in Merkurs wunderschönen silbergrauen Augen verlieren zu können. Als sie nicht antwortete, sondern hektisch ihre

Lippen ableckte und ihren Blick abwandte, stieß Merkur erneut ein raues Lachen aus. „Wusste ich es doch“, stieß er triumphierend aus. Nun beugte er sich ein Stück vor und lehnte die rechte Hand gegen den Schrank. Emilia schluckte heftig. Mit der anderen Hand griff er sanft nach ihrem Kinn und hob ihren Kopf an, sodass sie ihm wieder direkt in die Augen sehen musste.

„Was soll das?“, hauchte Emilia mit zitternder Stimme. Verwirrt sah sie ihm in die Augen und suchte nach einer Antwort. Er erwiderte nichts, sondern ließ die linke Hand sanft ihre Wange hinuntergleiten. Ein Schauer lief durch Emilias Körper. Ein leises Stöhnen entwich ihr. Sie schloss die Augen, als seine Hand ihr Schlüsselbein entlang fuhr.

„Wir sollten das nicht tun, Merkur“, flüsterte sie, doch ihr Körper sprach eine ganz andere Sprache. Alles in ihr schien vor Verlangen nach ihm zu glühen.

„Da bin ich anderer Meinung“, hauchte Merkur und kam noch näher. Er roch wunderbar, tief sog Emilia seinen Duft ein. Er nahm ihre Hände, hob sie über ihren Kopf und drückte sie gegen den Schrank. Er lehnte sich mit seinem Körper gegen sie und sah sie an. „Schau mich an, Emilia“, bat er in einem sanften Ton. Sie öffnete die Augen und blickte in zwei wunderschöne graue Augen. Es lag so viel Schmerz in ihnen und so viel Verlangen. Da erst wurde Emilia bewusst, dass sie dabei waren, einen großen Fehler zu begehen. Merkur war verletzt und durcheinander und sie wollte nicht, dass er mit ihr irgendwelche Probleme kompensierte. Wenn sie und Merkur zusammenkommen sollten, dann nur, wenn sie sicher sein konnte, dass er sie wirklich liebte, und nicht, um seinen Schmerz zu vergessen.

Sie löste sich aus seiner Umklammerung und schob ihn von sich weg. Merkur sah sie verletzt an.

„Es geht nicht, Merkur, nicht heute und nicht so“, sagte sie und versuchte, ihre Stimme fest klingen zu lassen. „Wir müssen erst mal über alles, was heute passiert ist, reden.“

„Reden, reden. Alle wollen immer nur reden“, fuhr Merkur auf und raufte sich seine schwarzen Haare, sodass sie wild nach allen Seiten abstanden. Emilia biss sich auf die Unterlippe, da sie nicht leugnen konnte, dass ihr Merkur viel zu gut gefiel. Er sah verdammt gut aus. Nun erinnerte nichts mehr an den coolen Macho, der noch vor wenigen Minuten versucht hatte, sie zu verführen. Emilia wollte ihn in den Arm nehmen, aber er schob sie weg.

„Lass mich, es war eine blöde Idee, heute Abend herzukommen. Ich dachte, du wolltest dasselbe wie ich. Ich verschwinde“, sagte er, drehte sich um und verschwand auf dem Balkon. Emilia rannte ihm nach und rief:

„Merkur! Warte!“ Bis sie jedoch auf dem Balkon angekommen war, war er schon das Gitter mit dem Efeu hinabgeklettert und rannte in Richtung Wald davon. Emilia sah ihm nach, bis er von der Dunkelheit verschluckt wurde. Sie kehrte zurück in ihr Zimmer und setzte sich neben Fox auf den Boden.

„Schöne Scheiße“, murmelte sie. Fox legte liebevoll seinen Kopf auf ihren Schoß und wartete auf weitere Streicheleinheiten. Nach einer Viertelstunde des Grübelns stand Emilia auf, zog ihr Kleid aus und schlüpfte in ihren

Schlafanzug. Sie ging zum Balkon und vergewisserte sich, dass die Tür auch richtig verriegelt war und schlüpfte dann ins Bett. Sie war inzwischen so müde, dass sie beschloss, nicht mehr zu lesen, sondern gleich das Licht zu löschen. Schlafen konnte sie dennoch nicht gleich. Viel zu viele Dinge spukten in ihrem Kopf herum. Sie sah ihren Vater vor ihrem geistigen Auge, wie er ausgemergelt und dem Wahnsinn nahe in einer tiefen Höhle saß, ohne Unterhaltung, ohne Licht, bei Wasser und Brot und sich vermutlich nur den Tod wünschte. Verzweiflung machte sich in ihr breit. Schnell schüttelte sie den Kopf, als könnte das helfen, den Gedanken aus ihrem Kopf zu verbannen. Sie zwang sich, an etwas anderes zu denken. Sie ließ die Geschichte von Ainema und Mephisto Revue passieren, bis sich irgendwann wieder Merkurs Gesicht vor ihr geistiges Auge stahl. Hätte sie nachgeben sollen? Schließlich wusste sie inzwischen ziemlich genau, dass sie was von ihm wollte. Da fielen ihr die Worte ihrer Mutter wieder ein: *„Lass einen Jungen nie zu schnell bekommen, was er will. Männer sind Jäger, haben sie ihre Beute gefangen, verlieren sie das Interesse an ihr."* Nachdem Emilia nun wusste, dass ihre Mutter unehelich schwanger geworden war und der Vater sie sitzen gelassen hatte, bekamen diese Worte eine ganz neue Bedeutung für sie. Nein, sie wollte nicht so sein. Sie wollte nicht, dass ein Mann sie nur benutzte, um seinen Spaß zu haben. Wenn es das erste Mal passierte, sollte es mit einem Mann sein, den sie von ganzem Herzen liebte und der für sie dasselbe empfand. Sie zog sich die Decke über den Kopf und biss in ihr Kissen. Wenn sie überlegte, dass sie vor nicht einmal einer Stunde beinahe schwach geworden wäre, stieg ihr die Röte ins Gesicht. Nicht auszudenken, was Granny dazu gesagt hätte, wenn sie am nächsten Morgen ins Zimmer gekommen wäre und sie und Merkur zusammen im Bett entdeckt hätte.

KAPITEL 15

Emilia wurde bei den ersten Sonnenstrahlen, die in ihr Zimmer fielen, wach. Sie fühlte sich wie gerädert. Sie wusste nicht, wie lange sie wach gelegen hatte. Auf jeden Fall war sie sich sicher, dass sie sich bis in die frühen Morgenstunden in ihren Kissen gewälzt hatte. Als sie sich in ihrem Zimmer umsah, fiel ihr der gestrige Abend wieder ein. Sie ließ sich wieder in ihre Kissen fallen und zog sich die Decke über den Kopf. Sie war gespannt, wie sich Merkur heute ihr gegenüber verhalten würde. Würde er überhaupt auftauchen? Emilia hatte ein flaues Gefühl in der Magengegend, als würden tausend Ameisen darin Fußball spielen. Sie beschloss, aufzustehen und noch vor dem Frühstück eine Runde joggen zu gehen. Das würde sie auf andere Gedanken bringen und Fox würde ein bisschen richtige Bewegung auch guttun. Er kam ziemlich zu kurz, seit sie bei den Elfen lebte. Schuldbewusst fuhr sie ihm über den Kopf. Er öffnete die Augen und wedelte dankbar mit dem Schwanz. Er war so ein friedliebender, gutmütiger Kerl. Er war zufrieden, wenn er bei seinem Rudel sein durfte und regelmäßig was zu fressen bekam. Mehr brauchte er nicht, um glücklich zu sein.

„Manchmal beneide ich dich, Fox", sagte Emilia seufzend, als sie aus dem Bett stieg. Sie zog sich eilig ein paar Sportklamotten über und ging zur Tür. „Auf, Fox, Frühsport!", rief sie ihm zu. Fox stand auf, schüttelte sich und rannte fröhlich die Treppe hinunter.

Granny stand schon im Bademantel in der Küche.

„Du bist schon wach?“, fragte sie.

„Schlechte Nacht gehabt“, antwortete Emilia. „Was ist mit dir?“

„Mir ging es genauso“, gestand Granny. „Ich musste immer an Roman denken und was er wohl durchmachen muss.“ Tiefe Schatten lagen unter ihren Augen. Seufzend setzte sie sich an den Tisch und vergrub ihr Gesicht in den Händen. Emilia trat hinter sie und umarmte sie.

„Mir ging es genauso, Granny. Möchtest du, dass ich dir einen Tee mache? Zur Beruhigung? Ich muss jetzt nicht Laufen gehen, wenn du mich brauchst“, bot sie an.

„Das ist lieb von dir, Kind“, antwortete Granny und ließ die Hände sinken. „Du bist ein gutes Kind“, sagte sie und sah Emilia an. In ihren Augen konnte Emilia so viel Zuneigung erkennen, aber sie sah auch den Schmerz, der darin wohnte. Den Schmerz darüber, nicht zu wissen, ob sie ihren einzigen Sohn jemals wiedersehen würde!

„Ich hab dich lieb, Granny!“, sagte Emilia. Granny stiegen die Tränen in die Augen.

„Das weiß ich, mein Kind, und dafür danke ich Gott täglich. Ohne dich hätte ich all die Jahre nicht überlebt!“, äußerte sie mit tränenerstickter Stimme. Die beiden umarmten sich innig.

„Nun geh schon“, sagte Granny und wischte sich verstohlen eine Träne aus dem Augenwinkel. „Schluss mit den Sentimentalitäten! Du gehst jetzt eine große Runde laufen und ich werde mich in aller Ruhe in die Badewanne legen und danach werden wir uns wieder wie neugeboren fühlen“, erklärte sie, stand auf und gab Emilia einen Kuss auf den Haaransatz. „Nimm bitte Kim mit!“, bat sie noch.

„Klar, hätte ich eh gemacht“, erwiderte Emilia. Granny nickte und ging ins Badezimmer. Emilia sah ihr noch einen Moment nach und verließ dann mit den beiden Hunden das Haus.

Die Luft war frisch und rein, wobei sie das in der Elfenwelt eigentlich immer war. Hier verpesteten ja keine Fabriken oder Autos die Umwelt. Der Tau glitzerte sanft auf den Wiesen. Leider hatte Emilia an diesem Morgen keine Augen für die Schönheit der Welt. Sie joggte nicht nur, nein, man konnte meinen, sie rannte um ihr Leben. Fox und Kim jedoch machte es Spaß.

Als Emilia sich genug ausgepowert hatte, machte sie an einer Bank am Waldrand ein paar Dehnübungen. Sie war so in ihre Übungen vertieft, dass sie nicht merkte, dass sich ihr jemand näherte. Erst als die Hunde schwanzwedelnd aufsprangen und davonliefen, hielt Emilia inne und blickte sich um. Gegen die aufgehende Sonne konnte sie nur einen Schatten erkennen. Sie war sich aber ziemlich sicher, dass sie wusste, wer sich in diesen frühen Morgenstunden schon hier draußen herumtrieb.

Sie wischte sich mit dem Ärmel den Schweiß von der Stirn, widmete sich wieder ihren Übungen und drehte dem Neuankömmling demonstrativ den Rücken zu.

„Keine Lust, mit mir zu *reden* heute?“, fragte Merkur herausfordernd. Das Wort „reden“ betonte er extra.

„Du willst ja nicht *reden*, hast du mir gestern Abend ja klar und deutlich zu verstehen gegeben“, entgegnete Emilia.

Sie würdigte ihn nach wie vor keines Blickes. Merkur zuckte mit den Schultern und setzte sich auf die Bank, an der Emilia gerade ihre Beine dehnte.

„Was willst du?“, fragte sie ihn schroff.

„Ich wollte dich sehen“, erwiderte er leichthin.

„Und warum wolltest du mich sehen? Hast du endlich eingesehen, dass wir reden müssen?“

„Nö“, antwortete Merkur lässig, lehnte sich auf der Bank zurück und verschränkte die Arme vor der Brust. Emilia hatte ihre Dehnübungen aufgegeben, stand neben der Bank und hatte die Arme in die Seite gestemmt. Herausfordernd sah sie ihn an. Jetzt würdigte er jedoch sie keines Blickes mehr. Oh, es machte sie so wütend, wie er hier saß, selbstgefällig und arrogant. Wie konnte sie geglaubt haben, irgendwelche Gefühle für diesen, diesen ..., ihr fiel kein passendes Wort ein. Lackaffen, jetzt hatte sie es. Wie konnte sie Gefühle für diesen Lackaffen haben?

„Sonst hast du mir nichts zu sagen?“, fragte Emilia gereizt.

„Nein, das habe ich nicht!“, erwiderte Merkur, nun eine Spur schärfer. Er funkelte sie wütend an. Was hatte er erwartet? Dass sie ihm nach seinem Abgang heute Morgen um den Hals flog? Oh nein ...

„Gut, dann kann ich ja gehen!“, gab Emilia zurück, drehte sich um, rief die Hunde und rannte zurück nach Hause.

„Wenn du glaubst, dass ich mich entschuldige, dann hast du dich geschnitten!“, rief er ihr nach. Emilia drehte sich nicht um. Sie versuchte, ihn komplett zu ignorieren. „Ich brauche mich für meine Gefühle nicht zu entschuldigen!“, rief er.

Emilia stolperte beinahe bei diesen Worten. Im letzten Moment fand sie ihr Gleichgewicht wieder, sonst wäre sie den lang gestreckten Weg im Schotter gelandet. Wie angewurzelt blieb sie stehen. Welche Gefühle? Die Gefühle ihr gegenüber? Die Gefühle, die er wegen der neuen Erkenntnisse über seine Eltern hat? Emilia drehte sich um. Merkur hatte ihr bereits den Rücken zugekehrt und lief schnellen Schrittes in den Sonnenaufgang davon. Zuerst wollte sie ihm nachlaufen, entschied sich dann aber dagegen. Verwirrt machte sie kehrt und lief nachdenklich nach Hause.

Sie war froh, dass Granny gerade auf der Terrasse den Tisch deckte, als sie reinkam. So konnte sie direkt nach oben, unter die Dusche steigen und wieder Herr über ihre Gefühle werden, bevor sie sich ihr und den Blicken zweier gedankenlesender Elfen auslieferte. Da sie vermutete, dass Sera und Lethan sie heute mit heimlichen Gedanken-Attacken bombardieren würden, versuchte sie unter der Dusche zur Ruhe zu kommen, sich zu sammeln und alle Gedanken, die Merkur betrafen, wegzusperren. Feinsäuberlich stellte sie sich ihre Gedankentür vor und versah diese mit genug Schlössern und Riegeln, dass sie einer ganzen Elfenarmee standgehalten hätten. Nachdem sie der Meinung war, sich wieder im Griff zu haben, ging sie nach unten zum Frühstück.

Sera und Lethan waren noch nicht da. Da Granny und sie schon so lange wach waren, beschlossen sie, auch ohne die

Geschwister bereits langsam mit dem Essen zu beginnen. Es dauerte jedoch keine zehn Minuten, da klopfte es an der Vordertür. Emilia sprang auf und öffnete. Sie ließ Sera, die alleine davor stand, herein und streckte den Kopf zur Tür hinaus, um links und rechts davon nach Lethan Ausschau zu halten.

„Da kannst du lange suchen!“, ertönte Seras heitere Stimme hinter ihr. „Der wurde von Merkur abgepasst und in Beschlag genommen“, erklärte sie.

„Echt jetzt?“, fragte Emilia und schloss die Haustür. Sera ignorierte Emilias rhetorische Frage und bewegte sich zielstrebig auf den gedeckten Frühstückstisch zu, an dem Granny saß.

„Ich habe einen Bärenhunger!“, verkündete sie, als sie sich gesetzt hatte.

„Na, dann greif zu! Sollte ja genug da sein, jetzt, da wir nur zu dritt sind“, erwiderte Granny schmunzelnd. Sera schichtete sich den Teller voll mit Rührei und Speck und begann gierig zu essen. Man hätte der kleinen, zierlichen Elfe nie angesehen, dass sie solche Portionen verdrücken konnte. Wenn man sie ansah, konnte man meinen, sie ernährte sich von drei Beeren am Tag. Vermutlich lag das am Stoffwechsel der Elfen. Sie konnten Unmengen essen, ohne dick zu werden. Diese Veranlagung hatte Emilia auf jeden Fall geerbt. Wenigstens etwas Positives, dachte sie und schmunzelte, als sich Sera noch einen Nachschlag gönnte.

„Was hat Merkur zu Lethan gesagt?“, fragte Emilia, bemüht, einen beiläufigen Tonfall anzuschlagen.

„Nicht viel!“, antwortete Sera mit vollem Mund. „Nur, dass er Lethan dringend zum Üben brauche und wir Mädels nicht auf sie warten sollten“, fügte Sera an, nachdem sie ihren Bissen hinuntergeschluckt hatte.

„Gut, wir brauchen sie ja auch nicht, um zu üben, oder?“, bemerkte Emilia schnippisch. Sera hob skeptisch eine Augenbraue und sah Emilia musternd an. Bevor sie sehen konnte, dass Emilia rot wurde, versteckte sich diese hinter ihrer Kaffeetasse und konzentrierte sich auf die Schlösser ihrer Tür. Hielt alles bombenfest.

„Hast du Merkur seit dem Dinner gestern Abend gesehen?“, fragte Sera nach. Scheinbar hatte sie einen guten Riecher.

„Nö“, antwortete Emilia knapp und suchte angestrengt nach dem untersten Brötchen im Brotkorb.

„Granny, was hast du heute geplant?“, fragte Emilia. Sie ärgerte sich selbst über diesen plumpen Themenwechsel. Sera würde sie nach dem Frühstück sowas von in die Mangel nehmen, das war vorauszusehen.

„Ich treffe mich mit Elandiel zum Tee. Sie möchte mir die Bibliothek zeigen, von der ihr mir schon erzählt habt, und sonst noch einige Sehenswürdigkeiten von Andorin.“

„Oh, wie schön. Da bin ich aber gespannt, was sie dir alles zeigen wird. Du musst mir heute Abend alles erzählen. Versprochen?“

„Sicher, mein Kind. Und was steht bei euch heute auf dem Plan?“, fragte Granny und sah dabei Sera an.

„Wir werden uns heute mal Emilias magische Fähigkeiten vornehmen“, antwortete diese.

„Soll heißen?“, fragte Emilia mit vollem Mund, wofür sie von Granny einen tadelnden Blick erhielt.

„Lass dich überraschen! Du hast deine Geheimnisse und ich meine!“, erklärte sie und zwinkerte Emilia verschwörerisch zu.

„Na, dann wünsche ich euch viel Spaß und viel Erfolg bei euren magischen Übungen“, sagte Granny und stand auf. „Wärt ihr so lieb und würdet den Tisch abräumen? Ich muss mich sputen, Elandiel erwartet mich.“

Mit diesen Worten verließ Granny die Terrasse.

„WAS IST LOS?“, fragte Sera, kaum dass die Haustür hinter Granny ins Schloss gefallen war. „Du verheimlichst mir was und es muss dir verdammt wichtig sein. Deine Abwehr ist besser als die der Schatzkammer der Elfen“, bohrte Sera weiter.

„Gut, gell? Hat mich ganz schön Mühe gekostet, diese Verteidigung“, neckte Emilia sie. Sie war stolz ohne Ende, dass Sera tatsächlich nicht an ihre Gedanken herangekommen war.

„Los, nun erzähl schon! BITTTE!“, bettelte Sera. Sie sah sie mit ihren riesengroßen hellblauen Augen an und klimperte mit den Wimpern. Emilia musste lachen.

„Also gut, aber ich möchte, dass du es für dich behältst, da ich im Moment nicht weiß, was ich davon halten soll! Versprichst du mir das?“

„Großes Elfen-Ehrenwort!“, antwortete Sera und hob eine Hand zum Schwur. Sie zog eine toternste Miene, sodass Emilia wieder lachen musste.

„Okay, dann erzähl ich es dir. Vielleicht weißt *du* ja, was ich tun soll ...“, sagte Emilia und seufzte schwer. Sie erzählte Sera alles, was in ihrem Zimmer am Vorabend vorgefallen war. Die Augen der jungen Elfe wurden immer größer.

„Nein!“, brachte Sera entsetzt heraus und schlug sich mit der Hand auf den Mund. „Das ist nicht dein Ernst! Ich hätte nie gedacht, dass Merkur SO drauf ist. Klar, er ist ein kleiner Charmeur, aber das sind alle Elfenmänner. Aber dass er SO ran geht, das hätte ich ihm nicht zugetraut!“, rief Sera aufgebracht.

„Es geht noch weiter“, konterte Emilia. Daraufhin erzählte sie ihr, was am Morgen bei der Bank am Waldrand vorgefallen war. Sera hörte aufmerksam zu und lehnte sich nachdenklich in ihrem Stuhl zurück, nachdem Emilia geendet hatte. Sie fuhr sich mit Daumen und Zeigefinger am Kinn entlang und überlegte.

„Und? Was hältst du davon?“, fragte Emilia nach einer gefühlten Ewigkeit der Schweigens.

„Wenn ich das wüsste. Man kann die Aussage wirklich so oder so deuten. Variante A: Er muss sich nicht dafür entschuldigen, dass er dich liebt und dich daher verführen wollte oder Variante B: ...“

„Er muss sich nicht dafür entschuldigen, dass er nicht mit mir reden möchte, da er nun mal so empfindet“, schloss Emilia Seras Vermutungen ab.

„Korrekt“, bestätigte diese.

„Und was mach ich nun?“, fragte Emilia verzweifelt.

„Liebst du ihn denn?“, fragte Sera offen heraus.

„Wenn ich das wüsste …“, erwiderte Emilia und raufte sich die Haare. „Wenn er nicht da ist, vermisse ich ihn schrecklich und wenn wir uns sehen, ist es mal so und mal so. Er ist so schrecklich launisch … An einem Tag bin ich mir sicher, dass er mich liebt und dass wir wunderbar zusammenpassen würden und am nächsten Tag ist er plötzlich ein Kotzbrocken, mit dem man nur streiten kann …“

„Was sich liebt, das neckt sich eben“, erklärte Sera und lachte laut auf.

„Ha, ha … Du hast gut lachen“, gab Emilia beleidigt zurück.

„Sei nicht böse mit mir“, bettelte Sera, zog einen süßen Schmollmund und schaute Emilia lieb an.

„Nur, wenn du mir sofort sagst, was DEIN Geheimnis ist!“, antwortete Emilia.

„Gut!“ Sera strahlte sie an. „Wir gehen zur Heiligen Quelle und schauen mal, ob du genauso viel Talent in der Wassermagie vorzuzeigen hast wie beim Gedankenspiel.“

„Cool! Da bin ich aber gespannt. Gehen wir gleich los?“, fragte Emilia euphorisch.

„Sobald wir hier aufgeräumt haben“, erwiderte Sera. Emilia war froh, endlich über etwas anderes nachdenken zu können als Merkurs Launen. Sie war gespannt auf die Quelle und freute sich ungemein auf ein neues Erfolgserlebnis.

Eine Viertelstunde später machten sich die beiden Mädchen auf den Weg zur *Heiligen Quelle*. Sie lag mitten im *Heiligen Wald*.

„Warum sind der Wald und die Quelle heilig?“, fragte Emilia.

„Der Wald spendet uns Waldelfen unsere Kraft und unsere Magie. Ohne ihn wären wir nicht mehr unsterblich. Daher ist der Wald unser heiligster Ort. Im Prinzip wäre jeder Wald, in dem die Waldelfen leben, ein heiliger Wald. Verstehst du, was ich meine?“

„Ich glaube schon“, antwortete Emilia nachdenklich und erinnerte sich an das Gefühl, das sie immer hatte, wenn sie nach den langen Monaten in der Stadt endlich wieder zu Granny in die Ferien fahren durfte und ihr erster Weg immer direkt der in den Wald war. Dort konnte sie aufatmen und neue Energie tanken. Im Prinzip war dieser Wald so was wie IHR heiliger Wald.

„Die Quelle darin speist den Wald und erhält ihn so am Leben“, referierte Sera weiter und holte Emilia wieder aus ihren Überlegungen zurück. „Daher ist auch sie heilig.“

„Ah, ich verstehe. Aber jeder darf den Ort betreten, an dem die Quelle entspringt?“, fragte Emilia nach. „Es ist nicht so wie in Avalon, dass nur die Hohepriesterin Zutritt zur Heiligen Quelle hat?“

„Du liest eindeutig zu viele Romane!“, gab Sera zurück und lachte laut auf. „Aber nein, es ist nicht so. Jeder hat Zutritt zu den Schätzen des Waldes. Bei den Elfen gibt es nicht diese Meins und Deins wie bei den Menschen. Der Wald gehört allen, die darin leben und jeder achtet den anderen und die Natur.“

„Das klingt schön“, erwiderte Emilia nachdenklich.

„Die Menschen haben leider verlernt, andere Lebewesen zu schätzen und zu achten. Daher ist das Waldsterben ein großes Problem in der Menschenwelt“, erklärte Sera traurig.

Emilia nickte und hing noch eine Weile diesen Gedanken nach, bis Sera sie mit einem fröhlichen: „Wir sind da!“ daraus hervor riss.

Sie standen vor einer kleinen Quelle, die lustig sprudelnd über ein paar glitschige Steine in einen kleinen See plätscherte. Der See war glasklar und wunderschön türkisblau. Das Ufer war mit Schilf zugewachsen und eine Entenfamilie drehte lustig anzuschauen ihre Runden darauf. In der Mitte befand sich eine kleine Insel aus Seerosen.

„Hier ist es wunderschön!“, hauchte Emilia ehrfürchtig.

„Finde ich auch!“, kommentierte Sera in einem verträumten Tonfall. Nachdem sie einige Minuten schweigend der Entenfamilie zugesehen hatten, rief Sera:

„So, aber nun lass uns anfangen!“ Emilia nickte.

„Was muss ich tun?“

„Setz dich hier her auf den Stein neben der Quelle und lass deine Hände vom Wasser umspülen. Schließe deine Augen!“, befahl Sera. Emilia tat, wie ihr geheißen.

„Nun stelle dir den Ursprung der Quelle vor. Tief unter dem Fels, aus der dieses kleine Bächlein entspringt, liegt die wirkliche Quelle. Sie wird vom Schmelzwasser im Gebirge gespeist. Stelle dir nun diese riesigen Wassermassen vor und nun fühle das Wasser. Fühle sein Wesen, finde seinen Geist. Rufe das Wasser. Stelle dir vor, wie sich die Wassermassen tief im Berg ausdehnen, sodass diese kleine Quelle mehr Wasser eingespeist bekommt. Befehle es ihr.“

Emilia hielt sich genau an Seras Anweisungen, und es klappte. Sie spürte plötzlich, dass mehr Wasser über ihre Hände floss. Sie öffnete die Augen und konnte direkt erkennen, dass mindestens doppelt so viel Wasser aus dem Berg schoss als noch vor wenigen Augenblicken.

„Es ... Es hat geklappt!“, hauchte sie.

„Sehr schön und nun wird es schwieriger: Mach es wieder rückgängig!“, befahl Sera.

Emilia vertiefte sich wieder in die Quelle, sie fühlte sie, sie suchte den Geist, sie stellte sich vor ihrem inneren Auge vor, dass sich die Quelle im Inneren des Berges wieder zurückzog, dass das Plätschern weniger wurde und der kleine Fluss, der den See speiste, wieder zu seiner ursprünglichen Größe zusammenschrumpfte. Als Emilia der Meinung war, dass es ausreichte, öffnete sie ihre Augen erneut und sah sich um.

„Sieht aus wie vorher, oder?“, fragte sie unsicher.

„Würde ich auch sagen. Sehr gut. Deine Kräfte sind sehr stark, das muss ich schon sagen“, erklärte Sera ehrfürchtig. „Aber nun wird es wirklich knifflig. Nun musst du das Ganze versuchen, OHNE dass du das Wasser berührst. Rufe den Geist des Wassers und bitte ihn um Hilfe.“ Emilia sah sie fragend an.

„Kannst du es mir vielleicht vormachen?“

„Klar!“ Sera stand auf, streckte beide Arme zur Seite und murmelte leise vor sich hin. Es erinnerte sie an eine Szene, die sie einmal in einem Kinofilm gesehen hatte.

Keine fünf Sekunden später plätscherte ein rauschender Bach in den See. Sera ließ ihre Arme wieder sinken und wie sie diese Bewegung beendet hatte, war aus dem Bach wieder ein kleines Bächlein geworden.

„Wahnsinn!“, hauchte Emilia. „Brauche ich eine spezielle Beschwörungsformel?“, fragte sie unsicher.

„Nein, sag einfach, was du denkst. Wichtig ist es, die geistige Verbindung zu finden. Alles andere ist nur eine Hilfestellung für dich, um deine Vorstellungskraft zu verstärken“, antwortete Sera und legte sich ins hohe Gras. Sie schloss die Augen und ließ sich die Sonne ins Gesicht scheinen. Emilia war ihr dankbar dafür, dass sie ihr nicht zusah. Sie kam sich albern vor. Wie ein kleines Kind, das auf der Wiese Zauberin spielen sollte. Sie stellte sich mit Blick auf die Quelle hin, senkte den Kopf, schüttelte ihre Arme aus und atmete tief durch. Dann schloss sie die Augen, richtete sich zu ihrer vollen Größe auf und stellte sich wieder die Quelle vor. Sie hätte gern eine eindrucksvolle Beschwörung gemurmelt, irgendwas auf Elfisch oder wenigstens was Lateinisches. Leider beherrschte sie beide Sprachen nicht und somit musste es eben so gehen.

„Geist des Wassers, erhöre mich“, begann sie zu murmeln, „erhebe dich aus deiner Höhle und bahne dir deinen Weg in die Welt. Speise diese Quelle hier!“ Etwas Besseres war ihr auf die Schnelle nicht eingefallen. Sie hatte inzwischen die Arme erhoben, so wie es Sera gemacht hatte. Sie hatte das Gefühl, mit dieser Bewegung das Wasser besser unterstützen zu können. Plötzlich gab es einen dumpfen Knall und ein lautes Platschen. Erschrocken riss sie die Augen auf und sah sich um, ihre Arme noch immer hoch erhoben. Auch Sera saß kerzengerade, mit weit aufgerissenen Augen, im Gras.

„Was hast du gemacht?“, stammelte sie und sah Emilia entgeistert an.

„Ich? Gar nichts. Ich habe nur versucht, das Wasser zu beschwören“, gab diese kleinlaut zurück.

„Versucht ist gut!“ Sera lachte. „Du hast den Steinbrocken unter der Öffnung der Quelle weggesprengt!“

„Ich? NEIN!“, rief Emilia überrascht aus. „Wie sollte ich denn das ...?“ Weiter kam sie nicht mit ihrem Satz. Sie starrte nur entsetzt auf die kleine Quelle, die nun nicht mehr klein war, sondern zu einem richtigen kleinen Wasserfall angeschwollen war.

„Ich war das?“, gab Emilia keuchend von sich. „Bist du sicher?“

„Klar, ich sagte doch, dass in dir große Kräfte schlummern. Wäre ja auch komisch, wenn nicht, schließlich gehörst du dem Königsgeschlecht an. Deine Familie ist nicht ohne Grund seit Jahrtausenden Herrscher unseres Volkes. Aber nun mach, dass das eine Ende hat, sonst haben wir am See bald eine Überschwemmung“, forderte Sera sie auf.

Emilia ließ die Arme sinken und murmelte einen Zauberspruch, den sie in einem ihrer Bücher gelesen hatte. Sie grinste stolz, als sie sah, dass es funktioniert hatte.

„Cool“, flüsterte sie. „Was kann ich mit diesen Kräften noch alles machen?“, fragte Emilia.

„Vorerst kannst du nur das Wasser mit deinem Geist beeinflussen und lenken. Den Rest lernen wir erst in unserer Ausbildung. Ich sage doch, du musst unbedingt mit Merkur und mir die Ausbildung beginnen, wenn wir siebzehn sind“, bettelte Sera erneut. Emilia scharrte mit ihren Füßen im Gras.

„Ich muss ja aber erst meinen Schulabschluss in der Menschenwelt machen“, murmelte sie.

„Warum?“, fragte Sera verblüfft.

„Na, damit ich später studieren kann oder um einen Beruf zu erlernen oder so was“, erklärte diese.

„Aber wenn du hier bleiben würdest, bräuchtest du das nicht“, erwiderte Sera.

„Ich will die Möglichkeit haben, in beiden Welten leben zu können“, sagte Emilia fest entschlossen. „Ich kann mich im Moment nicht entscheiden, in welcher Welt ich bleiben will“, entgegnete Emilia.

„Wann wirst du deinen Schulabschluss denn fertig haben?“, fragte Sera nach.

„Wenn alles gut läuft, habe ich noch ein knappes Schuljahr vor mir“, antwortete Emilia. „Die Prüfungen sind im März nächsten Jahres. Wenn also alles läuft, wie es sollte, bin ich im Mai mit der Schule komplett fertig“, erwiderte sie.

„Hm ...“, überlegte Sera. „Das Schuljahr startet im Januar ... Na ja, warten wir mal ab. Wir werden schon eine Lösung für unser Problem finden“, gab Sera nachdenklich zurück. „Aber jetzt gehen wir erst mal zurück und belohnen uns mit einem köstlichen Eis für diese hervorragende Leistung heute Morgen. Trübsal zu blasen, ist nun wirklich das Falsche, um zu feiern. Und vielleicht laufen uns ja auch irgendwo die Jungs über den Weg!“, sagte Sera und zwinkerte Emilia vielsagend zu.

Vergnügt hakte sie sich bei ihr unter und so machten sie sich auf den Rückweg. Emilia fand die Aussicht auf die beiden Jungs gar nicht mal so toll.

„Sollten wir nicht noch ein bisschen weiter üben?“, fragte Emilia.

„Wozu? Du kannst es doch. Alles andere kannst du daheim in der Badewanne üben“, antwortete Sera lachend. Emilia gab sich geschlagen und ging mit Sera zurück in die Stadt. Sie hing noch einige Minuten ihren trüben Gedanken nach, beschloss dann allerdings, dass es einfach ein zu schöner Tag war, um jetzt daran zu denken, was noch alles kommen würde. Daher schob sie die grauen Wolken beiseite und freute sich nach ihrem Erfolgserlebnis auf ein leckeres Eis. Die Sache mit Merkur würde sich schon klären und auch das Problem mit der Schule und der Ausbildung würde sie irgendwie gelöst bekommen. Nun war es sowieso erst einmal wichtig, heil aus Island zurückzukommen. Mit ihrem Vater. Alles andere würde die Zeit entscheiden.

KAPITEL 16

Als sie das Treiben auf dem Marktplatz erreicht hatten, traf genau das ein, was Emilia befürchtet hatte. Keine zehn Meter von ihnen entfernt standen Merkur und Lethan und diskutierten miteinander. Beinahe hätte man meinen können, die beiden würden sich streiten. Sera hatte sie ebenfalls entdeckt.

„Da vorne sind sie!“, rief sie und winkte ihnen zu. Diese schienen sie nicht zu bemerken. Sie rannte quer über den Marktplatz und zog Emilia hinter sich her.

„Na, wart ihr auch so erfolgreich wie wir?“, begrüßte Sera die beiden Jungen ausgelassen. Merkur und Lethan fuhren erschreckt auseinander.

„Sera, ich glaube, wir haben die Herren gerade bei einem wichtigen Gespräch gestört“, flüsterte Emilia ihr zu.

„Blödsinn!“, flötete Sera in voller Lautstärke. „Los, wir holen uns jetzt ein Eis. Komm, Lethan, sei ein Gentleman und hilf mir tragen!“, befahl sie ihrem Bruder. Damit ließ sie Emilia bei Merkur stehen und schnappte sich ihren Bruder. Dieser folgte ihr widerwillig. Er drehte sich noch mal um, warf den beiden ein entschuldigendes Grinsen zu und zuckte mit den Schultern.

Emilia wusste nicht, wie sie sich Merkur gegenüber verhalten sollte. Sie kam sich ziemlich blöd vor. Das hatte Sera absichtlich gemacht. Da war sie sich sicher. Na warte, dachte sie, der werde ich nachher was erzählen. Wütend kickte sie einen Stein weg, der vor ihrem Fuß gelegen hatte. Unglücklicherweise flog dieser direkt einer Elfe ans Schienbein. Diese sah Emilia daraufhin wütend an. Emilia hob entschuldigend die Schultern und lächelte sie verunsichert an.

„So ein Mist", schimpfte sie vor sich hin, als die Elfe weitergegangen war. Merkur neben ihr brach in lautes Gelächter aus.

„Was ist?", fuhr sie ihn an. „Findest du das etwa lustig?", fauchte sie.

„Wenn ich ehrlich bin, schon!", gab Merkur zurück und versuchte, wieder ernst zu werden. Allerdings wollte ihm das nicht so schnell gelingen. Wütend drehte Emilia ihm den Rücken zu und verschränkte die Arme vor der Brust.

„Idiot", brummte sie. Sie hielt nach Sera und Lethan Ausschau, konnte sie aber nirgendwo entdecken.

„Auf die kannst du lange warten", vernahm sie Merkurs Stimme viel zu nah an ihrem Ohr. In diesem Moment nahm sie ganz deutlich seinen Geruch wahr. Sie schloss die Augen und sog ihn in sich ein, als wäre er eine Droge. Dann öffnete sie die Augen wieder und schüttelte leicht den Kopf, um wieder Herr ihrer Sinne zu werden.

„Und warum denkst du das?", fragte sie genervt. Sie drehte sich nicht um.

„Na, ist doch logisch. Sie wollen uns dazu bringen, uns wieder zu vertragen", antwortete Merkur. Er war nun wieder ein bisschen von ihr abgerückt. Sie drehte sich gestresst zu ihm um und sah ihn an. Er setzte ein schiefes Grinsen auf und zuckte entschuldigend mit den Schultern.

„Jetzt schau mich nicht so böse an. ICH habe dich nicht allein mit einem komischen Typen auf dem Marktplatz stehen lassen. Da musst du auf Sera sauer sein“, erklärte er ihr sichtlich amüsiert.

Emilias wütende Fassade begann zu bröckeln. Da war er wieder. Der nette, lustige Merkur. Ihr Herz machte einen Satz, aber so schnell wollte sie ihm nicht vergeben. Sie musste herausfinden, woran sie wirklich bei ihm war.

„Worüber habt ihr gestritten?“, wechselte Emilia das Thema.

„Wer?“, fragte Merkur verblüfft.

„Na, du und Lethan“, gab Emilia zurück und beobachtete Merkur genau. Dieser biss sich auf die Lippen.

„Woher glaubst du zu wissen, dass wir uns gestritten haben?“, fragte er nach einigen Sekunden.

„Erzähl mir nichts, ich habe euch angesehen, dass was nicht stimmt. Also?“

„Es war nichts Wichtiges“, erwiderte er und winkte ab.

„Aber ihr habt gestritten?“ Emilia ließ nicht locker. Sie hatte das dumme Gefühl, Gegenstand dieser Diskussion gewesen zu sein. Warum, konnte sie nicht sagen. Nennen wir es einfach weibliche Intuition. Merkur fuhr sich nervös durch die Haare.

„Ja, wir haben gestritten. Es ging um ein Mädchen, mit dem Lethan gerade anbandelt“, brachte Merkur schließlich über die Lippen. „Er ist nicht ganz ehrlich zu ihr und ich habe ihm den Kopf gewaschen“, erklärte Merkur. Emilia schaute Merkur einen Augenblick argwöhnisch an. Für sie hatte die Szene genau umgekehrt gewirkt. Emilia beschloss, die Sache vorerst auf sich beruhen zu lassen, obwohl sie ihm DIE Geschichte sicher nicht abnahm. Da steckte mehr dahinter. Das fühlte sie. Sie würde Augen und Ohren offen halten.

„Okay, und was machen wir nun? Holen wir uns trotzdem ein Eis oder fällt dir was Besseres ein?“, wechselte Emilia das Thema. „Vielleicht was, bei dem man nicht REDEN muss“, gab sie zickig hinterher.

„Du kannst ganz schön nachtragend sein, oder?“, fragte Merkur gespielt geknickt.

„Und du ganz schön stur?!“, gab sie schlagfertig zurück.

„Touché“, antwortete er und lächelte sie charmant an. Dann legte er ihr einen Arm um die Schultern und zog sie mit sich. Emilia versuchte, den Arm abzuschütteln, aber er zog sie nur näher an sich heran und ignorierte ihre Gegenwehr.

„Wie wäre es mit Eis und anschließendem Sightseeing in der Elfenwelt?“, fragte er stattdessen.

„In Ordnung“, gab Emilia sich geschlagen. Sie hatte bisher wirklich noch nicht viel von Andorin zu sehen bekommen und war ganz wild darauf, diese neue Welt kennenzulernen.

Nachdem sie sich ein Eis besorgt hatten und dieses schweigend, im Schatten des Waldes, gegessen hatten, stand Merkur auf und streckte ihr die Hand hin, um ihr hoch zu helfen. Emilia ignorierte sie und stand alleine auf.

„Und was nun?“, frage sie.

„Wir könnten uns die Schule ansehen und einen Abstecher zu meiner Wohnung machen“, gab Merkur zurück.

„Das nennst du Sightseeing?“, entgegnete Emilia enttäuscht. „Die Schule okay, aber was will ich in deiner Wohnung?“

„Ich wollte dir eigentlich nur zeigen, wo ich wohne, falls du mich mal suchst. Aber wenn du nicht willst …“, antwortete Merkur verunsichert. Er klang nun wirklich ein bisschen verletzt, was Emilia dann doch leidtat. Er bemühte sich ja wirklich, dass sie einen schönen Morgen miteinander verbringen konnten, und sie war nur biestig.

„Sorry, so war das nicht gemeint“, murmelte sie. „Ich würde gern wissen, wo du wohnst.“ Sie schob ihre Hand in die von Merkur und er verschränkte seine Finger mit den ihren. Ein warmes Gefühl durchlief Emilias Körper. Ihr Herz machte einen fröhlichen Hopser und die Ameisen in ihrem Bauch begannen, wieder Fußball zu spielen. Merkur räusperte sich.

„Dann gehen wir nun als Erstes zur Schule. Danach gehen wir zum Tempel. Und dann schauen wir, auf was wir noch Lust haben, okay?“

„Alles klar!“, erwiderte Emilia aufgeregt. Gemeinsam schlenderten sie die schönen weißen Straßen Andorins entlang. Emilia nahm wahr, dass die Elfen ihnen nachsahen. Allerdings war sie froh, dass sie sich nicht mehr vor ihr verbeugten. Merkur erklärte ihr beiläufig, was er zu den einzelnen Elfen und Gebäuden wusste. Sie kamen an verschiedenen Geschäften und Lokalitäten vorbei. Emilia war immer wieder überrascht darüber, wie ähnlich Andorin doch der Menschenwelt war. Mit Ausnahme, dass es hier keine Autos gab, keine Handys und keinen Fernseher.

Jedoch konnte Emilia auf all das auch wunderbar verzichten. Nachdem sie eine Viertelstunde durch die Straßen der Stadt gezogen waren, fühlte es sich für Emilia ganz selbstverständlich an, dass Merkur sie an der Hand hielt, wie seine feste Freundin. Allerdings widerstand sie der Versuchung, sich ein bisschen enger an ihn zu schmiegen. Was sie sehr gern getan hätte. Als sie das dachte, sah sie im Augenwinkel, dass über Merkurs Gesicht ein Lächeln huschte. Schnell kontrollierte sie ihre Schlösser vor ihrem geistigen Auge. Erleichtert stellte sie fest, dass alles fest verschlossen war. Merkur musste wohl seinen eigenen positiven Gedanken nachgehangen sein. Sie passierten einen Kindergarten, in dem rund zwanzig total putzige Elfenkinder im Garten spielten, und kamen dann endlich an einem großen, alten Gebäude an.

Ehrfürchtig blieb Emilia davor stehen. Der Eingangsbereich war überdacht und wurde von drei massiven Säulen getragen. Das Gebäude war sehr hoch und Emilia konnte erkennen, dass eine Art gläsernes Kuppeldach den Abschluss bildete. Da die Sonne im Moment genau darüber stand, konnte sie allerdings nicht viel mehr erkennen. Merkur zog Emilia mit sich auf die Tore zu.

„Dürfen wir denn da einfach so rein?“, fragte sie leise. Merkur lachte.

„Klar! Die Akademie ist schließlich ein öffentliches Gebäude! Wir müssen nur leise sein, da gerade unterrichtet wird“, erklärte er. Nachdem sie die Tore passiert hatten, kamen sie in eine große Eingangshalle, von der aus zwei breite lange Marmortreppen links und rechts nach oben führten. Hinter der rechten Treppe zeigte ein Wegweiser an, dass es hier zu einem Bistro ging. Hinter der linken Treppe befanden sich die Toiletten. Emilia fühlte sich erneut in die Menschwelt versetzt, so normal sah alles aus. Bis auf die Tatsache, dass das Gebäude sehr, sehr alt sein musste. Es roch auch genauso wie in ihrer Schule. Merkur steuerte zielstrebig auf die linke Treppe zu. Weit und breit war niemand zu sehen. Als sie oben angekommen waren, standen sie auf einer weiten Empore, von der aus sie nach unten in die Eingangshalle sehen konnten. Sie wandten sich nach rechts und kamen nun an verschiedenen Türen vorbei, die zu ihrer Linken in die unterschiedlichen Räume führten. Dahinter war leises Gemurmel zu hören. Der Unterricht war in vollem Gange. An jeder Tür hing ein Schild, das den jeweiligen Lehrraum bezeichnete. So las Emilia: *Kräuterkunde, Magische Pflanzen, Magische Wesen, Menschenkunde, Elfenkunde, Heiltränke, Höhere Elfenmagie ...*

Emilia blieb der Mund offen stehen.

„Ihr lernt Menschenkunde?“, fragte sie überrascht. Merkur lachte leise über ihr Entsetzen.

„Ja, wir versuchen aus den Fehlern, die die Menschen in ihrer Welt gemacht haben, zu lernen“, erklärte er im Flüsterton. Es hätte arrogant klingen können, aber Emilia wusste, dass er das so nicht gemeint hatte. Er zog sie weiter. „Komm mit, das Beste kommt noch.“

Sie erreichten kurze Zeit später eine weitere Treppe. Diese war deutlich schmaler als die erste. Emilia vermutete, dass sie direkt nach oben in die Kuppel führte. Je höher sie kamen, desto wärmer wurde es. Endlich erreichten sie das Ende der Treppe und standen vor einer komplett verspiegelten Glasfront. Emilia konnte nicht erkennen, was sich dahinter befand. Sie betraten den Raum durch eine alte schwere Eisentür. Emilia war gespannt, was sich wohl dahinter verbergen würde.

„Halt dich fest“, forderte Merkur sie auf. „Jetzt betrittst du quasi das *Herzstück* der Akademie“, erklärte er stolz und schob die schwere Eisentür auf.

Emilia blieb der Atem weg, als sie das *Herzstück* zu Gesicht bekam. Es war, als würde sie in eine andere Welt eintauchen. Sie betraten in der Tat die Kuppel der Akademie, sie konnte das gläserne Dach über sich deutlich erkennen. Merkur schob sie schnell weiter und schloss die Tür hinter ihnen. Sie standen inmitten eines großen paradiesischen Waldes. Vor ihnen erstreckten sich uralte, wundervolle Bäume, Feen flogen dazwischen umher und schnupperten an exotischen, in allen Farben leuchtenden und fluoreszierenden Blumen. Kleine runzlige Männchen versteckten sich kichernd unter tischgroßen Pilzen. Emilia wollte Merkur fragen, ob dies Gnome waren, aber sie war nicht in der Lage, auch nur einen Ton herauszubekommen. Sie sog tief die Luft ein. Es roch wild und urwüchsig. Emilia konnte eine unbändige Energie fühlen. Sie konnte es nicht in Worte fassen, was in dieser Umgebung mit ihr geschah. Es war unglaublich berauschend. Immer mehr Tiere und Wesen kamen ihr zu Gesicht. Bei den meisten wusste sie nicht einmal, um was für Wesen es sich handelte. Merkur nahm sie wieder bei der Hand und zog sie mit sich in den Urwald.

Nachdem sie sich von der Tür entfernt hatten, sah Emilia sich noch einmal um. Sie erschrak und schrie auf:

„Merkur! Die Tür!“ Merkur drehte sich ebenfalls um und konnte gerade noch erkennen, wie die Tür von wild wuchernden Ranken bedeckt wurde, bis sie komplett verschwunden war. Merkur lachte.

„Keine Panik. Die lässt uns nachher auch wieder raus.“ Emilia schluckte schwer und nickte. Merkur zog sie weiter. Nach ein paar Minuten Fußmarsch durch dieses märchenhafte Gebiet kamen sie an einen wunderschönen Wasserfall. Er stürzte in einen türkisblauen See, der beinahe zu leuchten schien. Der See war definitiv viel zu groß, als dass er in die Akademie hätte passen können. ALLES war viel zu groß, als dass es wirklich in die kleine Glaskuppel über der Akademie hätte passen können. Gerade als sie Merkur danach fragen konnte, erklang ein wundervoller Gesang. Merkur stupste Emilia in die Rippen und deutete auf einen Stein nahe des unter ihnen liegenden Sees. Eine wunderschöne Meerjungfrau saß dort und kämmte in einer Seelenruhe ihre weißblonden langen Haare. Ihre Haut war ebenso weiß wie ihre Haare und schillerte in allen Regenbogenfarben. Ab der Hüfte abwärts konnte Emilia einen schuppigen, hellblauen Fischschwanz erkennen. Auch dieser schillerte wundervoll in allen Blau-Tönen. Die Meerjungfrau hatte bemerkt, dass sie beobachtet wurde. Sie sah auf, winkte den beiden freundlich zu, sodass Emilia einen kurzen Blick auf ihre unnatürlich hellblauen Augen werfen konnte, und dann sprang sie kopfüber in den See. Das Wasser blieb absolut still an der Stelle, an der sie eingetaucht war. Keine Welle, nichts.

Emilia, die endlich ihre Sprache halbwegs wiedergefunden hatte, hauchte nur atemlos:

„Wahnsinn!“ Merkur drehte sich zu ihr um und strahlte sie stolz an.

„Na, hab nicht zu viel versprochen, oder?“ Emilia schüttelte den Kopf und sah sich weiter um. Sie hatte über sich ein Geräusch gehört. Etwas Großes musste über sie geflogen sein, dem Klang nach. Tatsächlich. Da saß ein großer roter Vogel mit langem goldrotem Schwanz und sah sie aufmerksam an.

„Ist das ... Ist das ein Phönix?“, stotterte Emilia.

„Ja, genau“, bestätigte ihr Merkur.

„Hammer“, flüsterte sie. Ihr Blick wanderte weiter zum Himmel und was sie da sah, konnte nun einfach nicht sein.

„Die Kuppel! Wo ist sie hin?“, fragte sie Merkur perplex.

„Wir haben Andorin verlassen, als wir uns von der Tür fort bewegt haben“, erklärte er. „Das hier ist *Silvjanamar*“, sagte er und machte eine ausladende Geste. „Wir Elfen nennen es auch *Verzauberter Wald*“, erklärte er weiter.

„Das trifft es“, bestätigte Emilia ehrfürchtig.

„Hier sind wir Elfen nur zu Gast. Wir dürfen den Wald betreten, um von den hier lebenden magischen Geschöpfen zu lernen. Manche von uns ziehen sich nach Silvjanamar zurück, um zu sich zu finden und Kraft für neue Aufgaben zu sammeln. Ansonsten lassen wir alle, die hier leben, in Ruhe“, erzählte er ihr weiter und zog sie zurück in die Richtung, aus der sie gekommen waren.

Emilia war ein bisschen enttäuscht, als sie zurück zur Tür kamen. Die Ranken zogen sich ohne Widerstand zurück, als sie davor standen, und gaben ihnen somit den Ausgang frei. Emilia sah sich ein letztes Mal um und seufzte. Ob sie wohl jemals wieder hierher zurückkehren dürfte? Es gab noch so viel, was sie über die Wesen und Pflanzen hätte wissen wollen, aber Merkur ließ ihr keine Zeit. Er schob sie bereits zur Tür hinaus. Als sie beide die Treppe erreicht hatten, verschloss er die Tür sorgfältig und zog Emilia mit sich die Treppe hinunter. Emilia war noch gar nicht richtig bei Sinnen, als sie wieder auf der Straße angekommen waren. Hier erschien ihr auf einmal alles laut und trist.

Sie drehte sich nochmals um und warf einen sehnsüchtigen Blick nach oben zur Kuppel.

„Wenn wir unsere Ausbildung starten, kannst du jeden Tag nach Silvjanamar“, flüsterte Merkur und strich ihr aufmunternd über die Wange. Emilia nickte und schluckte die aufsteigenden Tränen hinunter.

„Wenn“, flüsterte sie. Merkur sah sie abschätzend an und zog eine Augenbraue hoch, erwiderte jedoch nichts. Emilia war ihm dafür sehr dankbar. Sie drückte seine Hand ein bisschen fester und dann führte Merkur sie weiter die hellen Straßen entlang.

Der Tempel war im Vergleich zu Silvjanamar eher trist. Das Gebäude musste aus derselben Epoche stammen wie die Akademie. Der Eingangsbereich wurde ebenfalls von Säulen getragen. Im Tempel selbst war es dunkler als in der Akademie. Links und rechts der Eingangstore brannten Fackeln, die dem Raum zwar eine warme Atmosphäre, aber wenig Helligkeit spendeten. Es führte eine breite Marmortreppe einige Stufen in die Tiefe. Merkur und Emilia schritten leise hinunter. Hier war es genauso still wie in der Akademie, allerdings wirkte dieser Ort anders. Heilig. Ja, das war das Gefühl, das Emilia wahrnahm. Hier herrschte eine heilige Atmosphäre. Es roch nach einer Mischung aus verschiedenen Kräutern. Vermutlich benötigten die Priester diese für ihre Rituale. Sie kamen in einen unterirdischen breiten Gang, der ebenfalls nur von warmem Fackellicht beleuchtet war. Links und rechts gingen Türen ab.

„Sie führen in die Wohnräume unserer Priester“, flüsterte Merkur. Nach ein paar hundert Metern spürte Emilia, dass sie einem Ausgang näherkamen. Sie konnte die frische Luft bereits riechen. Sie passierten zwei Statuen. Die eine stand links, die andere rechts am Ausgang.

„Wer ist das?“, fragte Emilia und deutete auf die Statuen der beiden Frauen. Sie waren aus weißem Marmor gehauen, hatten beide lange Haare und trugen dieselben schlichten langen Gewänder. Die eine trug eine Krone aus Blumen, die andere eine Krone aus Efeu.

„Das sind die Göttinnen der Liebe und des Lebens“, erklärte Merkur. „Komm weiter. Ich möchte dir noch gern den *Heiligen Garten* zeigen“, drängte er und zog Emilia hinter sich her. Diese wandte den Blick von den beiden Frauen ab und sah nach vorne.

Sie waren nun auf einem weißen Kiesweg angekommen, der sie in einen Garten führte. Links und rechts des Weges wuchsen wunderschöne Blumen. Diese reichten links viele hundert Meter weit bis an eine Mauer. Die Mauer schien den Garten an dieser Seite abzugrenzen. Sie verströmten einen starken, jedoch lieblichen Geruch. Emilia blieb kurz stehen und atmete den Duft mehrmals tief ein. Dann ging es weiter. Rechts sah Emilia ein weiteres Gebäude. Es war flach und hatte eine komplette Glasfront in Richtung Garten.

„Was ist das für ein Gebäude?“, fragte Emilia neugierig.

„Das ist der Gebetssaal“, antwortete Merkur. „Leider dürfen wir da nicht rein“, sagte er bedauernd.

„Wieso nicht?“, fragte Emilia.

„Er ist den Priestern vorbehalten. Nur an den Tagen, an denen wir die Göttinnen preisen, dürfen auch wir hinein“, erklärte er ihr. Emilia nickte. Merkur zog sie weiter mit sich. Sie kamen an unterschiedlichen Blumenfeldern vorbei, wobei jedes seinen eigenen, wundervollen Duft verströmte. Diese waren ebenfalls wunderschön, aber kein Vergleich mit Silvjanamar. Emilia seufzte. Merkur lachte.

„Ich hätte dir den Tempel wohl vor dem Magischen Wald zeigen sollen, was?“, fragte er amüsiert.

„Ja“, gab Emilia zu. „Ich fürchte, ich kann die Schönheit hier jetzt nicht mehr richtig würdigen“, erklärte sie bedauernd.

„Macht nichts“, erwiderte Merkur. „Ich bin auch nicht so der Blumentyp. Ich bin auch wegen etwas ganz anderem hierhergekommen“, deutete er an.

Sie durchquerten den Garten und ließen die Blumen und den Gebetssaal hinter sich. Der Pfad, den sie beschritten, führte sie nun eine Anhöhe hinauf, auf der Emilia bereits von Weitem eine Gruppe alter Bäume stehen sah, die ihr den Blick auf das, was dahinter lag, verwehrte. Emilia konnte Merkurs freudige Erregung spüren und ließ sich ein bisschen von ihm anstecken. Die letzten Meter den Berg hinauf wurde

Merkur immer schneller. Emilia hatte Mühe, mit ihm Schritt zu halten, ohne rennen zu müssen.

„Wir sind da!“, rief er, als sie die Bäume hinter sich gelassen hatten, und zeigte über die weiten Wälder, die sich nun unter ihnen erhoben. Emilia verschlug es den Atem erneut.

Sie standen auf einer Anhöhe und unter ihnen breitete sich nichts als Wald aus. Dahinter, und das war vermutlich das Magischste daran, wuchsen die Berge empor. Emilia hatte das Gefühl, sie könnte sie greifen, so nah erschienen sie ihr. An der Grenze, wo der Wald endete und die Berge begannen, hing ein seltsamer orangefarbener Nebel. Emilia konnte erkennen, dass ein breiter Strom die Berge hinabfloss, dann wurde er vom Nebel verschluckt und tauchte anschließend wieder, blau glitzernd, zwischen den Bäumen auf.

„Das ist der Elephas“, erklärte er ihr und deutete auf den Strom.

„Elephas“, wiederholte Emilia. „Den Namen habe ich schon einmal gehört. Ist es nicht der Fluss, der von den Bergelfen hierher führt?“, fragt Emilia verblüfft. Merkur grinste anerkennend und nickte.

„Richtig“, bestätigte er.

„Dann ist das dort Angorogh?“, fragte sie verblüfft und deutete auf die Berge.

„Genau“, versicherte Merkur. „Das sind die Berge von Angorogh.“

„Aber wie ist das möglich?“, fragte Emilia. „Ich denke, nach Angorogh muss man ein Tor durchqueren?“

„Ja und nein“, sagte Merkur und setzte sich unter einen der Bäume. „Komm, ich erklär’s dir“, bot er an und klopfte auf den Boden neben sich. Emilia setzte sich und sah ihn erwartungsvoll an. „Angorogh, Askja, Silvjanamar und Andorin sind Welten innerhalb der magischen Welt. Daher sind sie an bestimmten Stellen miteinander verbunden. Siehst du den Nebel?“, fragte er. Emilia nickte. „Das sind die Weltennebel. Sie markieren die Grenzen. Von Angorogh nach Andorin kommt man nur über den Elephas oder über das West-Tor. Daher hat meine Mutter damals den Fluss genutzt, um mich hierher zu schmuggeln.“

„Gibt es auch so einen Weg nach Askja?“, fragte Emilia. Merkur schüttelte den Kopf und deutete nach Norden. Emilia erschrak, als sie seinem ausgestreckten Arm folgte. Dort im Norden konnte sie ebenfalls den orangefarbenen Nebel erkennen und weit dahinter ragte ein schwarzer Krater in die Höhe.

„Das ist Askja“, erklärte Merkur. „Die Feuerelfen haben die Wege, die innerhalb der magischen Welt zu ihnen führten, zerstört. So kann kein anderes magisches Wesen, mit Ausnahme der Elfen, Askja erreichen und andersherum. Die Feuerelfen haben, wie man so schön sagt, alle Brücken abgebrochen.“ Emilia sah nochmals genau in die Richtung, in der die Feuerelfen lebten. Sie glaubte, ganz schwach hinter den dunklen Wolken Askjas einige seltsame Ruinen zu erkennen. Sie blinzelte und sah genauer hin, aber da war es auch schon wieder verschwunden.

„Und Silvjanamar?“, fragte Emilia und reckte den Hals in die anderen beiden Himmelsrichtungen. Merkur lachte, deutete aber sogleich nach Süden.

„Silvjanamar kannst du hier erkennen. Du siehst nur wenig Unterschied zum Wald von Andorin“, erklärte er. Aber Emilia konnte erkennen, dass sich weit hinter den Wäldern Andorins ein orangefarbener Nebel auftat und dahinter glaubte sie einen roten Phönix seine Runden drehen zu sehen. Sie seufzte tief. Automatisch wandte Emilia nun ihren Blick in die einzige Himmelsrichtung, die sie noch nicht betrachtet hatten. Enttäuscht stellte sie fest, dass im Osten nichts weiter zu sehen war als der Tempel und die Stadt Andorin selbst. Sie glaubte jedoch, ganz schwach am Horizont ebenfalls einen orangefarbenen Nebel sehen zu können. Aber dahinter sah sie nichts.

„Warum sieht man im Osten nichts?“, fragte Emilia verblüfft.

„Im Osten endet die magische Welt“, erklärte er.

„Wenn ich es richtig einschätzen kann, haben wir in die Menschenwelt das Ost-Tor genommen, richtig?“, fragte Emilia nach. Merkur nickte.

„Gut aufgepasst, Miss Scott“, lobte er sie scherzhaft. „Aber richtig. Die Menschenwelt erreichen wir über das Ost-Tor. Die Bergelfen über das West-Tor, die Feuerelfen über das Nord-Tor und das Süd-Tor haben wir vorhin durchschritten, als wir Silvjanamar besucht haben“, beendete er seine Lehrstunde.

„Aber wir haben das Tor nach Silvjanamar nicht *richtig* öffnen müssen“, begehrte Emilia auf. „Warum konnten wir einfach so durch eine Tür gehen?“, fragte Emilia überrascht.

„Das ist ein besonderer Zauber, der nur nach Silvjanamar funktioniert. So haben die Geschöpfe dieser Welt die Möglichkeit, uns schneller um Hilfe zu bitten, falls sie diese brauchen. Wie du weißt, können nur wir Elfen die Tore passieren. Die magischen Geschöpfe Silvjanamars müssten einen langen, anstrengenden Weg auf sich nehmen, um uns erreichen zu können, müssten sie den Weg über die Weltengrenze nehmen“, beantwortete er ihre Frage. Emilia nickte.

„Das macht Sinn“, bestätigte sie. „Gibt es solche Zugänge auch bei den anderen Elfenvölkern?“, fragte Emilia nach.

„Nein. Andorin ist der Mittelpunkt der Welten. Daher besitzen wir vier Tore.“ Merkur nahm einen kleinen Stock und zeichnete die Himmelsrichtungen in den Sand. „Andorin liegt in der Mitte“, referierte er, „Askja im Norden, die Menschen im Osten, Silvjanamar im Süden und Angorogh im Westen. Jedes Volk besitzt nur Tore in die angrenzenden Welten“, beendete Merkur seinen Vortrag. So bildlich dargestellt konnte es sich Emilia wirklich gut vorstellen.

„Okay, so versteh ich es“, bestätigte sie ihm. Merkur nickte und stand auf.

„Wir sollten weiter“, sagte er und hielt ihr die Hand hin, um ihr aufzuhelfen. Dieses Mal ergriff Emilia sie gern. Der Streit vom Vormittag war inzwischen vollkommen vergessen. Emilia war absolut überrascht, wie zuvorkommend und nett Merkur heute war. Sie genoss jede

Minute, die sie mit ihm zusammen sein konnte. Ihm schien es genauso zu gehen. Er legte besitzergreifend seinen Arm um ihre Schulter und sie getraute sich nun sogar, ihren Kopf leicht an seine Schulter zu lehnen. Nur für einen ganz kleinen Augenblick.

Auf dem Weg zu Merkurs Wohnung musste Emilia feststellen, dass nicht ganz Andorin gleich prachtvoll war. Bisher hatte Emilia nur die nähere Umgebung erkundet. Rund um das Schloss und um den Marktplatz war immer alles sauber und wunderschön gestaltet. Doch je weiter sie sich vom Schloss entfernten, desto schäbiger wurden die Behausungen. Sie kamen an großen Misthaufen vorbei, die einfach vor den jeweiligen Ställen aufgeschichtet waren. Dementsprechend war auch der Geruch auf den Straßen.

Auch die Elfen, die sie hier sah, trugen eher ärmliche Kleidung. Die Kinder waren schmutzig und zerzaust. Emilia sah sich ein bisschen entsetzt um.

„Hier wohnst du?“, fragte sie unsicher, als sie vor einem kleinen schäbigen Haus Halt machten. Die Fensterläden hingen schief und der Sockel des Hauses wies deutliche Urinspuren auf. Emilia hoffte, dass diese nur von den streunenden Hunden herrührten, die es hier zur Genüge gab.

„Von außen ist es nicht besonders schön!“, antwortete er stattdessen und kratzte sich verlegen am Hals. „Aber ich hab es innen richtig schön hergerichtet“, fügte er hinzu. „Bereit?“ Emilia schluckte und nickte zaghaft. Sie konnte sich nicht vorstellen, dass man aus dieser Bruchbude etwas machen konnte. Merkur kramte etwas umständlich einen

Schlüssel hervor und schloss auf. Emilia war etwas überrascht, das zu sehen. Das Haus, in dem sie wohnte, hatte nicht einmal ein Schloss. Sie hatte gedacht, das sei in der Elfenwelt einfach nicht nötig. Merkur zuckte mit den Schultern, als er Emilias verwunderten Blick sah und sagte:

„Hier in der Gegend ist es besser, man schließt ab, wenn man nicht sein Hab und Gut auf dem Schwarzmarkt finden will."

„Schwarzmarkt?", fragte Emilia ungläubig. „Ich hätte nie gedacht, dass es in der Elfenwelt so was geben würde. Andererseits hätte ich aber auch nicht gedacht, dass es in Andorin so eine Gegend gibt!", erklärte Emilia, drehte sich einmal im Kreis und deutete auf die gesamte Umgebung.

„Dies hier ist der ärmere Teil von Andorin. Es ist bei uns wie in jeder anderen Welt auch, Emilia. Es gibt arme und reiche Elfen. Hier leben zum größten Teil normale Arbeiter. Manche betreiben ein bisschen Landwirtschaft, andere arbeiten in den Minen."

Merkur hatte inzwischen die Tür aufgeschlossen. Emilia wollte noch wegen der Minen nachhaken, allerdings verschlug ihr der Anblick von Merkurs Wohnzimmer erneut die Sprache.

Sie trat ein und sah sich um. Man trat von draußen direkt in ein kleines Wohnzimmer, in dessen Mitte sich eine Wendeltreppe nach oben schlängelte. Geradeaus konnte sie einen Durchgang in einen weiteren Raum erkennen. Als Merkur Licht gemacht hatte, sah sie, dass der weitere Raum die Küche war.

„Als ich die Wohnung bekommen habe, war hier nur Dreck und Staub. Ich musste alles von Grund auf neu machen. Nur die Außenmauern sind dieselben wie davor."

„Wow", hauchte Emilia. „Das hast du echt alles alleine gemacht?"

„Klar", erwiderte Merkur mit vor Stolz geschwellter Brust. Er lehnte lässig an einem der hellen Bücherregale, die das gesamte Wohnzimmer auskleideten. Jede Wand war bis zur Decke vollgestellt mit Büchern. Nur die Fenster und die Tür waren frei. In der Ecke unter der Treppe sah Emilia einen gemütlichen Sessel, der einen wunderschönen hellgrünen Überwurf trug. Davor stand ein kleiner runder Tisch aus Glas, der von einem eisernen Fuß getragen wurde. Darauf lagen ebenfalls Bücher. Der Boden war aus hellem, fast weißem Holz, ebenso wie die Decke. Neben der Wendeltreppe reichte ein alter, massiver Holzbalken vom Boden durch die Decke. Er war weiß gestrichen worden und eine schöne Efeuranke wuchs daran empor. Sie schien direkt aus dem Boden zu wachsen. Ohne Blumentopf. Einen weiteren Balken fand sie auch in der Küche wieder. Vermutlich eine Art Stützpfeiler. Jedoch war dieser hellgrün gestrichen und passte so perfekt zur Einrichtung der Küche. Diese war ebenfalls komplett aus hellem Holz. In den kleinen Regalen, die Merkur über der Spüle angebracht hatte, standen hellgrüne Tassen und hellgrüne Gläser. Eine Theke mit hellgrün gestrichenen Hockern bildete den Essplatz. Die Wand gegenüber der Küchenzeile war ebenfalls mit Bücherregalen ausgekleidet. Nur ein Fenster und die Terrassentür waren ausgespart. Emilia strich sanft über die

Bücher. Die meisten Titel kannte sie nicht. Vermutlich elfische Bücher, jedoch entdeckte sie hier und da auch ein paar bekannte Freunde.

„Ich habe auch coole Romane mit Elfen da!“, brachte Merkur mit einem frechen Grinsen hervor.

„Danke, aber zurzeit habe ich genug Elfen um mich rum!“, gab Emilia scherzhaft zurück.

Sie staunte weiter über Merkurs kleines Reich. Alles roch frisch und neu. Nach Farbe und frischem Holz.

„Sollen wir nach oben gehen?“, fragte Merkur.

„Wozu?“, fragte Emilia nervös. Ihr war schon klar, dass sich oben ein Schlafzimmer befinden würde und die vergangene Nacht stieg wieder lebhaft vor ihrem inneren Auge empor.

„Nicht das, was du denkst“, erwiderte Merkur und grinste wissend. Emilia riss die Augen weit auf.

„Raus aus meinem Kopf!“, fuhr sie ihn an und knallte ihre mentale Tür vor seiner Nase zu.

„Aua!“, jammerte Merkur. „Ging das nicht ein bisschen sanfter?“

„Wer die Gedanken anderer Leute liest, verdient es nicht anders“, brummte Emilia.

„Entschuldige, aber deine Gedanken haben mich förmlich angesprungen. Aber eigentlich wollte ich dir nur den oberen Stock ZEIGEN. Und ich verspreche dir, es wird nichts geschehen, was du nicht auch willst“, versprach Merkur und setzte eine unschuldige Miene auf. Genau davor hatte Emilia jedoch Angst, dass sie selbst mehr wollte, als gut für sie war.

„Na dann, nach dir“, antwortete sie mit leicht zittriger Stimme.

Merkur stieg vor ihr die Treppe hoch. Das Haus hatte nur zwei Etagen. Die Treppe endete auf einer kleinen Empore. Diese wurde von einer wunderschönen alten Holztruhe geschmückt. Rechts ging eine Tür ins Bad und links musste dann wohl das Schlafzimmer sein.

Das Bad bestand nur aus einer Badewanne, einer Art Toilette und einem kleinen Schrank, auf dem ein rundes Becken sowie eine Karaffe mit Wasser standen.

„Hast du hier kein fließendes Wasser?“, fragte Emilia schockiert.

„Nein, nur der reiche Teil ist an die Wasserleitung angeschlossen“, beantwortete Merkur verlegen Emilias Frage. „Los komm, ich zeig dir mein Heiligtum!“, wechselte Merkur schnell das Thema. Die Sache mit dem Wasser schien ihm etwas unangenehm zu sein. Daher ließ sich Emilia gern aus dem kleinen Badezimmer schieben. Vor seiner Tür atmete sie nochmals durch. Sie wusste nicht, was sie erwartet hatte. Ein romantisches Liebesnest? Sie musste über sich selbst grinsen und schüttelte den Kopf. Zum Glück sah Merkur das nicht, da er gerade noch damit beschäftigt war, einen Berg Schmutzwäsche, unauffällig mit dem Fuß, unter das Bett zu schieben. Emilia schmunzelte. Es machte Merkur gleich sympathischer, dass auch er nicht so perfekt war, wie er gern sein wollte.

Das Zimmer war ebenfalls nicht groß. Links der Tür befand sich eine Kommode, daneben stand schräg in der Ecke ein großes, gemütlich aussehendes Himmelbett.

Himmelbetten schienen hier in der Elfenwelt groß in Mode zu sein. In der Menschenwelt war das eher ein Mädchen-Ding. Geradeaus erhellte eine große, bodentiefe Fensterfront den Raum. Diese führte auf einen kleinen Balkon, auf dem Emilia einen kleinen Tisch mit drei Stühlen stehen sah. Mit dem, was Emilia jedoch rechts der Tür entdeckte, hatte sie nicht gerechnet. Sie blickte in eine Unzahl bekannter Gesichter. Die gesamte Wand war quasi mit Kinoplakaten tapeziert. Emilia kannte diese Poster alle, da sie in ihrem Zimmer genau dieselben hängen hatte. Sie drehte sich ungläubig zu Merkur um. Der grinste breit.

„Gefällt's dir?", fragte er.

„Wo hast du die her?", fragte Emilia verblüfft.

„Dein Vater hat sie mir immer mitgebracht, wenn er aus der Menschenwelt zurückgekommen ist", erklärte er stolz.

„Mein Vater?", fragte sie überrascht. „Ich hatte bisher keine Ahnung davon, dass ihr euch SO nahestandet."

„Na ja, ich bin ja Elandiels Mündel und habe bis vor Kurzem im Schloss gewohnt. Immer wenn dein Vater zu uns kam, hat er mir die neuesten Kinoplakate mitgebracht", erwiderte er unsicher.

„Die hat er mir auch immer mitgebracht", hauchte Emilia.

Emilia sah sich nochmals die Poster an, die die gesamte Wand zierten. Sie spürte einen Kloß aufsteigen, als sie daran dachte, wie wenig sie ihren eigenen Vater eigentlich kannte. Er hatte ein zweites Leben geführt, hier in Andorin. Ein Leben neben dem Leben mit ihnen. Sie brauchte frische Luft. Daher ging sie zu der Fensterfront und schob die Balkontür auf. Sie hatte das Gefühl, sich an dem kühlen Geländer, das den Balkon umrahmte, festhalten zu müssen. Sie atmete ein paarmal tief durch. Merkur war lautlos hinter sie getreten.

„Habe ich was falsch gemacht?“, fragte er. Er umfasste von hinten ihre Taille und legte sein Kinn auf ihre Schulter. Sogleich flog ein Schwarm Schmetterlinge in ihrem Inneren auf. Sie lehnte ihren Kopf an seine Brust und atmete tief durch, um wieder Herr ihrer Sinne zu werden.

„Nein, du nicht. Aber mir wurde soeben bewusst, dass ich meinen Vater gar nicht richtig kenne“, erwiderte sie mit erstickter Stimme. Merkur ließ sie los und drehte sie zu sich um. Er hielt sie fest an den Handgelenken.

„Emilia, das ist nicht wahr“, sagte er scharf.

„Doch! Ich wusste nicht, wer er war und was er tat, wenn er nicht bei uns war. Beziehungsweise wusste ich ja nicht mal, DASS er nicht da war!“, rief sie wütend aus und Tränen stahlen sich in ihre Augen. Merkur wischte eine Träne, die gerade ihre Wange hinunterkullerte, weg und zog sie fest in seine Arme.

„Nur weil er dir nicht alles erzählen konnte, heißt es noch nicht, dass du nicht weißt, wer er ist. Er ist dein Vater. Der Mann, der dich abends ins Bett brachte, der dir Geschichten erzählt hat und der dich getröstet hat, wenn du mit dem Fahrrad gestürzt bist. Er war immer für dich da. Wenn du ein offenes Ohr gebraucht hast oder einfach nur jemanden gebraucht hast, der dich in die Arme nimmt und dir sagt, wie viel du ihm bedeutest. Und du bedeutest ihm alles. Glaube mir, Emilia“, versuchte er, sie zu trösten.

Emilia löste sich aus seiner Umarmung, wischte sich die Tränen aus den Augenwinkeln und sah Merkur sonderbar an.

„Er hat mir jedes Mal von dir erzählt, wenn er mich besucht hat“, versuchte er zu erklären und hob die Schultern. „Er erzählte mir von deinen ersten Versuchen, Fahrrad zu fahren und dass du dir bei einem Sturz das Handgelenk gebrochen hattest. Nur durch ihn habe ich erfahren, wie es wäre, einen Vater zu haben, der einen liebt“, beantwortete er ihre stumme Frage. „Emilia, mir kommt es vor, als würde ich dich schon mein gesamtes Leben an meiner Seite haben“, sagte er in einem sonderbaren Tonfall. Emilia seufzte.

„Es wäre schön, ich könnte dasselbe behaupten. Ich weiß gar nichts von dir“, erwiderte sie.

„Da gibt es nicht viel zu wissen. Das meiste hat dir Elandiel ja schon erzählt“, antwortete er und zuckte mit den Schultern. „Sollen wir weiter? Ich habe Hunger“, wechselte er das Thema.

„Ja, ich auch“, antwortete Emilia und ein Lächeln schlich sich auf ihr Gesicht.

KAPITEL 17

Emilia war froh, als sie wieder im schönen Teil von Andorin angekommen waren. Merkur zeigte ihr ein nettes Restaurant, in dem man im Freien essen konnte. Das Restaurant war ein flaches kleines Gebäude und stand auf einer großen schönen Wiese. Dort luden ein paar Reihen Tische und Bänke zum Verweilen ein. Diese waren aus massiven, der Länge nach halbierten Holzstämmen gefertigt worden. Zwischen den Sitzreihen standen alte, wunderschöne Bäume, die den Gästen Schatten spendeten. Obwohl es schon deutlich nach der Mittagessenszeit sein musste, war das Restaurant gut besucht.

Als sie sich einen Platz suchten, entdeckten sie zu ihrer Überraschung auch ihre beiden Freunde Sera und Lethan. Die beiden saßen sich gegenüber an einem Tisch unter einer prächtigen alten Buche. Sera hatte sie auch entdeckt und winkte ihnen zu. Dann stand sie auf und nahm auf der gegenüberliegenden Seite neben Lethan Platz, sodass Emilia und Merkur nebeneinander sitzen mussten. Die beiden steuerten zielstrebig auf den Tisch zu und nahmen Platz.

„Na, hattet ihr einen schönen Tag?“, wurden sie von Sera scheinheilig begrüßt. Merkur und Emilia sahen sich vielsagend an, gaben aber keine Antwort.

„Also JA!“, kommentierte Sera und stupste ihren Bruder in die Seite. „Siehst du, hab ich dir doch gesagt, entweder sie bringen sich um oder sie vertragen sich wieder“, erklärte sie stolz. Lethan sagte nichts, schüttelte aber den Kopf und vergrub sein Gesicht hinter der Speisekarte. Emilia und Merkur taten es ihm gleich.

Nach einem kurzen Moment spürte Emilia, dass sich jemand in ihre Gedanken stehlen wollte. Sie war selbst überrascht, dass sie nach so kurzer Zeit bereits ein Gespür dafür hatte. Sie sah von der Karte auf und sah sich um. Sera fixierte sie hochkonzentriert. Na warte, dachte sie. Sie stellte sich einen Zettel vor, auf den sie schrieb:

„Na warte, bis wir alleine sind. Du bist mir eine schöne Freundin, mich einfach mit Merkur stehen zu lassen!“ Dann öffnete sie mit einem Ruck ihre Gedankentür. Sera sog tief die Luft ein, vermutlich hatte sie mit mehr Widerstand gerechnet und war nun regelrecht in Emilias Gedanken gefallen. Emilia beobachtete ihre Freundin genau. Nach ein paar Sekunden fing diese an zu lachen und sagte dann:

„Ich gratuliere, du lernst wirklich schnell!“ Emilia grinste stolz, während die Jungs sie fragend ansahen. Die beiden Mädchen lachten über die belämmerten Gesichter der beiden.

„Könntet ihr uns bitte einweihen, was so lustig ist?“, fragte Lethan. Seinem Tonfall nach zu urteilen, hatte er heute keine gute Laune.

„Wir haben nur ein bisschen Gedankenspielerei geübt!“, gab Sera zurück und vertiefte sich nun ebenfalls in die Karte.

„Ich will alles im Detail erfahren!“, schob Sera nun ihre Gedanken in Emilias. Emilia hörte Seras Stimme in ihrem Kopf. Verblüfft sah sie auf.

„Ich wusste gar nicht, dass das auch so geht!“, flüsterte sie Sera zu.

„Cool, nicht?“, gab diese zurück.

„Ach, Mädels, nun lasst doch mal das Gedankentauschen. Zwischen Emilia und mir ist nichts passiert, okay? Ich habe ihr nur ein paar Sehenswürdigkeiten und meine neue Wohnung gezeigt. Zufrieden, Sera?“, sagte Merkur in genervtem Tonfall.

„Vorerst!“, gab Sera fast beleidigt zurück.

„Jetzt ist aber genug mit der miesen Stimmung!“, mischte sich nun Emilia ein. „Wir essen jetzt was Leckeres und danach machen wir uns einen schönen Nachmittag. Kann man hier irgendwo schwimmen gehen?“, fragte sie und sah in die Runde.

„Klar! Gehen wir zum See! Dann kann ich endlich meinen neuen Bikini anziehen!“, rief Sera und war Feuer und Flamme von der Idee. „Für dich hab ich auch einen, Emi!“

„Au prima! Ich hätte daheim erst suchen müssen. Ich weiß nicht, ob der bei der *Elfengrundausstattung* dabei ist“, sagte sie und zwinkerte Sera dabei zu.

„Vermutlich wäre da so ein Fünfziger-Jahre-Badeanzug-Ding drin!“, antwortete Sera und lachte sich kugelig bei dem Gedanken. Auch Emilia stimmte mit ein. Die Jungs schüttelten nur den Kopf und vergruben sich wieder hinter der Speisekarte.

„Ich hätte auch nichts gegen Nacktbaden einzuwenden!“, ließ sich Merkur hinter der Speisekarte vernehmen, woraufhin er postwendend Emilias Ellenbogen in die Rippen bekam.

„DAS würde dir so passen!“, sagte sie lachend.

„AUA!“, schrie Merkur und tat so, als würden ihm die Rippen schmerzen.

„Habt ihr schon gewählt?“, riss sie eine unbekannte Stimme aus ihren Kindereien. Emilia sah überrascht auf und schaute in die grünen Augen einer jungen Elfe. Sie trug eine Schürze und hatte einen Block in der Hand.

„Viermal das Tagesessen, bitte!“, riss sie Lethans Stimme aus ihrer Überraschung. Die Elfe nickte und lief davon.

„Und was ist das Tagesessen?“, fragte Emilia.

„Lass dich überraschen“, gab Lethan zurück.

„Eigentlich ist es eh egal, was du hier bestellst, bei Miralai schmeckt alles spitze!“, lobte Sera das gute Essen.

„War das eben Miralai?“, fragte Emilia.

„Ja, sie schmeißt den Laden hier ganz alleine und mit großem Erfolg, wie du sehen kannst! Sie ist so alt wie Lethan!“, antwortete Sera. „Stimmt’s, Bruder?“

„Jep. Wir waren Nebensitzer in der Schule“, gab dieser zurück.

„Sonst nichts?“, bohrte Sera weiter.

„Worauf willst du hinaus, Schwesterherz?“, fragte Lethan bissig.

„Ach, nichts“, antwortete diese scheinheilig und drehte ihre blonden Haare um einen Finger. „Man hört so dies und das.“

„Na, dann solltest du einfach nicht hinhören!“, gab er genervt zurück. „Zwischen Miralai und mir war nie was und wird auch nie was sein.“ In dem Moment kam die junge Elfe an den Tisch zurück und stellte vier Teller ab.

„Lasst es euch schmecken!“, sagte sie kühl und kehrte dem Tisch ein bisschen zu schnell wieder den Rücken zu.

„Das hat sie gehört“, flüsterte Merkur.

„Na toll ... Kannst du nicht einmal deinen Schandschnabel halten?“, fragte Lethan seine Schwester gereizt. „Nun ist Miralai sicher böse mit mir!“

„Was musst du auch so rumschreien?“, gab Sera unbeeindruckt zurück und krallte sich einen der vier Teller. „Außerdem kann sie nur beleidigt sein, wenn mehr zwischen euch ist, als DU zugeben willst oder wenn sie mehr will, als DU behauptest“, erklärte sie besserwisserisch. Lethan atmete sichtlich gestresst durch und widmete sich dann ebenfalls seinem Essen. Es schmeckte wirklich sehr gut. Das Tagesessen war eine Art Eintopf. Emilia konnte nicht definieren, was drin war, aber er schmeckte frisch und leicht und machte dennoch sehr gut satt.

Als sie gegessen hatten, stand Lethan auf.

„Wir treffen uns am See, ich muss noch was erledigen“, sagte er und lief in Richtung Küche davon.

„Er geht sich bei Miralai entschuldigen“, spottete Merkur und legte Emilia einen Arm um die Schulter.

„Ist das das Mädchen, wegen dem ihr heute Morgen gestritten habt?“, fragte Emilia.

„Ähm... Nein, da ging es um eine andere“, entgegnete er schnell. Sera zog hellhörig eine Augenbraue hoch.

„Meinst du, ich kann mir von Lethan eine Badehose leihen?“, fragte er an Sera gewandt. „Zu mir nach Hause ist es so ein langer Weg!“

„Ja, sicher. Los, lasst uns aufbrechen.“

Sie standen auf und machten sich auf den Weg zu Sera nach Hause.

Lethan hatte sie bereits an der Haustür eingeholt.

„Und? Alles wieder in Butter?“, fragte Merkur.

„Jep!“ Zu mehr konnte sich Lethan nicht herablassen. „Lass mich raten? Du brauchst auch eine Badehose, oder?“, fragte er Merkur.

„Du kennst mich zu gut“, gab dieser zurück und lachte.

Als sie das Haus betreten hatten, rannte Sera direkt vorweg die Treppen hoch. Die Elfenhäuser schienen alle eine ähnliche Bauweise zu haben. Nur gab es hier vier Stockwerke. Im vierten Stock waren die Zimmer von Sera und Lethan. Sera zog Emilia in ihr Zimmer und schlug die Tür zu, bevor die Jungs überhaupt oben angekommen waren.

„Und? Erzähl!“, fragte sie neugierig und stöberte währenddessen in ihrer Kommode nach den Bikinis.

„Es war total cool!“, erzählte Emilia aufgeregt. „Wir waren in der Schule und in Silvjanamar, danach hat Merkur mir den Tempel gezeigt. Wir konnten von dort über die Weltengrenzen hinweg bis nach Angorogh, Askja und Silvjanamar sehen“, schwärmte sie weiter. Sera verdrehte die Augen.

„Das meinte ich doch nicht, Schätzchen“, erklärte sie ihr. „Was ist zwischen EUCH gelaufen?“, fragte sie weiter.

„Nichts!“, erklärte Emilia.

„Wie nichts?“

„Na, nichts eben. Wir hatten einfach einen schönen Tag. Aber mir ist es recht, wenn wir es langsam angehen lassen“, entgegnete Emilia, obwohl das nicht mal ansatzweise der

Wahrheit entsprach. Tief in ihrem Inneren verzehrte sie sich nach Merkurs Nähe. Sie hoffte sehnlichst, dass er sie endlich das erste Mal küssen würde. Aber das wollte sie lieber für sich behalten. Sie wollte nicht, dass Sera sie auslachte. Diese musterte sie aufmerksam.

„Irgendwas verschweigst du mir doch“, meinte sie bestimmt und sah Emilia tief in die Augen.

„Es ist nichts. Nichts Wichtiges. Nichts wegen Merkur“, erklärte Emilia und sah weg. Die Sachen, die sie über ihren Vater erfahren hatte, wollte sie im Moment nicht vor Sera breittreten. Sie musste erst selbst herausfinden, wie sie das alles bewerten sollte. Zudem verursachte die Tatsache, dass Merkur eigentlich alles über sie wusste und sie nichts über ihn, ein seltsames Gefühl bei ihr.

„Und was war das für ein Streit zwischen Lethan und Merkur?“, bohrte Sera weiter und warf Emilia einen Bikini zu.

„Keine Ahnung, Merkur hat mir heute Morgen nur erzählt, dass er und Lethan gestritten hätten, da Lethan einem Mädchen nicht die Wahrheit sagen würde oder so. Aber ich weiß nicht, ob ich die Geschichte so ganz glauben soll …“, antwortete Emilia.

„Hast du nicht nachgeschaut?“, fragte Sera.

„Ich dachte, das sei gegen die Regeln?“, gab Emilia zurück.

„Ach, das darf man nicht so eng sehen, du musst schließlich noch üben!“, erwiderte Sera und winkte ab. Sie grinste frech. „Mir kam Merkurs Reaktion gerade auf jeden Fall auch komisch vor. Irgendwas verheimlichen uns die

Jungs. Aber wir kommen schon dahinter!“, sagte Sera in bestimmtem Tonfall. Diese war inzwischen in ihren schicken, neuen Bikini geschlüpft. Dieser schillerte in Blau und Lila und sah hammermäßig aus an der schönen Elfe. Auch Emilia schlüpfte in den Bikini, den Sera ihr gegeben hatte. Sie zupfte noch ein bisschen an dem knappen Oberteil herum und zog dann schnell ihre Bluse und ihre Hose wieder über.

Die Jungs warteten schon vor dem Haus, als die Mädchen endlich fertig waren. Sera hatte noch ein paar Kleinigkeiten für ein Picknick zusammengepackt und drückte Lethan nun den schweren Korb in die Hand.

„Tragen ist Männerarbeit!“, sagte sie zu ihm und hakte sich danach bei Emilia unter. Sie hatten den See schnell erreicht. Entgegen Emilias Erwartung waren sie nicht an den Schlosssee gegangen, der in der Nähe des Menschen-Tores lag, sondern an einen kleineren See, der ein bisschen versteckt im Wald zu finden war.

Wie viele Seen gibt es denn hier in der Gegend?“, fragte Emilia, als sie es sich am Ufer gemütlich gemacht hatten.

„Fünf oder sechs werden es schon sein!“, gab Sera zurück. „Aber der hier ist unser Geheimtipp!“, fügte sie verschwörerisch hinzu.

„Es ist wunderschön hier“, gab Emilia zurück.

Der See war nicht groß. Ein kleiner Trampelpfad hatte sie durch den Wald hergeführt. Dieser endete auf einer kleinen Lichtung, in deren Mitte der See lag. Gegenüber ragte ein Felsen empor, über den der See durch ein kleines Rinnsal mit Wasser gespeist wurde. Die Jungs rannten sofort ins Wasser, als sie angekommen waren. Die Mädchen hatten zuerst noch Decken und Badetücher bereitgelegt und den Korb mit dem Picknick an einem schattigen Platz deponiert. Als sie damit fertig waren, hatten die beiden Jungen bereits den See durchquert und kletterten auf der gegenüberliegenden Seite den Fels empor.

„Was haben die beiden denn vor?“, fragte Emilia.

„Na, was wohl! Die springen!“, entgegnete Sera und zuckte mit den Schultern.

„Ist das Wasser denn tief genug?“, fragte Emilia verblüfft.

„Oh ja.“ Sera winkte ab. „Der See ist an ein unterirdisches Höhlensystem angeschlossen und daher sehr tief.“ Da sprangen die beiden Jungen bereits synchron nebeneinander ins Wasser. Man konnte sehen, dass sie das nicht zum ersten Mal taten. Sie trafen so perfekt auf die Oberfläche, dass es nur minimal spritzte.

„Gibt es dann nicht auch gefährliche Strömungen?“, fragte Emilia verunsichert.

„Doch, klar“, gab Sera ungerührt zurück.

„Aber ist es dann nicht gefährlich, darin zu schwimmen?“ Emilia ließ nicht locker mit ihren Fragen.

„Emi! Du bist eine WALDELFE! Schon vergessen? Was machst du wohl, wenn dich wirklich die Strömung erfassen würde?“, fragte Sera und stemmte herausfordernd ihre Arme in die Seite.

„Schon gut, ich hab es verstanden!“, murmelte Emilia zur Antwort. „Ich muss mich eben erst noch an die Macht gewöhnen, die ich habe. Ich bin leider nicht mit dem Wissen aufgewachsen, dass ich mehr kann als andere Menschen“, erwiderte Emilia eingeschnappt.

„War doch nicht böse gemeint!“, erwiderte Sera in einem liebevollen Tonfall und reichte Emilia die Hand. „Los! Gehen wir schwimmen!“, rief sie freudig. Emilia ergriff die Hand und rannte hinter Sera ins Wasser. Es spritzte, als sie sich hineinwarfen. Das Wasser war wunderbar warm. Die Jungs waren schon wieder dabei, die Felsen zu erklimmen. Die Mädchen schwammen in die Mitte und sahen ihnen bei ihren Sprüngen zu. Sie applaudierten, als sie wieder auftauchten. Mit ein paar kräftigen Schwimmstößen waren die beiden bei den Mädchen angekommen.

„Macht ihr mit?“, fragte Lethan. Das Wasser tropfte aus seinem schönen blonden Haar.

„Ne, sonst sehen wir ja auch so aus wie ihr. Wie zwei begossene Pudel!“, erwiderte Sera und grinste ihren Bruder frech an. Dann legte sie sich rücklings ins Wasser und ließ sich treiben. „Springt ihr ruhig noch ein bisschen, dann können wir Mädchen hier in Ruhe treiben und über euch lästern“, forderte Sera sie auf.

Lethan lachte und spritzte sie mit Wasser nass, sodass Sera erschrocken wieder in die Gerade kam und sich das Wasser aus dem Gesicht wischte.

„Na warte!“, rief sie scherzhaft drohend. „Das wirst du noch büßen!“ Sie hob die Fäuste drohend in die Luft. Die Jungen waren bereits wieder am Felsen angelangt und lachten über Sera. Diese legte sich wieder ins Wasser und schloss die Augen. Emilia sah noch eine Zeit lang den Jungs zu und konzentrierte sich dann ganz auf die Magie des Wassers. Sie fühlte, dass das Wasser sich für sie, hier in Andorin, anders anfühlte als zu Hause. Sie überlegte sich, wie es wohl sein würde, wenn sie wieder in der Menschenwelt war. Ob sie dort auch diese Magie spüren könnte?

Gedankenverloren spielte sie ein bisschen mit dem Wasser. Sie hatte den Jungs den Rücken zugedreht und ließ kleine Wasserfontänen entstehen. Begeistert sah sie ihrem eigenen Schauspiel zu. Anschließend versuchte sie, unterschiedlich große Kugeln aus Wasser aus dem See aufsteigen zu lassen. Sie hatte beinahe das Gefühl, eins zu sein mit dem Element. Daher war Emilia so vertieft in ihre Übungen, dass sie nicht bemerkt hatte, dass es um sie herum ruhig geworden war. Plötzlich griff etwas nach ihrem Fuß und zog sie rasend schnell in die Tiefe. Vor lauter Schreck konnte sie nicht einmal schreien. Sera neben ihr erging es gleich. Während diese noch mit den Armen ruderte und versuchte, sich aus dem Griff zu befreien, kam ein unterirdischer Strudel zum Vorschein. Er ergriff die beiden Angreifer und sog sie hinunter in die Tiefe. Emilia und Sera tauchten, nach Luft schnappend, wieder auf. Da sahen sie, dass sich eine große Wasserkugel aus dem See erhob und rasend schnell über den See flog und auf das Ufer zusteuerte. Dort angekommen fiel die Kugel in sich zusammen und ließ zwei völlig belämmerte Gestalten zurück. Sera schüttelte sich vor Lachen. Emilia war noch völlig benommen. Das alles hatte nur wenige Sekunden gedauert.

„Was war das?“, fragte sie entsetzt. Sera japste nach Luft und lachte Tränen neben ihr. Sie konnte kaum antworten.

„Die ..., die ... beiden wollten sich wohl einen Scherz mit uns erlauben!“, versuchte sie zu erklären. Wieder wurde sie von einem Lachanfall geschüttelt. „Nur leider ... wussten sie nicht ..., was du für Kräfte hast!“, rief Sera und schaffte es kaum noch, sich über Wasser zu halten, so wurde sie von Lachanfällen geschüttelt. Emilia schwamm mit schnellen, kräftigen Zügen zurück ans Ufer.

„Alles in Ordnung mit euch?“, fragte sie, als sie die beiden erreicht hatte.

„Alle Achtung!“, lobte Lethan sie beeindruckt. „Hätte ich dir gar nicht zugetraut!“

„Ich mir auch nicht. Sorry!“, brachte sie entschuldigend hervor. „Ich hab mich nur so erschrocken. Es ist so aus Versehen passiert!“, erklärte sie und rieb sich beschämt über den Nacken.

„Na, zum Glück bist du meine Verbündete und nicht mein Feind“, gab Merkur scherzend zurück. Jedoch blitzte in seinen Augen eine Mischung aus Ehrfurcht und Neid auf.

„Wie steht es eigentlich mit deinen Kräften?“, fragte Sera, die sich endlich aus dem Wasser ziehen konnte. Merkur zuckte nur die Schultern.

„Hättest uns ruhig warnen können, dass du das Monster von Loch Ness betreust!“, rief Lethan seiner Schwester zu. Diese lachte nochmals herzlich und antwortete:

„Aber wo wäre denn da der Spaß geblieben?“ Emilia war die Sache peinlich. Außerdem hatte sie das Gefühl, als wäre Merkur das Gespräch über ihre Kräfte sehr unangenehm. Während Sera und Lethan sich noch kabbelten, setzte sich

Emilia neben Merkur. Er war in Gedanken versunken und starrte seine nackten Füße an.

„Du kommst nicht so voran, wie du es dir vorgestellt hast, hab ich recht?“, fragte sie leise. Merkur erwiderte nichts. „Ich will dich nicht drängen. Wenn du nicht darüber reden willst, ist das okay. Ich möchte nur, dass du weißt, dass ich dir helfen würde, wenn du meine Hilfe irgendwie brauchen kannst.“ Sie drückte Merkurs Arm und erhob sich. Merkur sah ihr nach. Emilia wickelte sich in ein Badetuch und setzte sich in die Sonne, um zu trocknen.

„Ich muss noch was erledigen“, sagte Merkur, stand auf und zog seine Kleidung über die nasse Badehose.

„Aber wir wollten doch picknicken!“, warf Sera ein und zog einen Schmollmund.

„Sorry, aber mir ist eben noch was Wichtiges eingefallen“, erwiderte er und gab Sera einen Kuss auf die Wange, dann klopfte er Lethan auf die Schulter und machte sich durch den Wald davon. Emilia fühlte sich schuldig. Sie war sich ziemlich sicher, dass er nichts erledigen musste. Sie war schuld daran, dass er so schnell Reißaus nahm. Oder, vielmehr, ihr Talent.

„Lethan!“, rief Emilia. „Darf ich dich was fragen?“

„Klar! Schieß los!“, antwortete dieser und ließ sich neben ihr nieder.

„Wie kommt Merkur wirklich voran?“, stellte sie die Frage geradeheraus. Lethan kratzte sich verlegen am Kopf.

„Vielleicht solltest du ihn das lieber selbst fragen. Bitte entschuldige, er ist mein bester Freund und ich will mich nicht in Dinge einmischen, die mich nichts angehen“, erwiderte er entschuldigend. Emilia senkte den Kopf und rupfte ein paar Grashalme aus.

„Na schön, dann muss ich das wohl machen.“ Sie stand auf, schnappte sich ihre Klamotten und verzog sich hinter die Büsche, um sich umzuziehen. Als sie wieder hervortrat, fragte Sera überrascht:

„Du willst das doch nicht JETZT machen?“

„Doch, genau das hab ich vor. Und dieses Mal lass ich mich nicht abwimmeln ...“ Mit diesen Worten rannte Emilia den kleinen Trampelpfad hinunter, auf dem Merkur soeben verschwunden war.

„Und was ist mit dem Picknick?!“, schrie Sera hinterher, aber Emilia war schon zu weit weg. „Na ja, bleibt schon mehr für mich!“, sagte sie, grinste und biss in ein Törtchen, das oben im Korb lag.

Emilia rannte so schnell sie konnte, aber sie konnte Merkur nicht mehr einholen. Als sie in die Stadt zurückkam, wusste sie nicht, wohin sie nun gehen sollte. Vielleicht war es doch keine so gute Idee gewesen, ihm zu folgen. Was nun? Während sie noch unschlüssig am Rande des Waldes stand und die Straßen entlang schaute, kam ihr ihre Großmutter mit den Hunden entgegen.

„Nanu? Wieso bist du denn alleine unterwegs?“, fragte diese.

„Dasselbe wollte ich dich auch gerade fragen“, antwortete Emilia. „Du hast nicht zufällig Merkur gesehen?“, fragte sie.

„Nein, habe ich nicht. Hattet ihr Streit? Du siehst so besorgt aus“, entgegnete Granny und musterte sie genau.

„Nein, das nicht, nur ein blöder kleiner Zwischenfall am See. Ich erzähle es dir später. Wo ist Elandiel? Wolltet ihr nicht die Stadt anschauen?“, fiel Emilia wieder ein.

„Oh, das haben wir auch gemacht. Aber leider musste sie früher zurück zum Schloss. Wichtige Regierungsgeschäfte. Da dachte ich mir, ich gehe mit den Hunden spazieren und besorge ein paar Leckereien auf dem Markt“, antwortete sie und hob eine Einkaufstasche hoch, in der Emilia ein paar fremde Früchte entdecken konnte.

„Komm, ich trag das“, sagte Emilia und nahm ihr die Tasche ab.

„Wolltest du nicht zu Merkur?“, fragte Granny verblüfft.

„Da ich nicht weiß, wo er hin ist, bringt das jetzt wohl wenig“, gab Emilia zurück und zuckte mit den Schultern. Sie hakte sich bei Granny unter und gemeinsam liefen sie zum Haus zurück. Unterwegs erzählte sie von ihrem Tag. Granny freute sich natürlich, dass Emilia solche Fortschritte machte, aber die Sache mit Merkur kam ihr ebenfalls seltsam vor.

Zu Hause wollte Emilia, nach dem Baden im See, erst einmal unter die Dusche. Granny machte ihnen in der Zwischenzeit eine Kleinigkeit zu Essen.

Am Abend saßen die beiden gemütlich auf der Veranda und genossen die Früchte und einen sehr leckeren Elfenwein. Granny erzählte nun Emilia von ihrem Tag mit Elandiel. Sie waren in der Bibliothek gewesen, von der sie ebenfalls restlos hingerissen war. Weiter waren die beiden leider nicht gekommen, da Elandiel von einem ihrer Boten abgepasst worden war und sich um andere Dinge hatte kümmern müssen. Allerdings hatte Haldur von Angorogh es sich nicht nehmen lassen, Granny noch zum Essen auszuführen. Er war ebenfalls bei der kleinen Besichtigungstour dabei gewesen. Emilia hatte das Gefühl, dass die beiden viel Spaß miteinander gehabt hatten. Granny glühte förmlich, als sie von ihrem Tag erzählte. Haldur war, wie sie, verwitwet. Nachdem seine Frau bei der Geburt ihrer Tochter gestorben war, war er allein geblieben.

Gegen zweiundzwanzig Uhr waren die beiden Frauen müde geworden. Granny verabschiedete sich als Erste in ihr Zimmer. Emilia wollte noch schnell aufräumen und dann auch direkt ins Bett.

Als sie die letzten Sachen von der Terrasse hereintrug, raschelte es im Gebüsch. Fox sprang auf und wedelte mit dem Schwanz.

„Merkur?“, fragte Emilia in die Nacht.

„Wer denn sonst?“, fragte er und kam grinsend hinter einem Gebüsch hervor.

„Wie lang sitzt du da schon?“, fragte sie lauernd.

„Ich bin eben erst hier angekommen“, verteidigte sich Merkur. „Keine Angst, ich habe nicht mitbekommen, wie du deiner Granny von mir vorgeschwärmt hast!“, sagte er und zwinkerte ihr zu. Er nahm ihr die beiden Gläser ab, die sie gerade in den Händen hielt, und stellte sie hinein auf die Spüle. Dann kam er wieder raus und brachte zwei neue mit.

„Was hast du vor? Ich wollte gerade ins Bett gehen“, wandte Emilia ein, als Merkur die beiden Gläser auf den Tisch stellte und die Weinflasche wieder hervorholte. „Außerdem hatte ich heute Abend schon ein Glas Wein, das ist eigentlich genug“, sagte Emilia bestimmt.

„Sagt wer?“, fragte Merkur.

„Meine Mutter sagt das immer“, gab Emilia etwas lahm zurück.

„Na, wie gut, dass deine Mutter nicht da ist. Los, komm’ schon, ich muss dir was Tolles erzählen und will mit dir anstoßen. BITTEE!“, flehte er. Dabei sah er sie so treuherzig an, dass sie nicht nein sagen konnte. Also ließ sie sich auf ihrem Platz nieder und Merkur schenkte ihnen ein.

„Na, dann schieß mal los! Was ist so Tolles passiert?“, fragte Emilia und nippte an ihrem Wein.

„Also, ich habe mir am See überlegt, dass ich sicher auch schnell Fortschritte machen würde, hätte ich einen geeigneten Lehrer“, begann Merkur seine Ausführung.

„Du willst aber nicht schon wieder nach Askja, oder?“, fragte Emilia entsetzt.

„Nein.“ Merkur lachte. „Keine Panik. Keine Alleingänge mehr. Aber lass mich weitererzählen.“ Seine Augen glühten förmlich vor Eifer. „Ich muss ja nicht nur meine Feuerkräfte entwickeln, sondern auch meine Bergelfen-Kräfte, und wie es das Schicksal so will, sitzt ein begnadet talentierter Bergelf gerade direkt vor meiner Nase“, erklärte Merkur ihr weiter und sah sie stolz an. Emilia schlug sich mit der Hand gegen die Stirn und rief:

„Natürlich! Haldur! Dein Großvater!“ Bei dem Wort „Großvater“ zuckte Merkur ein bisschen zusammen.

„Psst, nicht so laut!“, ermahnte Merkur sie. „Oder willst du deine Granny wecken?“ Emilia schlug sich entsetzt auf den Mund.

„Da hab ich vor lauter Euphorie gar nicht dran gedacht. Ich glaube, der Wein spricht schon aus mir“, antwortete sie mit schwerer Zunge. Merkur lachte leise. „Hast du Haldur denn schon gefragt, ob er dir hilft?“, fragte Emilia weiter.

„Klar!“, entgegnete er und ließ Emilia zappeln.

„Und? Er macht es, oder? Sonst wäre deine Laune eine andere!“, gab Emilia lässig zurück.

„Klar macht er es. Morgen früh geht es los. Und er glaubt, dass er mir mithilfe des Buches, das ich aus Askja habe, auch bei der anderen Magie helfen kann. Ist das nicht der Hammer?“

„Ja, das ist ganz toll. Nur wissen wir leider noch immer nicht, was wir überhaupt machen müssen, dass sich die Prophezeiung erfüllt“, dämpfte Emilia seufzend die Stimmung und nahm nochmals einen Schluck Wein. Merkur war einen Moment still. Er schien etwas sagen zu wollen, das er sich nicht auszusprechen wagte. Dann antwortete er:

„Wir werden es schon herausfinden. Irgendwie.“ Zuversichtlich drückte er Emilias Hand. Eine wunderbare Wärme breitete sich in ihr aus und sie war sich nicht sicher, ob es von Merkurs Berührung oder vom Wein kam.

KAPITEL 18

Am nächsten Morgen wusste Emilia nicht, wie sie in ihr Zimmer gekommen war. Ihr Kopf dröhnte, als sie sich nochmals umdrehen wollte. Aber irgendwas lag ihr im Weg. Sie bemühte sich, die Augen aufzubekommen.

„Oh, mein Gott!“, quiekte sie leise und hob die Decke, um darunterzusehen. Gut, sie hatte einen Pyjama an. Neben ihr bewegte sich was.

„Merkur reicht auch“, murmelte er und drehte sich zu ihr um.

„Was?“, hauchte Emilia.

„Na, du musst mich nicht Gott nennen, Merkur genügt völlig“, gab er verschlafen zurück und sah sie dabei grinsend an. Emilia sagte nichts. Ihr Gehirn war wie eingefroren. Sie konnte ihn nur entsetzt anschauen.

„Guten Morgen übrigens.“ Er schob ihr eine Haarsträhne aus dem Gesicht. „Wie geht es dir?“, fragte er. Sie warf sich zurück in ihr Kissen und zog sich die Decke über den Kopf.

„Was ist gestern Abend passiert und warum liegst du in meinem Bett?“, hörte man ihre Stimme dumpf unter der Decke hervor. Merkur lachte und zog ihr die Decke weg.

„Nichts ist passiert, Prinzessin! Du bist irgendwann im Stuhl eingeschlafen und ich hab dich ins Bett gebracht. Da ich dich nicht alleine lassen wollte, nachdem du so viel Wein hattest, bin ich bei dir geblieben. Das ist alles!“, antwortete er und grinste sie an.

„Hast DU mir etwa den Pyjama angezogen?“, fragte sie mit piepsiger Stimme.

„Jep, aber keine Sorge, du trägst noch deine komplette Unterwäsche drunter“, antwortete er anzüglich. „Sag mal, wofür hältst du mich eigentlich? Ich bin ein Gentleman durch und durch!“, empörte er sich dann. Man konnte deutlich heraushören, dass er sich köstlich amüsierte. Nun musste selbst Emilia lachen. Sie ließ die Decke sinken, die sie noch bis eben wie ein Schutzschild vor ihre Brust gehalten hatte, und stöhnte:

„Mein Kopf tut mir weh!“

„Na, kein Wunder. Ich musste dir irgendwann den Wein wegnehmen, da du ihn so schnell getrunken hast“, entgegnete Merkur und lachte.

„Siehst du, meine Mutter hatte doch recht“, schmollte sie.

„Leider habe ich nichts gegen die Kopfschmerzen, aber viel trinken und frühstücken sollten dir schon helfen. Ich muss leider los, Prinzessin. Haldur wartet. Ich mach mich über den Balkon davon. Sophia muss nicht wissen, dass ich die ganze Nacht da war“, erklärte er. Dann stand er auf und gab Emilia einen Kuss auf die Wange. Es war ein Kuss von der Sorte, wie er ihn sonst Sera gegeben hatte. Danach griff er sich Hemd und Hose und zog sich rasch an. Emilia verfolgte jede seiner Bewegungen. Er war zwar schlank, aber wahnsinnig muskulös, musste sie nun feststellen. Ihr Herz machte erneut einen verdächtigen Satz in ihrer Brust.

„Bis später!“, rief ihr Merkur noch vom Balkon aus zu und weg war er.

„Ja, bis später!“, murmelte Emilia und vergrub sich wieder in ihren Kissen. Am besten blieb sie einfach im Bett. Wie peinlich war das denn? Da schlief das erste Mal ein Junge in ihrem Bett und sie war so blau, dass sie es nicht mal mitbekam. Sie stöhnte und zog sich erneut die Decke über den Kopf. Einschlafen konnte sie jedoch nicht mehr und beschloss daher, einfach aufzustehen. Sie schleppte sich unter die Dusche und danach ging es ihr schon ein bisschen besser. Anschließend machte sie Frühstück. Granny war auch gerade erst aufgestanden.

Nach dem Frühstück kam ein Bote und brachte die Nachricht, dass heute kein Unterricht bei Sera stattfinden würde, da sie anderweitig Verpflichtungen hatte.

Der Tag zog sich schleppend dahin. Emilia übte ein bisschen vor sich hin. Dafür hatte sie sich eine große Wanne mit Wasser in den Garten gestellt. Eigentlich hätte sie sehr zufrieden sein können, da sie das Element zu einhundert Prozent im Griff hatte, aber dennoch war sie nicht vollkommen bei der Sache. Sie hätte zu gern gewusst, wie es Merkur erging.

Mehrmals war sie kurz davor gewesen, einfach ins Schloss zu laufen und nach den beiden zu sehen. Aber jedes Mal, wenn sie bereits auf dem Sprung war, verwarf sie die Idee wieder. Sie wollte ja nicht, dass Merkur sie für eine Klette oder eine Stalkerin hielt.

Als es Abend wurde, beschloss Emilia, sich nochmals mit den Hunden auf den Weg zu machen. Sie hoffte, irgendwo auf ein bekanntes Gesicht zu treffen. Allerdings hatte sie dabei kein Glück. Sera fehlte ihr. Sie hätte ihr so gern vom gestrigen Abend erzählt.

Kurzerhand beschloss sie, sie zu besuchen. Vielleicht hatte sie Glück und sie war inzwischen zu Hause.

Als sie vor dem vierstöckigen Haus angekommen war, klopfte sie zaghaft. Eine hübsche blonde Elfe öffnete die Tür. Das musste Seras Mutter sein. Sera und Lethan waren ihr wie aus dem Gesicht geschnitten.

„Ja, bitte?“, fragte diese sie freundlich.

„Hallo! Ich wollte fragen, ob Sera da ist? Ich bin Emilia“, antwortete sie höflich.

„Oh, aber natürlich bist du das. Du siehst aus wie dein Vater“, antwortete die Frau und strahlte sie herzlich an. Emilia war einen kleinen Augenblick irritiert, dann riss sie sich zusammen und fragte erneut:

„Ist sie da?“

„Nein, sie ist heute Morgen mit ihrem Vater nach Andoras aufgebrochen.“ Emilia sah die Frau fragend an.

„Andoras?“, fragte sie schüchtern. Sie kam sich blöd vor, da sie sich so gar nicht in der Elfenwelt auskannte.

„Das ist ein wunderschönes Bauerndorf, einen Tagesritt südlich von hier. Meine Schwester und ihr Mann besitzen dort einen großen Hof. Leider ist mein Schwager beim Bau einer neuen Halle verletzt worden. Daher muss meine Schwester nun den Hof verwalten. Sera muss solange auf ihre Kinder aufpassen und mein Mann hilft, die Halle fertig zu bauen. Die Zeit drängt, die Ernte steht vor der Tür und mein Schwager wird für ein paar Tage ausfallen“, erklärte ihr Seras Mutter.

„Wissen Sie, wann sie ungefähr wieder da sein wird?“, fragte Emilia enttäuscht.

„Ich denke, sie werden in einer Woche zurückkommen. Vorausgesetzt, dass nichts anderes dazwischenkommt“, gab die Elfe entschuldigend zurück.

„Okay, danke für die Info. Dann werde ich nächste Woche wieder vorbeikommen“, antwortete Emilia und verabschiedete sich.

Traurig machte sie sich auf den Heimweg. Nach dem Abendessen ging sie recht zügig ins Bett, um den fehlenden Schlaf der vergangenen Nacht nachzuholen.

Gerade als sie am Einschlafen war, klapperte es auf dem Balkon. Erschrocken fuhr sie im Bett hoch.

„Schlaf weiter!“, hörte sie die vertraute und sehnsüchtig erwartete Stimme.

„Wie war es heute?“, fragte sie dennoch.

„Sehr anstrengend, ich möchte nur noch schlafen. Darf ich hier bleiben? Ich wollte nicht mehr zurück in meine Wohnung“, erwiderte er etwas kleinlaut.

„Klar, komm rein“, sagte Emilia und war selbst überrascht, wie bereitwillig sie ihre Bettdecke hob. Sie hörte, wie Merkur seine Klamotten über den Sessel warf und dann schlüpfte er neben ihr ins Bett. Emilia legte sich auch wieder hin. Sie war ein bisschen unsicher, wie sie sich verhalten sollte, daher lag sie erst einmal stocksteif da und wagte es nicht, sich zu bewegen. Merkur hingegen war deutlich sicherer. Wie selbstverständlich legte er einen Arm um ihre Taille, gab ihr wieder einen Kuss auf die Wange und sagte:

„Gute Nacht, meine kleine Prinzessin und danke, dass ich hier bleiben darf. Schlaf gut.“

„Du auch“, murmelte sie und konnte bereits seine gleichmäßigen Atemzüge vernehmen. Merkur musste sofort eingeschlafen sein. Nur leider war Emilia dies nicht vergönnt. Sie traute sich kaum zu atmen. Allein die Tatsache, dass Merkur neben ihr im Bett schlief, ließ ihr Herz schneller schlagen. *Prinzessin.* So hatte er sie schon am Morgen genannt. Sie grinste debil in die Dunkelheit. Prinzessin hatte sie noch nie ein Junge genannt. Sie wusste nur nicht so recht, ob der Kosename ihr auch gefallen wollte. Ihr Vater hatte sie früher auch immer so genannt. Eigentlich war sie das ja sogar, eine Prinzessin ... Eine Elfenprinzessin, um genau zu sein. Daran musste sie sich ebenfalls zuerst noch gewöhnen. Aber im Moment war sie einfach nur glücklich und zufrieden hier im Bett mit Merkur. Sie seufzte tief, kuschelte sich in die Kissen und konnte dann, trotz klopfendem Herzen und Ameisen im Bauch, irgendwann einschlafen.

KAPITEL 19

„Aufwachen, Schlafmütze! Heute müssen wir beide ran“, raunte ihr eine Männerstimme zu. Emilia benötigte ein paar Sekunden, um die Stimme zuordnen zu können.

„Guten Morgen!“, gähnte sie. „Was soll das heißen? Heute müssen wir beide ran?“, fragte sie, nachdem sie ihre Gedanken geordnet hatte.

„Haldur möchte uns gern zusammen trainieren. Er meint, es sei wichtig, dass wir als Team agieren können. Elandiel wird uns ebenfalls dabei unterstützen“, erklärte er.

„Oh, okaaay“, antwortete Emilia etwas gedehnt.

„Was ist? Freust du dich denn nicht?“, fragte Merkur überrascht.

„Doch, schon. Hättest du mir das nicht gestern Abend schon sagen können?“, fragte sie etwas gestresst.

„Wieso?“, fragte Merkur zurück.

„Na, damit ich mich darauf hätte vorbereiten können“, entgegnete Emilia genervt. Merkur lachte.

„Du meinst, damit du dir die ganze Nacht darüber Gedanken gemacht hättest, was dich heute erwarten wird?“, fragte er amüsiert zurück. „Was hätte das gebracht?“ Emilia zuckte mit den Schultern.

„Keine Ahnung. Ich mag eben keine Überraschungen“, erklärte sie geradeheraus. Wusste aber insgeheim, dass Merkur recht hatte. Hätte sie es gestern schon gewusst, dass sie heute ihre Fähigkeiten vor den beiden Regenten beweisen musste, hätte sie sicher kein Auge zugetan.

„Na, siehst du!“, erklärte Merkur und streichelte ihr liebevoll über die Wange.

„Hey! Raus aus meinem Kopf“, brummte Emilia empört. Merkur lachte erneut und gab ihr einen Kuss auf die Wange. Dann zog er sich aus ihrem Geist zurück und stand auf.

„Wir müssen pünktlich zum Frühstück im Schloss sein“, erklärte Merkur und war im Nu komplett angezogen. „Wir treffen uns in zehn Minuten vor dem Haus, schaffst du das?“

„Ja, klar“, gab Emilia etwas verschlafen zurück. Merkur machte sich wieder über den Balkon davon. Vielleicht sollte sie Granny einfach darüber in Kenntnis setzen, dass Merkur gerade gern hier übernachtete. Eigentlich war ja nichts dabei. Sie taten ja nichts, was sie nicht tun sollten. Sie zog ein paar frische Klamotten aus dem Schrank und huschte leise ins Bad. Als sie fertig war, legte sie Granny einen Zettel hin, dass sie beim Training mit Haldur war. Sie hatte das unbestimmte Gefühl, dass Granny nur zu gern auf einen kleinen Besuch vorbeikommen würde.

Merkur wartete wie besprochen vor dem Haus. Emilia hatte erwartet, dass er sie an der Hand nehmen würde oder zumindest den Arm um sie legen würde, aber nichts dergleichen geschah. So marschierten sie nebeneinander her durch die leeren Straßen bis zum Schloss. Die Sache mit Merkur verunsicherte sie ein bisschen. Jedoch war sie auch so aufgeregt wegen der Übungsstunden bei Haldur, dass sie versuchte, Merkurs distanziertes Verhalten zu ignorieren.

Das Frühstück fand im großen Saal statt. Haldur begrüßte sie freundlich. Emilia konnte sehen, dass Merkur Schwierigkeiten damit hatte, Haldur als Familienmitglied zu betrachten. Er wirkte ihm gegenüber noch distanzierter, als es heute Morgen bei Emilia der Fall war. Beim Frühstück war er seltsam still. Elandiel hatte ein paar Mal versucht, ein Gespräch mit ihm in Gang zu bringen, hatte es dann aber aufgegeben. Irgendwas beschäftigte ihn. Emilia beobachtete ihn mit Argusaugen und versuchte unbemerkt, in seine Gedanken einzudringen. Leider wurde sie barsch abgeblockt. Danach wurde sie von Elandiel in Beschlag genommen.

„Wie ich gehört habe, sind deine Kräfte sehr stark und du lernst schnell?“, richtete sich Elandiel nun an Emilia.

„Ich weiß nicht ...“, antwortete diese. „Sera sagt das zumindest. Ich habe ja schließlich keine Vergleichsmöglichkeit mit anderen Elfen“, gab Emilia bescheiden zurück. Es war ihr unangenehm, ein Lob vor Merkur zu erhalten.

„Sie ist nur bescheiden“, warf Merkur ein. Emilia und Elandiel sahen ihn verblüfft an. „Sie hat Kräfte, die ich noch bei keinem Elfen unseres Alters gesehen habe“, redete er weiter. Emilia blieb vor Überraschung der Mund offen stehen. „Ganz im Gegenteil zu mir“, murmelte er hinterher und vergrub sich wieder hinter seiner Kaffeetasse.

„Auch deine Kräfte sind enorm, Merkur!“, mischte sich nun auch Haldur ein. „Ich kann es fühlen, aber wie ich dir gestern schon gesagt habe, blockiert dich irgendetwas. Erst wenn du alle deine Gefühle zulässt, wirst du Erfolg haben“, versicherte ihm sein Großvater. Merkur nickte nur und wurde rot.

„Ich werde mir heute mehr Mühe geben“, nuschelte er. Emilia hatte das Gespräch mit großer Aufmerksamkeit verfolgt.

„Warum trainieren wir ab heute zusammen?“, fragte sie an Haldur gewandt.

„Weil ich glaube, dass ihr gemeinsam Dinge bewirken könnt, von denen wir nur zu träumen wagen. Ihr beide tragt die Macht von vier Völkern in euch“, erklärte er.

„Vier?“, fragte Emilia verblüfft. „Ihr meint, die Menschen haben ebenfalls magische Kräfte und wissen es nicht?“, fragte sie skeptisch.

„Genau, so ist es, Emilia. Die Menschen haben aufgehört, an Magie zu glauben, daher haben sie die Kontrolle über ihre Kräfte verloren. Aber sie schlummern weiterhin, tief vergraben, in jedem von euch.“

„Was für Kräfte sind das genau?“, hakte Emilia nach. Haldur zuckte nur mit den Schultern.

„Das, mein Kind, weiß niemand so genau. Was wir jedoch wissen, ist, dass Halbblüter, so wie du und dein Vater es sind, imstande sind, eine andere Art von Magie hervorzubringen als die reinblütigen Elfen. Die Kraft der Menschen dient vielleicht nur als eine Art Verstärker, das wissen wir nicht genau. Aber es ist auch nicht wichtig zu wissen, warum es so ist, wichtig ist zu wissen, dass es so ist“, erklärte er geduldig.

Emilia dachte über den letzten Satz nach. Das war der Unterschied zwischen Menschen und Elfen. Die Menschen glaubten etwas nur, wenn man ihnen belegen konnte, WIE und WARUM etwas funktioniert. Die Wenigsten nahmen die Dinge so hin, wie sie waren, ohne diese zu hinterfragen. Das war der Grund, warum für Magie in der Menschenwelt kein Platz mehr war. Magie war einfach da, sie passierte, sie pulsierte in ihr und war ein Teil von ihr. Das fühlte sie. Emilia nickte nachdenklich und widmete sich wieder ihrem Frühstück.

Als sie fertig waren, gingen sie hinaus in den wunderschönen Garten, der vor den Glasfronten des großen Saales lag. Es war traumhaft schön hier. Emilia betrachtete die Vielfalt und Farbenpracht der Blumen und sog den exotischen Duft ein. Elandiel und Haldur brachten die beiden zu einer kleinen Laube im hinteren Teil des Gartens. Emilia hörte das Gurgeln des Wasserfalls, der in der Nähe in den See stürzte. Haldur und Elandiel nahmen auf zwei Stühlen, unter einem hölzernen Pavillon, Platz.

„Stellt euch in die Mitte des Kreises“, bat Haldur. Emilia sah sich um. Direkt neben ihnen sah sie einen Steinkreis. Er war nicht groß und schien eigens für ihre Übungen eingerichtet worden zu sein. In der Mitte des Kreises stand eine Schale mit Wasser. Zwischen den Kieselsteinen, die den Kreis säumten, waren in gleichmäßigem Abstand drei Kerzen in den Kreis integriert.

„Nun möchte ich, dass ihr euch an den Händen haltet“, vernahmen sie Haldur erneut. Emilia wischte ihre schwitzigen Hände an der Hose ab und reichte sie dann Merkur. Eigentlich hatte sie ein freches Grinsen oder einen dummen Spruch von ihm erwartet, aber dieser sah hochkonzentriert und verbissen ins Leere.

Sie nahm seine Hände und suchte seinen Blick. Als er ihre Berührung spürte, tauchte er aus seiner Starre auf und sah sie ebenfalls an.

„Ganz ruhig“, flüsterte sie, „gemeinsam schaffen wir das.“ Merkur nickte und wiederholte Emilias Worte wie ein Mantra:

„Gemeinsam schaffen wir das, gemeinsam schaffen wir das.“

Emilia war überrascht, dass Merkur heute so flattrig war. Sie hatte erwartet, dass er heute vor Selbstsicherheit nur so strotzen würde, nach dem ersten Trainingstag mit Haldur. Aber irgendetwas stimmte heute nicht. Emilia wusste nur nicht, woran es lag.

„Nun konzentriert euch auf eure Elemente. Ich möchte, dass ihr die Kraft eurer Elemente aufnehmt und sie zu eurem Schutz verwendet. Bildet einen magischen Schild rings um euch und über euch“, riss sie Haldurs Stimme aus ihren Gedanken. „Nutzt alle drei Elemente“, sagte er erneut.

„So was geht?“, fragte Emilia ungläubig.

„Das werden wir gleich sehen“, mischte sich Elandiel ein. „Wir versuchen heute herauszufinden, welche Macht ihr gemeinsam habt. Es wurde vorher noch nie probiert.“

„Ist das nicht gefährlich?“, fragte Emilia weiter nach. „Vielleicht harmonieren unsere Kräfte ja gar nicht miteinander und wir richten ein Blutbad an.“ Elandiel schüttelte den Kopf.

„Keine Sorge, mein Kind. Wir sind uns sicher, dass das nicht geschehen wird. Hör auf dein Herz und folge ihm.“

Diese Worte hatte auch Glorijana zu ihr gesagt. Emilia atmete tief durch und nickte. Sie sah Merkur wieder fest in die Augen. Sie spürte ihr Herz schneller schlagen. Merkur wirkte nun entspannter. Er drückte Emilias Hände etwas fester, als wäre sie sein Rettungsanker, und versenkte sich in ihren Augen. Die Welt um sie herum verblasste.

Plötzlich war alles ganz einfach. Emilia griff nach der Macht des Wassers. Es ging alles wie von alleine. Aus der Schale in ihrer Mitte schoss eine Fontäne in die Höhe und bildete um sie herum einen glitzernden, hellblauen Schutzmantel. Sie nickte Merkur aufmunternd zu und er nickte zurück. Er konzentrierte sich nur auf Emilia und sog verblüfft die Luft ein, als er feststellte, dass sich das Feuer der Kerzen mit dem Wassermantel verband. Langsam krochen die Flammen am Wasser hinauf. Der blaue Vorhang wurde zu einem schillernden Gemisch aus Wasser und Feuer. Dann griff er auf die Macht der Steine zurück, die um sie herum lagen. Diese erhoben sich wie von Geisterhand und begannen sich im Uhrzeigersinn, innerhalb des Vorhangs zu drehen. Sie schraubten sich nach und nach immer höher und höher, bis alle Steine, gleichmäßig verteilt, in den Schutzwall integriert waren und in diesem gleichmäßig rotierten.

„WOW!", flüsterte Emilia andächtig. „Es ist wunderschön!" Sie trauten sich beide nicht, die Augen voneinander zu lösen. Eine Kuppel aus Wasser, Feuer und Stein schottete sie nun von der Außenwelt ab. Innerhalb der Kuppel schillerte alles in den Farben Rot und Blau. Es blitzte und blinkte. Es war ein atemberaubendes Schauspiel.

Plötzlich spürten sie einen Widerstand in der Kuppel, der aber sofort abgeblockt wurde. Emilia löste ihren Blick und sah auf die Stelle, wo sie den Eindringling gespürt hatte. In diesem Moment fiel der Zauber in sich zusammen. Das Wasser und die Steine platschten zu Boden und das Feuer erlosch.

„Schade“, murmelte Emilia. „War das nicht hammermäßig schön?“, wandte sie sich an Merkur. Dieser stand noch immer ehrfürchtig da und sah Emilia mit einem sonderbaren Blick an. Als Emilia sich ihm zuwandte, schüttelte er den Kopf, um wieder Herr seiner Sinne zu werden.

„Wir haben es geschafft!“, rief er und umarmte Emilia stürmisch. Diese lachte überrascht auf, da sie nicht mit diesem Gefühlsausbruch bei Merkur gerechnet hatte. „Es hat noch nie so gut geklappt wie mit dir“, flüsterte er ihr ins Ohr.

Emilia war die Nähe auf einmal unangenehm, da ihr bewusst wurde, dass sie gerade beobachtet wurden. Auch Merkur schien dies im selben Moment in den Sinn gekommen zu sein, da er abrupt von Emilia abließ und schnell einen Schritt zurück machte. Elandiel und Haldur sahen sich wohlwollend an und lächelten. Sie schienen mit dem Ergebnis sehr zufrieden zu sein. Elandiel stand auf und klatschte in die Hände.

„Sehr schön!“, sagte sie. „Damit können wir arbeiten.“

„Was war das, was in unseren Schutzschild eindringen wollte?“, fragte Emilia und sah die beiden Herrscher fragend an. Haldur hob einen zerfetzten, angesengten Stock hoch.

„Wir wollten wissen, wie stark euer Schutzschild ist“, gab dieser schmunzelnd zurück, „und ich meine, unter diesem

Aspekt“, er hob wieder den Stock hoch, „können wir für heute Feierabend machen. Ich glaube, die beiden haben für heute genug gearbeitet, findet Ihr nicht auch?“, fragte Haldur an Elandiel gewandt.

„Ja, ich denke auch, dass die beiden sich nun etwas Erholung verdient haben“, erklärte Elandiel und sah Merkur eindringlich an.

„Aber ich bin nicht müde. Du, Merkur?“, fragte Emilia überrascht. Dieser zuckte nur mit den Schultern und warf Emilia einen vielsagenden Blick zu, sodass Elandiel und Haldur ihn nicht sehen konnten. Emilia verstand und lenkte ein: „Wobei, ein bisschen erschöpft bin ich vielleicht schon.“

Merkur zwinkerte ihr zufrieden zu.

„Na, dann ab mit euch. Morgen treffen wir uns wieder zum Frühstück. Bring deine Großmutter ruhig mit, Emilia. Sie wird begeistert sein über deine Fortschritte“, sagte Elandiel und steckte Merkur noch ein bisschen Geld zu.

„Hier, macht euch einen schönen Mittag. Lade Emilia zum Essen und ins Theater ein oder macht sonst etwas Schönes, was euch eben Spaß macht“, sagte die Königin, zwinkerte ihm zu und wandte sich dann Haldur zu.

„Leistet Ihr mir beim Mittagessen Gesellschaft?“, fragte sie.

„Mit dem größten Vergnügen“, gab dieser zurück. Emilia hatte das Gefühl, dass die beiden genau bekommen hatten, was sie wollten. Merkur hingegen schien nicht so zufrieden zu sein. Mit zusammengezogenen Augenbrauen sah er Elandiel und Haldur nach und ballte die Fäuste. Dann fuhr er wütend herum, schnappte Emilia am Handgelenk und zog sie hinter sich her. Man hätte meinen können, er wäre vor irgendetwas auf der Flucht.

„Merkur, was ist los?“, fragte Emilia überrascht, erhielt jedoch keine Antwort.

Als sie den großen Saal hinter sich gelassen hatten, zog Merkur Emilia in einen schmalen Seitengang und schob sie durch eine Tür, die Emilia beinahe übersehen hätte.

„Merkur, was machen wir hier?“, fragte Emilia überrascht. Ehe sie sich versah, hatte Merkur sie an sich gezogen und ihre Lippen mit einem leidenschaftlichen Kuss versiegelt.

Erst war sie starr vor Schreck, doch innerhalb Sekunden gab sie sich dem Kuss hin. Er war vollkommen. Emilia fühlte sich, als würde sie schweben. Als er von ihr abließ, wusste sie noch immer nicht so recht, wie ihr geschehen war.

„Das war … ein bisschen unerwartet!“, stotterte sie.

„Los, komm, wir müssen hier weg. Uns darf keiner so sehen!“, erklärte Merkur und schob die verdatterte Emilia vor sich hinaus auf den Gang und rannte vor ihr weg zum Schlosstor. Als sie das Schloss bereits mehrere hundert Meter hinter sich gelassen hatten, rief Emilia:

„Merkur, verdammt noch mal, halt sofort an. Ich möchte jetzt umgehend erfahren, was eigentlich los ist!“ Merkur blieb stehen. Emilia holte ihn ein und redete direkt weiter: „Erst übernachtest du bei mir, dann würdigst du mich kaum eines Blickes. Im nächsten Moment küsst du mich, als würde dein Leben davon abhängen und dann darf uns niemand so sehen?“

„Sei bitte ein bisschen leiser. Es darf niemand erfahren!“, zischte Merkur.

„Schämst du dich meiner etwa?“, fragte Emilia entsetzt.

„Nein, und jetzt lass uns dieses Gespräch bitte woanders fortsetzen. Ich erkläre dir alles, versprochen. Ich habe dieses Versteckspiel sowieso satt“, erklärte er wütend und sah in Richtung Schloss.

Merkur zog Emilia hinter sich her. Diese war total durch den Wind. Wie betäubt ließ sie sich von Merkur durch die Straßen ziehen und war wenig überrascht, als sie schlussendlich vor dem verwahrlosten Haus innehielten, in dem Merkur wohnte. Merkur schloss auf und schob Emilia hinein. Noch bevor sie ein Wort sagen konnte, hatte er sie geschnappt und trug sie die Wendeltreppe hinauf.

„Merkur, was tust du?“, fragte Emilia verzweifelt. Sie versuchte, sich aus seinem Griff zu lösen, aber es gelang ihr nicht. Oben angekommen trat er mit ihr auf dem Arm in sein Schlafzimmer und legte sie aufs Bett. Noch bevor sie ein Wort sagen konnte, lag er mit seinem Gewicht auf ihr und küsste sie wieder genauso leidenschaftlich wie zuvor im Schloss. Emilia seufzte tief und zog Merkur noch näher an sich heran. Sie sog seinen Geruch ein und genoss die Wärme seines Körpers. Seine Zunge liebkoste die ihre und erforschte sanft ihren Mund. Emilia hätte noch stundenlang so mit ihm im Bett liegen können, doch irgendwann begann ihr Kopf wieder zu arbeiten und sie schob ihn von sich.

„Merkur, so geht das nicht. So gern ich auch hier mit dir liege, ich muss jetzt endlich wissen, was hier los ist“, sagte Emilia ernst und setzte sich auf. „Was verheimlichst du mir?

Warum darf niemand wissen, was wir füreinander empfinden?“ Merkur seufzte tief und antwortete:

„Okay, aber dann lass uns hinuntergehen. Ich mach uns was zu essen und dabei reden wir.“

„Okay“, stimmte Emilia zu.

Nachdem Merkur ihnen Nudeln mit Tomatensoße gekocht hatte, nahmen sie an der kleinen Theke Platz. Sie aßen schweigend. Emilia wartete geduldig ab, bis Merkur den letzten Bissen hinuntergeschluckt hatte.

„Also, nun sag schon, was los ist“, drängte sie.

„In Ordnung, wie vorher schon gesagt, ich hätte es dir heute eh erzählt, da ich dieses Katz-und-Maus-Spiel nicht mehr ertrage. Ich bitte dich allerdings um zwei Dinge: Erstens, du musst mich die Geschichte bis zum Schluss erzählen lassen, denn der ist entscheidend, und zweitens: Versprich mir, dass du mir nicht böse bist. Okay?“ Emilia zögerte einen Moment. Was konnte so schlimm sein?

„Ja, versprochen“, antwortete Emilia mit belegter Stimme.

„Also gut. Es geht um die Prophezeiung“, brachte er stockend hervor.

„Geht es das nicht immer?“, seufzte Emilia. Merkur nickte und fuhr fort:

„Elandiel hat damals nicht ohne Grund MICH in die Menschenwelt geschickt“, begann er und starrte auf seine Hände, die er auf der Theke liegen hatte und nervös knetete. „Ich bin kein Botschafter und auch kein Krieger. Ich war nie für deinen Schutz verantwortlich. Ich denke, das ist dir, seit du hier bist, eh klar geworden.“

Emilia nickte und wollte gerade etwas einwerfen, doch sie ließ es dann doch bleiben. Sie konnte Merkur ansehen, dass ihm jedes Wort schwerfiel.

„Elandiel hat mich zu dir geschickt. Sie hatte gehofft, dass du mir so am ehesten vertrauen würdest. Mir, dem lieben, charmanten Elf, der dir die wahre Geschichte deiner Familie offenbart. Sie war sich sicher, dass du dich unsterblich in mich verlieben würdest."

„Aber warum?", fragte Emilia verblüfft nach.

„Elandiel hat dir einen kleinen, aber entscheidenden Teil der Prophezeiung verschwiegen", gestand ihr Merkur. Er begann die Prophezeiung aufzusagen:

„Wenn der Mond blutet am Himmelszelt, werden zwei
Kinder, durch das Schicksal der Welt verbunden,
den rechtmäßigen König zurück in seine Heimat führen.
Die Auserwählten werden das Blut der mächtigen
vier Völker in sich tragen und diese so für immer
aneinander binden und in Frieden vereinen."

Emilia nickte.

„Soweit kenne ich sie."

Merkur nickte ebenfalls und zitierte den Rest:

„Die Kluft zwischen den Welten wird durch ihre Liebe
für immer verschlossen werden.
Sie und ihre Kinder werden die magische Welt
in ein neues Zeitalter führen."

Als er geendet hatte, sah er Emilia aufmerksam an. Dieser wurde es in diesem Moment heiß und kalt zugleich.

„Sie denkt, dass wir irgendwann Kinder bekommen?", hauchte Emilia erschrocken.

„Sie denkt es nicht, sie erwartet es, Emilia. Nicht irgendwann, sondern schnellstmöglich", bestätigte ihr Merkur aufgebracht.

„Wie lange weißt du das schon?", fragte Emilia tonlos.

„Ich wusste es von Anfang an. Bereits bevor wir uns das erste Mal getroffen hatten", gestand er leise und senkte erneut den Blick. Emilia wollte aufspringen, aber Merkur hielt sie fest.

„Bitte lass es mich erklären", sagte er und sah ihr in die Augen. Emilia sah, dass er mindestens genauso litt wie sie in diesem Moment.

„Du hast mich von Anfang an belogen?", hauchte sie. „Hast du mich dann nur wegen ihres Befehls geküsst?", fragte Emilia mit zitternder Stimme. Nein, sie würde jetzt nicht weinen. Nicht jetzt.

„Nein, Emilia, so ist das nicht!", gab Merkur entsetzt zurück.

„Ach nein? Wie ist es denn dann?!" Emilia schrie Merkur an und versuchte, sich von ihm loszumachen. Nun war ja alles klar, dachte sie. Er hatte die ganze Zeit nur mit ihr gespielt und sie war so blöd gewesen und war auf ihn hereingefallen. Sie war schon auf dem Sprung zur Tür, als Merkur sie am Arm packte und zu sich herumzog.

„Du hast mir versprochen zu bleiben, bis ich fertig bin. Bitte, gib mir eine Chance, dir alles zu erklären. Wenn du mich danach dafür verdammen möchtest, stehe ich dir nicht im Weg, aber bitte gib mir eine Chance." Merkur flehte sie förmlich an. Der Schmerz in seinen Augen war nun echter Panik gewichen.

Sie schüttelte seinen Arm ab, setzte sich aber wieder auf den Hocker. Dann starrte sie auf den Tresen, bemüht, nicht in Tränen auszubrechen, und wartete auf seine Erklärung.

„Bevor ich das erste Mal in die Menschenwelt geschickt wurde, habe ich von Elandiel einen klaren Auftrag erhalten", begann Merkur mit belegter Stimme seine Erzählung. Er sah Emilia nicht an, sondern fixierte einen Punkt in der Ferne. „Eines Morgens hat sie mich zu sich holen lassen. Ich war gerade ein paar Wochen zuvor aus dem Schloss ausgezogen und mit meinen Renovierungsarbeiten im Haus beinahe fertig. Mein ganzes Erspartes hatte ich in diese Bude gesteckt", erklärte er. Emilia zog verwundert die Augenbraue hoch. Sie fragte sich, was das mit ihr zu tun hatte. Bevor sie ihn jedoch unterbrechen konnte, fuhr er mit der Erzählung fort: „Die Unterredung begann freundlich. Elandiel wollte wissen, wie es mir im anderen Teil von Andorin ergeht, wie weit ich mit den Arbeiten bin. Eben ein gewöhnliches Gespräch zwischen ihr und mir. Nachdem wir den Smalltalk beendet hatten, rückte sie mit der Wahrheit heraus. Sie erzählte mir, was sie alles für mich getan hatte, seit ich als Baby hier angekommen war. Was ich ihr alles verdanke und dass ich ihr dafür einiges schulde. Ich war sehr überrascht über diese Ansage, da sie bisher noch nie über solche Dinge gesprochen hatte. Bisher war für sie immer selbstverständlich gewesen, dass sie mir hilft. Ich wurde misstrauisch. Zu Recht. Nachdem sie mir ein schlechtes Gewissen gemacht hatte, erzählte sie von der Prophezeiung. Ich wunderte mich, warum sie mir so etwas Wichtiges anvertraute – bis sie mich über meine Herkunft aufklärte. Ja, ich hatte es vermutet gehabt, aber nun wusste ich es sicher. Anschließend erteilte sie mir einen klaren Auftrag." Er machte eine kurze Pause und atmete tief durch.

„Moment", fuhr Emilia dazwischen, bevor Merkur weitererzählen konnte. „Dann wusstest du schon über alles Bescheid, als wir gemeinsam zu Elandiel gegangen sind? Daher hat dich alles so kalt gelassen? Du hast mir die ganze Zeit den Unwissenden nur VORGESPIELT?!", schrie sie ihn an. Merkur nickte und schluckte schwer.

„Bitte lass es mich erklären."

Emilia war kurz versucht, wieder davonzulaufen, aber Merkurs flehender Blick ließ sie innehalten. Sie biss die Zähne zusammen und nickte.

„Elandiel erteilte mir den klaren Auftrag, dich in der Menschenwelt aufzusuchen. Ich sollte dein Vertrauen gewinnen und dafür sorgen, dass du dich in mich verlieben würdest. Sie machte mich persönlich für das Leben Romans verantwortlich. Würde ich scheitern, würde er sterben. Würde ich mich weigern, würde sie mir obendrein alle meine Vergünstigungen entziehen. Das Haus, mein Taschengeld, mein Hab und Gut. Ich hätte nichts mehr gehabt", erzählte er mit zittriger Stimme weiter und suchte Emilias Blick. Sie sah Tränen in seinen Augen schimmern. „Emilia, bitte versteh mich. Ich hatte keine Wahl. Roman war für mich wie ein Vater, ich konnte ihn nicht im Stich lassen. Und ... Na ja, ich habe keine Eltern, keine Familie. Ich wäre von heute auf morgen obdachlos geworden, hätte ich mich ihren Befehlen widersetzt. Daher stimmte ich zu. Sie gab mir also den Befehl, dich zu umwerben, dir von deiner Herkunft zu erzählen und dich herzubringen. Des Weiteren nahm sie mir das Versprechen ab, dass ich dir nichts über diesen Handel verraten würde. Dieses Versprechen breche ich gerade, da ich dich nicht mehr anlügen will und kann." Tränen kullerten aus Emilias Augen. In ihrem Kopf war alles wie leergefegt.

„Dann hast du mich also die ganze Zeit angelogen? Alles, was zwischen uns war, war nur eine Lüge?", fragte sie tonlos.

„NEIN!", rief Merkur entsetzt auf. „Natürlich nicht!", versprach er ihr. „Bitte, lass mich weitererzählen."

Emilia saß teilnahmslos auf ihrem Stuhl. Die Tränen liefen nun in Strömen über ihr Gesicht. Merkur wollte ihre Hand nehmen, aber sie entzog sie ihm unwirsch.

„Als ich dich das erste Mal getroffen habe, in der Menschenwelt, war ich so stinkwütend auf Elandiel, dass ich mir fest vorgenommen hatte, ihren Plan zu boykottieren. Ich hatte mir lange Gedanken über meine Aufgabe gemacht und darüber, wie ich Roman retten könnte, ohne dir das Herz zu brechen, und bin zu dem Schluss gekommen, dass ich nur eine Wahl hatte. Ich musste dich zwar herbringen, aber ich musste unter allen Umständen vermeiden, dass du dich in mich verlieben würdest. Unsere Liebe war, laut Prophezeiung, nicht nötig, um Roman zu retten. Daher hatte ich den Plan gefasst, zu dir so eklig wie möglich zu sein. Ich habe den eingebildeten, arroganten Elfen gespielt, um dich von mir fernzuhalten. Leider fiel mir dies nach und nach immer schwerer. Du begannst mir zu gefallen. Ich meine, ich mochte dich schon aus Romans Erzählungen, aber Väter übertreiben ja auch gern, wenn sie von ihren Kindern schwärmen. Roman hatte jedoch nicht übertrieben. Ich fand dich absolut faszinierend. Daher wurde es für mich schwierig. Vor allem aber ab dem Zeitpunkt, als wir Andorin betreten hatten. Ich wusste, dass ich nun unter ständiger Beobachtung stand und musste daher gute Miene zum bösen Spiel machen. Ich hatte Elandiel erzählt, dass wir bereits dicke Freunde geworden waren und daher musste ich dir nun ein bisschen auf die Pelle rücken. Es tat mir so leid, da ich deine Unsicherheit damit noch verstärkt habe, aber ich dachte, wenn ich nicht weitergehen würde, würdest du irgendwann wieder das Interesse an mir verlieren. Leider war dem nicht so. Ich spürte von Tag zu Tag, dass die Anziehungskraft zwischen uns zunahm. Ich konnte mich nicht mehr von dir fernhalten. Daher habe ich mir die Geschichte mit der persönlichen Leibwache ausgedacht. So konnte ich in deiner Nähe sein, ohne dass du dir unnötige Hoffnungen machtest. Elandiel dachte wohl, ich wollte Eindruck auf dich machen und hatte mich daher gedeckt. Es war ja in ihrem Sinne, dass ich gut vor dir dastand. Leider ist an dem Abend, an dem sie mir offenbarte, WER meine Eltern waren, alles schiefgelaufen. DAS war in der Tat eine Tatsache, die mich unerwartet getroffen hatte. Ich wurde dermaßen aus der Bahn geworfen, dass ich meine Gefühle nicht mehr bändigen konnte. Ich musste dich daher an diesem Abend sehen. All die Sehnsucht, das Verlangen nach dir war nur so aus mir herausgebrochen und hätte uns beinahe ins Unglück gestürzt.“ Er stoppte und sah Emilia an.

„Dann wäre es für dich also ein UNGLÜCK gewesen, wenn wir weitergegangen wären? Und was war das heute?!“, schrie Emilia ihn an. Sie zitterte am ganzen Körper. Merkur versuchte, sie in den Arm zu nehmen, aber sie wehrte ab.

„Nein, Emilia, so meinte ich das nicht“, versuchte Merkur, sie zu beschwichtigen.

„Wie meintest du es dann?“, fragte Emilia schluchzend.

„Mir war klar, dass du eines Tages die Wahrheit erfahren würdest und dann hättest du mich dafür gehasst“, redete er weiter. „Ich wusste, ich müsste mit dir reinen Tisch machen, bevor ich meinen Gefühlen freien Lauf lasse. Aber ich steckte in einer Zwickmühle. Ich bin stolz, Emilia, und die Tatsache, dass Elandiel gewinnen würde, fuchste mich gewaltig. Andererseits wusste ich, dass ich dir nicht mehr lange widerstehen können würde. Daher haben Lethan und ich vorgestern Morgen gestritten. Er hat mich darin bestärkt, dir endlich die Wahrheit zu sagen und meinen Stolz hinunterzuschlucken.“ Er sah Emilia eindringlich an.

Sie schniefte und wischte sich die Tränen weg.

„Eigentlich wollte ich es dir an diesem Tag noch sagen, aber ich konnte es einfach nicht. Ich wollte den schönen Tag nicht ruinieren. Vielleicht wäre es besser gewesen, aber nun ist es nicht mehr rückgängig zu machen. Gestern, beim gemeinsamen Training mit Haldur, musste ich mich so verbissen darauf konzentrieren, dass nichts von meinen Gefühlen an die Oberfläche dringt, dass ich nicht einmal halb so viel zustande brachte, wie eigentlich möglich gewesen wäre. Haldur hat bemerkt, dass ich einen inneren Kampf ausfocht und er hat mir empfohlen, diesen beizulegen. Nur so könnten sich meine vollen Kräfte entfalten. Elandiel hatte davon Wind bekommen und vorgeschlagen, dich zum Training dazu zu holen. Es war ihr klar, dass ich, mit dir an meiner Seite, nicht mehr imstande sein würde, meine Gefühle gänzlich zu verbergen. Es war eine Falle. Leider wurde mir dies erst im Nachhinein klar. Als du heute vor mir standst, brach all die Liebe, die ich für dich empfinde, aus mir heraus und plötzlich war es so unendlich einfach, die beiden Elemente zu beherrschen. Da wusste ich, dass die Wahrheit nun keinen Aufschub mehr duldete. Ich musste mit dir reinen Tisch machen.“ Er machte eine Pause und atmete tief durch.

„Emilia. Ich liebe dich. Nicht, weil es mir befohlen wurde. Ich liebe dich wirklich“, hauchte er.

Emilia blickte ihn lange durchdringend an und überlegte. Sie sah, dass die Tatsache, dass sie seine Worte nicht erwiderte, ihm gerade das Herz brach. Aber sie konnte in diesem Moment einfach nicht klar denken.

„Ich muss allein sein, Merkur“, erklärte sie ihm in nüchternem Tonfall. Er schluckte schwer und nickte.

„Soll ich dich nach Hause bringen?“, fragte er in besorgtem Tonfall. Emilia schüttelte den Kopf.

„Nein, ich finde den Weg alleine.“ Mit diesen Worten war sie aufgestanden und, wie in Trance, zur Tür gelaufen. Merkur sprang auf und öffnete sie ihr.

„Emilia. Bitte sieh’ mich an“, flehte er. Emilia schaute ihm in die Augen. Sie sah den Schmerz darin, aber sie konnte ihm in diesem Moment nicht verzeihen, dass er sie über Wochen angelogen hatte. Er hatte ein Spiel mit ihr gespielt. Alle hatten sie mit ihr gespielt. Ihre Tante hatte sie wie eine Schachfigur einsetzen wollen. Es war zu viel. Tränen quollen aus ihren Augen und sie rannte, so schnell sie konnte, davon. Merkur blieb alleine und frustriert zurück.

KAPITEL 20

Emilia wusste nicht, welchen Weg sie genommen hatte. Ihr Kopf fühlte sich leer an.

Sie wartete nicht, bis die Wachen sie angemeldet hatten. Sie trat einfach ein und funkelte Elandiel wütend an.

„Emilia, Kind! Was ist denn geschehen? Geht es dir gut?“, fragte Elandiel und sprang erschrocken auf. Sie wollte auf Emilia zulaufen, hielt jedoch inne, als diese zu sprechen begann:

„Spar dir die Mühe, *Tante*!“ Sie spie das letzte Wort regelrecht aus. „Ich kenne nun die Wahrheit. Du kannst das falsche Spiel also getrost sein lassen. Ich bin nur hier, um dir zu sagen, dass das Training für mich beendet ist. Meine Aufgabe endet, sobald wir meinen Vater gerettet haben. Danach kehre ich in die Menschenwelt zurück. Du kannst dir also deinen kleinen, heimlichen Plan abschminken. Es wird keine kleinen Könige geben. ICH lasse mich nicht verheiraten und zur Spielfigur einer herrschsüchtigen Königin machen! Leb wohl!“, rief Emilia, drehte auf dem Absatz um und rannte nach Hause. Nur war es nun nicht mehr ihr Zuhause. Es fühlte sich alles so falsch an. Sie waren hier nur zu Gast und auch dieses Gastspiel würde bald ein Ende haben.

Als sie in ihrem Gästehaus angekommen war, rannte sie direkt in ihr Zimmer und verschloss die Tür. Sie ließ sich daran hinuntergleiten und brach in Tränen aus. Selbst Fox’ Liebesbekundungen konnten sie nicht aus ihrer Trauer reißen. Es war alles eine große Lüge gewesen und sie hatte alles geglaubt.

Als ihre Großmutter nach Hause kam, hatte Emilia einen Entschluss gefasst. Sie würde die Elfenwelt noch heute verlassen. Sie wusste nicht, wohin sie gehen sollte, aber sie wollte keinen Tag länger hier bleiben. Als sie die Wohnküche erreichte, nahm ihre Großmutter sie sogleich in die Arme.

„Ich weiß schon, was passiert ist, Kind. Elandiel hat mich unterrichtet. Sie sagt, es sei alles ein großes Missverständnis und sie würde gern noch mal mit dir darüber reden. Sie habe dir den letzten Teil der Prophezeiung nur verheimlicht, da sie dir keine Angst machen wollte“, versuchte Granny, sie in Schutz zu nehmen.

„Ich möchte nicht darüber reden, Granny. Es macht keinen Unterschied. Sie hat mir einen wesentlichen Teil der Prophezeiung verschwiegen. Meine Liebe zu Merkur basiert auf einer Lüge“, erklärte Emilia und wischte sich die Tränen aus den Augen.

„Bist du dir da sicher, Kind?“, fragte diese und schaute Emilia eindringlich an. Emilia sah zur Seite. Ihre Augen schwammen in Tränen. Sie kämpfte mit sich.

„Nein, das bin ich nicht. Ich weiß gar nicht, was ich im Moment glauben oder fühlen soll“, antwortete sie und Tränen kullerten erneut ihre Wangen hinunter. Granny nahm sie erneut in die Arme und streichelte ihr den Rücken.

„Wenn du möchtest, können wir nach Hause“, sagte sie zu Emilias Verwunderung.

„Aber wo gehen wir hin?“, fragte Emilia. „Das Haus ist eine Ruine.“ Granny schob sie eine Armeslänge von sich weg und sah ihr freudig in die Augen.

„Haldurs Männer haben die letzten Tage mitgeholfen, unser Haus wieder aufzubauen. Durch die Kräfte der beiden Elfenvölker ging die Arbeit wesentlich schneller als erwartet voran. Er hat mich heute mit dem Ergebnis überrascht“, gestand sie und ihre Wangen röteten sich.

„Heißt das, dass das Haus wieder aufgerichtet ist?“, fragte Emilia ungläubig.

„Ja, so ist es. Ich wollte dir gerade die Neuigkeit verkünden, als Elandiel mich abgepasst hatte. Ich denke, unser Haus ist keinen Tag zu früh fertig geworden“, sagte sie und strich Emilia eine Haarsträhne aus dem Gesicht. Bei dieser Berührung fiel ihr sofort wieder Merkur ein. Genau das hatte ER in Oak Valley getan. Doch es war alles nur gespielt gewesen, dachte sie bitter und wieder kullerten die Tränen.

„Können wir sofort gehen?“, fragte Emilia mit tränenerstickter Stimme.

„Wir müssen noch einige Dinge klären, Kind. Wir brauchen Schutz. Ich werde sofort Elandiel aufsuchen und mit ihr alles besprechen. Bist du sicher, dass du nicht mitgehen möchtest, um die Sache mit ihr zu klären?“, fragte sie Emilia eindringlich. Emilia nickte entschlossen.

„Ja, ich bin mir sicher. Ich möchte heute mit niemandem mehr darüber reden.“

„Wie du willst“, gab Granny zurück, zog sich eine Weste über und verschwand in der Dunkelheit.

Emilia suchte währenddessen ihre wenigen Habseligkeiten zusammen, die sie in der Elfenwelt angesammelt hatte. Sie war sich zwar nicht sicher, ob sie die Sachen, die sie mit Sera zusammen gekauft hatte, überhaupt mitnehmen durfte, da Elandiel diese ja bezahlt hatte, aber das war ihr im Moment herzlich egal. Die Erinnerung an Sera und die schönen Stunden versetzten ihr einen Stich ins Herz. Sera würde sie vermissen. Sie würde enttäuscht sein, dass Emilia nicht mit ihr und Merkur die Ausbildung durchlaufen würde. Bei diesem Gedanken liefen ihr erneut Tränen über die Wangen. Sie wischte sie weg und holte ein Stück Papier und einen Stift. Sie beschloss, Sera wenigstens einen Abschiedsbrief zu schreiben. Vielleicht könnte diese sie ja mal besuchen kommen. Sie wusste selbst, dass das eher unwahrscheinlich war, aber der Abschied von ihr fiel ihr leichter, wenn sie sich einreden konnte, dass sie sich wiedersehen würden.

Als sie den Brief fertig hatte, steckte sie ihn in einen Umschlag und versiegelte ihn. Sie schrieb Serannas vollen Namen darauf und legte ihn auf den Küchentisch. Sie wusste, er würde sie erreichen.

Genau in dem Moment kam Granny zur Tür herein.

„Und?“, fragte Emilia.

„Elandiel ist untröstlich, sie hätte sehr gern noch mal mit dir gesprochen, aber sie versteht, dass du Abstand möchtest und den will sie dir auch gewähren“, erwiderte Sophia.

„Pfff“, machte Emilia abwertend. Granny ignorierte ihr Verhalten und fuhr fort:

„Morgen früh wird uns ein Trupp ihrer Krieger in die Menschenwelt bringen. Wir sollen alles von hier mitnehmen, was wir für unseren Neuanfang benötigen. Wir werden Tag und Nacht bewacht werden und wir dürfen die nächsten Tage nicht alleine das Grundstück verlassen. Sie werden dich am Tag vor der Mondfinsternis abholen und mit euch besprechen, wie ihr vorzugehen habt."

Emilia nickte und wollte bereits den Raum verlassen, als Granny sie nochmals zurückrief:

„Sie hat mich gebeten, dir dies zu geben." Sie streckte Emilia ein altes, in Grün gefärbtes Leder eingebundenes Buch entgegen. Emilia machte keine Andeutung, danach zu greifen, sondern verschränkte die Arme vor der Brust.

„Was soll ich damit?", fragte sie trotzig. Granny atmete tief und genervt aus.

„Lesen?", schlug sie mit sarkastischem Unterton vor. „Nun nimm es schon!", fuhr sie Emilia ungeduldig an. Langsam löste diese ihre Arme vor der Brust und griff nach dem Buch. Obwohl sie es eigentlich nicht wollte, fühlte es sich gut an in ihren Händen. Das Leder war ganz weich und es roch wunderbar nach altem Buch. Emilia strich sanft über den Einband, auf dem der Titel *Magie der Elfen* eingraviert war. Sie überlegte, wie alt das Buch wohl sein mochte. Gerade als sie es ehrfürchtig öffnen wollte, riss Granny sie aus ihren Gedanken:

„Sie sagte, es sei einmal ihr Lehrbuch gewesen und sie möchte, dass du es nun bekommst und daraus lernst."

„Wieder eine Anweisung der Königin, ja?! Hat sie noch immer nicht verstanden, dass ich nicht mehr nach ihrer

Pfeife tanze? Soll sie ihr blödes Buch doch behalten“, antwortete Emilia abweisend. Obwohl es ihr schwerfiel, warf sie das Buch auf den Küchentisch und verließ den Raum.

In dieser Nacht schlief sie sehr schlecht. Sie war einerseits froh, dass sie diese Welt verlassen durfte, andererseits hatte sie auch Angst davor, was sie in der Menschenwelt erwarten würde. Würden die Höllenhunde zurückkommen? Würden sie sie dieses Mal töten? Was würde Merkur sagen, wenn er morgen früh erfuhr, dass sie fort war? Würde er ihr folgen? Wollte sie, dass er ihr folgte? Ihre Gefühle fuhren Achterbahn. Sie glaubte Merkur, dass er sie wirklich liebte. Dennoch war ein zu großer Vertrauensbruch vorhanden. Die meiste Zeit, in der sie sich kannten, hatte er ihr etwas vorgespielt. Sie fragte sich, ob sie ihm jemals vollkommen vertrauen würde, wenn sie ihm noch eine zweite Chance geben würde. Konnte man jemandem, der so gut lügen konnte, überhaupt jemals vertrauen? Sie wusste es nicht und eigentlich spielte es auch keine Rolle mehr. Morgen war sie fort von hier.

Wie versprochen wurden sie am nächsten Morgen von einem Kriegertrupp in Empfang genommen, der von Roandir angeführt wurde. Die Soldaten geleiteten die beiden Frauen und die Hunde zum Tor.

Als sie es erreicht hatten, atmete Emilia tief durch. Roandir öffnete das Tor und schritt als Erster hindurch. Emilia richtete den Blick stur geradeaus, als auch sie auf das Tor zuschritt. Sie hatte sich fest vorgenommen, nicht zurückzublicken. Tränen standen ihr in den Augen, als sie in die Pforte trat. Granny reichte ihr die Hand und nickte ihr freundlich zu. Emilia nickte dankbar zurück und drückte ihre Hand ein bisschen zu fest. Zusammen durchschritten sie das Tor in die Menschenwelt. Als sie die Elfenwelt bereits verlassen hatten, hörte Emilia hinter sich, wie Merkur verzweifelt ihren Namen rief. Doch es war zu spät. Sie waren schon auf der anderen Seite angekommen. Der Wald lag friedlich vor ihnen, die Vögel zwitscherten und der Wasserfall rauschte leise im Hintergrund. Emilia drehte sich um, aber das Tor war verschwunden. Sie blickte in Roandirs Augen und im selben Moment spürte sie, wie eine Welt in ihr zerbrach. Sie hatte es getan. Sie hatte der Elfenwelt und ihrer ersten großen Liebe den Rücken gekehrt. Es war ihre Entscheidung gewesen und dennoch fühlte sich alles einfach nur falsch an.

Ende

Band 1

NACHWORT

Liebe Leserinnen und Leser,
ich danke euch, dass ihr bis hierher mit meinen Protagonisten und mir mitgefiebert habt, und ich kann euch versprechen, dass die Geschichte von Merkur und Emilia noch lange nicht zu Ende ist.
Band zwei steht bereits in den Startlöchern und wird hoffentlich Ende 2017/Anfang 2018 fertig sein. Wer den Veröffentlichungstermin nicht verpassen möchte, kann mir gern auf meiner Facebook-Seite oder auf Instagram folgen.
Selbstverständlich freue ich mich auch über eine Bewertung bei Amazon sowie über Anregungen eurerseits, sei es per E-Mail oder auf Facebook.

Eure Nina

nina@nina-c-charleston.de
www.nina-c-charleston.de
www.facebook.com/Nina.C.Charleston
www.instagram.com/nina_c.charleston

DANKSAGUNG

Mit der Veröffentlichung dieses Buches geht ein Traum für mich in Erfüllung. An dieser Stelle möchte ich den Menschen dafür danken, die diese Veröffentlichung überhaupt erst möglich gemacht haben.

Zuerst möchte ich daher meinem Mann von Herzen danken: Du hast immer an mich geglaubt. Du hast mich, seelisch und moralisch, dabei unterstützt, dieses Werk zu vollenden. Du hattest immer Verständnis dafür, wenn ich wieder einen Abend im Büro saß, um zu schreiben. Du hast mir immer geholfen, wenn mich die Tücken der Technik an meine Grenzen getrieben haben. Und das Wichtigste! Ohne dich hätte ich vermutlich nie den Mut gefunden, mein vor Jahren begonnenes Buch zu Ende zu schreiben.

Des Weiteren danke ich meinem kleinen, über alles geliebten Sohn:

Jeden Abend, wenn ich bei dir im Bett lag und wartete, dass du selig einschlummerst, habe ich in Gedanken meinen Roman weitergesponnen. Sobald du eingeschlafen warst, konnte ich alle Gedanken auf Papier bringen. Und was soll ich sagen? Das Buch hat sich so beinahe von alleine geschrieben. Immer wieder war ich überrascht darüber, wie meine Charaktere ein Eigenleben entwickelt haben, das ich so nicht geplant hatte.

Zum Schluss danke ich meiner Mutter und meiner Freundin:

Ihr habt euch, trotzdem ihr genug Arbeit um die Ohren hattet, die Zeit genommen und mein Buch auf Herz und Nieren geprüft. Außerdem habt ihr mir das Gefühl gegeben, dass es das Normalste der Welt ist, einen Roman zu schreiben. Das hat meinen Mut bestärkt, dieses Buch zu veröffentlichen.

Ich danke euch!

11351963R00226

Printed in Germany
by Amazon Distribution
GmbH, Leipzig